KB135489

꿩의 바람꽃

# 꿈의 바람꽃

정명희 단편소설

■ 차례 ■

　나의 삶은 예술을 위한 삶이었다고 말할 수 있을까?

　그렇다면 분명 영혼이 자유로운 예술가일 것인가? 솔직히 말해 잘 모르겠다. 다만 순수한 마음 하나로 살아온 흔적을 남기고 싶다는 편이 훨씬 더 옳을 것이다. 그러기 위해 창작의 기쁨을 어렵게 만드는 어떤 장애물과도 담대하게 맞설 용기가 필요하다. 삶의 목적이 행복 추구이겠지만 기쁨은 행복보다 크다. 행복은 주변 환경의 영향을 받지만 기쁨은 그렇지 않기 때문이다. 이와 같은 기쁨을 어떻게 표출해야 하는지를 예술가들은 누구보다 잘 알고 있다. 때문에 예술가들은 혼신을 다해 제작한 작품들이 다음 시대에 몇 점이라도 남겨지기를 소망하기에, 작품들이 형성되는 과정의 일천한 작위에 이르기까지 가식 없이 내보이고 싶은 것이다. 파울로 코엘료Paulo Coelho의 말을 빌리지 않더라도 삶의 어느 순간에도 진정한 예술가로 살기를 피하지 않았었기 때문일 것이다. 그렇기에 이 책에 수록된 작품들이 나의 회화작품 중 어느 것에 종속됐다거나 하는 의도가 없었음을 밝힌다.

어떻게 삶의 기쁨을 찾을 것인가?

그림과 시와 소설 등을 통해 나만의 충족함을 영위했었나? 또는
그 과정들을 통섭하는 신에 대한 한없는 경외가 나의 작업에 스며
들었나? 삶이 나를 지배한 만큼? 아니면 작품들이 나를 지배해온
것은 아닐까? 가끔 여기저기 내걸린 작품들로 인해 행동거지가 제
약받고 있었음을 부인할 수는 없다.

그러나 돌이켜보면 이 모든 것들이 삶을 기쁘게 했기에 오늘이 있
는 것만은 사실이다. 잊을 만하면 한 번씩 찾아오는 오지여행에서의
사유가 그것을 말해주고 있다. 그런 의미에서 2017년의 인도 여행은
그간의 여러 여행에 비해 신비롭긴 했었지만 별반 새롭지는 않았다.
그렇긴 해도 여행 중 읽은 달라이라마Tenzin Gyatso와 투투Desmond Mpilo
Totu대주교의 담론을 더글러스 에이브람스가 엮은 『기쁨의 발견』이 현
명하고, 건강하고, 정의로운 통찰과 소통을 안겨주었다.

이 세상에서 희망과 사랑이 교차되는 지점에서 보여지거나 읽혀질 수 있는 작품이 얼마나 될 것인지는 알 수 없다. 다만 그렇게 되기를 소망하며 작품을 지속할 뿐이다. 추억은 항상 과거로 흘러가는 강이다. 사소한 흔적 하나하나가 의미 없는 한 소절 한 소절은 아닐 것이기에 숨죽여진다. 해 지는 줄 모르게 작업에 몰두하다가 언뜻 먹 냄새에 취한다든지, 오래된 노트를 뒤적이다가 발견한 문장으로 가슴 두근거리게 하는 경험들이 그렇다.

오늘이 삶의 마지막 날일 수도 있으며 내가 사는 이곳이 바로 천국이라는 사실을 믿는다. 늘 변방의 시골화가요 삼류예술가라 말해왔지만 가슴 속에서는 그 반대였었다. 나는 시대를 잘못 만난 예술가일 수도 있다. 훗날 내 이름이 기억될지 그렇지 않을지에 대해서는 아무도 모른다. 그렇지만 추억은 늘 승리한 삶의 곁에 있다는 것이다.

# 클라우드 러브

삶의 목표를 위해 천칭天秤이 한 쪽으로 기울어진 예술가나 지식인들은 집착이 강한 경우가 많다. 내 주위의 문인들 중에도 작품의 주인공이듯 살다간 이들이 꽤나 되는 것처럼 나도 그 길을 가고 있다. 안개 자욱한 삶의 여정에서 슬픔과 격정의 소용돌이에 싸여있는 자신의 사랑이 거품 같은 것이었음을 잊고 사는 수가 간혹 있기 마련이다. 사랑과 삶은 같은 듯 다를 수밖에 없다.

"수옥언닌 언제 봐도 그림같이 고와요"

"꽃 같은 우리 신영이도 별일 없이 지냈지, 내가 남편을 핑계대고 모임에 자주 나오지 못 했어."

"참, 선생님 건강은 좀 어떠세요? 문병도 못 가고 미안해요, 언니. 하는 일 없이 그러네요."

"무슨 얘기야, 신영이처럼 바쁜 사람이 또 있을까, 얘들 가르치랴, 글 쓰랴, 벌써 10권 쩬가 소설이? 난 죽었다 깨어나도 신영이 열정을 따라갈 수가 없어."

조그만 비즈니스호텔 시티라이프 로비에서 민들레 문학 동인의 정기총회 송년회에 참석한 두 사람의 얘기는 선후배라기보다 친자매와도 같이 보였다.

"아니에요, 무슨. 수옥 언니처럼 좋은 작품을 내놔야 하는데 책만 내면 뭘 해요. 내세울 상도 하나 받질 못 했는걸요."

"아냐, 좋은 글 쓰고 있잖아. 나야, 나이 좀 먹었다고 주는 상을 받았을 뿐이지만, 신영인 충분히 큰 상을 받을 거야, 기다려 봐. 나야말로 핑계만 둘러대기 바쁘지. 반성하고 있지만 남편 병치레라는 것이 시간을 많이 빼앗기 때문에 실은 아무것도 못해. 정신만 사납고. 그래도 남편의 치매 상태가 깨끗한 편이어서 그런대로 다행이지."

"고생이 많으시겠어요?"

"치매라고 해도 화장실은 출입하기 때문에 견딜만 해. 남편은 하루 종일, TV 없으면 어쩔 뻔 했는지. EBS 프로만 봐. 천직이 선생 아니랄까봐."

"가끔 모임에 휠체어로 모시고 나오시면 모두들 좋아할 텐데요. 저도 하석현 선생님 뵙고 싶어요. 재미있는 말씀을 너무너무 잘 하셨는데."

하석현 선생은 내가 사랑하고 존경하는 분이었다. 오늘의 민들레 동인을 창립했으며, 옛날 수옥 언니와 결혼했을 땐 꼭 애인을 빼앗기기라도 한 것처럼 여러 날을 몸져누워야 했다. 결혼식에 참석하지 못한 것도 폐렴을 동반한 심한 독감을 앓았다고 핑계를 댈 정도였다. 참으로 참기 힘든 고통이었기에 문학성이 깊어지기는 했었나 보다. 모두들 병을 앓아야 성숙한다고 놀려댔지만 짝사랑이란 것이 무서운 병이었다. 세월이 지난 후에도 쉬 가라앉질 않는 것만 보아도 그랬다. 그래서인가, 연애할 기회도 없었고 또 그럴 만큼 한가한 시간도 주어지지 않아 아직 싱글이었다. 주위에선 눈이 높다거니 까탈을 부린다고 했지만 그냥 흘려들어가며 살았다. 벌써 20년도 넘은 얘기였다. 그렇게 생각하니 내 나이도 50줄을 넘겼으니 여자로는 황혼기에 접어든 셈이었다.

그날 민들레 동인 모임이 끝나고 식당으로 자리를 옮기려는데 수옥 언니가 집에 가야 한다며 언제 차나 한 잔 하자고 했다. 나는 어서 가보라며 호텔로비까지 배웅을 했다. 그때 자기 동네에 괜찮은 커피 집으로 초대하겠다고 해서 약속을 했다. 하석현 선생을 한 번 보고 싶었기 때문이었다. 갑자기 찾아든 뇌졸중으로 생각보다 이른 나이에 칩거하는 문인이 되고 만 것이었다. 수옥 언니는 남편이 사람 만나는 것을 싫어해서 같이 나오지 못한다는 말을 했다. 점점 더 대인기피증으로 변해가고 있다는 말도 했다. 옛날 나의 선친도 하석현 선생처럼 뇌졸중을 앓다가 돌아가셨기에 대충 그 병에 대해 이해하는 편이라 깊이 묻지는 않았다. 사람들에게 불편한 몸을 보이기 싫어했기 때문이었다.

수옥 언니를 다시 만난 것은 민들레 동인 모임 이후 10여일 쯤 지난 뒤였다. 내비를 찍고 찾아간 곳은 구도심 권의 대흥동에 위치한 60년대 가옥을 리모델링하여 만든 찻집이었다. 내게는 없는 추억이지만 오래됐다는 것은 누구에게나 꾸밈없는 존재로 다가왔다. 담을 헐어낸 자리에 울타리처럼 길게 심은 남천의 붉은 열매들이 머리 숙여 나를 반겼다.

"찾기 힘들진 않았어?"

현관문을 밀고 들어가자 거실과 방을 터 꾸민 실내에 수옥 언니가 주인인 것처럼 나를 맞았다. 테이블과 의자들도 이것저것들을 모아 빈티지한 모습이 익숙하게 느껴졌다. 나는 자리에 앉으며 말문을 열었다.

"아뇨, 요즘엔 내비가 길을 잘 안내하기 때문에 집 찾는 건 쉬운 일이죠. 주차 공간을 찾는 일이 더 힘들지만."

나는 혹시 몰라 들고 온 쥬스 상자를 수옥 언니 옆 의자 위에 올려놓으며 자리에 앉았다. 수옥 언니도 눈치를 채고 그냥 오지 않고 이런 수고를 했느냐면서 고맙다는 인사와 함께 차는 자기가 살 테니 찻값 낼 생각일랑 접어두라고 했다. 주문한 커피는 요즘 한창 유럽을 사로잡는 모델처럼 멋진 여류 지휘자 제임스 개피건이 지휘한 드뷔시의 '목신의 오후' 전주곡과 함께 나왔다. 수옥 언니도 FM을 잘 듣는다며 KBS는 광고가 없어서 좋다고 거들었다. 커피를 마시며 들어올 때 보았던 남천의 붉은 열매가 벽을 헐어내어 만든 넓은 창으로 보였다. 음악이 끝나고 진행자가 이러저러한 얘기로 수다스런 진행을 할 때쯤 수옥 언니는 말문을 열었다.

"나, 여행을 하고 싶어. 딱 1주일만. 더 이상은 욕심도 없어. 그런데 집에 있는 남편 때문에, 잠시 요양원에 가 있으랬더니 오해를 하는 것 같아. 자기를 떼어 버리려는 것으로 생각하나봐. 밥을 먹질 않는 거야. 간신히 오해를 풀긴 했는데. 난 꼭 내 생의 마지막으로 남편과 같이 갔었던, 참 그때 신영이도 같이 갔었잖아? 우리 민들레 동인 최초의 문학기행을."

"아, 네, 유키구니의 가와바다 야스나리를 찾아갔었죠. 동양에서

두 번째 노벨문학상 수상자라며 그때 민들레 동인 초대 회장이 하석현 선생님이셨고, 선생님이 인솔해서 일본 삿뽀로까지 갔었지요. 선생님이 쓰러지고는 그것도 끝이 났지만….”

“맞아. 그 때문에 가려고 해. 병들어 누워 있는 남편을 위해서 우리들의 추억을 사진으로 찍어서 보여주고 싶어. 꼭 그렇게 하고 싶어. 그리고 또 돌아오는 길에 이케부쿠로池袋에서 사먹은 시스카數寄어묵 맛도 잊을 수가 없어. 너무 맛이 있거든.”

“나도 그래요, 까맣게 조린 무가 더 일품이었지요. 소 힘줄인가? 그 어묵들이 그렇게 부드럽게 넘어갈 줄은, 살살 녹았죠.”

“그래, 또 닭꼬치도 생각나.”

그렇게 여행 뒷얘기를 마치고 나자 수옥 언니는 나를 바라보며 빗나갔던 얘기를 되잡았다.

“며칠 전에 우리가 민들레 동인 모임에서 만난 다음날 서울에 갔었어. 남편 약이 떨어져서. 두 달 치씩 처방을 해주거든. 버스로 올라갔다가 점심 때 내려오려면 바삐 움직여야 돼. 그런데 그날 우연히 병원에서 대학동기를 만났지 뭐야. 그런데 한미사진미술관에서 ‘요세프 쿠델카’라고, 1968년 ‘푸라하의 봄’을 찍었던 체코작간데, 그 사람이 찍은 집시 사진전이 열린다고 내가 꼭 봐야 된다는 거야. 그래서 남편한테는 미안하지만 모험을 했지. 미술관이 위례성대로에 있었는데 사진작품들이 꽤나 매력적이더라고. 그 작가가 남편과 동갑인 38년생이더군. 잠깐 인터뷰 하는 것을 옆에서 봤지. 하얀 턱수염이 작업복과 너무 잘 어울려 보였어. 아마 신영이 네가 봤어도 그랬을 거야. 일흔아홉 살 같지가 않은 거 있지. 옛날 소련군의 프라하 침공 사진으로 추방되어 떠돌다가 1987년에 프랑스에 귀화했대.

요세프 쿠델카의 바람 소리가 보인다는 집시 사진 얘기는 수옥 언니의 마음에서 걸러져 정착하지 못하고 부유하는 집시 인생의 애절한 노랫소리가 흥건하게 배어나오는 것 같았다. 평생 집시를 밀착하여 사진을 찍다보니 작가 스스로 집시가 되어 있었다는 것이었다. 망명 신세와 집시의 삶이 작가를 더욱 슬픔과 고통과 방랑에 렌즈를 맞출 수밖에 없었을 것이다. 집시를 피사체로 택한 것은 그들의 강한 이미지 때문이었을 것이나, 그들은 연출 없는 무대에 오른 훌륭한 배우의 역할을 할 수 있는 체질의 소유자이기도 했음이었다. 그것이 좋은 사진을 찍으려는 작가의 일념과 맞아떨어진 것이 아닐까 나는 수옥 언니의 얘기를 들으며 혼자 유추하고 있었다. 문학이든 사진이든 예술의 길목에선 서로 같을 수 있기 때문이었다.

수옥 언니는 '유세프 쿠델카 집시(Gypsy)'전을 보고 꽤 큰 충격을 받았는지 남편과 함께 하지 못하면 혼자서라도 추억이 잠겨있는 설국을 찾아 여행을 떠나고 싶은 것 같았다. 아니 여행 사진을 찍어 남편에게 보여주고 싶은 것이로구나 생각했다. 아니나 다를까 그 얘기를 꺼냈다.

"그래서 내가 여러 날을 생각해 봤는데 신영이 네가 딱 1주일만 우리 집에 와 있을래? 내가 밑반찬은 만들어 놓고 다녀올게. 남편은 있는 듯 없는 듯 자기 방에서만 살아, 너는 그냥 때맞춰 식사만

챙겨주면 그만이야. 어렵고 힘든 부탁인 줄 알지만 너, 신영이 밖엔
없더라. 작년에 하나뿐인 동생이 죽지만 않았어도 네게 이런 부탁
을 안 해도 되는 것인데 내겐 사람이 없어. 그 때 문학기행 갔던 코
스를 다시 한 번 밟고 싶어서 그래. 죽기 전에. 남편이 죽기 전에,
또 내가 죽기 전에. 이렇게 움직일 수 있을 때, 꼭 그곳을 다녀와야
한다는 생각이 들었어. 남편과 동갑내기인 체코작가를 보니 그 생
각이 더 간절해진 거야. 그래서 사진으로라도 찍어다 보여주고 싶
어. 어려워도 내 청을 꼭 들어줘, 응?"

수옥 언니는 여기가 여러 사람들이 드나드는 찻집이라는 것도
까맣게 있은 채 자리에서 일어나 내 앞에 무릎을 꿇었다. 나는 화들
짝 놀란 토끼처럼 수옥 언니를 잡아 일으켜 세웠다.

"수옥 언니, 깊이 생각해 볼게요."

만날 때와는 반대로 나는 쫓기듯 집에 돌아와서도 일이 손에 잡
히질 않았다. 내가 옛날 자기 남편을 짝사랑 했었다는 사실을 알면
서 하는 소린지 아니면 정말 모르고 하는 소린지 분간 할 수가 없었
다. 그런 사실을 알고서도 부탁하는 것이라면 그것은 수옥 언니의
사랑이 나를 넘어선 것이라는 생각이 들자 말할 수 없는 무력감이
엄습해 왔다. 끝까지 나는 패배자일 수밖에 없는 것일까. 서울에서
보았다는 집시사진 얘기는 신문에서 잠깐 접했었다. 그러나 그 전
시에서 어떤 감동을 받았기에 설국여행을 결심한 것인지는 알 수
없었다. 다만 남편을 위해 아름다운 추억을 다시 한 번 회상하고 싶
은 절박함은 짐작이 갔다. 나는 결혼을 해 보지 않아서 잘 모르지만

사랑의 아픔을 경험했었기에 이해가 됐다.

유키구니에서 시마무라가 기생 고아코에게 끌려서 유키구니의 온천장을 3번이나 찾아가는 얘기처럼, 추억이 담긴 기록사진으로 남편과의 추억을 재확인 해보려는 여행을 위해 내가 취해야 할 행동을 확실하게 해줘야 했다. 가부간의 대답은 빠르면 빠를수록 좋을 것이란 생각이 들자 나는 대답에 앞서 과연 내가 그 일을 감내할 수 있을 것인지를 생각했다. 아무것도 모른 채 치매에 걸려 있는 사람과의 일주일을 과연 견뎌낼 수 있을까? 좀처럼 답이 떠오르질 않았다. 그냥 못한다고 해야 하는데 막상 그 말을 할 수 없는 처지가 안타까웠다.

하루 이틀 시간이 지나면서 수옥 언니의 청으로 고통스러움을 연장시키고 싶지 않았다. 차라리 속 시원하게 대답해주고 현장에서 답을 찾는 편이 더 견디기 쉬울 것 같았다. 채근 전화가 올 법한 날이 하루씩 늘어날 때마다 나의 고통은 배가 되었다. 그 일로 해서 벌써 5일째, 나는 약속한 원고를 출판사에 보내지 못했다. 도저히 손에 잡히지 않는 글을 쓸 수가 없었다. 수옥 언니에게서는 오늘도 전화가 없었다. 내 소식을 기다리는 사람의 마음을 더 이상 아프게 하지는 말아야지. 미운 사람이지만 그를 위해서라도. 나는 어느새 핸드폰의 키를 누르고 있었다.

"수옥 언니? 그래요, 언니 부탁을 들어 드릴게요. 다음 주가 종강 이니까 여행 날짜가 정해지면 연락 주세요. 미안해요, 힘들게 해서."

"아냐, 고마워. 신영이 은혜는 평생을 두고 잊지 않을게. 여행사와 의논해서 바로 연락할게, 고마워."

　전화를 마치자 비로소 굽은 허리가 펴지는 느낌이었다. 몸이 날아갈 듯 가벼웠다. 채무자의 신세에서 해방된 것이 이와 같을 것이란 생각이 들었다. 커피 한잔이 생각났다. 신기하게도 컴퓨터를 잡자 글이 풀리기 시작했다. 출판사에 전화를 걸어 늦어 미안했다고 말을 하려는데 그쪽에서 먼저 고맙다고 했다.

　다음날 수옥 언니로부터 연락이 왔다. 점심이나 먹자는 것을 나는 기말고사 채점과 밀린 원고를 처리해야만 하니까 여행 날짜부터 잡는 것이 순서라고 했다. 수옥 언니는 내게 맞추는 편이 좋겠다고 했고 나는 종강하면 괜찮다고 했다. 이왕에 맞을 매라면 일찍 맞는 것이 났겠단 판단에서였다. 어쩌면 날짜를 뒤로 미루다 보면 없던 핑계도 생길까 겁이 났다.

　학교는 종강에 들어갔고 학기말 시험 중이었다. 연구실 창밖으로 오랜만에 보는 눈발이 고왔다. 날씨가 포근해 쌓이지는 않았지만 크리스마스가 앞당겨진 듯 교정엔 학생들로 들떴다. 올 겨울은 좀 유별난 겨울이 될 것 같았다. 수옥 언니의 황당한 제안을 받아들이기로 하면서였다. 정말 나와 하석현 선생과의 사이를 알면서도 그와 같은 부탁을 해온 것이라면 상황은 내가 몹쓸 사람이 되는 것인가 아니면 수옥 언니가 정신질환적인 이중인격의 소유자일 것인가. 무엇이라 해도 정상적일 수는 없을 일이었다. 그런 간병인으로 1주일을 아무것도 모르는 그와 함께 보내야 했다. 과연 나는 순수한 마음으로 견뎌낼 수 있을까? 또 무엇 때문에 수옥 언니는 일부러 자리를 피하면서까지 편치 않은 계획을 진행시키려는 것일까? 혹시 그의 건강상태가 악화된 것은 아닐까? 그래서 남편의 짝사랑을 적선하듯 묶어주려는 가증스런 배려에 내가 놀아나는 것은 아닐까? 그리고 자신은 남편과의 추억을 음미하려 여행을 계획했다면? 설마, 그렇지 않다면 요즘 YWCA에 가면 간병인 알바는 편하게 구할 수 있다. 그런 손쉬운 방법이 있음에도 불구하고 내게 구차스런 부탁을 했다면? '그래, 결정했잖아.' 그 계획에 회피하지 않고 당당하게 맞서 줄 필요가 있다는 생각이 나를 야무지게 위로하고 있었다.

눈 내리는 교정을 하염없이 바라보며 나는 이번 일이 숙명적인 인연의 고리에 인한 것이라고 여기기로 마음을 굳혔다. 이루어질 수 없는 사랑이 극적인 만남으로 아름답게, 그것이 1주일이라는 시한부 재회이긴 해도 눈물 나는 밀회임엔 틀림없는 사실이기 때문이었다. 달리 생각말자. 수옥 언니의 희생적 배려가 아니냐. 그렇게 생각하니 수옥 언니의 깊은 사랑이 고맙고 애련했다. 짝사랑의 상처를 가슴에 간직한 채 홀로 살아가는 비련의 주인공에게 주어진 보상이라 해도 좋았다. 제대로 데이트 한번 못한 내게 1주일 동안 한집에서 숙식을 같이하며 지낸다는 것은 행복한 체험임에 틀림없었다. 이 꿈같은 시간을 헛되이 보내서는 안 될 것이라는 생각이 들자 마음부터 조급해왔다.

수옥 언니는 현관문 비번을 카톡에 찍어 주었다. 자기는 일요일 아침 일찍 공항버스로 떠나겠다고 했다. 그러면서 9시쯤 집에 들어와서 아침식사를 드시게 하고, 점심은 보통 오후 1시에 드셨고 저녁은 7시경에 드셨다고 했다. 과일 간식은 사이사이에 냉장고에서 꺼내드리도록 준비해 놓았다고 했다. 다만 따뜻한 밥을 좋아하기 때문에 렌지에 데워드리면 되겠지만 전자밥통에 있는 것은 알아서 드리고, 다음엔 직접 해드려야 할 것 같다는 말을 덧붙였다. 토요일 12시경에 도착하니까 오후 2시쯤 공항버스를 탄다고 해도 4시경에는 집에 도착할 테니 바쁘면 점심이나 챙겨드리고 돌아가도 괜찮다며 잘 다녀오겠다고 했다. 우리는 다음 월요일 2시쯤 늦은 점심을 들자며 선물은 무엇이 좋겠느냐는 자상함을 보였다. 그러나 어찌 생각하면 지극히 사무적인 말투로도 들렸다. 병중에 있는 남편을 1주일씩이나 남의 손에 맡기면서 하는 태도로 보여지지 않았기 때문이었다.

아침 8시 50분, 나는 정확하게 그가 혼자 누워 있을 아파트 현관 앞에 도착했다. 초인종을 누르려다 말고 잠시 호흡을 정리하고 바로 비번을 눌렀다. 초인종 소리도 듣지 못하겠지만 듣는다고 해도 어쩌지 못할 처지일 것이었다. 현관문은 쉽게 열렸다. 문이 열리면서 나를 맞은 것은 엷은 소독약 냄새였다. 수옥 언니의 신경이 구석구석에 배어있다는 경고로 느껴진 것은 아마도 내가 긴장하고 있다는 것을 의미했다.

거실에 올라서자 잠시 어리둥절할 수밖에 없었다. 그것은 보통 가정집 거실의 정석을 뛰어넘는 분위기 때문이었다. 마치 동네 서점에 들어선 것 같이 사방이 온통 책으로 꾸며져 있었다. 거실 유리문도 반이나 넘게 책장으로 만들어 놓았다. 그 거실 창에 기댄 작은 책상 위엔 컴퓨터와 복사기를 겸한 팩스가 놓여있었다. 그리고 그 옆으론 화병에 꽂혀있는 안개꽃 한 다발과 노랗게 잘 익은 커다란 모과 하나가 무심히 거실을 지키고 있었다. 침침한 분위기를 막으려는 듯 거실 등을 켜놓은 상태였다.

현관과 마주 바라보는 방이 그가 누워있을 안방일 테고 그 옆으로 화장실과 주방이 보였다. 현관 오른쪽에는 작은 방이 두 개가 있었다. 하나는 수옥 언니가 쓰는 방일 테고 하나는, 문을 열어 보니 허드레 물건들을 넣어둔 다용도실 같은 작은방이었다. 나는 들고 온 캐리어 백을 수옥 언니의 방에 놓고 간단한 일상복으로 갈아입었다. 급한 것은 우선 아침 식사를 준비 하는 것이었다. 주방엔 의자가 두 개 뿐인 작은 식탁이 있고 식탁의 서너 배 크기의 투 도어 냉장고가 위압적으로 놓여 있었다. 아마도 그이를 위한 먹거리들로 채워져 있을 것이 분명했다. 냉장고 옆으로 기역자 찬장이 놓여 있었다. 그리고 싱크대와 크지 않은 식기 세척기가 설치되었고 세척기 위엔 이동식 식탁으로 쓰일 나무쟁반이 올려 있었다. 그 아래 작은 상 위엔 전자렌지와 밥솥겸용 보온밥통이 놓여 있었다. 밥솥의 붉은 불빛으로 보아 이미 다된 밥이 들어 있을 것이었다. 주방 분위기가 그대로 일본식 가정을 닮아 있다는 생각이 들었다. '아, 그래서 일본 여행을 생각 했었나?' 그러나 수옥 언니의 취향임을 바로 간파할 수 있었다.

이동식 나무쟁반은 신문 한 장 정도의 크기였다. 밑바닥의 철제 다리를 양옆으로 제쳤다. 침대 위에 사용하기 안성맞춤으로 제작된 것이었다. 식탁 위에 올려놓으려다 말고 위험할 것 같아 그냥 주방 바닥에 놓고, 찬장을 열어 밥그릇과 국그릇을 꺼내고 접시 몇 개를 더 꺼냈다. 냉장고 문을 여니 그대로 도서관 사서함을 옮겨 놓은 것과 다름없어 보였다. 용기 앞면에 내용물이 깨알처럼 적혀 있었다. 나는 혀를 차지 않을 수가 없었다. 과연 수옥 언니다웠다. 다시 만들었다면 몇 날밤을 새워 만들었을까 싶었다. 국을 데우는 동안 밥을 푸고 밑반찬 몇 개를 접시에 옮겨 담았다. 그리고 물 컵에 끓여 놓은 보리차를 반쯤 부었다.

긴장하지 말자를 다짐하고 조심스레 들어선 안방은 다소 어두운 조명 탓이었을까, 아니면 밀폐된 공간 탓이었을까? 거실과는 다른 묘한 냄새가 와락 달려들었기 때문에 잠시 주춤 거렸다. 다소 크게 틀어놓은 TV의 볼륨과의 조우가 작용했을 수도 있었다. 아무튼 잠깐이라도 먼저 들어와 보았을 걸 하는 후회가 스치고 지나갔다.

방문과 마주하고 있는 맞은편 창문엔 소라 빛 엷은 커튼이 드리워져 있었다. 싱글 침대가 그 창문을 바라보고 있었기 때문에 그의 얼굴이 밥상을 들고 들어온 나의 옆모습을 보고 있었다. 창문 아래엔 45인치 크기의 TV와 거실에 놓여있는 것과 같은 화병과 모과가 놓여 있었다. 큰 모과가 아니라 좀 작은 두 개의 모과가 다를 뿐이었다. 방문 왼쪽으로 화장실 문이 삐쭉 열려있었고, 그 옆으로 하얗게 보이는 세 쪽 붙박이장이 보였다. 소독약 냄새는 화장실 문틈에서 풍기는 것이었다. 침대 머리맡에는 휴지와 물병이 놓여 있었고, 침대 밑으로 노란 휴지통이 눈에 띄었다. 물병은 어린애들이 휴대

하는 물병 꼭지를 입으로 빼서 마시는 것이었다. 아마도 물을 엎지르게 하지 않으려는 여러 번의 고심이 있었을 것임을 알게 했다.

그는 내게는 눈도 주지 않고 오로지 TV에만 정신이 팔려 있었다. 밥상을 방바닥에 내려놓고 그의 침대로 다가가서 얇은 이불을 반쯤 걷어 내렸다. 그러자 좀 전의 그 야릇한 냄새가 내 얼굴로 확 달려들었다. 나는 순간적으로 숨을 멈출 수밖에 없었다. '아, 이것이 남자 냄샌가? 아니면 환자 냄샌가?' 감이 잡히질 않았지만 이 냄새와 빨리 친해져야 할 것 같았다. 그를 일으켜 앉혀야 아침을 먹게 할 수가 있었기 때문에 누워 있는 그의 등에 오른손을 밀어 넣었다. 내가 손을 밀어 넣기 무섭게 그의 손이 내 목덜미를 와락 끌어안았다. 나는 하마터면 그를 뿌리칠 뻔했다. 익숙한 몸동작으로 보아 당연히 그렇게 했었고, 그렇게 해야만 쉽게 일어날 수 있는 것이었음을 간파했다. 돌발적이긴 해도 그의 품에 몸을 기대 본 것이다. 나는 호흡을 조절해가며 아침밥상을 조심스레 침대위에 놓았다.

밥상을 붙잡고 먹는 것을 도와야 하는가를 생각하다가 수옥 언니의 말대로 방을 나왔다. 그래야 편하게 식사를 한다고 했었기 때문이었다. 본능적인 자존심이 살아 있어서라고 말했었다. 그렇구나, 생각해보면 숟가락질 젓가락질보다 손으로 먹을 수도 있었다. 그것이 퇴화를 막는 최선일 수도 있을 테니 충분히 이해가 됐다. 방을 나오기 전에 물 컵을 들어내고 대신 침대 머리맡에 있던 물병을 상위에 올려놓으려다 말고 물병을 흔들어 보았다. 빈 병이었다. 나는 병마개를 열어 컵에 있는 보리차를 채웠다.

수옥 언니의 방은 조촐하기 짝이 없었다. 싱글 침대와 작은 서랍이 다섯 개 뿐인 빈티지한 장이 전부였다. 서랍장 위의 탁상시계가 9시 25분을 가리키고 있었다. 이제 겨우 20여 분이 지나갔을 뿐이었다. 앞으로의 일이 까마득하게 느껴졌다. 한 시간 뒤라면 10시 20분쯤 해서 상을 치우면 될 것이었다. 들어갈 때 과일 접시를 준비하자고 생각하며 돌아서려는데 서랍장 위에 작은 메모지가 보였다.

'맨 위 서랍에 잠옷이 있는데 사용해, 비싼 건 아니지만 입지 않은 거야. 수고해줘. 수옥.'이라 쓰여 있었다. 잠옷까지 준비했다니, 남편이 씨앗을 보면 돌부처도 돌아눕는다는 말도 있는데 틀림없이 나와의 관계를 알고 하는 것임을 생각할 때 부르르 온몸이 떨려왔다. 그러나 수옥 언니에게 죄 될 일을 한 적이 없는 나였기에 거리낄 일은 아니나 그 사랑에 뒤지거나 눌리고 싶은 생각도 없었다. 뇌졸중으로 쓰러져 누운 그를 잠시만이라도 보살피며 지낸다는 것으로도 행복했다. 지금까지 둘만의 시간을 얼마나 꿈꾸어 왔던가. 또 기회가 주어진다면 둘만의 여행을 얼마나 바랐었던가.

왜소하게 야윈 얼굴과 양 어깨가 불쑥 위로 치켜 오르고 각 마른 체격을 보는 순간 그리움은 연민으로 변했다고 해야 옳았다. 잠옷 때문에 몸이 얼마나 여윈 상태인지는 알 수 없지만, 조금 전 그를 침대에서 일으켜 앉히면서 등과 어깨 상태만으로도 안타깝기 그지없었다. 옛날 그 건장하고 멋진 몸매는 내 기억의 먼 곳에 있었다. 사람이 이렇게 변해도 괜찮은 것인가?

거실에서 과일을 깎으며 나는 알 수 없는 상념에 잠겨 있었다.

차라리 내가 아픈 것이 편할 것 같다는 생각이 엄습해 오는 것으로 보아 아직도 그를 사랑하는 것이 분명했다. 아침상을 들고 들어갈 때만 해도 특별한 감정이 없었다. 그러나 그의 등에 손을 밀어 넣는 순간, 아니 그의 몸에 손이 닿는 순간 까맣게 잊고 있었던 미련들이 들솟은 것이 틀림없었다. 그렇기에 차라리 내 아픔이 되고 있는 것이다. 누구는 아플 때 그 아픔을 통해 마음의 정화가 일어난다고도 하지만 과연 그에게는 어떤 정화가 일어날 수 있을 것인가?

잠시 생각을 접어두고 과제물을 제출하는 두근거림으로 그의 방 문을 열었다. 좀 전의 냄새는 벌써 익숙해진 것인지 별 거부감이 없어졌다. 그는 역시 TV에만 빠져있었다. 그러나 차려준 아침 식사는 어떻게 먹었는지 하나도 남기지 않고 모두 비워져 있었다. 어지간 하면 남겼을 법한 반찬 접시까지 깨끗한 상태로 설거지가 필요 없을 정도였다. 고마웠다. 이럴 줄 알았으면 진작 과일 접시를 챙겨 들어올 걸 하는 미안함이 나를 책망했다. 이번에도 그가 과일을 어떻게 먹는지 쳐다보지 않기로 하고 밥상을 챙겨들고 방을 나왔다.

아픔을 통해 아픈 사람과 벗이 될 수 있다면 그것은 고마운 일이라던 이해인 수녀의 말이 생각났다. 고통이 진주일 수 있다는 것을 아파 보니 알겠더라는 얘기였다. 일생 '아름답다'는 수식어를 달고 살아온 그녀다. 특히 '한 해가 가버린다고 한탄하며 우울해하기 보다는 아직 남아 있는 시간을 고마워하는 마음을 지니게 해주십시오. 12월엔 묵은 달력을 떼어내고 새 달력을 준비하며 조용히 말하렵니다. 가라, 옛날이여. 오라 새 날이여. 나를 키우는데 모두가 필요한 고마운 시간들이여.' 마치 나에게 하는 메시지인 것 같았다.

첫날이 무사히 지나가고 있었다. 어떻게 하루가 지나갔는지 모르게 동동거리며 보낸 하루였다. 일본에 간 수옥 언니로부터는 전화 한 통이 없었다. 무소식이 희소식임을 알라는 것인가? 아니면 방해하지 않겠다는 것으로도 생각 될 수도 있었다. 어쩌면 일정에 쫓기어 전화할 틈이 없었을 수도 있었다. 그는 세끼를 모두 깔끔하게 다 들었다. 놀랄만한 식성이며 건강하다는 증거가 아닌가. 대개 치매 환자가 식성이 좋다는 말은 들었어도 직접 대한 것은 처음이었다. 설거지를 마치고 방으로 들어가려다 다용도실로 쓰이는 방에 들어갔다. 아침에 언뜻 본 것이 있기 때문이었다. 오래된 서랍장 옆으로 기대놓은 여러 장의 캔버스 뭉치를 확인하고 싶어서였다.

누가 그린 그림인지는 금방 알 수 있었다. 4,6호짜리의 소품 모두 그의 작품들이었다. '현석'이라 흘려 쓴 싸인의 필적이 그의 친필이 틀림없었다. 모두 10여 년 전에 그려진 8점의 자화상들을 보며 그가 쓰러지기 전에 무엇을 찾으려 이 그림들을 그렸을까를 짐작할 수는 없었다. 최근 일본에서 태어난 한국인 2세로 한국인 최초의 도쿄대학 정교수로 있는 강상중 교수가 펴낸 '구원의 미술관'이 노수경의 번역으로 출판되었다. 저자가 젊은 시절 뒤러의 자화상을 보고 감동을 받았으며 인간 존재의 궁금증을 깨달았다고 서술한 책이었다. 이 자화상들은 '구원의 미술관'보다 이미 10여 년 전에 그려진 것이었다. 무엇을 알고 싶어서, 자아를 찾으려는 절실함이 얼마나 간절했었기에 본인의 진면목을 찾아 헤매었던 것일까.

보통 사람들은 철학을 통해 자신을 찾기도 하고 종교를 통해 구원을 얻으려 노력하기도 한다. 어떤 사람은 사랑을 통해 미망에서 빠져나오려 애쓰기도 한다.

시를 통해 자신의 존재를 찾으려 했던 그였다. 그런 그가 자화상을 8점씩이나 그렸다는 것은 놀라운 현상이었다. 비록 아마추어의 작품이긴 해도 조화된 색채감은 그의 노력이 얼마나 적극적이었나를 짐작하고도 남음이 있어 보였다. 고흐가 자화상을 많이 그렸지만 시인으로써 그의 자화상 8점 또한 적다고는 할 수 없는 숫자인 것이다. 나는 작은 감동에 빠져 밤이 깊어가는 줄도 몰랐다. 그를 내심 많이 알고 있다고 믿었었는데 이제 생각하니 그의 껍데기를 아는 것에 불과한 것이었다. 감추어져 있는 그의 속살을 대하자 가슴이 다시 뛰기 시작했다.

그렇게 새로운 사실을 알아가며 하루하루가 벅차게 지나갔다.

벌써 목요일이었다. 오늘 밤이 지나면 금요일, 이틀 밖에 시간이 없었다. 토요일이면 수옥 언니가 돌아오는 날이었다. 그의 집에 오기 전에 생각 했었던 가와바다 야스나리의 유키구니를 읽어 드리겠다는 일은 아직 시작도 못했다. 오늘은 모든 것을 접어두고 이것만은 해 드리리라 다짐하며 아침상을 차려들고 그의 방문을 열었다. 변한 것은 없어 보이는데 퀴퀴한 냄새가 좀 독하게 났다. 틀림없는 지린내가 분명했다. 밥상을 거실 바닥에 내려놓고 그가 누워있는 침대이불을 젖혀 보았다. 냄새는 고사하고 입고 있는 잠옷 하며 침대 시트에까지 온통 축축하게 다 젖어 있었다. 문제가 보통 심각한 것이 아니었다. 이 일을 어쩔 것인가. 그는 여전하게 TV만 쳐다보고 있었다.

"어머머, 선생니~임!"

나도 모르게 저절로 소리가 흘러나왔다. 난감하고 슬펐다. 그러나 마냥 서 있을 수많은 없는 노릇이었다. '마음을 다부지게 먹자. 그를 축축한 오줌 구덩이에 방치할 수는 없었다. 그는 환자다. 어린애 같은.' 그렇게 마음을 먹자 손이 먼저 이불을 벗기고 있었다. 이불을 둘둘 말아 방바닥에 내려놓았다. 그리고 잠옷을 벗기려는데 오줌에 젖어서 그런지 쉽지가 않았다. 양쪽 허리춤을 부여잡고 벗기려니 자연히 얼굴이 그의 단전에 닿았다. 그렇지 않고는 힘을 쓸수가 없었다. 그렇게 간신히 잠옷을 벗기다보니 바로 그의 아랫도리가 물컹하고 내 얼굴에 와 닿았다. 맨살에 잠옷만 입고 있었기 때문이었다. 생전 남자의 성기를 본 적도 없는 내겐 그야말로 말할 수 없는 충격이었다. 이제 냄새와 오줌 따윈 문제도 아니었다. 그는 본능적으로 화들짝 놀라 몸을 뒤로 젖혔다. 어떻게 할 방법이 없이 눈이 마주쳤는데도 그는 그저 멀뚱하게 보고만 있었다. 숨이 막히고 가슴이 무엇에 얻어맞은 것처럼 아프더니 쓰러질 듯 몸의 균형을 잡을 수가 없었다. 한쪽 손을 뻗어 침대 모서리를 부여잡고서야 정신을 차렸다.

나 말고는 아무도 없다. 어차피 엎어진 물이다. 그는 아랫도리를 훤히 드러내놓은 채로 누워 있었다. 그 모습을 보는 순간 나도 모르게 피식 웃음이 났지만 곧 이어 깔깔대고 소리 내어 웃고 말았다.

그도 따라 히죽 웃었다. 이 황당하기 짝이 없는 와중에 터진 웃음으로 하여 모든 것을 잊을 수가 있었다. 사람이 미칠 지경이 되면 의외로 무덤덤해진다더니 그 말이 허가 아니었다.

다행하게도 침대시트 밑에는 넓은 비닐 한 장이 깔려 있었다. 그렇다면 전에도 이런 일이 종종 있었다는 얘기다. 그런데 내겐 이렇다는 것을 왜 숨겼을까? 그렇겠지, 숨기고 싶었겠지. 그런 생각을 하며 그를 이리 굴리고 저리 굴려가며 침대시트를 빼냈다. 그런데 갑자기 지금껏 누워만 있던 그가 침대에서 엉금거리며 기어 내려오기 시작하는 것이 아닌가. 그 황당함은 나를 혼비백산케 하여 그대로 방바닥에 주저앉았다. 얼마나 놀랬었는지 하마터면 비명을 지를 뻔했다. 무릎의 힘이 그렇게 빠르게 풀리고 말다니. 조금 전에는 나를 슬프게 하여 가슴 뛰게 하고 웃게 하더니, 이번엔 기절초풍 놀란 가슴을 쓸어내리게 하고서도 그는 아무렇지도 않게 뭉그적거리며 화장실에 들어갔다. 치매에 걸리면 이와 같은 때에도 의식은 없고 본능만 작용하는 것인가. 잠깐 사이에 울고 웃으며 희로애락이 교차하여 만감을 터득케 했다. 나는 서둘러 오줌에 젖은 것들을 세탁기에 넣기 위해 거실 책상 옆의 베란다 문을 열었다. 새하얀 아침 햇살이 고흐의 보리밭을 넘어 쏟아져 들어왔다. 비로소 가슴에 뭉쳤던 숨의 응어리가 터지는 것만 같았다. 세탁기에 침대시트와 잠옷을 넣으니 아무래도 이불 빨래는 한 번 더 돌려야 할 것 같았다.

그렇게 세탁기를 돌리는데 안방에서 화장실 물 내리는 소리가 들렸다. 그렇다면 그가 어떻게 샤워를 할 것인가, 한바탕 다시 전쟁을 치러야 한다는 생각에 다리부터 떨려왔다. 틀림없이 수옥 언니가 시켜줬을 것이 자명한데도 주저하지 않을 수 없게 만들었다. 그러나 이것까지도 배려해야 했다. 사랑하는 사람을 위한 일임에도 나는 천생 혼자 살 팔잔가를 생각하며 화장실로 치고 들어갔다. 이 상황을 눈물로 준비했을 사람도 있다는 생각이 내게 오기를 불러일으켰는지도 모를 일이었다. 연출가의 의도대로 끌려가느니 자발적인 연기를 보여야 했다. 그는 내가 사랑하는 남자다. 그래야만 수옥 언니의 의도가 아닌 것이 되는 것이었다.

화장실에 들어가자 그가 벌거벗은 채 변기에 엉거주춤 앉아 있었다. 나는 샤워기 물을 따뜻하게 조절하여 조심스럽게 손부터 닦아가며 등으로 물을 뿌려갔다. 웬만큼 적응이 됐다 싶어 머리를 감기고 비누질을 했다. 한쪽에서만 비누질을 하려니 힘이 부쳐 그를 옆으로 앉히고 그의 등에 내 배를 붙이니 훨씬 수월했다. 머리에 샤워기의 물을 쏟자 내 옷은 비눗물에 젖어 엉망이 되었지만 그의 몸은 편하게 가눌 수가 있었다. 머리를 감기고 나서 양 어깨와 등을 닦았다. 발바닥을 닦을 땐 간지러운지 몸을 비틀어댔다. 발을 닦고 무릎과 종아리를 번갈아가며 닦아내고, 허벅지를 닦을 땐 내 몸에 상체를 기대게 했다. 나는 그야말로 물에 빠진 생쥐 꼴이나 다름없었다. 마지막으로 엉덩이를 닦을 때는 그를 껴안고 버텨야 겨우 닦을 수가 있었다. 왼쪽 오른쪽을 번갈아 가며 싸우듯 추슬렀다. 급기야는 항문과 그의 성기를 닦을 때는 나의 호흡에도 한계가 있음을 여실히 드러낼 수밖에 도리가 없었다. 생애를 통해 처음 만져보는 순간이었기 때문이었다. 그렇게 문지르고 비비며 비누질이 끝나고 나서는 우선 나부터 비눗물을 제거해야 했기에 젖은 옷을 대충 벗었다. 비눗물을 그에게 옮길 수는 없었다.

그를 침대로 옮기기 위하여 나는 그를 등에 업어 보기로 했다. 그가 침대에서 일어날 때처럼 뒤에서 내 목을 끌어안았다. 그와는 딱 한번 수옥 언니와 결혼하기 전날, 첫 포옹과 두 번째 키스를 했을 뿐이었다. 그런 그를 업은 것인지 끄는 것인지 모르게 온몸을 비벼가며 침대까지 게걸음으로 아우성치듯 올 수가 있었다. 그를 막 침대에 눕히려는데 하마터면 그를 방바닥에 떨어트릴 뻔했다. 팬티만 입은 내 엉덩이 뒤로 묵직한 것이 불끈 발기하여 솟구치고 있었기 때문이었다. 나는 급히 그를 돌아 뉘면서 좀 전과는 전혀 생소한 남성을, 그야말로 입이 딱 벌어지는 현상을 목격한 것이었다. 그는 내 목을 끌어안은 채 누우면서 짐승과 같은 괴성을 질렀다.

"으~윽!"

신음과도 같은 소리는 분명코 나를 부르는 소리임에 틀림없었다. '영이', 그는 나를 부를 때 그렇게 불렀었다. 그 충격으로 나는 질식할 것만 같았다. 순간 다시 생각하면 수옥 언니를 부르는 소리일 수도 있었다. 그 소리를 듣는 순간 잊은 줄로만 알았던 내 몸이 열리고 얼어붙었던 카타르시스가 무너져 내리고 있음을 느꼈다.

나는 이미 예전의 철없던 내가 아니었다. 몸이 먼저 그를 안고 얼굴을 그의 가슴에 묻었다. 왜 그렇게 눈물이 쏟아지는지 모르지만 언제까지나 그렇게 있고 싶었다. 눈물이 흘러 어깨를 적시고 등을 적셨다. 그는 어느 틈엔지 새끼손가락을 뻗어 내 손가락을 끼고 있었다. 불편한 것은 몸이지 마음은 굳어 있지 않다는 증거였다.

"하나님 감사합니다!"

그는 완전히 무너진 것이 아니었다. 나를 부르며 내 손을 잡을 수 있는 의식이 아직 살아있었다. 가슴은 여전히 콩닥거리고 있었다.

12시는 다 되서야 나는 그에게 아점 상을 차려줄 수 있었다. 수옥 언니가 날 입으라던 잠옷을 그에게 입혔다. 남녀공용으로 무난한 잠옷을 입히면서 보니 그의 팔꿈치가 멍이 들고 굳은살까지 잡혀있었다. 무릎은 팔꿈치보다는 양호한 편이었다. 화장실을 기어 다니느라 편할 날이 없었을 것이라 생각하니 또 눈물이 났다. 그래도 이만하기가 얼마나 다행하고 감사한 일이냐, 밉던 수옥 언니가 다시 보였다. 새 잠옷을 입은 그가 그런대로 편해 보였기에 내 마음도 훨씬 편했다. 내일이면 빨아 널은 잠옷으로 갈아입을 수 있을 것이었다. 침대시트를 갈아 끼울 때도 처음처럼 이리 굴리고 저리 굴려가며 했었지만 그것은 사랑하는 연인들의 유희였다. 물론 아점을 겸한 식사였지만 이번엔 내가 직접 한 숟가락씩 그의 입에 넣어주었다. 부부의 행복이 멀리 있지 않음을 한껏 맛볼 수 있었다. 그가 먹은 밥상을 치우고는 침대 머리맡에 등을 기대앉아 내 대퇴부 위에 그가 머리를 올려놓고 편히 누울 수 있게 했다. 그리고 유키구니를 펼치며 그와 함께 했으면서도 함께 하지 못한 하얀 설국으로 들어가려 했다. 가와바다 야스나리 문학의 정점에 도달한 격조 높은 서정소설을 읽기 시작했다. '국경의 긴 터널을 빠져나오자 눈의 고장이었다. 밤의 밑바닥이 하얘졌다. 신호소에 기차가 멈춰 섰다.' 소설을 읽으며 그가 시마무라를 많이 닮았다는 생각이 들었다. 시마무라의 두 여자 고마코와 요코가 꼭 수옥 언니와 나를 두고 펼쳐지는 것처럼 느껴졌다. 누가 고마코든 요코든 그것은 아무런 문제가 아니었다.

어느새 그는 곤하게 잠이 들었다. 나는 그의 곁에서 하얀 설원을 걷고 있었다. 그와 함께 찾았었던 홋가이도 삿뽀로의 설원이었다. 예전엔 그가 수옥 언니와 함께 있어 나는 슬픈 사슴 같은 존재였지만 지금은 그가 내 곁에 있었다. 내일은 새벽 장에 가서 새봄을 일찍 맛보도록 쑥을 구해다 새알심도 넣은 쑥국을 끓여 주고 싶었다. 그간의 서러웠던 설국의 시간을 잠재우도록 아침상을 차리리라. 긴 꿈의 터널을 지나면 기다려 줄 밝은 아침이듯이, 나는 몸을 접어가며 그의 곁에 누웠다.

꿈의 바람꽃

정명희 단편소설

# 두로선생 豆露先生

# 두부는 찬물에 헹구고 햄은 끓는 물에 데친 뒤 요리해

야 한다는 말이 있다. 그렇게 하는 것이 식재료의 특성을 제대로 살려가며 요리를 할 수 있기에 하는 말일 것이다. 그래서 그런지 작업을 할 때마다 프로라기보다는 아마추어에 가까운 재료에 대한 실험을 놓지 못하고 있다. 그것은 열정과 자신감의 결여라기보다 아이덴티티를 가진 나만의 작업을 표출하려는 나와 아둔한 가슴 사이에 벌어지는 절박함 때문이기도 하다. 그렇기에 주위의 동료들이 다시 보여지기 일쑤다. 그 때문만은 아니겠지만 가끔 찾아드는 무기력감을 주체할 수 없을 때, 불쑥 만나고 싶은 사람이 시인이자 오피니언으로 존경받고 있는 두로 선생으로 자리 잡은 지 오래다.

내가 두로 선생을 알게 된 것은 꽤 오래전부터다. 모 신문사의 독자위원회에 위원으로 함께하면서 단체로 다산초당을 다녀온 적이 있었는데 그때 같은 좌석에 앉은 것이 인연인 것 같다. 그러잖아도 지면을 통해 선생의 글을 읽으면서 한번 만나 차라도 한 잔 같이 하고 싶었던 터라 꽤 많은 얘기를 나누었다. 두로 선생은 충청도 홍성 사람으로 1942년생이니 나완 띠 동갑이다. 열두 살이나 손윈데도 가끔씩 행사장에서 만나면 누가 먼저랄 것도 없이 소주 한 잔을 나누곤 했었다. 그러나 내가 먼저 청을 넣어 함께 여행하는 것은 아마도 이번이 처음이었다. 두로 선생을 부를 때 '최승현씨'라거나 '최

선생님'이라고 부르기엔 너무 사무적인 것 같고, 그렇다고 '두로 형'이라 부르기엔 좀 그런 것 같아 그의 아호를 따라 '두로 선생'으로 부르게 된 것이었다. 두로 선생이라는 말 속에는 다분히 존경의 의미가 스며있다고 보아 무방했다.

며칠 전 모 방송에서 '백제 사비길'을 함께 걷는다는 다큐멘터리 프로그램을 접한 후에 그야말로 문득 두로 선생과 함께 떠나고 싶다는 충동을 주체할 수 없었다. 그런 어제 '유네스코 세계유산과 함께 하는 여행'이란 기사를 읽게 되면서 불문곡직 아무 생각 없이 전화를 넣었고, 또 두로 선생 역시 기다리기라도 했던 것처럼 쾌히 승낙을 해주었기에 오늘의 여행이 성사된 것이었다. 이런 것을 두고 이심전심이라 말 할 수 있는 것이리라. 나의 고향, 초등학교 저학년 시절에 떠나왔지만 하루 코스 여행이긴 해도 마음이 설레는 걸 보면 여행은 여행인가 보다.

부여문화원에서 '나의 문화유산 답사기'로 잘 알려진 유홍준 교수가 기증한 작품을 전시한다는 기사를 보았을 때도 시간이 여의치 않아 들르지 못한 고향이었다. 지난해 7월 한국유네스코는 충남 공주시와 부여군, 그리고 전북 익산시의 백제 관련 유적지 여덟 곳을 '백제역사유적지구'로 묶어 세계유산에 등재했다. 유적지 여덟 곳은 부여의 네 곳으로 관북리 유적과 부소산성, 정림사지, 능산리 고분군, 나성 등이며, 공주의 두 곳은 공산성과 송산리 고분이고, 익산의 두 곳은 왕궁리 유적과 미륵사지 등이었다. 이때 부여군은 네 곳의 백제유적지를 하나로 묶어 답사할 수 있도록 설계한 '사비길'

을 만들었다고 방송 프로그램의 안내가 있었다.

예전부터 꼭 한번 물어보고 싶었던 두로 선생의 아호에 대한 얘기는 버스가 부여시외버스터미널에 도착한 후 부여군청 쪽을 향해 걸을 때쯤에서였다.

'두로豆露', 특이하기는 해도 아호라기보다는 승려들의 법명으로도 꽤 독특한 것이었다. 나의 좁은 식견으로는 매일 마시다시피한 소주가 요즘엔 참 이슬이지만, 콩 이슬? 이라기엔 감이 잡히지 않았기 때문이기도 했고 사실은 선생의 과거에 대한 궁금증의 발로이기도 했다.

"그렇게 궁금할 것까지야 없는 별명이지요. 청포도의 시인 '이육사李陸史'도 일제강점기시절에 감방 수인번호가 '264'였던 건 아시지? 나도 그런 셈이라고 여기면 되요."

"그렇다면 두로 선생님도 감방에 간 적이 있으셨단 말이네요?"

전혀 생각조차 못해 본 얘기였다. 이육사는 중학교만 다녔으면 다 아는 경북 안동 출생의 독립투사 이원록의 필명이었다. 북경사관학교에 입학했었다가 의열단을 중심으로 활동을 했고, 대구 조선은행 폭파사건에 연루되어 투옥되었을 때 수인번호가 264였음은 다 아는 얘기였다. 대표작으로 '광야' '절정' '청포도' '파초' 등 모두 민족정신을 장엄하게 노래한 작품들이 있었다. 해방되기 두 해 전인 1943년 중국의 북경감옥에서 옥사했고, 3년 뒤쯤에 '육사시집'이 친지들에 의해 발간 된 것으로 기억하고 있었다.

"그 때 1963년, 내가 63학번이거든요, 학생운동이 한참이던 시절

내가 학생운동에 연루되어 여기저기 끌려 다니다 받은 수인번호가 '1225'번이였는데 그들은 뒷자리 '25'를 '둘 오번'이라 불렀어요. 아마도 앞자리 '12'는 내 죄목에 대한 분류번호인지는 몰라도 같이 들어온 친구들도 모두가 '12**'였었는데, 일찍 나간 애들은 '10**'으로 붙여졌거든. 나는 감옥에서 형기로 군대를 마쳐서 잘 몰랐었지만 나중에 보니 '둘, 삼, 넷….'하는 것은 군대에서 통신병과 애들이 숫자에 대한 구분을 바르게 하기 위한 것이더라고. 그래서 '둘 오번'이라고 불렀을 때 내가 멍청하게 있으면 느닷없이 내 쪼인트부터 깨지기 일쑤였지. 그렇게 깨지면서 내 이름은 어딜 가고 '둘 오'가 변해 '두로'가 됐지요. 그렇게 몇 년의 투옥생활을 마치고 사회로 환원되면서 글로 호구를 해결하려다보니 자연스럽게 붙인 필명이 '두로'가 된 것이지요. 내 딴엔 그럴싸한 한자를 찾으려 했지만 콩 두荳를 잡은 것은, 오랫동안 콩밥을 먹었으니 그게 당근이란 생각에서였죠. 콩 두란 글자는 제사 등에 사용되는 제기나 제수 등을 이르는 말로도 사용되거든요. 또 이슬 로露는 창피한, 뭐 그런 것이지요. 감방에서 처음엔 억울해서 밤마다 울고, 내 꼬락서니가 하도 처량해서 울고, 애인도 아닌 친구 사이였지만 그녀가 보고 싶어 울고, 어머니가 그리워서 울고, 무엇이건 간에 끌어 붙이며 울고, 우는 수밖에 없어서 또 울며 밤을 지새웠었지요. 나중엔 눈물이 말랐는지 눈가에 눈물방울만 이슬처럼 맺히기만 해서 그 '로'자를 쓴 것인데, 그 뜻이 은혜를 가리키기도 하고 허무함을 나타내는 말이기도 해서 '콩밥 먹은 사람'이란 말일 수도 있겠고, '세상이 허무한 사람'이겠기에 나 같은 사람은 더 이상 나오지 말았으면 하는 기원으로 나를 위해, 아니 내 나라 대한민국을 위해 하늘에 대고 늘 제사를 지내는 심정으로 글을 써왔지요. 또 그 속에서 할 일 없으니 책을 참 많이 읽었죠. 배운 건 없지만 글쓰기밖엔 마땅히 할 일도 없었구요. 그래서 그 품삯으로 연명하며 살아온 세월이 벌써 40여년이나 되고 말았네요. 그때는 지금처럼 시시한 투쟁은 하지도 않았지만, 인생은 나그네 길이라던 유행가 '하숙생'이 생각나는군요. 나라는 갈수록 깊은 나락으로 빠져들기만 하고 그것도 정치랍시고 으스대는 꼬락서니가 웃기지도 않았죠. 하기야 대통령까지 40년씩이나 이단 교주의 딸에 휘말려 국정을 농단당하는 것도 모르는 판국이었으니 나라도 아니죠. 오히려 국민이 부끄러워할 판이니 이 자괴감을…. 대통령은 고사하고 국정을 이끈다는 사람들이 모두 그 꼴이었으니 그만 두죠. 아! 참 미안해요. 영혼이 자유로운 우리 민 작가 앞에서 내가 쓸데없는 소리를 했네요."

"아~ 네에, 언싱커블한 얘기죠. 그건 그렇고 아호에 그런 깊은 뜻이 있었군요. 아호라기보다 인생관을 농축해 놓은 좌우명과 같은 것이네요. 또 아까 얘긴 까마귀 노는 곳에 어울릴 사람들이 따로 있으니 이쯤해서 접어야겠죠."

"언싱커블한 사건은 아니니까요."

내가 '상상도 할 수 없는' 얘기라고 했을 때 두로 선생은 '가라앉지 않을' 사건이라고 부언했다. 발음은 비슷하지만 보는 각도에 따라서는 상이한 해석일 수밖에 없는, 때문에 새로운, 역시 그의 깊은 안목에 혀를 내두르며 내 작품세계에 대한 관심을 재조명해 보는데 신경을 써봐야 될 것 같다는 생각이 들었다. 이런 생각에 취해 있을 때 두로 선생은 말을 이었다.

"그러나 나를 움직이게 한 사람은 따로 있어요."

"두로 선생님도 그런 사람이 있어요?"

"하하하, 그렇게 정색하시니 말씀 드릴까요. 그림을 하시니 잘 아시겠지만 한국 현대미술의 아이콘으로 불러 손색없을 분 중에 단색화의 대가인 윤형근 화백이 있었지요. 아시죠? 그 분이 당신에게 특별한 영감을 준 사람으로 추사 선생을 꼽았고, 자신은 그 추사 선생의 서예작품에서 영감을 얻었노라 고백했거든요. 그 때만 해도, 뭐 지금도 마찬가지지만 대개 서양 물을 좀 먹은 사람들은 한국화니, 서예니 하는 사람들을 경시하는 편이었지요. 그런 시절에 서예작품에서 영향을 받았다는 솔직한 말은 그들에게는 쇼크나 다름없는 것이었을 테지요. 그 윤형근 선생보다 15년 쯤 뒷사람인데 현재 중국에서 꽤 유명한 서예가로 활동하는 '스후石虎'라는 작가가 있어요. 나완 동갑내기긴데 몇 년 전에 북경에서 한번 만난 적이 있었죠. 내게 영향을 준. 내 아호는 그의 저서를 보고 지은 것이고 만나기는 한참 뒷얘기지요. 그 스후라는 작가는 문자를 통한 사유를 자기성찰의 모토로 삼으며 창작활동을 하는데 작품이 아주 현대적이에요. 쉽게 말해 문자추상이라고 해도 되지요. 그의 중심이론이 '자사유字思惟'인데 '한자에는 도道가 있고 그 도는 형상과 음을 생성하며 형상의 병치에 의해 만물이 문자 속에 담겨 있다.'는 것이죠. 이 말이 내가 '두로'를 아호로 결정하게 만들었지요."

이야기 도중 두로 선생에게 잡힌 손을 뺄 생각도 못하고 아호에 대한 선생의 가슴 저린 얘기와, 해박한 예술론을 듣다보니 어느새 우리는 껍데기는 가라던 시인 신동엽 선생의 생가 앞에 와 있었다. 그토록 아픈 과거가 그렇게 낭만적으로 승화되어진 아호에 숨겨져 있었다니! 나처럼 부모님이 건강하고 크게 되어 잘 살라고 지어준 이름과는 하늘과 땅 만큼이나 큰 괴리가 있어 보였다. 더구나 지금 껍데기는 가라고 외쳤던 민중의 저항시인인 신동엽 선생의 생가에서 보는 두로 선생은 껍데기가 아닌 어쩌다 놓쳐 버린 귀한 이삭이었다. 그런 양반이 자신을 제사상의 그릇에 비유하며 몸을 낮추고 살아온 것을 생각할 때 다시 한 번 선생의 얼굴을 쳐다보게 되었다. 스스로 껍데기의 너울을 뒤집어쓰고 있었지만 종당에는 그것이 아니었음이 백일하에 드러날 순간이 있을 것이었다. 좋은 세상이 올 것이라 여기면서 기다리는 큰 바위 얼굴 바로 그 모습이었다.

'껍데기는 가라' '누가 하늘을 보았는가' 등을 발표한 신동엽 시인은 부여의 자랑을 넘어 한국과 한민족이 어떻게 세계에 대처해야 하는가를 일깨우고 있다. 시인이 어린 시절을 보냈다는 소박한 한옥 뒤로 시인의 육필원고와 유품 등을 전시한 조촐한 문학관을 보며, 더 늦기 전에 두로 선생의 글을 모아 그의 정체성과 자긍심이 물씬할 존재감을 위해서라도 출판을 서둘러야겠다는 생각을 했다. 몇몇 아는 출판사와 얘기가 있기는 했었다.

1500여 년의 실타래를 풀어낼 궁남지는 계백장군의 동상이 서있는 로타리를 지나자 얼마 되지 않아 보였다. 백제 왕가의 공원으로 634년에 조성된 장대한 인공호수다. 이곳은 1960대 후반에 복원

된 것이지만 3만평이나 되던 옛 모습을 겨우 1만여 평의 작은 공간으로 복원했을 뿐이다. 아마도 예산과 주변 여건상 그리 될 수밖에 없었겠지만 그렇잖아도 궁색해 보이는 백제문화의 향기가 아쉽기만 하다. 금년 여름에도 어김없이 이곳에서 연꽃 축제가 개최되었다고 했다. 장관이었을 풍광을 못 본 것이 안타까웠다. 1천만 송이 연꽃이 흐드러져 무아지경을 이루고 그 사이에 관광객들이 넘쳐난다니 생각만으로도 가슴이 뛰었다. '두로 선생님, 내년에도 제가 모실 테니 그 땐 백연차를 마시며 무령왕을 그려보자고요. 시인 타고르도 연꽃이 필 때면 마음이 두근거려 잠을 이룰 수 없었다네요'라며 다소 딱딱해진 분위기를 털어냈다.

궁남지와 황금들녘을 관통하는 임도를 따라 40여 분쯤 걷자 부여읍 외곽의 능산리 고분군이 있었다. 이곳에는 고분 일곱 기와 백제 마지막왕인 의자왕의 가묘가 있었다. 의자왕은 태자 융과 함께 당나라의 수도인 낙양에 끌려갔다. 지금의 중국 정주성 외곽을 끼고 흐르는 황하의 십리허에 위치한 공동묘지에서 태자융의 지석이 발견되어 북경박물관에 보관중이라고 내가 태자 융의 넋을 위로하기 위해 추모정자를 세운 계룡건설의 이인구 회장과 낙양박물관에 갔을 때 들어 알았다. 현재 발굴중인 유적 중에 2호분은 그 규모로 보아 538년 웅진에서 도읍을 사비로 옮기고 백제부흥을 꾀한 성왕일 가능성에 무게를 두고 있었다.

금성산에서 내려오며 나는 두로 선생에게 지금까지 발표한 글을 모은다면 대략 원고지로 얼마나 될 것 같으냐를 넌지시 물었다. '글쎄요. 따져보진 않았지만 책으로 낸다면 너댓 권쯤은 되지 않을까요. 왜, 누가 출판할 생각이 있다면 원고료는 받지 않는다고 전해요'라며 귀를 쫑긋해 왔다. 아뿔싸! 내가 쓸데없는 기대감을 자극한 것은 아닌가 후회스러웠지만 이내 정색을 하며 손사래를 쳤다.

"아닙니다, 그냥 궁금해서요. 또 누가 알아요, 독지가가 나타나 줄지?"

"괜찮아요, 그러나 죽기 전에… 아닙니다. 내가 확실히 늙긴 늙었나 봅니다. 쓸데없는 생각을 다하고….."

편한 마음에 속마음을 잠시 비쳤을 뿐인데도 선생은 후회 막급한 모습이 되었다. 저렇게 여린 사람이 과격한 학생운동에 가담했고 또 여러 해 동안 수인이었다는 사실이 믿어지지 않았다. 나는 서둘러 박물관 입장권을 샀다. 국립부여박물관에는 백제 공예 예술의 정수를 보여주는 백제금동향로의 봉황깃털을 형상화한 기와장식 '치미'와 연화문수막새 등의 와편 물들과, 그 중에도 백제미소의 고졸미로 유명한 백제인의 얼굴을 연상시키는 수막새가 특별 전시되고 있었다.

"백제의 아름다움을 '검이부루 화이불치儉而不陋 華而不侈'라 하잖아요?"

"검소하지만 누추하지 않고 화려하지만 사치스럽지 않다는 얘기군요."

내가 조심스럽게 백제문화의 정의를 꺼내자 두로 선생은 나를 배려하며 시를 낭송하듯 바로 따라 읊었다. '내가 생각한 대로 멋쟁이야' 척하면 삼천리고 툭하면 울타리 호박 떨어지는 소리라더니, 선생의 해박함을 따를 수 없음에 놀라고 있을 때 선생이 말을 꺼냈다.

"참, 민 작가! 내가 말을 끊어 미안한데. 괜찮죠?"

"그럼요, 저야 두로 선생님 말씀이라면 무조건 경청하는 사람인걸요."

"그러시다면야 뭐. 이번에 미국 가수 '밥 딜런'이 노벨 문학상을 받았는데 어떻게 생각하셔?"

"글쎄요, 세상 참 많이 변했구나 싶던데요. 문학가라기엔 좀 거리가 있고, 차라리 노벨 평화상을 받았으면 밥 딜런의 반전 가요들과 어울리지 않을까요?"

"그건 밥 딜런의 다양성을 다시 한 번 인정한 것은 아니었을까?"

"그렇군요. 저도 그 기사를 봤어요. 예술의 장르가 무너지고 있는 현실을 감안한다면 소통과 융합의 진일보한 결정이고, 앞으로 장르간의 융합을 부추기는 현상을 예측한 것인가요?"

"그렇다고 봐야겠지요. 미국의 노벨 문학상은 소설가 토니 모리슨(1993) 이후 꼭 23년 만이군요."

"스웨덴 한림원 노벨상위원회는 미국의 팝송을 가리켜 위대한 전통 노래 속에서 새로운 시적표현을 창조해냈다라고 선정 이유를 밝혔더라고요."

"그래요, 밥 딜런이 전통적인 문학형식에 들어맞진 않지만 그의 시와 단편소설들은 널리 인정받아 왔다고 본다는 것이겠죠."

밥 딜런(Bob Dylan)은 1963년 앨범 '프리 힐링 밥 딜런'의 성공을 통해 당시 활발했던 사회적 저항운동의 상징적 음악가가 됐다. 또 우리나라의 학생운동에도 적지 않은 영향을 준 것은 사실이었다. 특히 '블로윈 인더 윈드'와 '더 타임스 데이 아어 체인징' 등에서 사회상을 잘 보여주는 저항적 노랫말을 지었다. 때문에 시민운동을 넘어 베트남전쟁에 저항하는 표상이 되기에 충분했다. 결국 대중음악의 가사수준을 상상 이상으로 끌어올리는 견인차 역할을 해낸 것이었다. 반전과 평화의 메시지로 시대의식과 저항정신의 본보기가 되었다.

내가 대학에 가기 전부터 그는 우상과도 같은 존재로 기억되었다가 잊혀져가고 있었는데, 그야말로 경천동지할 사건으로 부메랑처럼 다가온 밥 딜런의 노벨상 수상 소식은 세상을 다시 한 번 살맛나게 만들어 주었다. 그렇게 기억에서 잊혀진 사람 중에 두로 선생도 있었다. 그것은 결코 나 혼자만의 생각은 아닌 것이 두로 선생을 좋아하는 사람들이 꽤 많다는 사실에서도 알 수 있었다. 지난번 예총 연수회에서 선생의 특강 '과거와 현재를 잇는 통일의 지름길'은 그야말로 성공적인 것이었다. 우리가 잊으려 애쓰면 애쓸수록 따라붙는 일제강점기의 기억에서 벗어나는 첩경이야말로 일제강점을 인정하고 끌어안는 용기라고 했다. 그것을 인정하고 나서야 비로소 대한민국이 있다는 지론이었다. 그들이 낙인처럼 찍어놓은 각 분야의 용어들을 과감하게 뜯어 고칠 수 없다면 솔직하게 시인하고 써가며 앞으로 나가는 것이 이익이 아니겠냐는 것이었다. 그

대신 한자문화권이라는 동북아의 현실을 감안하여 남북한과 중국, 일본이 함께 사용할 수 있는 예술용어만이라도 통일에 앞장선다면 좋은 결과를 도출시킬 수 있지 않겠느냐는 주장은 많은 호응을 받은 바 있었다. 정부 차원이 아니라 예총이 주선하여 예술인들이 먼저 나서서 그렇게 함으로써 일제가 만든 어이없는 일본식 예술용어들을 떨쳐낼 수 있을 것이라 했고, 이 같은 예술용어 통일이야말로 민족통일을 앞당기는 초석이 아니겠느냔 대목에선 박수까지 받았다.

"노벨 문학상이 저항과 자유의 상징을 선택했다는 것은 변화를 넘는 변혁이지요. 우리가 지금 보고 있는 정림사지 5층 석탑만 해도 그 시절에서는 있을 수 없는 파격적인 구조물이었겠지요. 현대적으로도 이렇게 안정적인 비율과 절제미는 작가가 주장할 수 없는 것이었을 테니까요. 때문에 오늘에 이른 것일 테고. 나는 민 작가의 작품을 보면서, 오해는 마시구요. 스타일이 너무 그래픽한 쪽으로 기울어져 있다는 생각이 들어요. 틀에 잠기면 흐르지 않는 물과 다르지 않은 거거든요. 썩는다는 거겠지요. 백제미술의 경이로움은 당시의 틀에 얽매이지 않았었기에 오늘이 있는 것이라면, 죄송하지만 민 작가의 작품이 오래 갈 작업은 아니란 생각이 든다는 얘기를 꼭 한 번 하고 싶었어요. 미안해요. 더욱이 밥 딜런이 노벨상을 받은 이 시점이야말로 내가 민 작가에게 말할 수 있는 최적의 기회인 것 같아 한 말이니 용서하세요."

조심스러울 말을 했음인지 이번에도 나의 손을 꼬옥 잡았다.

"아닙니다. 두로 선생님의 한마디 한마디가 저를 새롭게 일깨우고 있는 걸요. 그렇게 솔직한 비평을 해주신 것은 그만큼 저를 아낀다는 뜻일 테니까요. 저는 비로소 오늘에야 오리지낼리티가 무엇인지를 터득했다고나 할까요. 강고한 아이덴티티와 독창적인 스타일이 녹아들어 개인적인 몸과 형태가 된다는 올버스 색스가 '화성 일류학자'에서 말한 창조성에 대해 한동안 잊고 있었지만, 선생님이 새삼 저를 깨우치도록 죽비를 내리친 것과 다름이 없어요. 일종의 계시 같다고나 할까요? 에피퍼니, 그렇죠? '어느 날 돌연히 뭔가가 눈앞에 불쑥 나타나고 그것에 의해 모든 일의 양상이 확 바뀌는 현상 같은 것'이라고 무라카미 하루키는 말했습니다만, 저는 오늘 마치 성령강림과도 같은 깨달음을 얻었습니다. 두로 선생님 덕분에."

내가 그렇게 흥분된 어조로 말을 이으며 두로 선생의 손을 마주 잡자 그는 도리어 어색한 듯 어린아이처럼 웃었다.

"3분짜리 노래가 세상을 바꾼 것이죠. 15세기 말부터 시작된 일본 고유의 단시형 시에 히이쿠가 있다는 거 아시죠? 밥 딜런의 서민적인 노랫말이 바로 같은 것이라고 생각해요. 그의 시는 미국 교과서에도 실렸지만 직설적이고 선동적이기 보다는 깊고 그윽한 은유가 많은 사람들에게 감명을 주었었나 봅니다. 자신의 예술세계에 대해 겸손할 필요가 있다는 것이겠죠. 예술이라는 것이 다분히 도전적임엔 틀림이 없지만 자유로운 영혼을 가진 사람들에게는 접근이 매우 손쉽다는 것을 밥 딜런이 증명했다고나 할까요?"

"그렇게 말씀하시니 두로 선생님의 글에서 느끼는 서정성과 은유적 서술이 모두 같은 맥락을 가지고 있네요. 또 '작품은 자기 새끼다'라고 말한 헤겔의 말이 새삼스럽고요. 작품은 영혼의 연장선이고 정신의 소산임을 잊지 말아야 하겠지요."

"나는 그런 얘기를 들을 만큼의 글이 못되는 사람이고요. 걱정스러운 것은 그가 오늘까지 노벨상에 대해 아무런 언급이 없다는 거예요. 긍정도 부정도 하지 않는 것은 그딴 것엔 관심도 없다는, 또 하나의 저항으로 보아야 한다는 것일 테니까요."

우리는 정림사지 5층 석탑을 천천히 돌면서 이야기를 나누며, 일견 탑의 요모조모를 살필 수 있었다. 밋밋한 돌로 이루어진 탑일 뿐, 탑은 이렇다 할 장식은 보이지 않았지만 무언가 모를 힘으로 사람을 끌어당기고 있는 것이 분명했다. 애써 찾은 기교래야 각층 네 귀의 처마가 살짝 치켜 올린 듯 솟아 오른 모양이 다른 탑과 다르다면 달랐다. 마치 모나리자의 고졸한 미소를 옮겨다 놓았다고나 할까, 아니다. 시간차를 생각하더라도 모나리자가 이 탑의 처마를 닮았다고 해야 옳은 것이리라. 소위 아르카이크 스마일이 그리스에서부터 백제에까지 이동한 것이다. 백제인의 탁월한 미의식에 새삼 놀라지 않을 수 없었다. 좀 전에 부여박물관에서 보고 온 수막새 기와의 미소와 멀리 서산 마애삼존불의 미소가 서로 겹쳐지고 경주 석굴암의 본존좌상인 석가여래의 미소와도 겹쳐지고 있었다. 실로 옷깃을 여미게 하는 의연함에 압도되었다고나 할까.

정림사지를 빠져나와 부소산으로 걸음을 옮겼다. 두로 선생은 나보다도 더 젊은 사람처럼 발걸음이 가벼워 보였다. 부소산은 사비성의 중심으로 남쪽 기슭에 왕궁이 있고 능선에 부소산성이 있다. 왕궁터가 발견 됐다는 관북리 유적을 먼저 보기로 했다. 유적지는 잔디밭으로 잘 다듬어져 있었다.

"어때요? 인생무상이. 허허롭지요? 이런 분위기에는 내 아호만큼 잘 어울리는 한자도 드물지요. 두로! 이육사 선생의 발톱 밑의 때만큼도 미치지 못하지만 아호만큼은 뒤지고 싶지 않군요."

"그렇지 않아요. 두 분은 서로가 별개니까요. 선생님의 글을 읽었고 또 밥 딜런의 노래를 생각하면서 저는 새삼 인생의 오묘한 뜻을 터득하고 있습니다."

그랬다. 사회적 저항 운동의 아이콘으로 자리 잡은 밥 딜런의 예술 세계가 우리나라 학생운동에 적잖은 영향을 주었다면, 그 학생운동의 주역이었던 두로 최승현씨는 이름도 모른 채 사라져야 하는 인생이 아니었다.

나의 작업은 판화를 통한 회화의 새로운 모색이다. 지금껏 내보인 바 없는 장르를 개척하고 싶다는 것이 소망이다. 그러나 비틀스의 노래가 시대를 넘는 노래였고, 비치보이스의 노래가 새로웠다는 시절을 그저 탄복만하고 지나쳤었다. 그것보다도 서태지의 '난 알아요'란 노래까지 건성으로 듣고 지나쳤으니 대중음악에 대해 '난 참, 바보같이 살았군요'였다. 그 속에 민중의 애환과 인류애가 꿈틀거리고 있었음에도….

조금 전까지 백제미술의 정점에 서서 현대미술의 '모던과 심플'

을 눈앞에 두고도 나는 변죽만 치는 격이었다. 정림사지 5층석탑은 나를 향해 '어디 힘 잡을 만한 곳이 있으면 지적해 보슈.'라며 달려들 것만 같았기 때문이었다. 이렇게 당당하게 천년을 버티고 서 있는 것은 자신감의 발로요, 존재감의 극치일 수밖엔 없는 것이었다. 무라카미 하루키는 이와 같은 에피퍼니 현상을 현현顯顯이라고 했다. 명백하게 나타나고 있는 드러냄이란 누구에게나 내리는 축복은 아니다. 그러나 나는 오늘 이 탑을 보면서 너무나도 엄청난 깨달음을 얻었다. '아 !이런 감동을 주는 작품을 남겨야 할 텐데.' 입술이 바싹바싹 마르고 있었다. 나의 고향, 백제의 땅 부여에서 나는 은혜롭게도 쉽사리 얻을 수 없는 깨달음을 맛보았다. 그림은, 아니 조형작업은 만들어낸다기보다 오히려 음악을 연주하듯 리듬을 타는 작업이란 편이 훨씬 적합할 듯 하다는 생각이 들었다.

"두로 선생님, 저는 정림사지 5층 석탑에서 새삼 그림의 다른 모습을 깨닫게 된 것 같아요. 미술도 음악처럼 리듬감을 가지고 있다는 사실을. 돌을 다듬는 일이 힘들지 않으려면 그럴 테지만 제작과정이 온통 리듬감에 휩싸여져 있다는 거예요. 아까 밥 딜런을 꺼내신 의도도 이제야 알 것 같고요. 시대정신과 겸손함을 녹여 넣은 영혼의 자유로움에 대해서도 그렇고 또 자기를 내려놓고 이웃을 배려하는 예술관이 무엇보다 중요하다는 사실을 터득했다고나 할까요. 자기 집착에 가까운 것을 집념으로 착각하지 말아야 한다는, 그저 리듬감에 실려 하는 작업으로 무아지경 속에서 완성해내는 과정뿐이라는 소박한 자세야말로 진정한 작가의식인데 그동안 해선 안 되는 일에 얽매어 힘겹게 발버둥만 쳐온 불쌍한 제 모습을 오늘에서야 찾았거든요."

"고마운 말씀이군요. 이제부턴 민 작가의 작품에서 울타리가 벗겨지겠네요. 기대해 보죠. 노벨상이 신선한 충격을 여러 곳에 나누어 준 셈이군요. 꼭 문학의 역할에 대한 폭 넓은 고민을 던진 것이 아니란 말이죠. 이제부턴 모든 예술의 장르에서 좁은 울타리를 걷어내고 그 지평을 넓히리라고 생각합니다. 어쩌면 노벨상의 취지가 반성과 도약을 위해 넓게 쓰이기를 바란 것인지도 모를 일일 겝니다."

"네. 그렇군요, 석가탑의 원형이 여기 이 정림사지 5층 석탑인 것처럼, 신라 천년의 문화가 백제미술이 바탕이란 사실을 인정했기 때문이란 말씀과도 같은 맥락이며 일제강점기의 뼈아픈 문화도 인정했을 때 비로소 한국문화가 성장할 수 있다는 두로 선생의 주장을 알 것만 같네요."

"그렇죠, 예술 간의 경계를 헐어버리지 않는 한 21세기 예술이란 무의미하단 얘기죠. 아울러 예술에선 국가 간의 경계 또한 헐어내야 할 장벽 중에 하나라고 볼 수 있겠죠. 결국 스웨던 한림원의 노벨상위원회가 21세기의 화두를 경계와 간극의 파괴라는 대변혁에 초점을 맞춘 것이란 생각을 갖게 하는군요."

부소산에선 그나마 백제의 옛 성의 모습을 볼 수 있어 다행이었다. 백제의 충신 성충과 홍수, 그리고 계백의 영정을 모신 삼충사를 지나 샛길로 접어들자 길옆으로 높게 쌓아놓은 흙더미가 보였다.

이것이로구나, 산성의 흔적이었다. 부소산성은 조선시대의 남한산성이나 수원의 화성과 같은 석축성이 아닌 토성이었다. 반월루까지 300여 미터에 달하는 토성의 흔적을 보면서 내 작업에 인용해보고 싶다는 신선한 충격을 받았다. 참새가 방앗간을 그냥 지나치지 못한다더니 딱 그 짝이었다. 그림과 판화의 경계에서 무던히도 방황하며 외롭고 힘들게 지내왔었다.

그러나 지금 토성을 보면서 판화와 그림을 토성을 쌓듯이 한다면 그 간극이 허물어질지도 모르겠다는 생각이 들었다. 일단 생각을 정리하면서 마른 흙과 진흙을 층층이 쌓은 토성을 다시 보았다. 판화로 찍힌 딱딱한 부분과 붓으로 지워내는 부드러운 감정 조절을 극복한다면 전혀 새로운 작업으로 내놓을 수도 있을 것이란 생각을 해본다. 술집에서 이 방 저 방 돌아다니며 양다리를 걸친 아가씨는 팁을 받지 못한다는 말처럼, 판화와 그림 사이에서 초대받지 못했던 기억들이 삐쭉하니 고개를 내밀고 있었다. 오늘의 여행은 매우 유익한 부산물을 내게 안겨주고 있는 것이었다. 어차피 평면작업으로 분류되는 세상이긴 하지만 새로운 작업의 시작을 생각하니 즐거워지고 맘이 한결 가벼워졌다.

부소산 북쪽에 낙화암이 있다. 부여의 대표적인 관광명소지만 사비길에서는 빠져있었다. 그러나 부여에 와서 낙화암을 보지 않는다는 것은 순대국밥에서 순대를 빼는 것과 다르지 않은 것이었다. 백제가 나당연합군에게 멸망할 때 아녀자들의 참담함을 걱정한 사람은 계백장군밖엔 없어 보였다. 그 때문에 가족을 미리 죽인 것은 아니겠지만 어차피 죽을 바엔 자기 손으로 죽이는 것이 능욕 당하는 것보다 훨씬 나을 수도 있어 보였기 때문이리라. 궁녀들이 삼천 씩이나 있었다는 것은 백제가 망할 수밖에 없는 당위성을 내세운 후일 사기를 적은 사람의 주관적인 생각일 테고, 아마도 궁녀들과 아녀자들이 능욕을 피해 함께 떨어져 자결한 것일 것이다. 슬프고도 아름다운 넋을 위해 잠시 숙연한 마음으로 고개를 숙였다.

부소산에서 내려오면 금강변의 구드래 나루의 조각공원이 있다. 두로 선생은 아직도 지친 모습이 없어 보이는데 나는 피곤한 다리를 좀 쉬고 싶었다. 오늘의 사비길 여정은 자칫 꿈을 잃어버릴 뻔한 내게 에피퍼니를 안겨주지 않았던가. 내가 잠시 쉴 겸 뭘 좀 마시는 게 어떻겠느냐 물으니 대뜸 '두로주로 합시다.'라고 말하며 길가의 묵집으로 성큼 앞장서 걸었다. 그날 이후 나는 술 얘기만 나오면 선생을 소개할 겸 두로주로 하자는 말을 자주 쓰게 되었다. 술 한 잔을 앞에 놓으면 자연스럽게 인생무상과 무위자연의 맛을 터득한 것처럼 인생을 음미하게 된다.

'산은 얼마나 오랫동안 서 있어야 바다로 씻겨 내려가며, 얼마나 오래 살아야 자유스러워지고, 얼마나 고개를 돌려야 보이지 않게 되는가. 또 사람이 얼마나 하늘을 올려다봐야 하늘을 제대로 볼 수 있으며, 얼마나 많이 들어야 사람들이 울부짖는 소리를 듣게 되고, 얼마나 사람들이 죽어가야 숱한 인명이 희생된 것을 알 수 있을까. 그 대답은 바람결에 흩날리고 불어오는 바람 속에 있다네.'

"이런 내용인데 밥 딜런의 노래로 들어야 제 맛이 나죠. 나처럼 설명하러 들으면 별 재미가 없어요."

두로 선생이 읊어주는 노래 가사는 1960년대를 저항으로 살아온 그에게 딱 어울리는 응원가가 분명해 보였다. 때문에 듣는 사람의 마음을 정확하게 휘어잡은 것인지도 모르겠다. 도대체 얼마나 세월이 흘러야 그 상처가 치유될 수 있을까를 생각하게 했다. 청바지와 통기타로 알려진 한국 저항문화의 상징은 그들만의 전유물로 끝나지 않았다. 젊은 생각, 그렇다. 젊은 생각을 가지고 살려는 사람들의 상징으로 노벨상이 대중예술을 예술장르로 인정한 것이었다. 밥 딜런은 1999년에 타임지가 선정한 20세기 가장 영향력 있는 인물 100인에 선정되었고, 2008년에는 퓰리처상을 받았으며, 2012년엔 오바마 대통령으로부터 미국 최고의 문화훈장까지 받았다. 우리나라가 노벨상을 받으려면 우선 한국에서 상을 주며 격려하고, 밖으로 자연스럽게 들어나도록 인재를 키워야만 했다. 옛말처럼 내가 욕을 하면 남도 따라 욕하는 것이 인지상정이다. 비랭이 자루 찢듯 서로 못 잡아먹어 안달하는 작금의 제 잘난 사람들의 작태가 일소되지 않는 한 우리에게 노벨상이란 추락하는 날갯짓에 불과할 뿐인 것이었다.

최근 노르웨이 작가 칼 오베 크나우스고르는 우리나라에 와서 독자들을 직접 보고 싶다는 말을 했다. '100% 행복한 인생은 영화와 같은 허구다'라며 투쟁만이 풍요로 가는 지름길이다 라고 자신의 저서 '나의 투쟁'을 홍보했다. 책의 제목은 히틀러가 오래전에 써먹은 것이지만 자신으로 하여 히틀러의 기억을 잠재우고 싶단 야무진 말을 했던 것으로 알고 있다. 누군가가 이미 쓴 것을 다시 들추어 자기 것으로 만들려는 의지가 바로 '투쟁'인 것이다. 그동안 우리는 남이 해놓은 것은 불문곡직 피하려고만 들었다. 그러나 그렇지 않다는 것을 그 노르웨이 작가는 담대하게 실천한 것이었다. 그것도 세기를 주름잡던 악령 히틀러의 멱살을 휘어잡고 일어서려는 것이 아니냐. 해볼 만한 싸움인 것이 나의 아둔함을 비웃기라도 하려는 듯 그의 장편소설의 표지에 게재된 얼굴의 시선은 응집력이 대단해 보였다. 그것은 엄연한 도전이며 선전포고와도 같았다. 나는 왜 그와 같은 용기와 용단을 내세우지 못한 것인가. 정림사지 탑을 깎던 석공, 아니 백제의 조각가도 장쾌한 도전정신으로 탑을 축조하여 세웠기에 오늘에 이른 것이었다.

"두로 선생님, 지금 선생의 얼굴을 보니까 그 노르웨이 작가 칼 오베 크나우스고르와 많이 닮아 보이네요. 아니, 제가 생각이 짧았네요. 그 사람이 선생님보다 30여 년이나 젊은 사람인데 그가 선생님을 닮은 것을. 제가 이렇다니까요. 그 사진이 늙어 보였기 때문에 그만. 용서하세요."

"괜찮아요. 내가 그만큼 젊어 보인다니 감사한 얘기죠. 나도 신문에서 잠깐 봤는데 세 권으로 된 아주 방대한 장편소설이던데 한번 읽어보고 싶고 또 그와 같은 소설도 써보고 싶기도 해요."

"그렇게 이해하시니 감사합니다. 제 생각에 떠오른 얘기를 빨리 전하고 싶어 그리됐네요. 그는 자신의 인생에서 기쁨이 없는 이유를 찾기 위해 나의 투쟁이란 자전적 소설을 썼다는 거예요. 나는 나를 알기 위해 그림을 그리고 판화를 만들었는데 서로 접근의 방법부터가 상반된 것이죠. 이번 여행은 두로 선생님이 있어 행복했고, 나를 재발견하는 행운도 있었구요. 무엇보다 아픈 과거를 보듬어 안고 인정할 때 비로소 진일보하게 된다는 것도 알았으니 다시 한번 더 선생님께 고마울 뿐입니다."

"무슨, 민 작가 덕분에 나도 행복했죠. 고마워요. 또 두로주를 위하여 건배할까요?"

술잔을 들어 건배를 했다. 야망은 좋은 것이지만 야망을 위하여 야망을 내려놓는 진정한 용기를 가져야만 얻을 수 있는 것이 좋은 작품일 것이란 점도 공유했다. 나는 부소산성의 토성 쌓기와 같은 작업을 위해 죽을 것 같은 절실한 노력을 두로 선생 앞에 약속했다.

"그럼요, 절실해야죠. 죽을 것 같은 절실함이 있어야지요. 죽음을 앞둔 생명이라야 종족보존의 법칙을 수행하는 것이라면, 우리는 이 막을 수 없는 법칙을 거역해서는 사람도 아니라는 메시지를 채택해야만 하겠기에, 민 작가도 동의하시죠?"

분위기가 충만해졌음인지 선생은 호쾌하게 웃었고 나도 따라 한바탕 웃었다. 그리고 궁금하던 말을 꺼냈다.

"두로 선생님, 밥 딜런이 노벨상을 거절할까요?"

"민 작가 생각은 어때요?"

"그보다 대통령의 눈을 멀게 한 이번 국정농단사건을 어떻게 보세요?"

"어떤 상황에서도 냉정해야 될 대통령이, 관두죠. 언젠 대한민국이 그 사람들 힘으로 살았나요? 착한 국민들이 있었기에 오늘 날까지 버틴 것이지요. 그렇지만 대통령은 각료들이 국민의 삶을 위해 올린 기획안을 결재하고 그 책임을 지는 자리라는 것을 잊지 말아야 했는데…."

"하긴 그렇지요. 그나저나 무당 같은 그 고약한 여자가 내 생명과 같은 예술에까지 재를 뿌린 셈이군요. 안개처럼 스며들어 오늘 나의 말년 작품 구상을 엉망으로 흔들어 놓았네요, 빌어먹을! 그거 참, 나도 모르게 욕이 저절로 나오고 말았네요."

"민 작가! 너무 상심하지 말아요. 내일은 또 내일의 해가 뜰 테니까."

"그럴까요? '눈먼 자들의 도시'처럼"

"읽으셨군요. 노벨상 수상작가 사라마구의 소설 '눈먼 자들의 도시'는 인간 본성에 대한 강한 의문을 던지고 있는 소설이지요. 사라마구의 문학세계가 잘 표현된 작품인데 그 소설에서처럼 세상사람 모두가 눈이 멀고 민 작가만 그 상황을 보게 된 얘기로군요. 그 아찔한 얘기가 4년 후 일어난 백색혁명! 권력의 잔인함에 대한 신랄한 풍자를 그린 '눈 뜬 자들의 도시'로 이어지거든요. 그것도 꼭 읽어 봐요. 작가의 상상이, 아니 작가의 날카로운 혜안이 무엇인지를 무겁게 느끼게 될 테니까요."

돌아오는 버스 속에서 두로 선생은 그야말로 정림사지 탑신처럼 처연하고도 현현해 보였다. 정치에 관심 없는 나 같은 사람도 자괴감에 빠져드는데 국가를 위해 한때나마 목숨을 걸고 투쟁했을 그의 마음을 짐작할 수 있었다. 어두워진 차창에 비친 두로 선생의 얼굴이 흑백 사진과 같은 모습이어서 더 그리 보였는지도 모르겠지만, 나뿐이 아니라 선생도 이번 여정에서 여러 가지로 느낀 바가 컸음이 역력했다. 게다가 아무리 트라우마에 쌓인 대통령이라 해도 한갓 강남아줌마 같은 여자에게 마음을 빼앗겼다는 사실이 싫었을 것이다. 잃어버린 백제의 어둠을 배경으로 차창에 비쳐진 두로 선생의 얼굴이 내 눈엔 '나의 투쟁'이란 소설의 표지를 연상시키기에 충분했다. 밥 딜런의 허무가 밤길을 달리는 버스에 깔리고 역사 문화 예술이 인생의 삶을 떠나서 무엇으로 남을 것이며 또 남으면 무엇일 것이냐. 젊은 시절에 겪어야 했던 굴욕감과 떨쳐내기 힘든 삶의 욕망 사이에서 정지된 채 감방 밖을 응시했을 그의 투쟁이 바로 그런 모습으로 보여졌을 것이기에.

# 꿩의 바람꽃

정명희 단편소설

트라우마

# 2시간 47분 전.

창밖은 형광증백물감을 풀어낸 듯 묘한 분위기를 자아내고 있었다. 달빛과 가로등 불빛이 교회 주차장의 콘크리트바닥과 조화를 이루어 빚어내는 분위기였다. 마치 새로 구입한 캔버스보다 더 정갈하게 보였다. 그가 잠에서 막 깨어났기 때문에 몽롱한 상태일 수도 있겠지만 평생 색깔을 주무르며 살아왔기에 더욱 민감하게 전해왔다. 한국화물감의 백록색을 엷게 풀어 화선지에 칠하면 얻을 수 있는 달빛 같은 색감과 엇비슷했다. 외할머니가 돌아가셨을 때 어머니가 차려입고 우시던 바로 그 소복을 연상하게 했다. 하얗다 못해 푸른빛을 되쏘는 옥양목 표면엔 작은 솜털까지 보풀거리고 있었다. 바로 그 감동이 연출된 분위기로 하여 그는 내심 두려움을 느꼈다.

그가 새벽잠을 설치는 것은 나이 때문에 찾아온 전립선비대증 때문이었다. 보통 하루저녁에 두어 번씩 화장실을 찾을 땐 술 때문이겠거니 생각했었는데, 최근에 들어 그 횟수가 늘어나면서 하룻밤에 너댓 번씩을 다니다 보니 신경질과 짜증이 뒤엉킨 참을 수 없는 스트레스 바로 그것이었다. 잠을 자는 것이 아니라 밤을 고스란히 밝히는 것 같은 기분이기 때문이었다. 이와 같은 상태로는 하루 일과는커녕 반나절도 버틸 수 없을 정도였다. 말 그대로 스트레스에 시달려 생활 자체가 흔들리는 상황이었다.

그는 작은 출판사에서 잡지 편집을 보기 때문에 하루하루의 컨디션이 무엇보다도 중요했다. 광고와 광고의 색상이 뒤엉키면 전체 레이아웃이 모두 헛수고가 될 수도 있었다. 때문에 잠과의 전쟁은 죽을 맛이었다. 잡지의 레이아웃 때문에 그가 이 출판사에서 근무하게 된 것이기에 스트레스가 가중된다고나 할까. 레이아웃이야말로 잡지의 생명과도 같은 것이라고 늘 입에 매달고 다니는 판에 정작 자신이 잡지를 망치고 있으니 사장이 모를 까닭이 없었다.

한 페이지 한 페이지가, 그림으로 말하면 한 폭의 그림이나 매한가지였다. 그 한 페이지가 조형의 조건을 두루 갖추어야 하는 것은 물론이려니와 앞뒤 페이지가 매끄럽게 이어져야 하는 것이다. 그래야 연상 작용에 의해서 책장이 자연스럽게 넘어가는 잡지가 되는 것이기 때문에 사장이 그를 스카우트 해온 것이기도 했다. 책장이 자연스럽게 넘어가면서 광고나 참고 사진들이 어울려야 했다. 마치 한편의 드라마처럼 서로 물고 물리는 연결이 매끄러워야 좋은 잡지란 소리를 듣는 것이다. 어쩌면 잠시 스쳐지나가는 드라마보다 순간순간 앞뒤를 되짚어 보는 잡지에는 희로애락 같은 에피소드가 필요한 조건으로 충족되어야하기 때문일 것이다. 충분한 휴식을 위해 그에게는 출퇴근 시간마저 자유롭게 배려하지 않았던가. 집중력이 떨어지는 것을 우려한 나머지 사장이 특별히 조정한 근무 조건을 그가 망치고 있다는 강박감까지 덮쳐 그를 압박하고 있었다. 벌써 몇 달째 체력의 한계를 시험하고 있었다. 일의 능률이 현저하게 저하된 어느 날 결국 그는 사장의 호출을 받아야만 했다.

사장은 모 조형대학에서 미술사를 강의하던 이론교수였다. 그러다 학교 홍보물을 맡아 하는 홍보처의 팀장보직을 맡던 중에 아예 학교를 때려치우고 출판사를 경영하게 되었다. 적성이 맞는 일을 해야 몸과 마음이 편하고 사는 맛도 난다는 것이 사장의 주장이었다. 때문에 누구보다 예술적 편집에 신경을 썼기에 그가 발탁된 것이었다. 그도 같은 대학에서 디자인을 전공했고 일러스트 방면에서는 실력을 인정받는 그야말로 베테랑이었다. 특히 심플한 조형 감각의 편집은 단색화를 보는 듯 차분하게 했고 가끔씩 배분하는 광고 센스는 가히 감탄사를 내지르게 했던 것이다.

　어느 날 광고 시안을 잡지사에 보냈다가 우연찮게 편집에 손을 댄 것이 이 출판사에 눌러앉는 계기가 되었다. 처음엔 자신이 수주한 광고를 돋보이게 할 요량으로 잡지사에 들러 앞뒤 페이지의 분위기를 살리자는 것이었는데, 다른 광고들과의 언밸런스를 잡다보니 잡지 전체를 손보게 되었었다. 그 과정에서 사장과 마음이 통하게 되었고 광고주들과 색상을 의논하는 과정에서 그에게 일임하는 광고주들이 늘어나다보니 출판사에 꼭 필요한 존재가 된 것이었다. 사장은 그때 그의 손을 잡으며 '지식을 내세우는 사람은 감각이 밀리더라구요'라는 말을 했었다. 감각을 통해 세계와 만날 수 있다며 '오감을 동원하여 잡아낸 감각으로 잡지를 승화시켜야 독자를 휘어잡을 수 있지요'라는 말로 그에게 글로벌한 시대에 걸 맞는 잡지를 만들어 달라 주문했다. 잡지의 생명 중 가장 중요한 것은 두말할 나위 없이 광고다. 광고가 있음으로 잡지가 있는 것이기 때문이었다.

광고주는 자기네 광고가 매력적으로 보이게끔 해주는 곳을 찾게 마련이다. 소위 누이 좋고 매부 좋은 관계형성이 얼마나 돈독하게 맺어졌느냐가 관건인데 그가 광고주를 붙잡고 있는 이상 사장이 싫어할 이유가 없었다. 그의 존재가 큰 만큼 사장의 신임 또한 컸다.

그의 졸음으로 어떤 실수라도 발생한다면 하루아침에 출판사가 휘청거릴 수도 있었다. 그는 사장과의 불필요한 만남은 없었지만 자신을 위해서라도 그렇고 사장의 권고를 묵살할 수도 없는 노릇이었다. 그래서 사장이 잘 아는 비뇨기과 원장의 진료를 받기로 약속했다.

병원은 생각보다 크고 청결했다. 무엇보다 원장의 친절이 까칠한 그를 사로잡았다. 누구라도 매한가질 테지만 남자가 자신의 자존심 같은 부위를, 아무리 의사라고 해도 함부로 내 보이기를 꺼려하는 것은 당연했다. 그 같은 것을 수치스럽다고 생각하는 남자들도 있기 때문이기도 하려니와 혹시 남자구실을 못하게 되는 것은 아닐까하는 자가진단이 바닥에 깔려있을 수도 있었다. 그와 같은 심정을 잘 아는 원장은 그와의 문진을 마친 후 그를 소변 검사실까지 따라와서 설명을 해주었다. 변기에 소변을 보면 소변 줄기의 강약은 물론 소변양의 다소가 자동적으로 컴퓨터에 저장된다는 설명을 마치고 자리를 피해 주었다. 잠시 뒤에 그가 일을 마치고 원장실에 들렀을 때 기다리던 간호사가 채혈을 해갔다. 열흘 뒤에 결과가 나오면 다시 의논하자며 서리태 콩만 한 알약 열 알을 작은 캡슐 병에 넣어 주었다. 취침 전에 한 알씩 먹으면 배뇨에 도움이 된다며 약값은 받지도 않았다. 그랬었다. 원장은 꼭 임종을 앞둔 아내가 '우린 사랑을 위해 좀 더 헌신해야 했어.'라고 말할 때처럼 차분하게 가라앉은 어투였다.

그가 병원을 나오며 새로운 삶을 생각하게 된 것은 다분히 원장의 영향이었다. 원장은 자신에게 부여된 삶의 조건을 긍정적으로 받아들이라는 것이었다. 그보다 나이가 10여년은 젊어 보였는데 여러 환자를 대하면서 체득한 것인지는 몰라도 다분히 현학적인 사람이라는 생각이 들었다. 결론적으로 자신의 삶을 즐기는 것만큼 좋은 약은 없다는 얘기였다. 그것이 좋고 그르고를 떠나서 삶을 즐기면서 사는 사람이 얼마나 될 것인가? 특히 좋아하지도 않으면서 살기 위해 하는 일이라면 그것은 고역일 것이 분명하지 않은가. 어느 정도 내공이 쌓이지 않고는 불가능한 일이었다. 그렇게 말하는 원장은 자신의 일을 천직으로 생각하며 진료를 하시느냐 물으려다 말고 병원을 나온 것은 병원을 소개한 사장의 체면을 생각하지 않은 것은 아니었지만 원장의 인품이 그를 압도했기 때문이었다.

건국 이래의 최고의 더위라고도 했고, 세계적인 현상이라고도 했을 만큼 그해 여름의 무더위는 대단했다. 그 같은 여름 무더위가 추석 명절까지 따라붙었던 기억도 없었다. 해마다 연례행사처럼 서너 차례는 지나갔어야 할 태풍마저 비켜갔다. 그런 무더위를 잊으려 적극적인 방법을 찾아 벼르고 있던 단행본 하나를 편집했다는 말을 원장에게 했었는데 '바로 그것이 긍정적인 사고죠'라며 고무적인 말을 해주었다. 덧붙여 삶을 즐길 줄 아는 지혜로운 처신이었다고 그를 부추겼기에 좋은 의사를 만난 것이라고 사장에게 진료보고를 했을 정도였다.

그가 갑작스런 요의를 느껴 잠에서 깨었을 때 방안은 신비스런 빛으로 가득 차있었다. 얼마를 그렇게 벽에 기대앉아 달빛을 즐기다가 저도 모르게 미끄러져 잠이 들었다. 요의가 사라졌기 때문인데 아마도 원장이 처방해 준 알약 덕분인 것 같았다.

꿈속에서 박정희 대통령과 같은 시기에 죽은 조선의 마지막 어진화가 이당 김은호가 그의 친구로 등장했다. 이당의 일본식 이름은 쓰루야마 마시시노기로 일본 우에노 미술학교에 유학하여 2년 동안 소위 일본화라고 하는 채색기법을 배웠다. 조선에서는 이완용에 의해 설립된 조선서화학교에서 당대의 거물인 소림 조석진과 심전 안중식에게 사사 받은 바 있는 걸출한 화가였다. 이당이 일본 유학 당시 그는 양화반에서 공부하던 동창관계로 몇 명 되지 않는 조선인이었다.

이당은 조선의 마지막왕인 고종황제의 어진도 그렸다. 이당이 대한제국의 초대 황제인 순종의 어진을 그릴 때 그를 특별 초청하는 바람에 귀국했다. 이당은 1923년부터 1928년까지 순종의 재위 기간 동안 모두 세 차례의 어진을 제작했는데 그가 이당을 만난 시기는 세 번째 어진을 제작할 당시였다. 일제는 순종에게 지금까지의 모습과는 전혀 다른 서양식 양복을 입게 했다. 또한 이당에게 복식이 다르니 서양식 방법으로 그리라고 했다. 일제가 조선을 병탈할 목적으로 만든 통감부의 지시 때문이었다. 이당이 지금까지 그려오던 그림은 조선의 왕을 곤룡포를 입혀 그린 조선식 그림이었다. 하지만 그것은 조선의 국혼을 그대로 인정하는 것이기에 일본으로써는 묵과할 수 없는 것이다. 겉으로는 복장 관계를 내세웠지만 조선의 맥을 송두리째 뽑아내려는 수작이었다. 그러나 단기간의 유학으로 이당도 자신의 화법이 바뀔 수 없음을 알았기에 일본에서 오랫동안 수련한 그를 불러 도움을 청한 것이었다. 물론 그 저변에는 새로운 기법을 조선에 알릴 계획일 수도 있었다. 그것은 화가라면 어느 누구라도 그렇게 했을 당연한 처사였다.

그가 이당과 함께 궁에 들어가 순종의 어진 초본을 보았을 때는, 비단 천에 옮겨 그리기 편하도록 기름종이에 목탄으로 본을 잡고 세필로 먹 선을 그려놓은 상태였다. 이 유지초본 위에 비단을 놓고 밑에서 비쳐 보이는 형상을 그리는 방법은 중국이나 일본도 매한가지였다. 그러나 동양의 전통기법을 버리고 서양의 기법으로 그리라는 것은 어찌 보면 이당에게 어진을 그리지 못하게 하려는 꼼수일 수도 있었다. 여차하면 조선에 마땅한 화가가 없으니 일본 화가를 데려다 쓰겠다고 할 판인 것이었다. 이당도 자신에게 쏟아지는 질시를 모르지는 않았지만 조선의 왕을 일인 화가에게 맡기는 수모만큼은 막고 싶었을 것이었다. 친구의 도움을 받아 새로운 기법으로 어진을 그림으로써 조선의 화법을 대내외에 보여주고 싶었는지도 몰랐다. 순종의 어진초본을 본 그는 서양 유럽의 미술 기법이 선묘를 중심으로 하는 동양의 기법과는 상이한 것이기에 이당에게 지금까지의 관념을 깨야 비로소 가능하다는 것을 간곡하게 전했다.

지금까지 눈썰미 하나로 버텨온 이당에게도 그만한 각오야 준비됐을 터였기에 그의 충고는 생명의 연장이라고 해도 과언이 아니었다. 특히 통감부의 마음을 사로잡을 수 있어야 했기에 그 보다 더 적극적이었다. 서양은 명암을 중심으로 입체감을 살려 그림을 그렸다. 어찌 보면 더 쉬울 수 있는 방법이었다. 동양의 전통방법은 현실과는 차원이 다른 주관적이고 철학적 표현이었고, 서양은 일차적인 객관성만 표현하면 그만인 것이었다. 즉 입체감이란 것도 밝은 면과 그늘져 어두운 면을 나누고 그림자를 두면 그만인 것이다. 동양화의 선을 찾아 그리는 것 보다는 쉬울 수밖에 없는 것을 놓고 실존감이라는 그야말로 보기 좋은 떡을 만들라는 격이기에 이당의 수업효과는 누구보다 빨랐다.

　이당은 친구의 조언에 힘입어 순종의 어진을 일인들이 요구하는 이상으로 바꾸어 놓았다. 그 증거로 지금의 대한민국 미술대전의 전신과 같은 선전의 양화부문에 출품하여 일인들을 제치고 당당하게 입선한 기록이 아직도 남아 있다. 그러나 안타까운 것은 2차 대전의 일본패망으로 조선의 해방은 맞았지만 작가로써의 생명인 작품이 없어졌다는 것보다 한국역사유물인 순종어진이 사라졌다는 사실이 더 뼈아픈 것이다. 다만 고려대박물관에 소장된 순종어진 유지초본으로 순종어진을 상상하는 것만으로도 감사하다. 꿈속에서 그는 시공을 초월한 힘으로 어진을 찾아 일본에서 중국으로 태평양을 건너 미국까지 종횡무진 인디아나 존스처럼 있을 만한 곳을 뒤졌지만 허사였다.

모든 것은 주어진 선택이었을까? 조선 화가로 거목과 같은 스승을 제치고 어진을 그리는 광영을 누렸던 이당은 극과 극의 상반된 삶을 살다 갔다. 해방이 되어서는 대한민국의 문화훈장 대통령장까지 받았다. 3.1문화상과 각종 역사인물의 영정을 그렸고 예술원 회원으로 예술원상까지 받으며 한국화의 6대가로 칭송을 받았었다. 그러나 일제강점기하의 반민족행위 진상규명에 관한 특별법 제2조 13호에 해당하는 친일반민족행위로 규정되어 가장 수치스러운 길을 걸어온 화가로 전락하기도 했다.

55분 전.

그는 참으로 현실과도 같은 묘한 꿈을 꾸고 나서 잠을 이루지 못하고 옥양목 달빛 그늘에 누웠다가 다시 잠이 들었다. 그리고 전립선비대증으로 인한 요의에 잠이 깬 것은 새벽녘이었다. 그는 매일처럼 새벽 운동을 위해 근처 학교 운동장에 10년도 넘게 다니고 있었다. 그러다보니 어느새 습관이 되어 오히려 운동을 하지 않으면 몸이 불편할 지경이었기에 거의 같은 시간대에 일어난 것이었다. 어쩌다 과음을 했을 때를 제외하면 10여 분 내외 차이가 있을 뿐 새벽 5시는 늘 그의 기상시간이었다. 그가 요의로 일어난 시간은 운동 나갈 시간보다 한 시간여나 빠른 오전 4시 5분이었다.

사장이 소개해준 비뇨기과 의사를 두 번째 만났을 때 원장은 신경성이 작용했을 뿐 그의 나이 또래와 비교하면 양호하진 않아도 그다지 우려할 정도는 아니라고 했다. 소변의 양이나 배뇨 속도도

평균치였고 채혈에서 나온 당도 매우 정상적이라는 것이었다. 나이에 비해 건강한 편이니 걱정하지 않아도 좋으나 신경이 쓰일 것이라며 약을 처방했으니 두어 달 복용해보라고 했다. 그 이후로 화장실은 많아야 한두 번이면 족하게 되었다. 그러나 추석 명절이라 술 한 잔을 한 관계로 일찍 잠자리에 들었는지 너무 일찍 깨었던 것이다. 학교 운동장은 5시에야 교문을 열기 때문에 시간을 맞추지 않으면 교문 밖에서 기다려야 했다. 어쩌다 일찍 나가는 날엔 준비운동도 해보았지만 지금 나가기에는 어정쩡했기에 다시 뒤척이다 그만 잠이 들고 다시 묘한 꿈을 꿨다.

그는 크로아티아 여자에게 이끌리다시피 하여 자그레브의 어느 골목길을 걷고 있었다. 크로아티아는 아드리아 해의 오른쪽에 있다. 위로 슬로베니아가 있고 아래로 보스니아가 있다. 아드리아 해를 끼고 이탈리아와 마주하고 있는 동유럽의 숨겨진 보석 같은 나라라고 할 정도로 풍광이 아름다운 나라다. 자그레브는 크로아티아의 수도로 예부터 동서양의 가교 역할을 해왔다. 그곳의 가장 유명한 반 엘라치차 광장에 100미터도 넘는 쌍둥이 첨탑이 있는데, 그중 하나에 올려놓은 황금빛 성모 마리아상이 매우 인상적이다. 그 광장을 끼고 오른편으로 돌아가면 커다란 넥타이를 쇼윈도 밖에 내걸어 눈길을 끄는 상점이 있고 그 앞을 지나면 그가 찾으려던 평화의 시인 안툰 구스타브 토마스의 동상이 있다. 그가 왜 그 시인을 찾는 것인지는 아직 모른다. 다만 꿈속에서도 매우 절실한 상황이었던 것만은 확실해 보였다. 그가 공항 대합실의 인포메이션 센터에서 토마스 시인의 동상을 어떻게 가느냐고 물었을 때, 그를 본 한 여자가 기다렸다는 듯이 그의 옷소매를 이끌며 안내를 자청했기에 여기까지 오게 된 것이었다. 대개 꿈속에선 모든 것이 운명처럼 정해져 있기 마련이어서 따르지 않을 수가 없었다. 때문에 시인의 동상 옆에 나란히 앉아서 생각해볼 작정이었다. 시인을 만나면 수수께끼가 풀릴지도 모른다는 기대 하나로 처음 본 크로아티아의 여인에게 끌려 온 터였다. 시인의 동상은 현대 조각가 마이욜의 지중해를 연상시킬 만큼 멋진 작품으로 매우 모던한 스타일로 제작되어 있었다. 동상의 어깨와 등, 그리고 두 팔 등이 반들반들하게 윤이 나는 것으로 보아 많은 사람들이 찾는다는 것을 금방 알 수 있었다. 그가 앉아 있는 자리의 나무벤치처럼 만들어진 아랫부분의 보턴을 눌렀더니 마치 시 낭송가의 음성처럼 매혹적인 음성으로 토마스가 자작한 사랑의 시가 흘러나왔다.

그는 토마스의 사랑의 시에 사로잡혀 한동안 벤치에서 일어 설 줄을 모르고 있었다. 날이 어두워져 주변의 상점들이 불을 밝힐 때가 돼서야 겨우 첫사랑에 대한 생각을 떠올릴 수 있었다. 그러나 그의 첫사랑은 베르테르의 첫사랑처럼 혼자만의 애태움이 전부였기에 이렇다하게 내세울만한 것은 못되었다. 고등학교 시절 미술반 활동으로 같이 알고 지내던 이웃학교의 여학생이었지만 내성적인 그가 먼저 말을 붙이지도 못했고, 그가 대학에 입학하며 끝난 것이 전부였다. 그런데 크로아티아에 와서 처음 본 그 여인의 얼굴을 생각하면 생각할수록 첫사랑의 그 여학생과 매우 닮았다는 것을 느꼈다. 그제야 좀 전에 자기를 이끌어왔던 그 여인을 생각하며 두리번거리며 찾았지만 그 여인은 토마스의 시처럼 아무 말도 없이 떠나고 없었다. 그는 얼마나 애절하게 그 여인을 찾아 헤맸었는지 몸을 부르르 떨며 잠에서 깼을 때는 이마에 땀이 주르르 흐르고 있었다.

잠꼬대까지 해대며 잠에서 깨어 정신을 차렸을 때 깜짝 놀랐다. 책꽂이에 비스듬하게 기대놓은 그녀의 사진 때문이었다. 온몸에 소름이 돋을 것 같은 충격은 창문으로 스며든 옥양목 달빛 그늘 아래 있었기에 더욱 그랬을 것이었다. 잠시 시간이 흐르고 이마에 흐른 땀을 덮고 자던 이불자락에 닦고 나서야 그녀의 사진으로 보였었던 것이 그가 몇 해 전 로마의 벼룩시장에서 구입한 제정러시아 시대의 아이콘상이었다는 것을 알 수 있었다. 그렇다면 그는 성모 마리아의 인도를 받아가며 크로아티아까지 가서 토마스의 사랑의 시를 듣고 온 셈이었다. 아니면 그로 하여금 유럽의 숨겨진 낙원인 크로아티아의 자그레브를 찾으라는 메시지일 수도 있었다. 누구를 위하여, 무엇 때문에란 단서는 화두일 수도 있었다. 그가 고교 시절 로큰롤의 황제 엘비스 프레슬리가 부른 '키스 미 퀵'이란 노래를 혼혈가수 유주용이 번역하여 불러 꽤 큰 인기를 얻었었다. 그 유주용의 누이 모니카 유도 가수였었는데 그녀의 얼굴이 첫사랑일 수 있는 그 여자와 크로아티아에서 만난 여자, 또 로마에서 사온 아이콘상의 얼굴과 서로 엇비슷해 보인다는 사실을 알았을 때, 이것이 의미하는 메시지는 무엇인가를 생각하지 않을 수 없었다.

그 뿐인가. 먼저 꾼 꿈은 그의 전생이 친일 화가 이당의 친구였었다니…. 꿈속이었을망정 별로 달가운 것은 아니었다. 그렇다면 그 같은 장면을 보여주는 일연의 메시지는 과연 무엇을 뜻하는 것인가? 꿈에서나마 한국화의 6대가와 친구로 지냈다면 그 또한 괜찮은 작업을 남겼을 것인데 꿈에서마저 작품을 볼 수 없었다면 알만한 것이다. 일제의 찬탈로 조국을 잃은 세상이 싫어 애꿎은 그림만 혼자 즐기다간 선구자였거나, 입만 살아 나불댄 건달이었건 간에 아무튼 그 시절에 일본까지 유학할 정도였다면 대단한 사람이 분명했다. 그가 알기로는 일본에 유학하고 돌아온 사람으로 춘곡 고희동 말고는 역사의 언저리에도 아무런 흔적이 없었다. 그는 꿈속의 자신에 대한 족적을 찾아 여러 날을 인터넷과 씨름했지만 허사였다. 그러나 꿈이라기에는 너무나 팩트가 확실한 것이었기 때문에 쉽게 포기되지 않았다.

그즈음 북한은 5차 핵실험을 자행하여 세계를 놀라게 했는데 그 핵실험을 하기 바로 전에는 60년만의 큰 홍수로 엄청난 피해를 입어 국제사회에 도움을 요청한 사실이 들어나 그들의 이중성을 만천하에 알린 꼴이 됐었다. 우리나라는 경주에서 개국 이래 최강인 진도 5.8의 강진과 480여회가 넘는 초유의 여진으로 경주 사람들을 공포로 밤잠을 설치게 했었다. 그날 그도 집이 흔들리고 방안에 세워둔 조각상이 넘어질 것 같은데도 무엇 하나 잡을 수 없는 공포를 경험했었다. 그와 같은 사건과 비슷한 시기에 꾼 꿈이었기에 궁금증이 더했다.

크로아티아는 우리나라만큼 내우외환에 시달려온 나라다. 그래서 평화의 시인 토마스의 사랑의 시를 한용운의 님의 침묵에 비견하는 학자들도 많았다. 세르비아와의 내전으로 최악의 사태를 겪고 1995년 유엔의 중재로 내전이 종식되어 오늘에 이르고 있다. 왕년의 우리처럼 로마의 지배와 고트족, 훈족의 지배하에 있다가 우크라이나의 속국에서 오스트리아에 속해 있었고, 1차 대전 때 미국의 윌슨 대통령의 민족자결주의에 힘입어 크로아티아 왕국으로 독립했다. 유명한 티토 대통령이 1991년에 사망하자 자유운동이 일어나 새롭게 독립한 그야말로 고색창연한 역사를 간직한 나라다.

15분 전.

창밖엔 비가 내리고 있었다. 비오는 날은 공치는 날이란 소위 7080들이 좋아하는 부르벨스 4중창단의 노래도 있지만 그의 새벽운동도 접는 날이다. 가로등만 을씨년스럽게 켜져 있는 창밖은 음산하기까지 했다. 창밖으로 바로 보이는 교회와 이벤트사가 세 들어 있는 건물 사이의 샛골목 앞은 4차선 도로가 지나가고 있고 바로 정면으로 시내버스의 노선을 알리는 전광판으로 하여 역광으로 어둡게 젖어있는 아스팔트가 요괴스럽게 긴 두 팔을 벌리고 있었다. 새벽운동을 나갈 수 없게 되었기에 비 내리는 창밖을 한참이나 내려다보았지만 정말 개미새끼 하나도 보이는 것이 없었다. 이런 날은 보통 동네 목욕탕을 찾는데 5시나 돼서야 열기 때문에 미상불 시간을 때워야만 했다. 침대에 누워 잠을 청해보지만 달아난 잠이 올 것 같지도 않았다. 그는 한기를 느끼며 얇은 이불을 끌어 덮으며 버릇처럼 사타구니를 한번 쓰다듬었다. 젊어서라면 벌써 세워진 자존심을 내버려두지 않았을 텐데 전립선이 찾아온 후부터는 말이 아니었다.

그는 고향 군소재지 지적공사에서 인턴사원으로 근무하고 있었다. 공대 토목과 졸업반이기 때문에 정부의 청년실업 구제책의 일환으로 방학 중 한 달의 알바가 주어진 터였다. 옛날 같으면 트렌시트나 레벨측량기를 메고 따라다녔을 것이다. 평판측량기는 가벼웠기 때문에 인턴 차례까지 오지도 않았을 텐데 지금은 인터넷으로 송출되는 지적도를 복사하는 잡역이 주어졌을 뿐이었다.

꿈속에서도 그는 애매모호한 정부의 정책이 못마땅하기 짝이 없었다. 차라리 선거 제도를 전면적으로 바꾸어 성공적인 민주주의를 이룩한 나라로 대한민국을 격상시킬 생각은 왜들 못할까? 일테면 민주의 문재인, 외교의 반기문, 미래의 안철수, 공화의 유승민, 시민의 박원순, 진보의 심상정, 연정의 남경필, 통합의 안의정, 중도의 김부겸 등의 캠페인을 끝까지 들어볼 수 있도록 박근혜 대통령이 마음을 활짝 열면 괜찮을 것 같았다. 그리고 1차, 2차 걸러내다 보면 국민의식도 좋아질 것 같았다. 겨우 일이라 여겨지는 것은 거개 시골 사람들이 도로 명 주소와 지번 주소를 혼동하고 있거나, 아예 옛날 주소를 그냥 사용하고 있었기에 신청서를 교정하거나 새로 작성해주는 것으로 하루 해를 보내는 것이었다. 그렇게 짜증나는 허드렛일로 인해 받는 스트레스가 잠결에도 전립선을 자극한 것일까 갑작스런 요의로 인해 꿈에서 깨고 말았다. 어느새 시간은 5

시20분을 가리키고 있었다.

그는 두 주일 가깝게 나름 꿈의 메시지를 해석하느라 애썼지만 별 진척이 없었다. 그런데 이번엔 대학생이 되어 알바를 하는 꿈을 꾸었다. 그가 가장 젊게 등장하는 배역이란 생각에 지난번 꿈보다는 색다르단 느낌이 들었다. 그렇게 세월을 뒤집을 수만 있다면 사관학교에 입학하여 장군이 되고 싶다는 생각을 해 봤다. 그는 유니폼을 좋아해서 밀리터리 룩에 관심이 많았다. 그렇게 군복에 끌리고 있었기에 그의 작업복은 거의가 군복에 가깝거나 아예 미군 군복들을 물들여 입었었는데 최근엔 그것이 허락되어 그대로 입기도 했다.

그는 다시 젊어질 수 없다면 젊은 정신으로 살아야 한다고 믿었다. 회갑을 맞았을 때 얻은 직장이 어느덧 10년이 넘었다. 건강이 허락할 때까지 있으라 하지만 벌써 신호가 오고 있지 않은가. 프리랜서처럼 생각하며 지낸다 해도 날로 새로워지는 아이디어와 편집 기술은 물론이려니와, 글로벌한 세상의 변화를 따라간다는 것이 이 바닥에서 마음처럼 그리 쉬운 일은 아니었다. 핸드폰 하나만 보아도 일 년이 멀다고 새로워지고 있지 않은가. 결국 출판사는 치약처럼 끝까지 그를 쥐어짜며 쓰다가 종당에는 쓰레기통에 미련 없이 내버릴 것이다. 더 이상 감각을 내세워가며 혼자 만드는 잡지가 되어서는 살아남을 수 없음을 일깨워야만 했다. 그래야만 외로운 퇴출로 이어지지 않을 것이라는 걸 직감하고 있었다.

한밤중에 깨어 몇 번씩 화장실 다니는 것을 즐긴다는 것은 여간

한 노력으론 힘든 일이었다. 그래서 생긴 버릇이 창밖을 관찰하는 일이 됐는지도 모른다. 엠파이어 스테이트 빌딩에 카메라를 고정시켜놓고 몇 시간씩 필름에 담아 상영한 영화가 백남준의 미국 유학시절에 있었다고 들었다. 존 케이지의 단음연주 도너츠음반을 일본 미술잡지에서 부록으로 내놓았던 시절의 얘기다. 관음증이 아닌 지속적인 관찰은 무에서 유를 찾는 선과 같은 행위로 보아야 할 것이다. 빗줄기가 굵어졌지만 목욕탕으로 나가면서 꼭대기 층에서부터 아래층까지 복도 창문을 닫아 주었다. 혹시나 이른 아침 출근길에 복도에서 미끄러워 넘어지는 사람이 없기를 바라는 마음에서였다. 마음이 조금은 편하고 즐거웠다. 누군가를 위한 배려가 주는 행복감이라고 생각하자 비뇨기과 원장이 하던 말이 떠올랐다. 즐기며 사는 인생이 결코 값비싼 놀음이 아닌 여유로움임을 터득했다고나 할까?

언젠가 '10년의 선택이 평생을 좌우합니다'란 카피를 텔레비전 광고에서 본 기억이 생각났다. 최근엔 '5분이면 된다'란 제약회사의 두통약 선전이 마음에 들었다. 약을 먹고 엘리베이터를 타고 내려오는 사이에 두통에서 벗어난다는 컨셉트다. 그는 목욕을 즐기기는 해도 목욕탕에서 오래 있지를 못한다. 뜨거운 곳에서 버티는 힘이 없어서이기도 하겠지만 대충 몸을 닦고 나서 벌거벗은 알몸뚱이로 덜렁거리며 지낸다는 것이 그렇게 유쾌하지 않았기 때문이었다. 그러나 집에서 하지 못하는 냉온탕을 들랑거리는 일이라든지 비누질한 수건으로 등을 좌우로 바꿔가며 문지르는 일은 즐기는 편이었다. 또 오래된 동네 사람들과 이러저런 얘기를 나누는 것도 재미있었다. 서로 소통하는 것 같고 구태를 벗겨내는 것만 같아 흐뭇했기 때문이다. 별별 재미를 느끼며 버틴다 해도 대개 30분을 넘지는 못했다.

그가 목욕탕에서 돌아와 뉴스라도 볼까하여 텔레비전을 틀었더니 대부분 낮에 본 것들이어서 여기저기 돌리다보니 '발광하는 현대사'란 일본 에니메이션이 나왔다. 만화의 본고장다운 성인용이었는데 단순하고 맛깔스런 필선의 독특함이 좋아 보여 그냥 보기로 했다. 어느 때든지 한번은 잡지의 광고로 맛깔스런 필선을 이용해 보고 싶었다. 젊은 남녀의 일상을 다룬 스토리여선지 정사 장면이 군더더기 없이 여간 깔끔한 것이 아니었다. 다만 우리와 다르게 남녀 모두 정조관념 없이 그저 즐긴다는 점이 받아들여지지 않았다. 남자는 에니메이션 학원의 강사인데 자신의 강의를 듣는 여자와 즐긴다. 그것은 학원에서 자격증을 발부하기 때문에 그것을 빙자로 여자를 탐했고 실력 없는 여자는 몸을 무기삼아 달려들었다. 그 남자와 동거하는 여자는 혼인 신고를 조건으로 붙어 있으면서도 나이 들어 혼자 사는 직장 상사가 너무나 측은하여 가끔 정사를 나누기도 했다. 또 돈 많은 유부남 의사와 눈이 맞아 자주 불륜을 저지르기도 했다. 그 의사는 처가의 재력과 무시에서 탈출하려 애쓰고, 서로 갖추지 못한 여건에서 탈피하려는 안타까움을 섹스로 해결하려 한다는 컨셉트였다. 일본 젊은이들의 발광하는 현대사이지만 우리나라로 번지지 말란 법도 없었다. 영화 탓이기는 해도 오랜만에 그도 자위에 성공할 수 있었다. 오늘 만큼은 멋진 하루가 그를 기다려 줄 것만 같았다.

46분 전.

북한의 삼수갑산 같은 어느 산골짜기, 마치 2차 대전 당시 나치의 유대인 수용소와도 같은 곳이었다. 김정은이 별수 없이 우리나라와 협상에 의해 통일이 되었기 때문에 후속 조치를 기다린다고 했다. 그런데 남측이건 북측이건 간에 누구하나 사태를 해결하는 사람들이 전혀 보이지 않았다. 수용소 사람들은 어디서 나오는지는 몰라도 점점 늘어만 가고 있었다. 더욱 아이러니한 것은 다국적 예술가들이란 점인데 이미 죽은 사람들을 포함하여 거의 그가 알만한 사람들이었다. 모두 정부의 그늘에 붙어 한 자리씩 해먹던 사람들이었으며 못해도 최소한 미술계를 쥐락펴락했었던 사람들이 많았다. 무엇보다 참기 힘든 것은 시간이 지날수록 뒤범벅이 된 수용소의 악취로 숨 쉬기조차 버거운 상태 속에서 그들은 좀비와도 같이 큰 원을 그리며 돌고 있었다.

지난날 나치는 이런 수용소에서 유태인 600만 명과 타 종족 500만 명을 학살했었다. 그 곳에서 그는 친일반민족행위로 규정되어 어떻게 처벌된 지도 모르고 있는 친구 이당을 만났다. 어쩌면 그를 만나기 위해 이곳에 왔는지도 몰랐다. 그러나 이당은 왜 이곳에 있어야 하는지를 알지 못했다. 그가 이당에게 가해진 처벌에 대해 아무리 설명해도 이해조차 거부하려는 친구를 설득하지 못하고 스트레스를 받아가면서도 자신만이 이곳에서 이당을 빼낼 수 있다고 했고, 이당은 그답게 탁지부대신에게 자기 얘기만하면 크게 힘을 쓸 것이라고 오히려 그를 설득하고 있었다.

그러나 그는 이미 알고 있었다. 그가 죽은 후 군사 정권은 무너졌고 김영삼, 김대중, 노무현, 이명박에 이어 박근혜 정권이 5년차 중간에 접어들었다. 일찍이 탄허 스님은 우리나라가 여자 대통령일 때 통일이 된다고 예언한 바 있었다. 김정은은 구제불능의 자기최면에서 헤어나지 못하고 마구 쏘아대던 핵실험의 영향으로, 추가령 단층대가 크게 흔들려 백두산 화산이 터질 위기에 들었다는 소문이 내외신에 나돌 때쯤, 북한 과학자들 중에 통제 불능의 김정은 정권을 무너트리려는 의인들이 나선 것이다. 그들은 자폭을 결심하고 무수단 미사일이 풍계리에 떨어지도록 컴퓨터를 조작해 놓았기에 오늘의 사태를 맞은 것이었다. 그러니까 박 대통령은 자신의 말처럼 통일까지 거머쥐고 대박을 낸 것이었다. 그러나 좋은 것과 나쁜 것은 늘 함께 다녔다. 대한민국의 운명이 박 대통령의 리더십에 달린 듯해 보여도 역사는 잘 알고 있을 터였다. 왕도, 대통령도, 별것 아닌 것 같은 화가까지도 모두 하늘이 허락해야 되는 것이었다. 자신은 진정으로 나라를 사랑했고 오직 그림만을 위해 살았다는 이당의 부르짖음을 들으며 그는 생각했다. 화가로써 새로운 작품을 창출하려는 몸부림이 이당만큼 절실했던 이가 또 있을 것인가? 그가 조언을 아끼지 않았지만 이당의 노력이 없었다면 대한제국의 초대 황제이자 마지막 황제의 어진은 일본 화가에게 맡겨야 했을 것이었다. 그것은 최소한 조선의 어진화가로써 도저히 허락할 수 없는 수모였다. 오늘도 꿈과 현실이 결탁하려는가 보다.

오늘은 다음 달 잡지가 인쇄에 들어가는 날로 첫 인쇄가본을 마지막으로 점검해야 하는 매우 중요한 날이었다. 그는 오늘의 주인공으로 누구보다 먼저 인쇄소에 도착할 의무가 있었다. 회사의 운명이 그의 손에 있음을 잘 알고 있었다.

그가 옛날 대학입학 실기고사 채점을 할 때의 기분과 엇비슷했다. 수험생들에 의해 온갖 정성을 기울여 그려낸 일생일대의 평면구성들이 강당 가득히 펼쳐져 있었다. 펼쳐놓은 논두렁 같은 통로를 걸어가면서 무심결에 찍혀진 작품들은 건져 올려지기도 했고 추풍낙엽처럼 사라지기도 했다. 평가의 시간은 0.3초도 걸리지 않았다. 전국의 어떤 미술대전의 공모전 채점도 매한가지일 것임을 그는 잘 알고 있었다. 해외 여행에서 물건을 쇼핑할 때처럼 진정으로 가치 있는 것은 시간을 낭비하지 말고 재빠르게 선택해야만 했다. 막연한 생각일 수도 있지만 인생은 꿈에서처럼 주어진 선택일 확률이 높았다. 아무튼 좋은 잡지를 위해 사는 날까지 최선을 다해야한다는 각오로 임하리라 마음먹으며 출근을 서둘렀다.

14분 전.

좋은 꿈을 꾸었으면 로또라도 살 텐데 하며 화장실에 갔다. 소변을 보면서 생각하니 어젯밤부터 지금까지 꿈도 꾸지 않고 단 한 번도 화장실에 가지 않았다는 것이 신기했다. 약효를 보는 모양인가?

운동복을 갈아입으려다 잠시 망설였다. 짧은 바지가 추울 것 같다는 생각에서였다. 국군의 날에 약속한 고엽제 전우회에서 주관하는 설악산 등산이나 다녀와서 긴 타이즈를 입으리라 마음먹고 있었기에 망설였던 것이다. 며칠만 참자며 마음먹은 대로 짧은 바지를 입고 계단을 내려와 자동차 시동키를 돌렸다. 계기판에 불이 들어오고 버릇처럼 시간을 보니 '4:44', 4시 44분이었다. 죽을 사 자가 세 개씩이나 겹쳐 나오다니 참 묘한 아이러니였다. 암시적인 계기판의 문자를 다시 보는 순간 '사, 사, 사', 웃음이 났다. 5시 4분 전인 줄로만 알고 내려와 보니 너무 일찍 내려온 것이었다. 밤새 화장실에 가지 않은 게 고마웠나? 이 나이가 들고도 흥분하고 들떴었나보다. 그러나 이거야말로 로또를 사라는 메시지가 아닌가. 사,사,사,! 운동장으로 가면서 좌우를 살펴도 문을 연 로또 방은 없었고 또 열었다 해도 지갑을 가지고 나오지도 않았다. 입가에 피시시 실소가 났다.

순간의 선택에 인생이 바뀔 수도 있다. 그러나 인생이 그렇게 호락호락 하지도 않을 뿐만 아니라 신이 그렇게 해결하려들지도 않을 것이란 생각이 들었다. 누구는 인생을 일장춘몽이라 했지만 꿈속에서마저 자신의 의지대로 되어졌던 기억보다 준비된 대로 끌려 다니지 않았던가. 자신을 키우는 것은 결국 욕망 때문인 것이다. 그는 자신의 인생이 별로 마음에 들지 않는다고 생각지도 않았지만 오늘을 건강하게 맞을 수 있다면 감사한 것이라 믿고 살아왔다.

그가 뛰고 있는 트랙 멀리 어둡던 하늘 문이 청결하게 열릴 때쯤, 시간이 되었는지 뒷주머니에 넣어둔 그의 핸드폰도 '금지된 장난'의 낭랑한 기타 선율로 맞춰 울리고 있었다. 그 소리는 가을바람과 어울려 온몸으로 번지고 있었다. 다음 달 말이면 한여름 무성했던 잡풀들이 고개를 숙이고 품었던 습기를 빼버린 마른 이파리들이 바람결에 서걱거리는 소리가 들릴 것이다. 그는 열린 하늘이 엷은 핑크빛으로 변해가듯 자신도 변해야 한다고 생각했다. 나무가 살기 위해 낙엽으로 잎을 떨쳐내는 것처럼 품었던 욕망을 내보내야 하는 시간이 왔음을 알게 했다. 그래야만 찬란한 일출의 장관을 보여줄 수 있는 것이로구나. 그렇게 모든 것을 내려놓을 수 있을 때 비로소 얻게 됨을 깨달으며 새벽 운동을 하고 있었다. 창의성을 내세워가며 자신의 변신을 확인하려는 어리석은 짓보다 자신에게 더 솔직해야 하는 것이다.

인간의 본질이 혼돈이고 모든 핵심이 혼돈이기에 혼돈이 없어지면 핵심이 빠진 빈껍데기만 남을 수밖엔 없다. 혼돈의 깊은 뜻이 아침 햇살에 실려 트라우마에 찌든 그의 몸을 정갈하게 쓸어주는 것만 같았다. 메시지와 모멘트까지 거머쥔 오늘 자신을 데리고 사는 방법까지 알려 욕심내지는 말자. 소나무는 한겨울 눈 무게로 질고를 겪지 않던가. 작금의 정치인들이 포퓰리즘을 부추기고 있다고 해서 너도 나도 나대는 꼬락서니와 다르지 않을 성 싶었다. '그래 사돈이 장에 간다고 나까지 망건을 쓸 필요야 없겠지. 꿈에서 본 자신처럼 온전히 자신을 내려놓고 가는 것밖에…'

# 울타리 강낭콩

# 시간은 모든 것을 해결해 줄 것이다.

도저히 가망 없어 보였던 해안국립공원 충남 태안 '바람 아래 해안'의 모래 침식도 콘크리트 옹벽을 헐어버리는 방법으로 3년 만에 해결되었다. 모든 것은 스스로 자신을 막아놓은 철통 같은 옹벽이 문제였다. 자신이야말로 화가가 되겠다는 일념 하나로 살았어야 했었다. 쓸데없는 명예욕 때문에 친구와의 경쟁에 휘말려 본말을 전도시킨 자신의 집념은 콘크리트 옹벽과 다름 아니었다. 그래도 충남 태안사구의 회복을 보며 자신의 회복으로 이어질 수 있다는 확신이 있었기에 그는 마음이 편할 수 있었다. 바람 아래 해안처럼 3년이 걸릴지 아니면 그보다 더 길어질 수도 있을지 모르지만 결코 긴 시간을 초래하진 않을 것이란 믿음이 있었기에 그는 지금 미지의 땅으로 가고 있는 것이었다.

나이에 비해 잘 나가고 있던 장정우 교수는 십여 년 동안 몸담았던 B대학의 교수직을 미련 없이 내던졌다. 그가 평생의 꿈처럼 바라마지 않던 대학 교수였다. 그런 교수직을 포기하고 몽골의 울란바토르행 여객기에 탑승한 것은 불과 3주 전에 발생한 사건 때문이었다. 자신을 함몰시킨 것은 바로 자기 자신이었다는 생각이 들었다. 엊그제만 해도 달려가 무슨 억하심정으로 일을 이렇게 만들었느냐 요절을 내고 싶었으며, 한편으론 무슨 낯으로 얼굴을 들까 싶어 세상을 뜨고도 싶었다. 그러나 그런다고 해서 해결될 일이 아니었기에 새 술을 새 부대에 담으려는 심정으로 길을 떠난 것이었다. 기껏해야 정년까지 20년인데 20년의 배도 더 살아가야 할 인생이 기다리고 있었다. 대단한 명예랄 것도 없는 월급쟁이 교수직에 목을 맸었다는 사실이 가엾기까지 했다. 참으로 사람의 변덕이 죽 끓듯 한다고는 하지만 인생무상을 느끼기에 충분한 사건이었다.

그 변덕인지 배신인지 모를 노처녀의 히스테리성 질투로 인한 행동이 자신만 참담하게 만든 것만도 아니지 않은가! 그가 날벼락과 같은 사건을 애써 자신의 부덕으로 덮으려는 것은 남다른 도덕적 성격 탓이기도 하지만 그보다는 이 사건으로 말미암아 자신으로 하여금 정신 차릴 수 있게 해 준 최 조교 때문이었다.

그는 배신감에 앞서 어떤 연민을 느꼈지만 자신을 파멸로 이끈 조교의 행동에 대해 전혀 짐작조차 못했었다. 늘 막내 동생처럼 생각했기에 단 한 번도 이성으로 대한 적이 없었다. 그런데 자신을 향한 짝사랑이 어이없는 자살 소동으로까지 이어졌었다니…. 요즘이 어떤 시댄데 혼자서 가슴을 끓이며 속을 태웠었단 말인가! 그런 조교에 비하면 자신이야말로 죽어 마땅한 속물이라는 생각이 들었다. 조교는 언론에 사건이 보도된 다음날 새벽 자신의 아파트 옥상에서 뛰어내리고 말았다. 조교의 방 컴퓨터엔 '장 교수님, 사랑 했어요.'란 가슴 저리게 쓴 유서와 함께, 신문사에 보냈던 사진들이 고스란히 파일에 남아 있었다. 경찰서에서 그것을 확인하고 나온 그가 학교에 사직원을 제출한 것은 잃어버린 도덕성을 조금이나마 회복하고 싶었기 때문이었다.

　며칠 전, 중원 타임즈에서 왔다며 연구실로 불쑥 기자가 찾아왔을 때, 그는 평생교육원의 '융·복합 대학원장'으로 보직이 바뀌어 연구실을 채 정리도 못하고 있던 참이었다. 물론 연구실은 조교가 알아서 이미 구색은 갖추어 놓기는 했었다. 그러나 장 교수는 유난히 자기 냄새를 고집하는 사람이었기에 분위기를 잡으려면 꽤 시간이 필요할 것이라고 생각하던 중이었다.

　"사회부 성 기잡니다. 바쁘실 텐데 잠깐 요점만 확인하고 돌아가겠습니다."

　머리칼이 성근 중년의 기자는 핸드폰의 카톡을 켜 그 앞에 내밀었다. 내민 핸드폰을 받아든 순간 그는 숨이 탁 멎는 것 같았다. 아래로 길게 주르르 널려 있는 사진들에서 자신의 모습을 분명히 보았기 때문이었다. 모두 이 여사와의 사진들이었다. 잠시 숨 돌릴 시간이 필요하단 생각에 자리에서 일어서며 조교를 찾았다. 그러나 당연하게 있어야할 조교가 자리에 없었다. 냉장고에서 음료수를 꺼내 잔에 부을 때 손이 떨렸다. 때문에 음료수 잔이 흔들릴까 봐 쟁반을 든 손에 힘을 주어야만 했다. 차라리 조교가 없는 것이 그나마 다행이었다. 음료수 잔을 테이블 위에 놓으며 '조교가 없어서…. 음료수라도 드시며 말씀 하시죠.'

　"초면에 미안합니다만 지금 본 사진들 확실히 본인이 맞지요?"

　그가 '왜 그러시느냐' 말을 했을 땐 기자는 전화기를 들어 녹취

버튼을 작동시켜 테이블 위에 놓고 있었다. '대답만 하시면 됩니다.' 기자는 그 말에 야무지게 힘을 주었다. 그는 무엇 때문에 이러시느냐며 녹취하는 이유를 알아야 하겠다며 따지는 통에 다소 험악한 분위기가 되는 듯 했지만, 기자는 확실한 제보가 있어 확인 차 방문했으니 협조하시는 편이 신상에 좋겠다는 말에 그는 어쩔 수 없이 수긍하고 말았다. 믿기 어려운 카톡 속의 사진 때문이기도 했지만 지은 죄가 있었기에 어쩔 도리가 없었다.

"시인 하시죠? 사진의 여자 분이 이 학교 학생이 맞죠? 제보에 따르면 상당히 깊은 관계로 보이는데 이 학생, 아니 이 여자 알고 보니 총장을 비롯하여 연루된 보직교수가 여러 명이나 되는 것 같던데요. 알고 있었나요? 제가 보기엔 삼각관계 이상으로 생각되는데요."

막판엔 다소 비아냥스런 말투였다.

"여러 명이라니요? 말조심 하시죠. 삼각관계라니 그건 또 무슨 말이죠? 도대체 누가 그런 허위 제보를 했단 말입니까?"

그는 이미 기가 꺾여 있었지만 끝말이 미심쩍어 단호하게 추궁했다. 그러나 기자는 그렇게 알고 가겠다며 '협조에 감사 합니다'란 말끝에 내일 신문을 보시면 아시겠지만 학교에 피바람이 불 것이라는 말을 하는데도 그를 붙잡을 기운이 없었다. 그 기자의 말에 퍼뜩하고 떠오르는 것이 있었기 때문이었다. 방송뉴스는 그날 밤으로 그를 두드려댔다. 모 대학의 학 처장이 연루된 입학비리와, 모 대학 원장이 박사과정 입학생과의 부적절한 성관계가 있었다는, 얼굴을 들 수 없는 멘트가 흐르고 있었다. 다음날 배달된 조간신문엔 그보다 더 상세한 내용의 기사로 도배되어 있었다. 신문을 읽고 싶지도 않았다. 상아탑의 권위가 무너진 오늘의 현실을 개탄한다며 사설에까지 큰 제목으로 읊어댔다.

남자가 세 가지 뿌리를 조심해야 패가망신을 면한다고 했는데 딱 그 짝이 난 것이다. 어쩌다 그리 되었는지 그는 실추된 도덕성을 생각하며 난국을 타계할 묘책을 찾았지만 방법이 떠오르질 않았다. 법조계에 있는 선후배들을 생각했지만 이미 엎지른 물이요 깨진 독이었다. 결국 자업자득이라 결자해지할 밖에 뾰쪽한 방법이 없었다. 더구나 경찰서에서 최 조교의 유서를 확인하고는 마음을 굳히지 않을 수 없었다. 난생 처음으로 자필 사직서를 썼다. 인터넷으로 양식을 복사해 볼까도 생각했지만 최소한의 양심을 직접 표하고 싶었기 때문이었다. 학교 봉투에 넣으려니 학교 주소가 인쇄되어 있어 쓸 수 없었다. 서랍을 뒤져 탈색한 봉투에 총장 앞으로 보내는 사직서를 동봉해 넣었다. 나가면서 우체통에 넣으면 끝이었다. 그리고 이사 올 때 신세졌던 오피스텔 아래층에 있는 복덕방에 급히 방을 빼고 책과 옷만 따로 부쳐달라고 부탁한 뒤 바로 들리겠다는 말을 덧붙였다. 자신을 믿고 반겨줄 울란바토르의 몽골 친구 쿠메도르에겐 카톡으로 문자만 보냈다. 2주일 후에 가겠으니 전에 묵었던 호텔에 예약을 부탁한다며 자세한 것은 그때 가서 보자고 했다. 그리고 단골 여행사에 연락하여 항공권을 예매해 달라는 전화를 끝으로 핸드폰 전원을 껐다. 이후의 전화는 불편한 속을 뒤집을 것이 뻔했기 때문이었다.

늦은 저녁에 그의 오피스텔로 찾아온 한국화반의 이 교수는 왜 혼자서 덤터기를 뒤집어쓰느냐며 장 교수에게 버틸 것을 종용 했지만 다 끝난 일이요 부질없는 짓이라며 마음을 굳혔다는 말로 일축했다.

"장 교수만 억울한 거요. 교학처장의 학점 조작 건은 그럴 줄 알았다니까. 학점 조작은 컴퓨터 전산오류로 뒤바뀌었고 총장 직인 사용의 직무유기는 입학원서 접수 시의 관행으로 넘어 갔다니까요, 이 여사야 당연히 입학만 취소되면 그만이고 또, 까짓 사진쯤이야 나도 봤지만 확실한 성 추문 증거가 있는 것도 아니고 그 조교도 저 혼자서 짝사랑 한 거잖아요? 다른 아무런 증거가 없으니 모함이고, 배신이라니까요. 걔가 일 벌 줄 알았어요, 새침해가지고. 장 교수가 너무 오냐오냐해서 그렇게 된 거요. 애들은 선을 확실하게 긋지 않으면 겨붙는다니깐. 그렇게 해놓고 저만 죽으면…."

"됐어, 고마워요. 혼자 있고 싶으니까 미안하지만 돌아가 줘요. 모든 게 내 잘못이지 뭐."

이 교수가 돌아가자 그는 가방 하나만 들고 오피스텔을 나섰다. 사람을 만나기가 두려워서다. 알 수 없는 것이 사람의 마음이라더니 그렇게도 희생적이고 책임감이 강하던 조교가 자신을 모함하는 투서를 낼 줄은 짐작조차 못했던 일이었다. 평소 붙임성 있고 말수 적은 편이어서 마음에 들었기에 대학에서부터 평생교육원을 거쳐 처음 받은 보직의 대학원장실에 이르기까지 옆에 잡아두고 있지 않

았던가. 가끔 자네가 결혼하면 내가 큰일이구나란 말을 달고 지내
온 것이 화근이라면 화근이었던 것 같았다. 누구에게도 말은 하지
않았지만 어릴 때 병으로 일찍 세상을 떠난 여동생 같았는데, 그렇
게 생각 했던 것이 탈이었었나 싶은 것이 마음이 짠하게 아려왔다.

  모든 것을 훨훨 내던지고 한국을 떠나면서 몽골에서 가장 큰 호
수인 훕수골을 점찍은 이유는 그곳이 러시아 이르크츄크의 바이칼
호수와 함께 한민족의 시원 샘이라는 생각과 함께 의형제 같은 몽
골 친구에 대한 생각 때문이었다. 하지만 그보다는 우리 그림의 정
체성을 깊이 있게 연구해볼 심산이 무엇보다 크게 깔려 있었다. 동
양미술사와 한국미술사에 관한 서적들과 다른 참고문헌들을 오피
스텔의 부동산 주인에게 옷가지와 함께 미리 발송해 놓게 한 것도
그 때문이었다. 울란바토르행 비행기는 언제 보아도 승객이 한국
사람뿐인 것 같았다. 하긴 말을 하지 않고 있으면 처음 대하는 사람
은 서로 구별할 수 없으니 모두 한국사람으로 보이는 것은 당연했
다. 똑 같은 몽고리안이기 때문이었다. 또한 모두 다 떠벌리기를 좋
아하는 정에 겨운 사람들인 것이 공통점이라면 아니랄 사람도 없을
것이다. 별거중인 아내에겐 좋을 대로 하란 문자와 함께 인감용 도
장을 맡긴 지 오래됐기 때문에 신경 쓸 일은 없어도, 학교를 그만
두고 울란바토르에 가 있을 계획이란 문자는 보냈었다. 그렇게 서
로 연락을 끊고 문자로만 주고받고 산 지도 벌써 5년여가 넘었지만
호적상으로는 엄연한 부부였다. 가끔 동창회전엔 따로따로 작품을

출품하고 오픈 파티에서 조우하기라도 할양이면 넉살좋게 떠들다 가도 누가 먼저랄 것도 없이 사라지면 끝이었다. 둘 다 혼자 살 팔자려니 하는 것인지도 몰랐다.

　기내식이 나오자 그는 맥주를 요구했다. 지난 일을 잊을 겸해서 좀 마시면 잠이 올까 싶었기 때문이었다. 벌써 두 캔이나 비웠는데도 잠은커녕 오히려 정신이 말똥거렸다. 지나가던 승무원이 괜찮다면 하는 눈짓과 함께 한 캔을 더 주고 갔다. 좀 전에 몽골 친구에게 줄 색연필 세트 큰 것을 주문했기 때문이라고 생각하며 받았다. 이번엔 천천히 아주 천천히 마시리라. 옆자리 승객은 벌써 잠이 든 모양이었다. 부러워 보였다. 잠시 창밖을 내다보니 무슨 연상 작용인지는 몰라도 B대학의 평생교육원 학생들과 수업하던 생각이 떠올랐다.

　청주에서 예리재, 이 여사를 모르는 환쟁이는 없었다. 그림 그리는 사람들뿐만 아니라 어지간한 관심만 있다면 그녀를 안다고 봐야 했다. 그림 그리는 재료, 소위 문방사우를 전문으로 취급하는 곳이긴 하지만 화방과 한지 필방을 동시에 묶어 놓은 문방잡화상 같은 곳이기 때문이었다. 그러나 그보다는 주인 여자가 자식들 공부시키고 뒤늦게 대학에 다니는 주경야독의 주인공으로 지역 텔레비전 방송에 출현하면서부터 유명인사가 됐다고 볼 수 있었다. 대학 광고 모델도 그녀의 유명세에 한 몫을 더했다.

　평생교육원은 B대학을 필두로 정부의 지원에 의해 평생교육을 내세우면서 대학마다 경쟁하듯 개설되었고 발빠른 B대학은 학점 은행제를 내세워 성공적 운영으로 타 대학의 추종을 불허했다. 거기다 대학교의 학교 광고에 연예인보다 재학생들을 내세우는 것이 대세가 됐다. 재학생을 동원하는 것이 상아탑이란 대학 이미지를 더욱 더 순수하게 만들며, 직업 모델이나 연예인의 출연료보다는 재학생 동원이 비용이 절감된다는 경제적 측면도 작용했다. 꿩 먹고 알 먹는 일석이조의 효과를 한꺼번에 거둔 셈이었다. 그 시기에 미인은 아니었지만 이국적인 외모와 만학의 이미지가 그녀의 언변과 어울려 알맞게 맞아 떨어진 것이었다.

그녀가 그림을 시작한 것은 불과 10년도 채 되지 않았지만 남자 뺨치는 열정적인 활동은 평생교육원 타 학생들의 추종을 불허했다. 그녀는 대학을 마치자 당연하다는 듯이 곧바로 대학원에 진학했다. 게다가 나이에 비해 젊어 보이는 외모로 하여 여러 방면에서 인기를 얻고 있었다. 벌써 지역 미술대전에 두어 번 씩이나 입선을 한 경력을 가지고 있었다. 그러나 그보다 더한 것은 미술인들의 회식자리며 2, 3차로 가는 노래방에 이르기까지 참석하지 않는 곳이 없는 적극성을 보였었기에 친화력을 인정받게 된 것이었다.

그녀는 어린나이에 조실부모하고 친척집에서 지내다 일찍 결혼했다고 했다. 대학 다니는 아들이 둘이나 있는데 큰애는 제대하여 복학했고 둘째가 곧 입대한다고 들었다. 남편에 대해서는 아는 사람이 없었다. 누구는 혼자 산다고도 했고 이혼했다거나 별거 중이란 사람도 있어 어느 편이 맞는지 알 수가 없었다. 때문에 더더욱 관심의 대상이 되고 있는지도 모를 일이었다. 아무튼 그림 그리는 것을 타고난 사람처럼 재색을 겸비한 재원임에는 틀림없었다.

예리재는 그녀가 경영하는 업체의 상호다. 언뜻 행세깨나 해온 가문의 사랑채 당호쯤으로 보이는 예사롭지 않은 이름이다. 문방 사우와 화방용품 말고도 아트 숍 쪽의 고급 선물용품으로도 짭짤한 재미를 보고 있었다. 요즘은 비공식적인 화랑 일로 꽤 재미를 본다는 말도 있고, 대형건물의 조형물 설치 알선까지 도맡아 한다고도 했다. 모두 떠도는 얘기만은 아닌 것이 분명해 보였다. 예리재란 상호 만큼이나 예술인들에게 이득을 주고 자기 또한 그 덕에 산다는 뜻으로 직접 작명까지 했다고 했다.

"처음 개업할 때 이곳 청주에서 제일 큰 업체이고 싶어서 이 고장 제일의 서예가인 매헌 선생께 찾아가 부르는 대로 작품 값을 주고 글씨를 받았어요. 또 서각의 일인자인 우신 선생에게 부탁하여 지금 걸려있는 대작의 판각을 제작해 걸었을 때 주위에서 절보고 미쳤다들고 했었죠. 그렇지만 저는 해 냈어요. 개업할 때여서 돈이 없어 그 돈을 은행 대출을 받아 상환하느라 일 년씩이나 고생했지요. 다행히 물건들을 서울에 있는 남편 친구 분들이 밀어줬기 때문에 버틸 수 있었지만 울기도 많이 울었어요. 제가 비록 이 청주에서 시작 했지만 두고 보세요. 이 업종에서 대한민국을 접수하고 말테니까요."

다부지다 못해 앙칼져 보이는 그녀의 한 마디 한 마디에 놀라지 않을 수 없었다. 그래서 그런지 몰라도 예리재 이 여사가 타고 다니는 승용차도 크라이슬러로 청주에서는 몇 대 없는 차였다. 그녀 말로는 경매에서 싸게 구했다고 하지만 20여년의 운전 경륜은 자동차의 내연기관을 훤하게 아는 눈치였다. 현재 살고 있는 아파트도 그렇게 경매를 통해 구한 것이라고 했다.

그는 그녀와 대화를 나누면 나눌수록 대단하단 말밖에 다른 말을 할 수가 없었다. 그녀는 첫 시간부터 특별했었다. 서양화를 전공할 법한 타입인데 한국화를 택한 것이라든지, '잘못했으면 이국적인 외모로 하여 국제결혼으로 한국에 와서 사는 사람이냐 말할 뻔했었다'고 그가 말했을 때 흉허물 없이 깔깔대며 웃어 그를 당황하게 만들기도 했었다.

사실 서양화 담당 교수와 한국화 담당 교수가 매월 한 주씩 강의를 교환하자는 제의는 그의 제안으로 이루어진 수업형태였다. 그것은 갈수록 이질적 집단으로 소통하지 못하고 변해가는 회화의 동질성을 찾아보자는 목적에서 시작한 것이었다. 때문에 수업 첫 날에 조교가 참고하시라며 내어놓은 학생기록표를 보았더니 그녀가 한국화 반에서 가장 연장자였다. 자신보다 무려 12년이나 위였는데도 그렇게 느껴지지 않은 것이 도리어 이상할 정도였다. 그런 생각을 하고 있는데 갑자기 그녀가 질문을 해왔다.

"장 교수님, 다음 주 견학 수업은 어느 미술관으로 가나요? 지난 달엔 천안에 있는 아라리오 미술관엘 가서 서양화를 봤잖아요? 그러니 이번엔 한국화를 보러 가요."

여러 학생들이 이구동성으로 외쳐댔다.

"그러잖아도 그럴 계획입니다. 전북도립미술관이라고 전주 모악산 밑에 있는데 이번에 '한국 근현대 산수화전'을 하고 있어서, 지난달에 열린 '영국 현대미술전'과 종강하는 시간에 비교 분석할 작정이거든요."

학생 모두가 박수를 치며 환호성을 지르고 좋아했다. 그는 동서양 미술을 비교하며 그림은 그저 그림일 뿐 대척점에서 볼 때 서양화나 한국화도 손바닥과 손등처럼 서로 다르지 않다는 것을 이해시키려는 목적이 이번 학기의 주제였기 때문이었다.

"한국 근현대 산수화전은 한국화 6대가의 작품에서부터 원로 작가 등 55명의 작품들로 구성되어 있다고 합니다. 제 대학 친구가 학예실장으로 있는데 6대가 중 우리 고장 옥천출신의 심향 박승무 선생을 비롯하여 기라성 같은 작가들의 대작들이랍니다. 가급적 모두들 참석해주시기 바랍니다. 과대표는 견학에 필요한 방법을 학우들과 의논해 주시고요."

그가 양화 전공이기 때문인지 한국화 교수들보다는 새로운 감흥을 느끼게 하는 모양이었다. 그는 한국화의 이 교수로부터 들어 아는 예리재 이 여사의 눈치도 살피고 있었다. 그녀만 잡으면 수업이 수월하다고 했었기 때문이었다.

"네. 그렇잖아도 좀 전에 의논을 해 봤는데요. 승용차로 간다면 차가 다섯 대가 필요하더라고요. 그런데 우리 반엔 가능한 차가 네 대 뿐이에요. 교수님께서 차를 가져가시면 딱 맞을 것 같은데 괜찮으시겠어요?"

과대표가 어렵게 말을 꺼냈다. 그는 '괜찮아요'라며 자신의 차가 년식이 좀 된 차이긴 해도 달리는데 지장은 없다고 말해 좌중을 웃게 만들었다. 그때 그녀가 나서며 '돌아오실 땐 과대표가 운전을 할 거예요.그래야 교수님도 식사 때 약주를 좀 드실 수 있잖겠어요.' 라 말하자 모두들 그게 좋겠다고 박수로 결정지으며 수업을 마쳤다.

전북도립미술관은 생각보다 규모가 커 보였다. 산속에 자리한 관계로 고즈넉한 분위기가 학생들을 휘어잡기에 충분했다. 아직 단풍이 들진 않았어도 더위에 지쳤던 몸과 마음이 소리 없이 풀리는 것만 같았다. 엘리베이터도 있었지만 여럿이 함께 2층으로 오르는 야외용 큰 계단을 이용했다. 전시에 대한 기대감으로 한껏 부풀어 오른 마음을 추스르는데 도움이 될 것이라는 생각에서였다. 계단을 오르자 그다지 넓지 않은 로비에서 학예실장이 일행을 맞았다.

"먼 길에 오시느라 고생이 많으셨습니다. 학예실을 맞고 있는 고 실장입니다. 관장님께서 여러분을 환영했어야 하는데 도의회에 참석 중입니다. 저희 미술관이 기획한 한국 근현대 산수화전에는 한국화가 쉰다섯 분의 대표적인 작품들을 한자리에 모았습니다. 한국화 6대가를 비롯한 원로작가까지 근래 보기 드문 전시라고 자부합니다. 여기 내 놓은 헤드폰을 사용하시면 저보다 훨씬 좋은 설명을 들으실 수 있습니다. 제가 안내해드려야 하는데 하다 만 일들이 있어서 사무실에 들어 가봐야 합니다. 끝까지 같이 하지 못해서 죄

송합니다."

째 사무적인데도 물 흐르는 듯 쏟아내는 말솜씨에 여기저기서 고맙다는 대답이 터져 나왔다 '제가 잠깐 차대접이나 하고 올 테니 여러분은 들어가 감상을 시작하시죠.'라며 그가 친구인 학예실장의 손을 잡아끌었다.

휴게실 커피숍엔 손님이 한 팀밖에 없었다. 두 사람은 창가로 자리를 잡고 앉아 커피를 시켰다. 궁금한 동창들의 소식을 서로 교환하고 있을 때 학예실장에게 전화가 왔다. 그가 자리에서 일어나 입구 쪽으로 걸어가며 전화를 받는 것 같더니 되돌아서며 '관장인데 의회에 보고할 서류 중에 빠트린 것이 있어 급히 보내달라네.'라며 그에게 양해를 구하고 커피숍 직원에겐 마시지 못한 커피를 사무실로 보내 달라 부탁했다. 눈치 빠른 그는 들어가 일하라며 친구의 등을 떠밀어 보내고 전시실로 돌아왔다.

그가 전시장에 나타나자 학생들이 그의 주변으로 모여들었다. '현대 한국미술에서 6대가로 불리는 이상범, 노수현, 변관식, 박승무, 김은호, 허백년 같은 분들의 노고가 아니었다면 아마 오늘의 한국화는 불가능했을 겁니다.'란 말로 서두를 꺼냈다. 특히 대전에서 '심향 박승무 선생 선양위원회'가 조직되어 있기에 충청인의 위상이 그런대로 살았다는 말도 했다. 아마 심향 선생이 호남분이셨다면 관에서 심향미술상을 제정하고 전국적인 수상자를 배출했을 것이란 얘기도 했다. '이상하게 들릴지는 모르겠지만 충청도는 자기 고장 인물을 키울 줄을 몰라요. 참 안타까운 현실이죠. 제가 알기로 심향 선생은 독립운동에 연루되어 옥고를 치르신 것으로 알고 있는데.'라며 지역 미술인들이 서로 힘을 합해도 될동말동한 일에 한국화다, 서양화다 싸움질만 해대는 막연한 포퓰리즘을 비판하기도 했다.

"이 전시를 보며 느낀 점이 있다면 누가 한번 말해보실래요?"

학생들이 서로 얼굴만 쳐다보며 말을 꺼내려하지 않자 그는 실망스러운 듯 '이만 나가시죠.'라 말했다. 그때 초등학교 교사 출신인 조 선생이 굵직한 바리톤 목소리로 말을 꺼냈다.

"제가 볼 땐 하나하나가 모두 개성적인 작품들이었다고 생각합니다. 어쩌면 미술관 측에서 그렇게 기획한 것이겠지만 개성적인 작품들로 전시된 것 같네요."

그 말이 끝나자 학생들은 비로소 서로 얼굴을 쳐다보며 고개를 끄덕였다. 그러자 그가 '역시 선생님이시라 날카롭게 보셨네요.'라며 지금 하신 말이 제일 중요한 핵심이며, 우리가 평생 동안 작업을 하면서 잊지 말아야 할 덕목이라고 부언했다. 한 가지 크게 섭섭한 것은 우리 고장의 자랑이요 한국미술의 거목인 운보 김기창 선생이 빠져있다는 사실입니다. 그 말에 좌중이 술렁거렸다. 그리고 보니 운보 선생의 작품을 본 기억이 없었다. 잠시 침묵의 시간이 흐르자 '제가 아까 휴게실에 가면서 친구에게 물어 봤어요. 인터넷에서 봤더니 운보 선생만 빠졌던데 무슨 특별한 이유라도 있느냐 라고 물었더니 미술관의 소장 작품 위주로 기획해서 그렇고, 또 대여해 오는 문제는 보험 등 취해야 할 일들로 시간상 좀 어려웠다.'라고 궁색한 변명을 하며 양해를 구하더란 말을 했다. 그래도 이건 좀 심했다는 말들을 했지만 그것으로 끝이었다. 분위기를 생각해서인지 그가 다시 입을 열었다.

"우리 한국화도 이렇게 대작들을 한자리에서 보니 대단하지요? 단색화의 대가인 윤형근 선생은 생전에도 여러 번 '한국화야말로 세계적인 단색화다. 서양화가가 그리면 단색화라 하면서 어째서 한국화를 가볍다 질시들을 하는지 모르겠다.' 라시며 자신은 추사체에서 영감을 받았다고 솔직하게 털어 놓아 당시 서양화단을 깜짝 놀라게 했다는 말도 했다. 모두가 사대주의에 찌든 심약한 처사라고도 했다. 그러면서 한국 사람이 그리면 몽땅 한국화지 거기에 다른 이름을 붙이는 촌스러움이 더 문제라고도 했다. 마치 아버지를 아버지라 부르지 못한 허균의 홍길동전에서나 있을 법한 전근대적 사고가 판을 치는 미술계의 고질병이지요."

하고 질타하기도 했다.

저녁 식사를 하기로 한 식당으로 장소를 옮기면서도 그는 줄곧 그런 부조리한 것에 대한 심정을 토로했다. 미술이란 용어도 일제 강점기에 만들어졌으니 미술대학의 명칭도 조형대학이 맞는 말이다. 한국화과니 서양화과가 21세기에 걸맞는 것이냐, 위정자들도 문제지만 미술계의 원로들도 문제다. 평소 하지 않던 말들을 대담하게 쏟아 놓기도 했다.

식당 앞에 다다르자 가을의 전령처럼 입구 좌우의 커다란 창문을 담쟁이 넝쿨로 장식한 듯 무성하게 자라 오른 울타리강낭콩이 일행을 반겼다. 그가 다가가 콩깍지 하나를 매만지며 울타리강낭콩 얘기는 다음에 해주겠다고 했다. 식당은 일행들을 위해 만반의 준비를 한 듯 정갈하고 가지런하게 깔끔한 음식들이 차려져 있었다. 자리들을 잡고 앉자 과대표가 그에게 건배 제의를 부탁했다.

"감사합니다. 성대한 만찬까지 준비하시고…."

잠시 좌중을 살핀 다음 입구의 커다란 유리창을 가리키며 감동이라도 받은 표정으로 말을 이었다.

"제가 제일 좋아하는 것이 울타리강낭콩인 걸 어떻게 알고 이 집을 예약했는지 모르지만 다시 한번 감사하단 말씀을 드리며, 한국화반의 단합과 여러분의 건강을 위하여 건배를 제의 합니다. 건배!"

서로 술잔을 부딪치고 한 모금 마신 뒤 박수로 식당이 떠나갈 것 같이 화답했다. 그렇게 몇 순배 술이 돌아가자 옆자리에 앉은 조 선생이 궁금하다며 울타리강낭콩 얘기를 꺼냈다. 그는 술잔을 들어 조 선생에게 권하면서 말을 했다.

"개인적인 얘깁니다. 내가 어렸을 때 시골은 아니어도 시내 변두리에 살아서 텃밭이 있었어요. 그때 어머니가 저 울타리강낭콩을 뺑 돌아가며 울타리에 올렸었죠. 때문에 오래되어 보기 싫던 판자 울타리가 늘 담쟁이넝쿨을 올린 듯 멋있게 변했어요. 연한 보라색과 엷은 연두색의 손톱만한 꽃들이 언제 피었는지도 모르게 피었죠. 또 콩도 엄청나게 매달리고. 늦가을에 거두는데 서리 내리고 잎이 다 떨어지면 잊어버리고 못 딴 콩깍지가 한 바가지는 됐죠. 제 선친께서 울타리강낭콩 밥을 너무 좋아하셔서 오죽하면 장례 지낼 때 어머니가 이 콩을 넣어 드리기도 했어요. 이 콩은 따로 씨를 뿌리지 않아도 이듬해 봄이면 어김없이 싹이 올라와요, 거두지 못해 떨어진 콩들이 발아한 것이겠죠. 나태주 시인의 시처럼 우리 꽃들이 다 그렇지만 자세하게 보아야 아름답고, 기생식물 같은데도 그렇지 않고, 앞뒤가 꽉 막힌 것 같은 데도 솔솔 바람이 통하고, 들여다보면 밖의 풍경도 잘 보이게 문을 여는, 소통하며 함께 사는 소박함이 좋지요. 그보다 저는 가뭄에도 강한 저 울타리강낭콩의 생명력이 좋아요."

개인적인 얘기에 미안했던 그는 자리에서 일어나 좌중을 보며 말을 이었다.

"지난번엔 '영국의 현대미술전'을 봤고 오늘은 '한국 근현대 산수화전'을 봤습니다. 다음 시간을 마지막으로 종강을 하게 되는데 그땐 동서 미술의 비교를 통해 인간이 본질적으로 표출하려는 것이 무엇인가를 서로 나누어 볼 생각입니다. 각자 도서관에 가서 책도 찾아보고 해서 종강을 의미 있게 맞을 수 있도록 힘써 주십시오. 아, 참. 이 여사의 배려로 돌아갈 때 운전을 면해 한 잔을 편하게 마실 수 있게 되어 감사합니다."

과대표는 특별한 수업을 만들어 주신 장 교수님께 박수로 감사를 표하자며 현장 방문 수업을 마친다고 했다. 돌아갈 때는 올 때와 같은 차로 가시되 중간에 서로 만날 필요는 없다고 했다.

그녀가 그를 붙잡으며 과대표를 향해 약주도 드셨는데 주무시기 편하게 돌아갈 때는 자기 차가 넓어서 좋겠다며 크라이슬러의 뒷자리에 앉도록 하고 같이 타고 갈 학우들을 종용해 잡아끌었다. 겸연쩍어진 그는 승용차가 출발하자 동승한 사람들에게 우리 그림과 서양 그림을 비교해 보며 어떤 생각이 들었느냐며 말을 꺼냈다. '아까도 말했었지만 그림은 다 똑같은 것이라며 다만 시대적 필요성에 의해 변해왔음을 강조했다. 그러나 인간 중심의 서구 사회의 구조가 종교적인 면에서는 신과 인간과의 교감을 위한 종교화로 발전하게 되고, 일반적인 면에서는 수요자의 구미에 따라 다양성을 추구할 수밖에 없었기에 귀족중심의 인물화가 주가 된 것이다. 반면 자연 중심의 동양에서는 무위자연의 철학적 사유에 의해 풍경을 유토피아를 동경하는 심미적 산수화로 발전시키게 했다. 그럼에도 불구하고 창작을 무엇과도 바꿀 수 없다고 믿는 화가들에게는 예나 지금이나 새로워야 존재한다는 일념으로 작업에 임해왔다. 때문에 지난 시대의 작품에서 벗어나고 싶은 것이 당연한 것이며 인류문화는 지속가능한 방향으로 발전하여 오늘에 이르게 된 것이다.'라며 열강을 했다.

　호남고속도로와 경부고속도로를 두루 거쳐 청주에 도착한 것은 밤 10시가 넘어서였다. 그는 논산을 넘어서면서부터 반주로 마신 술 탓인지 스르르 잠이 들어 청주 톨게이트를 나와, 모충동에서 동승한 사람들을 내려놓을 때까지 세상모르고 잠에 빠져 있었다. 차가 무심천을 건너 도청 방향으로 접어들었을 때서야 비로소 잠에서 깨었다.

　"아, 내가 잠이 들었었던 모양이죠?"

"잘 주무셨어요? 피곤했었나 봐요."

"이 사람들은 벌써 다 내렸나보군요. 그것도 모르고. 아무튼 잘 잤네요. 덕분에 피로가 싹 가셨습니다."

"다행이네요. 제가 가끔 들르는 곳이 있는데 와인 한잔 어떠세요?"

그녀는 차를 지하 주차장으로 몰아넣으며 그를 보고 잠시 들러 좀 쉬자고 했다. 그러잖아도 목이 마르던 참이어서 선뜻 응낙을 했다.

두 사람은 엘리베이터로 2층에 있는 와인 바로 올라왔다. 종업원의 각별한 태도로 보아 그녀가 평소에 자주 들르는 곳이 틀림없어 보였다. 자리를 잡자 이 여사가 와인은 자기가 고르겠다고 일어나 서구식으로 인사를 하며 와이너리로 갔다. 서구적인 인사가 나이답지 않게 귀여워 보였다. 그는 그제야 고개를 돌려 홀 안을 살펴보았다. 이탈리아 풍으로 장식한 인테리어는 품격보다는 분위기용으로 보였다. 그래도 지방도시에서 고품격을 강조한 면면이 주인의 상당한 안목을 말해주었다. 와인을 다 골랐는지 그녀가 자리로 돌아왔다.

"와인이 마음에 드실지 모르겠네요, 호호호."

"마음에 맞는 것 보다야 입맛에 맞아야겠지요."

"농담하시는 걸 보니 잠이 다 깨신 것 같네요, 호호호."

"사실은 제 작업실이 바로 위 5층인데 작은 방이 비어 있다고 해서 제가 쓰기로 했죠. 이따가 잠시 들렀다 가세요. 청소를 하지 않아서 지저분하지만 뭐 어때요? 작업실인 걸. 호호호"

그녀는 무엇이 즐거운지 시종 웃음으로 대했다. 와인이 나오고 출구와 마주하고 있는 라이브 무대에선 엘토 색소폰으로 '골든 이어링'의 대표적 작품인 '레이더 러브'를 편곡한 곡이 연주되고 있다.

"어떤 와인을 좋아 하시는지 몰라서…."

"괜찮아요. 와인을 싫어하지 않으니까. 프랑스어로는 '뱅 (Vin)이고, 이탈리아어론 비노 (Vino), 독일어론 바인 (Wein)이라는 상식밖엔 모르지만…."

"장 교수니—임. 누구 기죽이실 일 있으세요? 그럼 와인은 영어네요. 호호호"

잠깐 쉬었다 가자고 들른 것이 어느새 두 병째 와인을 뜯었다. 주로 그림 얘기를 했다. 어쩌다 그녀 얘기가 나오면 웃음으로 대처하고 잽싸게 대화를 피해갔다. 때문에 그의 학교 얘기로 흐를 수밖에 없었다. 대학 친구와 경쟁이 붙어 지금의 대학교수 자리를 놓고 아주 치열하게 부딪쳤었다는 얘기도 했다. 그때 지금은 별거 중이지만 아내와 동고향인 재단이사장의 힘이 작용해서 취직을 했다는 얘기까지 나오고 말았다. 결국 언젠가는 알게 될 테지만 아내에 대한 얘기를 괜히 했다싶어 내심 찝찝한 기분이 들었다.

"호호호. 결국 오늘은 별거 중인 사람끼리의 자리인 셈이네요. 뭐 어때요? 옛날엔 부끄럽게들 여겼지만 요즘엔 일반적으로 생각하는 추세잖아요. 저는 애들이 있어서 이렇게 있지만  교수님도 애들이 있어요?"

"아— 없습니다. 전 오래전부터 이렇게 지냅니다. 서로 작업에 매달리다 보니까…."

쓸데없는 대화로 번져나는 것이 왠지 마음에 걸렸기에 그는 자리를 정리하고 싶었다. 또 이렇게 노닥거리는 것도 성격에 맞지 않았다. 차라리 텔레비전을 보다가 잠드는 편이 길들여진 그의 일상이기 때문이었다.

와인 바를 나와 엘리베이터를 탈 때까지만 해도 취기를 몰랐었는데 비틀거리는 그녀를 부축하다보니 그도 꽤 취한 것 같았다. 5층 작업실은 잘 정리된 오피스텔처럼 보였다. 한쪽 벽은 화판이 놓여 있었고 그 옆으로 작은 책상과 책꽂이엔 몇 권의 책들이 가지런하게 꽂혀 있었다. 맞은편엔 혼자 쓰기엔 커 보이는 더블 침대가 있었는데 벗어놓은 옷가지들 말고는 정갈해 보였다. 그에게 기대어온 그녀를 침대에 내려놓으려하자 와락 그녀가 그를 끌어안는 바람에 두 사람은 벌러덩 눕고 말았다. 취중이어서 그런 줄 알고 그가 몸을 빼려는데 그게 아니었다. 의도적인 그녀의 행동은 그를 놓아주지 않겠다는 듯이 두 팔에 힘을 주며 온몸을 그의 품에 던지고 있었다. 그가 '이러시면….'을 반복하자 아예 자신의 입술로 그의 입을 틀어막으며 달려들었다.

중년이긴 해도 아직은 젊은 혈기가 넘치는 그에겐 참지 못할 여인의 체취였다. 게다가 뒤엉킨 몸으로부터 전해오는 감출 수 없는 본능의 외침은 이미 그녀를 더듬고 있었다. 이 같은 충동적 조건반

사는 두 사람을 색계의 세계로 몰아넣고 말았다. 서로가 서로의 옷을 벗기려다 말고 스스로 자신의 옷가지를 하나하나씩 벗어 던지게 했다. 알몸이 되자 둘은 원초적 본능에 더욱 충실하게 매달렸다. 그녀가 남성을 탐닉할 줄은 진작부터 예측하고 있었지만 그가 생각한 것 이상으로 집착하고 있었다. 그는 오히려 그녀가 끄는 대로 몸을 맡기었고 둘은 보물찾기라도 하는 것처럼 온몸 구석구석을 더듬으며 혀로는 서로를 확인해가며 신음 소리를 질렀다. 10여 년씩이나 차이 나는 연상의 여인 같지 않은 탄력 있고 농익은 육체는 그의 열기를 배가시키는데 충분하고도 남았다. 그렇게 둘은 야수와도 같이 서로의 욕구를 위해 몸을 불살랐고, 깊게 흡착되어 떨어질 것 같지 않았던 몸도 절정의 괴성을 터트리고야 비로소 막을 내렸다.

다음날 아침 그는 그녀의 뜨거운 서비스를 받으며 눈을 떴다. 그녀가 따뜻한 물수건으로 그의 자존심을 감싸주었기 때문이었다. 결혼하고 아내에게서도 받아보지 못한 실로 처음 받아 보는 경험이었다. 눈을 뜬 그를 그윽하게 쳐다보던 그녀가 감싸 쥐고 있던 물수건으로 온 몸을 닦아 주었다. 그것은 또 다른 쾌감으로 이어졌고 감출 수 없는 신음 소리를 내뱉게 했다. 잠시 후 그가 자리에서 일어나 속옷을 찾자 어느새 개어놓았는지 속옷은 작은 테이블 위에 가지런하게 놓여있었다. 그것 또한 새로운 감흥이 되어 다시 그녀를 바라봤다. 그가 옷을 입자 등 뒤에서 그의 몸을 껴안으며 달콤한 목소리로 '정말 행복 했어요. 처음 본 순간부터 이렇게 될 걸 짐작했어요.' 라며 얼굴을 그의 등에 가볍게 기댔다. 그는 그녀를 앞으로 끌어당기며 거칠게 안아 주었다. 오랜만에 느끼는 행복감을 놓치고 싶지 않았기 때문이었다.

"네. 나도 좋았어요. 몸이 젊은 사람 뺨치네요. 무슨 운동이라도 하시나요?"

"운동은요, 가끔 골프를 치는데 요즘엔 과제가 많아서 못 나갔어요. 교수님이야말로 몸이 좋으시던데요. 참, 괜찮으시면 이번 일요일에 부산엘 가는데 동행해 주실래요?"

그는 좋다는 말을 남기고 서둘러 그녀의 작업실에서 나왔다. 출근 시간 전에 이곳을 피하고 싶었다. 밖에 나와서도 빠른 걸음으로 큰 길에 나와 지나가는 택시를 탔다. 학교 앞에서 내렸을 때 등교하는 학생들이 눈에 보이지 않아 다행이라고 여겼다. 그리고 여느 때처럼 천천히 걸어 단골 사우나로 들어갔다. 사우나에서 냉온탕을 몇 번 들락거리고 나서 사우나 도크에 들어섰다. 온몸이 물젖은 수건처럼 늘어졌다. 한참을 땀에 젖어 비몽 중에 허우적거리다가 욕탕으로 나와 찬물에 샤워를 하고서야 정신이 들었다. 한참 양치질을 하고 있는데 누가 '야간작업을 하셨군요?'라며 인사를 했다. 학교용인 이었다. '아, 네' 라고 대답하며 서둘러 나와 연구실로 들어왔다. 겉옷을 벗어 옷걸이에 걸고 소파에 길게 누웠다. 나이든 여인의 열정이 그렇게 강할 줄은 짐작조차 못했던 그였다. 또 그렇게까지 남자를 탐할 줄도 몰랐었기에 그는 세상모르고 코까지 골아가며 잠이 들고 말았다.

"교수님! 무슨 잠을, 이렇게 주무시면 어떡해요?"

꿈결인 듯 들리는 목소리에 눈을 뜨니 조교였다. 벌써 수업 시간인 모양이었다. 가끔 밤늦도록 작업을 하고 늦잠을 자기도 했었는데, 오늘 따라 조교의 목소리가 야무졌다. '몸을 생각 하셔야죠. 항상 젊은 줄 알았다간 큰코다친단 말이에요.' 제법 마누라 바가지 수준이었다.

"9시 30분이에요. 실기실에 들러 출석 체크하고 오는 길이에요. 아침은 잡수셨어요? 좀 전에 실기실에서 교수님은 야간작업으로 연구실에서 주무시고 식사하러 가셨으니 수업하고 계시라 일러두었으니 해장국이라도 들고 오셔요."

그는 그가 바라던 대로 됐다 싶었다. 조교는 자기가 연구실에서 밤샘을 한 것으로 여기는 모양이었다. 하지만 예스럽지 않은 조교의 태도에는 신경이 쓰였다. 실기실에 내려가 수업을 하다가 밥은 아점으로 해결하기로 마음먹었다. 그러나 찻잔을 내려놓고 나가는 조교의 태도는 확실히 무슨 일이 있어도 단단히 있는 모양이었다. 늘 웃는 낯으로 명랑하던 친구였었는데 기다려 보면 알겠지 싶어 다시 묻지는 않았다.

그날 오후 퇴근 무렵 총장실에서 전화가 왔다. 퇴근쯤에 잠깐 만나자는 총장의 전갈을 비서실장이 확인해온 것이다. 무슨 일이냐는 그의 말에 일상적인 사안이라 했다. 그는 잠시 기다렸다가 비서실로 다시 전화를 걸어 여직원에게 어떻게 된 것이냐 되물으니 '걱정하지 마셔요. 좋은 일인 것 같던데요.'라며 6시에 올라오라고 했다. 무슨 일인지 궁금했다. 그렇잖아도 신학기에 인사 이동이 있을 것 같다는 소문이 있었기 때문이었다. 그는 지금의 자리에 길들여진 듯 보여도 내심으론 보직에 마음을 쓰던 판이었다. 말이 그렇지 평생교육원장도 아닌 어정쩡한 자리로 하여 가까운 친구들과 만나면 불만을 털어 놓기도 했었다.

그가 총장실 앞에 왔을 때 문이 열리며 독문학을 하는 민 교수가 나왔다. 잔재주가 많다고 수근대는 사람이었기에 마음이 쓰였다. 그를 보자 반갑다며 손을 내밀며 어쩐 일로 들렸느냐는 눈치를 보였다. 그가 아무 말 없이 웃어주자 알았다는 듯 또 보자며 총총히 지나쳤다. 총장은 관료기질이 몸에 밴 듯 외모가 잘 어울리는 사람이었다. 그래서 그런지 선거 때만 되면 으레 시장이건 국회의원이건 후보군에 오르내렸다. 지금도 정부의 무슨 자문위원직을 맡고 있었다. 그가 비서실에 들어서자 비서실장이 기다리던 참이라며 총장실로 안내해 주었다. 여직원을 쳐다보니 눈웃음을 지어보였다.

총장은 그의 손을 잡고 반갑게 맞았다. 뒤따라 들어온 여직원이 찻잔을 내려놓고 나가자 평생교육원의 교환 수업방법에 대해 퍽 고무적인 강의인 것 같다며 인사를 대신했다. 한국화반과 서양화반이 한 달에 한 번씩 강의를 교환하는 방법을 놓고 하는 말이었다. 그 아이디어가 그의 제안이어서인지 총장은 다른 과에도 반영해 보고 싶다는 말을 덧붙였다.

"신선한 아이디어에요.그게 바로 융·복합이고 창조교육이 아니겠습니까? 그래서 얘긴데요, 새 학기부터 평생교육원에 대학원 과정을 두기로 한 것을 장 교수도 잘 아시죠?"

총장은 그를 쳐다 보며 단도직입적으로 물었다.

"이번에 신설되는 융복합 대학원을 교수님께서 맡아 보시죠. 크로스오버한 장 교수의 혁신적인 교육이념을 펼쳐 보실 겸. 교육과정을 정리하시려면 시간이 필요할 텐데 수고를 좀 해주셔야 하겠어요. 오랫동안 장 교수를 눈여겨보고 있었습니다."

생각이 없었던 것은 아니지만 막상 듣고 보니 가슴이 떨려왔다. 그렇다면 최연소 대학원장이 되는 것이다. 총장의 배려가 참으로 고마웠다. 그는 자리에서 벌떡 일어나 허리를 굽혔다.

"감사합니다. 최선을 다해 보답하겠습니다."

귀양살이에서 건져주셨다는 말이 나올까 싶어 짧게 대답했던 것이다. 그러나 자기로 인해 자리가 없어지는 조 교수의 일이 걱정되지 않을 수 없었다.

"그럼, 조 교수는요?"

"걱정하지 말아요. 안식년을 앞당겨 미국에 있는 자제분이 근무하는 병원에서 신장결석 제거 수술을 받을 모양이에요. 진작 받으려고 했었는데 학교일 때문에 미루다가 이번에야 받게 된 것이거든요."

총장실을 나와 교정으로 나서자 이 학교에 오기 위해 몸을 달았던 지난날이 스쳐갔다. 빠르다면 빠를 수 있는 첫 보직을 받고 보니 그저 얼떨떨했다. '나도 이제부터 총장의 사람인가'를 되뇌어 보았다. 그는 이제껏 누구의 사람이란 말을 들어본 적이 없었다. '적을 베는 무술은 잊어라. 무예는 마음을 닦는 수련이다.'라 말한 전통무예가 최형국 박사의 말이 떠올랐다. 그는 '조선의 무인' 이란 화제의 책을 냈기에 강의 시간에 예술가의 자세를 말하면서 그의 파란 많았던 과거를 예로 들었었다. 화가의 길 또한 결코 순탄치만은 것이 아니었기 때문이었다. 전통과 현대를 융복합적으로 혼합하지 않고는 한국인으로 정통성을 찾을 수 없을 것이라고도 했었다. 그러나 자신은 그것을 작품으로 승화시켜내지도 못하면서 말만 앞세운 경계인의 범주에 머무르고 있었음을 잘 알고 있었다.

그는 미술대학과 대학원에서 서양화를 전공했으면서도, 또 유럽의 현대미술로 석사학위를 받았으면서도 늘 2% 부족한 자신을 추스르지 못해 안타까워하고 있었다. 현대미술을 하려면 우선 엽기 대신 인간적 품성을 갖추는 것이 첫째 덕목이라 여기는 그였다. 그가 유럽미술관을 살피면서 느낀 것은 그들의 객관적 시각과 보편화된 시민들의 예술에 대한 안목이었다. 우리나라는 아직도 폐쇄적인 자물쇠를 스스로 풀려는 노력에 게을렀다. 그러면서도 유행에 뒤질세라 조급해하고 왕따로 소외될까봐 호들갑을 떨어대기 일쑤였다. 현대미술의 메카인 영국의 '사치갤러리'에서 신화가 어떻게 만들어지는가를 보면서, 데이먼 허스트의 '제국'이란 작품을 대하며 왠지 모를 분노를 느끼면서, 트레이시 에민의 '나와 함께 잤던 모든 사람들' 이란 그녀가 설치한 1백2인의 남자와 잠자리를 같이한 흔적들의 뻔뻔하고 방자하기까지 한 작품의 그 텐트를 보면서, 우리가 얼마나 고정관념의 틀에 함몰된 채 살아왔는가를 뼈저리게 반성해야 했었다.

물론 그가 고교 시절에 들었었던 팝송의 가사를 해석하며 놀랐었던 가슴과 별반 다르지 않았지만, 문제는 화면을 창의적이며 조화롭게 꾸미는 조형성을 무시하고 있지는 않았다는 사실이었다. 예전의 팝송이나 작금의 노래들에서 화성과 가락과 리듬의 조화가 변하지 않고 있는 것이다. 어떤 면에선 으뜸화음과 불협화음의 공조가 오히려 새롭게 들렸었다는 사실이다. 이와 같은 외설, 변태, 폭력, 공포들이 전혀 새로운 것으로 편하게 받아들이려는 문화의 차이를 우리 문화로 어떻게 이해해야 하는지를 찾아야만 하는 것이었다. 이것은 융복합 할아버지가 와도 불가능할 것이나 세상은 글로벌해지고 있기에 가능한 것이기도 했다. 최근 한류의 케이 팝과 티브이드라마나 영화 같은 대중예술들은 이미 국제적으로 인정을 받고 있는 것만 봐도 그렇다. 상호 교감되기에 교류가 가능한 것이라면 순수예술도 가능해야 하는 것이었다. 한때는 김치 냄새를 외국인들에게 감추어야만 했었는데 이제는 김치가 국제적인 식품으로 둔갑 된 지 오래였다. 그 뿐인가 김치의 효능이 알려지면서 김치유산균의 활용이 다양해지고 있는 현실은 무엇을 말하는 것인가?

일요일 아침 일찍 예리재 이 여사의 전화가 그를 깨웠다. 오전 11시 대전역에서 출발하는 부산행 케이티엑스 2호차 5A 자리라며 약속을 잊지 말라고 했다. 그렇잖아도 전화라도 걸어야 하는가를 고민하던 중이었었다. 그녀의 멜랑꼬리한 목소리가 어느새 그의 아랫도리를 자극하고 있었다. 그는 세미나에 참석하는 차림으로 어깨에 가방까지 메고 나섰다. 승용차로 대전역까지 가서 열차를 타려면 서둘러야 했다. 열차가 프랫홈으로 들어오는데 그녀가 보이지 않아 두리번거리고 있을 때 전화가 왔다. 그녀는 16호 차에 있으니 부산역 택시 승강장에서 만나자는 것이었다. 참으로 용의주도한 사람이라 여기며 자리에 앉아 가지고 나온 신문을 꺼내들었다.

두 사람은 예약된 호텔 방에 들어오자마자 누가 먼저랄 것도 없이 껴안고 침대로 뒹굴었다. 서로가 운우의 정을 위해 충실하고 있는 것이었다. 죽고 못 사는 연인들처럼, 어느 한 구석이라도 잊으면 큰일이라도 날 것처럼, 둘만의 실낙원을 찾아 올인하는 모습은 애정 영화의 모범답안과도 같았다. 그렇게 두 사람은 오랜 시간 애정을 확인하는 것으로 세상을 잊은 듯, 짝짓는 고양이 소리를 내며 흐느끼다가 울음범벅 땀범벅이 되고서야 제자리를 찾았다.

"좋았어?"

"응, 좋았어?"

어느새 두 사람은 말을 놓아가면서 졸린 듯 누워 서로의 몸을 탐닉하고 있었다. 그녀가 먼저 일어나 룸서비스로 먹을 것을 시키며 그를 향해 샤워를 재촉했다. 둘이 샤워를 마쳤을 때 식사가 배달되었다. 차가운 맥주를 두 컵이나 마시고서야 갈증이 풀렸다.

"아, 참. 자기 어제 총장님한테 좋은 소식 들었지? 대학원장이 된 걸 축하해요, 호호호 자기가 대학원장 할 때 난 박사학위 과정을 신청하면 되겠다. 호호호. 내가 친구 몇 명을 덤으로 원서를 내게 할 거야."

앞뒤 없이 웃어가며 들이대는 그녀의 말에 그는 당황하지 않을 수가 없었다. 그걸 어떻게 알았느냐는 그의 표정에 그녀는 장난기 있는 표정을 감추지 못하면서 다 아는 수가 있다고 했다. 그가 낯을 바꾸는 얼굴이 되자 그녀는 알았다며 자초지종을 얘기했다. 총장과는 골프 모임으로 가끔 운동을 같이 했다며 지역 인사들과 같이 어울렸었다는 것이었다. 그래서 어제 마침 박사학위 과정 문제로 총장과 통화를 했었는데 잘 됐다면서 자기가 대학원장이 됐으니 부탁해보라고 총장이 말했다는 것이었다.

그는 아차 싶었다. 또 그녀와 총장과의 관계도 의심스러웠다. 자신의 목적을 위해서라면 물불을 가리지 않고 몸을 날리는 그녀가 아닌가. 아찔한 현기증이 엄습해오며 입맛이 썼다. 그는 맥주 한 잔을 따라 마시며 정신을 가다듬었다. 겨우 몸이 쾌락으로 찢겨나가는 기분을 위해, 행복감에 빠져 허우적대는 순간을 위해, 고작 길어야 이십오 분에서 삼십 칠팔 분 때문에 모든 것이 하얗게 변하고 있는 것이었다. 내가 어떤 사람이 될지는 내가 정하는 것이다. 자신을 동정하는 동물은 없다. 동상에 걸려 나뭇가지에서 떨어져 죽는 새조차도. 이젠 그녀와 끝맺음을 해야 할 것 같다. 그러나 그녀가 눈치 채지 못하도록 원만하게 수습해야 할 문제였다. 아니 결별하려는 눈치를 챘다 하더라도 오해가 있어서는 아니 될 일이었다. 여자의 앙심은 오뉴월에도 서리를 내리게 할 수 있다고 하지 않던가. 그가 어쩌다 예까지 왔을까를 생각하고 있는데 그녀가 부산까지 왔는데 맛있는 회를 사겠다는 것을 조심하자며 애써 말렸다. 그녀도 내심 조심하잔 생각을 했었던지 자기가 먼저 갈 테니 학교에서 보자며 일어섰다. 그는 자리에서 일어나 돌아서는 그녀를 뒤에서 껴안아 주었다. 앞을 보며 포용 할 자신이 없었기 때문이었다. 그러면서도 아름다운 추억으로 남는 만남이어야한다고 생각했다.

세월은 말릴 수가 없다더니 어느새 은행잎 노란 기억을 그리워하게 될 때쯤 그는 신학기 융복합대학원장으로 발령을 받았다. 평생교육원의 취미교실 같던 개념의 학과들이 축소되어 같은 건물에 둥지를 틀었다. 교환 강의 덕에 한국화와 서양화반 학생들이 모여 한마음 종강파티를 벌리며 신학기 대학원 진학에 힘을 실어주었다. 그는 대학원 입학 심사를 마치고 처음으로 시도된 박사과정의 지원서를 살피면서 그녀가 제출한 서류를 보게 되었다. 왠지 모를 찝찝한 감정 중에도 두 명을 배정받은 정원에 다섯 명씩이나 지원해준 것에 고무되었다. 전화를 해줄까 망설이는데 재임명을 받은 최 조교가 들어왔다.

"교수님, 고마워요. 저는 여기까지 올 줄은 몰랐었는데…."

"열심히 했잖아. 또 고생 좀 해줘야겠어."

"아니에요, 교수님이 적극 추천하셨단 말씀 비서실에서 얘기 들었어요. 열심히 할게요. 참, 이건 교수님이 좋아하시는 작설차에요."

조교가 작설차 봉지를 테이블 위에 놓고 나가려다 말고 잠시 머뭇거리다가 근심스런 표정으로 입을 열었다.

"원장님, 이 얘긴 저만 아는 얘기가 아니라 교직원들 사이에서 오래전부터 돌던 얘긴데요. 오해는 마세요. 평생교육원 학생 중에 예리재 주인이라고 아마 기억나실 거에요. 나이 많고 예쁘장한…. "

조교가 그의 눈치를 살피더니 다시 말을 이었다.

"그 여자 때문에 재단이사장님과 총장님 사이에 언쟁이 있었다는 거예요. 지난달 퇴근 후에 청소하던 용인들이 봤다는 거예요. 그뿐만 아니라 처장님 몇 분도 연루됐다는데 원장님도 그 여자 조심하시라고요. 제 말을 꼭 잊지 마세요."

"우리 착한 최 조교도 그런 말을 다 하네. 괜히 남의 말 퍼트리지 말고 그만 나가봐요, 괜히 죄받아."

그는 더 이상 듣지 못할 것 같아 조교를 내보냈지만 못 볼 걸 들킨 사람처럼 가슴이 뛰었다.

그러나 돌아서는 최 조교의 마음은 그렇지 않았다. 그렇다고 자기가 다 봐서 안단 말을 털어놓을 수도 없는 노릇이니 미상불 특단의 조치를 취할 수밖에 없음을 느꼈다. 자기만큼 생각해주는 사람이 어디 있을까. 자신의 말을 믿지 않으려는 그가 미웠다. 햇수로 벌써 5년이나 넘게 기다려왔다고 믿는 그녀로서는 모든 것이 안타깝기만 했다.

소문은 전염병처럼 무서운 것이었다. 미구에 평생교육원의 학생들까지 알게 되겠지. 좋은 것과 나쁜 것은 늘 공존한다더니. 그는 그의 첫 보직을 질시하는 방해자들로부터 어찌 몸을 보호할 것인지

불안하기만 했다. 그 보다는 자신의 무모함에 더욱 더 모멸과 수치를 절감했다. 그렇게 조심하고 조심해왔었던 자신이었건만 남의 입질에 오르내리는 사건에 휘말려들다니…. 여자 하나로 인해 공든 탑이 무너질 판이 아닌가. 설마가 사람 잡는다고 했지만 설마 그녀가 자신을 물귀신처럼 옭아맬까? 그렇게 나쁜 사람으로 보이진 않았다. 비록 색을 탐하고는 있었지만 그러나 욕구충족을 위해서라면 무슨 일이든 일을 저지를 수 있는 사람이란 생각이 들었다. '착한 사람만큼 나쁜 사람은 없다'라는 역설적인 주장을 펼친 나카지마 요시미치의 '니체의 인간학'은 착한 사람은 약하고 제 살길만 고수하며, 거짓말도 서슴없이 할 수 있다고 했다. 또 집단적 행동지향주의 자들이기도 하며 원한을 품는 자들이라고까지 했다. 그의 말대로라면 신념을 지키며 자기철학을 가지고 살기 위해서는 착함 대신 무엇보다 삶에 강해져야 될 것 같다는 생각이 들었다. 그의 머릿속으로 주위의 착한 사람들의 얼굴이 전광석화처럼 스쳐지나갔다.

결국 인생은 죽어가는 것이다. 무슨 일은 하다 죽을 것인가도 중요하지만 얼마나 치열한 삶을 살았는가도 중요한 것이다. 나를 위하여, 가정을 위하여, 지역사회를 위하여, 국가와 인류를 위한 삶을 따져 묻다 보니 자신은 무엇 하나 건질 것도 없이 살아온 보잘 것 없는 삶이었다. 화가로 살려는 처절한 행동도 없었으며, 가정을 지키려는 몸부림도 없었고, 지역사회를 위한 봉사에도 미진함뿐이었다. 항차 국가와 인류까지 들이댄다면 아무것도 내세울게 없는 졸장부에 지나지 않았다. 가장 손쉬운 것이 바로 자신을 위하는 일이었음에도 불구하고, 등하불명을 놓고 형광등 위가 어둡다며 저 잘난 체를 즐긴 못난이었다.

그는 대한 추위도 한참이 지난 썰렁한 교정을 걸어 나오며, 새 학기부터라도 자신을 위해 해야 할 일이 무엇인가를 모처럼만에 곰곰이 생각하고 있었다. 미루어오던 개인전이 떠올랐지만 첫 보직의 무게를 생각하면 그것마저 불가능해 보였다. 그렇다고 별거중인 아내와 타협을 하자니 그 또한 쉽지 않았다. 그것은 아내가 내놓은 제안이었기 때문이었다. 그는 걸음을 멈추고 하늘을 쳐다보았다. 힘든 일에 부닥칠 때마다 그가 취하는 최선의 행동이었다.

운명적 만남이란 어떤 만남인가? 그는 아내보다도 그림과 자신의 만남이 운명적 만남이라 믿으며 살아 왔었기에 단 한 번도 다른 생각을 해본 적이 없었다. 무엇 때문에, 누구를 위하여 살아야 하는 것이냐를 되물어 보는 사유의 시간을 잊고 살아왔다는 사실에 그는 새삼 놀라고 있었다. 하늘은 스스로 돕는 자를 돕는다고 했는데 신념과 미학을 지키며 살려면 얼마나 더 강해져야 하는 것인가. 하늘은 잘못된 발묵으로 번져난 화면처럼 짙은 잿빛으로 그를 내려다보고 있었다. 그러나 미구에 닥쳐올 쓰나미와 같은 엄청난 사건이 그를 기다리고 있을 줄은 짐작조차 못하고 있었다.

# 꿈의 바람꽃

# 더위 때문이었을까?

김 씨는 이마로 흐르는 땀 닦을 생각은 아예 없는 것 같은 얼굴로 아파트 정문을 향해 비틀거리며 걸어오고 있었다. 김 씨가 정문 안내소 앞에 이르렀을 때 경비원 오 씨가 쓰러질 것 같은 김 씨를 맞으며 다급하게 물었다.

"김 씨! 어딜 다녀 오시길래 그렇게 더위를 함빡 뒤집어 쓴 몰골을 하고 오슈? 어디 아파요?"

김 씨는 벌써 일흔이 넘은 나이로 아파트 경비원 중에 제일 연장자였다. 모 정부기관에서 근무를 했었고 명퇴를 한 후에는 1년 넘게 전국을 일주하는 여행을 했다고 했다. 딸네 부부가 결혼하고 5년을 기다려 얻은 손자를 자기네 집에 와서 딱 1년만 도와달라는 청을 뿌리치지 못하고 아내가 딸네 집에 가야 하는데 김 씨가 문제였지만 김 씨는 아내에게 걱정 말고 사위가 근무하는 철원의 군인 아파트에 가 있으라고 하며 그렇잖아도 명퇴를 하면 해보고 싶었던 전국 일주를 결심하게 됐기에 자신이 더 기분이 좋았었다고 했다. 딸과 사위는 그런 아버지에게 잃어버려도 괜찮을 중고차 카니발 한 대를 선물했고 뒷좌석을 모두 펴놓으면 잠자리가 해결되기 때문이라며 행복감을 감추지 않고 오히려 아내에게 '당신 건강이나 신경 써요'라며 자신의 걱정은 잡아매라고 했었을 정도였다.

"김 씨! 잠깐 들어와 봐요. 온통 땀으로 목욕을 한 것 같아."

오 씨가 김 씨를 잡아끌자 김 씨는 휘청거리는 발걸음으로 정문 안내소에 들어왔다. 정문 안내소는 후문 안내소보다는 크지만 두세 명이 들어서기에는 좁은 공간이었다. 그러나 작은 에어컨이 설치되어 있어서 정문을 천국이라 부르고 후문을 지옥이라 불렀다. 이사 가는 집에서 버리겠다는 것을 김 씨가 108동 경비반장이던 시절에 떼어다 달았던 것이었다. 정문 안내소가 천국이 된 것은 금년 더위로 그 명성이 확고해졌다. 김 씨가 안내소로 들어와 작은 의자에 몸을 던지듯이 주저앉으며 이해할 수 없는 말을 내 뱉었다.

"오 씨, 어쩌면 좋아. 나—, 큰 일 냈어. 죽여야 할 놈이 있어서 칼로 찌르기는 했는데. 북문 앞 떠버리 식당에서 황 상사 아니, 황 반장을 칼로 찔렀거든. 죽었을 거야. 아마."

그렇게 알 수 없는 말을 주섬주섬 쏟아 놓고는 의자에서 벌떡 일어나면서 '자수하러 가야 돼'라며 파출소가 있는 방향을 확인하려는 듯 좌우를 살피고는 왼편 시장 쪽으로 안내소에 들어올 때보다 더 휘청거리는 발걸음을 옮겼다.

8년 전, 김 씨는 1년 여행을 다녀와서 바로 이 아파트의 경비원으로 들어와 법 없이도 살 사람이라는 말을 들을 정도로 매사에 빈틈이 없었고 남을 배려한다고 70세 정년으로 되어있는 경비를 그만둘 때, 아파트 입주자 대표가 김 씨를 야간 경비로 계속 있어달라고 부탁했었다. 처음엔 그냥 부르던 대로 김 반장이라 불렀는데 김 씨의 부탁으로 그냥 김 씨로 부르고 있는 것이었다. 김 씨가 안내소를 떠나자 오 씨는 후문 경비 박 씨에게 전화를 걸어 '황 상사가 어디 있는지 빨리 알아봐요.'라고 해놓고, 청소담당 경비에게 핸드폰으로 급히 황 상사를 찾아봐 달라 부탁을 했다.

황 반장은 101동에서 경비로 있었는데 입주자들과 마찰이 잦자 입주자 대표가 김 씨의 퇴임으로 비어있는 108동 경비반장으로 옮겨 놓은 사람이었다. 나이는 경비 중에 제일 어렸지만 월남까지 다녀와 상사로 제대한 국가유공자라는 바람에 모두가 수긍했던 것이었다. 때문에 108동 경비원 사이에선 그를 황 반장이라 부르지 않고 황 상사라 부르게 된 것이었다. 그도 자기 별명을 무탈하게 받아들여 이젠 입주자들까지 황 상사로 부르는 터였다. 그러나 실상은 김 반장에 대한 무언의 존경심의 표시로 경비들의 작은 묵계가 깔려있었다.

김 씨도 월남전에 참가했었는데 황 상사와는 정반대로 군대 얘기를 떠벌리지 않는 성격이어서 주위에서 모를 뿐이었다. 김 씨는 배운 사람같이 틈나는 시간이면 책을 읽거나 아니면 경비실 앞으로 내놓는 신문이나 잡지 따위를 정리하며 신간 안내 같은 읽고 싶은 지면을 골라서 읽는 독서가 취미였다.

김 씨는 입이 무거워 별반 말을 하지는 않았지만 실은 그가 1년 여행을 떠나고 얼마 되지 않았을 때 전방에서 근무하던 사위가 작전 중에 북한군이 설치해 놓은 지뢰로 전사했다. 설상가상으로 무남독녀 외동딸이 사위와 같은 부대의 동료에게 성폭행을 당했는데 심한 몸싸움으로 갓난 아들이 이불에 덮여 질식사를 했고, 그 충격

으로 김 씨의 딸은 주방 옆의 다용도실 문설주에 목을 매고 자살을
했다. 시장에 다녀온 김 씨의 아내는 눈 뜨고 볼 수조차 없는 정경
속에서도 이불에 덮여 죽어있는 외손자를 찾아 끌어안고 오열하다
가 뒤로 넘어지는 바람에 뇌진탕을 일으켜 일가족이 모두 죽은 사
건이 있었다. 이와 같은 군부대의 사망사건은 전국 뉴스를 탔고 여
행 중에 뒤늦게 연락을 받은 김 씨는 달려가 겨우 장례를 보았을 뿐
이었다. 이런 얘기는 동료 경비들에게도 말하지 않았었기에 누구
도 아는 이가 없었다.

　김 씨가 여행하던 당시만 해도 핸드폰이 지금처럼 빵빵하게 터
지던 때가 아니어서 김 씨가 2,3일에 한 번꼴로 딸이나 아내에게 공
중전화를 통해 하는 것이 전부였다. 때문에 그런 엄청난 사건이 터
지고 난 후 열흘이 지나고 나서야 군인 아파트 경비를 통해서 겨우
듣고 알았었다. 사위가 근무하는 DMZ의 민경정찰대가 수색정찰
중에 북한군이 매설해 놓은 지뢰를 분대원이 밟은 것이 문제의 발
단이었고, 김 씨의 사위가 월남전의 특수부대 출신의 분대장답게
분대원이 밟은 지뢰를 대신 밟고 분대원을 피신시킨 다음 지뢰를
제거해 보려던 것이 그만 폭발하여 그 자리에서 전사했다는 것이었
다. 이 사건으로 사위는 화랑훈장을 받았다. 그러나 같은 부대의 동
기 부사관의 탈선은 일가족을 죽음의 길에 내몰고 말았던 것이었
다. 작전에 참가하지 않은 동료 하나가 평소부터 흑심을 가지고 있
던 김 씨의 딸을 겁탈했고, 갓난아이까지 죽게 한 충격으로 딸이 자
살하게 된 사실과, 장모까지 죽은 외손자를 끌어안고 쓰러져 뇌진

탕으로 죽었다는 얘기를 사단으로부터 듣는 순간 김 씨는 제정신이
아니었다. 창졸지간에 온 가족을 잃어 하늘이 송두리째 무너지는
충격에 휩싸였다. 모든 것이 일순간에 끝이 난 세상에서 혼자 살아
무엇 하랴 싶은 심정을 주체할 길이 없었다.

사위에게 내려진 훈장과 위로금을 사돈에게 떠안기다시피 맡기
고 김 씨는 서둘러 철원 땅을 빠져나왔다. 그곳에 잠시도 머무르고
싶은 생각이 추호도 없었다. 그리고 얼마나 돌아다녔는지, 또 얼마
나 술을 퍼마시고 딸애의 이름과 아내를 외쳐 불렀는지, 또 얼마나
미친 듯이 울었는지 알 수 없었다. 강가 둑길에서, 낯선 해변 가에
서, 산기슭에서 넋을 놓고 며칠씩 뜨는 해와 지는 해를 바라보면서
지냈었다. 참으로 많은 것을 느꼈고 딸과 아내와 사위 그리고 웃는
모습 한 번 제대로 못 본 외손주를 위한 기도를 밤을 새며 했었다.
다 늙어 홀로 된다는 것이 얼마나 처참한 것인가를 뼈 속 깊이 사무
치게 느껴야만 했다. 하소연하고 위안 받을 수 없는 신세라는 것이
얼마나 무서운 형벌인가를 새삼 깨달았다.

한 달여를 그렇게 지내던 김 씨는 딸과 아내와 외손자와 사위를
위해 자신이 할 수 있는 일이 무엇일까를 깨닫게 되었다. 딸이 결혼
하기 전에는 아내와 세 식구가 산사가 좋아 무던히도 찾아다녔었
다. 그래서 전국의 사찰 1백 군데를 찾아다니며 왕생극락을 기원하
자는 결론을 얻은 것이었다. 그렇게 하는 것이 애비와, 남편과, 할
애비와, 장인의 도리를 조금이나마 하는 것이란 생각이 들었다. 강
원도에서부터 경상도로 전라도를 거쳐 충청도와 서울까지 더듬으

면 애초에 가족들과 약속한 1년의 여행을 마무리 지을 것 같았다. 또 어차피 갈 곳도 없는 몸이었다. 바람 부는 대로 발길 닫는 대로 다녀볼 작정이었다.

처음 발길이 머문 곳은 소양호가 내려다보이는 강원도 홍천 땅이었다. 가리산을 중심으로 한 광덕사, 연국사와 이름 모를 암자를 시작으로 정선의 가리왕산 절터와 화암약수를 찾았고 그 옆에 있는 암자에서는 이틀이나 묵었다. 아내가 속병이 있어 꼭 한번 같이 오자고 했던 곳이었기 때문이었다. 김 씨는 가슴이 아리고 저렸다. 그래서 아내의 몫으로 하루를 더 묵으며 아무것도 먹지 않고 화암 약수로만 내리 다섯 끼를 마셨다. 그 때문이었을까? 딸과 아내가 그렇게 성화였던 술도 끊을 수 있었다. 사랑하는 사람들을 모두 떠나보내고서야 해낸 일이었다. 이후 두 번 다시 술을 입에 대면 애비도 남편도 아니라며 결심을 굳혔다. 동해의 두타산과 청옥산에 들러 천하의 비경과 용추를 숨기고 있다는 두타와 무릉의 의미를 되짚어보며 삼화사, 관음사를 보고 학소대, 관음폭포와 문간재를 넘어 쌍폭, 용추폭포를 거쳐 서원터 대피소에서 일박하고, 칠성폭포와 만군대를 지나 청옥산을 답사하고 박달재를 넘어 동해시로 돌아왔다. 속초를 거쳐 설악동에서 양양, 인제, 고성으로 이어지는 남한 최고의 명산 설악산에 올랐다. 대자연의 신비가 금강산에 못지않다는 절경과 비경이 김 씨를 맞았다. 미시령, 저항령, 마등령과 공룡능선, 대청봉을 잇는 주능선의 서편과 안쪽을 내설악이라 하고 그 동편을 외설악이라 부른다. 그리고 대청봉에서 서북으로 뻗은 서북

능선의 남쪽을 남설악이라 부른다. 설악동에서 신흥사를 거쳐 계조암, 울산바위를 보고 케이불카로 권금성에 올라 비선대, 귀면암, 양폭을 거쳐 회운각 대피소에서 일박을 했다. 다음 대청봉, 중청봉, 용아능선을 타고 내려와 오세암, 영사암, 백담사에서 지친 몸을 쉬었다. 백담사에서 전두환이 숨어 지냈다는 암자에는 사람들이 몰렸지만 김 씨는 버스를 타고 한계령 휴게소를 지나 오색온천에 들러 심신의 피로를 씻어내고 성국사에 들렀다가 다시 설악동으로 돌아왔다. 평창의 오대산에 당도할 때까지 산에서 야영하며 하루를 더 쉬었다가 불교의 성지 월정사에 들렀다. 특히 오대산 상원사의 동종은 한국미술의 자랑이기도 했다. 물론 석가여래의 진신 정골사리를 모신 적멸보궁도 있었다.

동서남북과 중앙 5대에 석가세존, 관음보살, 문수보살, 대세지보살, 지장보살이 있어 한국 불교가 이곳에서 힘을 얻는다. 국립공원 오대산 일주문을 지나면 바로 월정사와 석조보살좌상과 8각9층석탑을 지나 관음사에 이른다. 지장암, 영감사를 지나 상원사까지가 가파르다. 사자암과 적멸보궁을 거쳐 북대의 대륜암을 지나면 상왕봉이다. 오대산 일주를 하고 태백시에 이르면 겨레의 성산인 태백산이 기다린다. 삼국유사 고조선편에 환웅께서 무리 3천을 거느리고 태백산 고스락의 신단수 아래로 내려왔다고 쓰여 있다. 그러나 그 태백이 여기는 아닌 듯하다. 아마도 백두산이거나 혹은 묘향산일 가능성이 짙기 때문이나 태백산의 신단수를 주장하는 학자들도 있다. 천제단은 신라, 고려, 조선의 대를 잇는 오랜 역사를 거쳐 오늘에 이르고 있다. 특히 구한말로부터 일제강점기에는 우국지사들이 국태민안의 구국기도를 올렸다는 얘기가 많이 전해지고 있다. 김 씨는 미리 준비한 병마개를 따지 않은 술 한 병을 제단에 놓았다. 그간 산사를 찾으며 올린 가족들의 억울하고 비통한 죽음에 대한 감정을 달래고 피로한 여정을 잠시 정리하고 싶었다. 술 한 잔을 놓는 것은 그들과의 대화의 끈일 뿐 다른 의미는 없었다. 그렇다면 마시지 않을 술병을 꼭 따야 할 필요는 없는 것이란 생각이 들자 그대로 천단에 내려놓았다. 말문을 트려는 것이다. 또한 술병을 딸 경우 혹시라도 술이 상해 버려지는 일이 싫었고 누구라도 그 술을 마시면 가족을 위한 기원이 천제에게 전해지는 것이라 믿음도 있었다.

어느새 경상도 땅에 들어섰다. 여기는 사위의 고향땅이다. 김 씨는 아내의 고향과 같아 처음부터 달가워했다. 짧지만 굵게 살고 간 국민의 영웅다운 사위였다. 어떻게 그 짧은 시간에 부하를 살릴 생각을 해낼 수 있었을까? 김 씨 자신도 월남전에서 여러 차례 작전에 참여했었지만 좀처럼 쉽지 않은 결단이었음을 알고 있었다. 사위는 처음부터 보살행을 타고난 사람에 틀림없다고 믿고 싶었다. 그 장한 피가 살아서 애비의 한을 풀었어야 했는데 외손주도 애비를 따라 갔다. 외손주 생각이 차고 들어오자 김 씨는 자동차를 더 이상 운전할 자신이 없었다. 잠시 노변에 정차하고 숨을 정리했다. 흥분하지 말고 냉정하게 순례의 길을 다니자 마음을 다졌지만 세상에 나와 처음 받은 것이 죽음이었을 외손자를 생각하자 어떻게 할

바를 몰랐다. 산다는 것이 아무리 공수래공수거라고 해도 그렇게 허무하게 끝이 날 수는 없는 노릇이었다. 사위와 외손자와 그리고 사랑하는 아내의 고향땅에서 그들의 영혼이 편하게 극락에 이르기를 기원해 보리라는 생각이 들었다.

합천의 가야산, 법보사찰 해인사, 홍재암, 용탑선원, 금선암, 상선암, 보현암, 국일암, 약수암, 지족암, 백년암, 낙화암을 답사하며 기원했다. 울산의 가지산에서는 석남사 불당과 동인암, 도의국사 사리탑을 보고 경상남북도 경계를 타고 운문사에 들르기도 했었다. 해인사 대장각의 팔만대장경 국역판을 읽던 대학시절의 기억이 새로웠다. 아함경이나 화엄경이 하나란 사실을 느끼며 김 씨는 전생이 중은 아니었을까를 생각하고 출가할 생각을 했었던 기억에 목이 메었던 기억을 지웠다.

진시황이 사람을 보내 남해의 금산에서 영생불멸의 불로초를 찾으려 했었다는 전설을 간직한 섬산을 찾아 좌선암에서 쉬었다. 허궁다리 쌍홍문에선 사위 부자의 넋을 위로했다. 내세에 다시 가족을 만나면 천수를 다하자 빌고 또 빌었다. 보리암에서 단군성전까지 올라 망월대에 섰다. 높지 않은 산이나 운무에 찬 경관이 그렇게 수려할 수가 없었다. 망월을 보려는 것이 아니라 사위 부자를 보내고 싶었는지도 모를 일이었다. 그것은 김 씨가 지고 가기에는 너무 벅찬 무게감이란 생각이 들었기 때문이며 또 한 치 건넌 속인의 마음인 때문이었다. 구미의 보배 금오산, 까마귀산의 약사암 마애보살입상을 보고 섰노라니 문득 아내의 모습이 서렸다. 평생 남편의 수발에만 신경을 썼던 그 같은 아내가 세상천지 어디에 또 있으랴 싶은 생각이 들자 김 씨는 주체할 수 없는 눈물을 어쩌지 못하고 서 있었다. 제 에미를 닮은 딸애는 또 얼마나 제 남편에게 헌신하며 살았을 것인가를 생각하는 순간 숨이 멎었다.

문경의 대야산은 두 곳에 선유동을 가진 명산이다. 문경 선유동 계곡과 괴산 선유동 계곡이 그것이다. 문경 선유동 계곡에서 잠깐이면 보은이다. 김 씨는 오래전에 돌아가신 부모님을 생각하며 묵념을 드렸다. 자신은 가족을 제대로 건사하지 못한 죄인이란 생각이 들었기 때문이었다. 부모 대까지 잘 지켜온 가계를 자신의 대에서 끝을 냈다는 것이 조상에게 큰 죄를 지은 것 같았다. 물 흐르듯 세월은 참으로 빠르게 흘러간다지만 자신에게 씌운 고약한 이 업보는 선유될 것 같지 않았다.

무엇을 이르려 그런 일들이 자신에게 내려졌단 말인가? 알 수 없는 노릇이지만 사는 동안 더 이상의 업보는 지지 말자 생각하며, 전설로 페이고 페인 암곡의 별천지 청송의 주왕산에 들어섰다. 주왕산의 옛 이름은 석병산이다. 깎아지른 바위들이 병풍처럼 둘러싸여 있었기 때문이었다. 중국의 주왕이 머물렀다는 전설은 그저 전설일 뿐이었다. 주왕산 1폭, 2폭, 3폭을 보고 대전사, 광암사, 주왕암, 백련암을 찾았다. 대전사에는 임진왜란 때 사명당이 승병을 조련했다는 진영이 남아 있고, 이여송이 사명당에게 보냈다는 친필 목판도 있었다. 3폭을 달기폭포라고도 하는데 여기서 백숙을 먹으면 백숙이 푸른빛을 띠었다. 광천수의 영향이라는 백숙을 가당찮게도 다 먹고 말았다. 살아 있는 사람은 매몰차기만 한 것 같았다. 신라 불교의 성지며 대구 시민의 주산인 팔공산에 당도했다. 특히나 팔공산의 갓바위는 전국적으로 유명한 수험생들의 바위로 알려져 있다. 고등고시와 수능과 대입은 물론 취직시험에 이르기까지 수험생들의 어머니들은 일구월심의 정성이 이 갓바위에 모이니 그기 또한 무시하지 못할 것이었다. 고려 왕건과 후백제의 견훤의 싸움터도 있었다. 고승 원효, 의상, 지눌, 의천, 유정 등의 수도장이었다. 파계사, 부인사, 염불암, 양진암, 동화사, 신령재를 거쳐 선본사, 묘봉암, 백홍암, 운부암으로 은혜사에 각각 백배씩 모두 천배를 올렸다.

자동차를 타고 다니니 별짓을 다 할 수 있어 좋았다. 거창 금원산의 용추사, 용추폭포를 보며 절개를 보이고 떠난 딸의 원혼을 쏟아지는 물소리에 떠나보냈다. 실컷 소리 지르며 가거라, 못난 애비가 딸 하나 지켜주지 못한 것을 저 물소리에 묻고 떠나가거라 폭포 소리에 묻힐세라 소리소리 질렀다. 포항 내연산 계곡에 접어들자 운동장처럼 넓은 계곡의 장관에 서럽게 움츠러들었던 마음 문이 열리는 것만 같았다.

내연사 열두 폭포를 품어안은 보경사, 선운암, 문수암, 상생폭포에서 먼저 간 아내를 내생에 다시 만나 상생하게 해달라고 기원했다. 보현암을 거쳐 삼보폭포와 잠룡폭포, 연산폭포, 은폭포까지 본 후에 내려왔다. 여관촌에서 하루를 더 묵었다. 다음날 바다와 강과 호수를 낀 부산의 텃산인 금정산에 들었다. 국청사 청수암과 금정

산장을 지나 미륵암을 보고 마애여래입상을 보며 딸과 외손자 모자가 극락정토에서 영생하기를 빌었다. 미리 생각한 것도 아닌데 마애여래입상의 엷은 미소를 보자 문득 딸애의 수줍어하는 미소가 김 씨를 그리움으로 몰고 갔다. 극락골을 훑어 내리며 내천암, 천련암으로 범어사에 당도했다. 대성암, 금강암, 원효암에서 하루를 묵었다. 김 씨는 원효가 좋고 무애無㝵란 말이 특히 좋았었는데 무슨 인연이 이렇게 막힘없이 나와 가족을 떼어놓는 것인가를 하루 종일 생각하게 만들었다. 다음날 청룡동까지 걸어 나와 버스를 타고 다시 국청사에 들러 차를 가져오는 일까지 마다하지 않은 것도 원효를 좋아하기 때문이었다.

강원도에서 경상도를 거쳐 천하제일의 단풍이라는 전북 내장산에 들었다. 그러나 한갓 부귀영화와 고운 단풍이 인간의 죽음 앞에 새삼 무슨 뜻이 있단 말인가를 되새기게 했다. 내장사 일주문을 지나 내장사로 먹뱀이골을 따라 원정암, 망해봉을 거쳐 불출봉, 서래봉으로 백련암에서 쉬었다가 내려왔다. 사흘을 둘러보아도 서운한 산이 완주의 대둔산이라고들 하지만 풍광 좋으면 얼마나 좋으랴. 낙조대를 지나 태고사에 들렀다가 되돌아 석천암, 화랑폭포, 금강폭포, 은폭포를 지나니 폭포에 씻긴 마음이 한결 편안했다. 196계단을 내려와 장군바위에서 큰 소리 한번 외쳐 부르고 케이블카를 타고 내려왔다.

전라도 하면 무주 구천동이고 구천동 33경을 품은 크고 넉넉한 산이 덕유산이다. 월하탄을 지나 인월담, 사지담, 청류동 구월담,

금포탄 호탄암을 지나 청류계 신앙암, 면경담 구천폭을 건너 백련담, 연화폭을 보며 백련사에 오는 동안 자연스럽게 세속의 때를 씻어내고서야 비로소 보는 비경이었다. 웰빙이 따로 없고 사유가 따로 없었다. 향적봉, 백암봉, 귀봉을 거쳐 송계사에 들렀다. 상여담에서 연화폭으로 백련담 구천폭을 지나 내려왔다. 남원에서 하동을 잇는 성모와 신비의 산이 지리산이다. 지이산智異山이라 쓰고 지리산이라 읽는다. 이 말은 한자가 들어오기 전부터 지리산이라 불렸던 산이란 말도 된다. 우리에겐 6.25 한국전쟁의 빨치산으로 유명하고 조정래의 태백산맥으로 더 유명해졌다. 이상향으로 불리우는 청학동에 신선들이 들어와 살 만큼의 안택지인 곳이다. 정감록, 무학선사 청학동결, 옥룡자 청학동결 등에 기록되어 있을 만큼 유사종교의 집성지이기도 한 곳이기도 하다. 이런 곳은 그저 스쳐 지나가게 되어 있다. 구례 화엄사에서 노고단 피아골의 문수암을 보고 더평봉, 토끼봉, 삼각봉을 지나 도솔암, 영원사에 와서 일박하는 대장정을 했다. 다음날 상계사, 불일암을 거쳐 청학동 마을에서 하루를 더 묵고 길을 떠났다.

땅끝 동네 해남 두륜산은 서산대사와 대둔사가 있는 곳이다. 그리고 초의선사의 동다송이 있고 추사와의 교유가 곳곳에 배어있는 곳이기도 하다. 그들은 선비와 승려가 아니라 다선茶禪을 통해 신선으로 만난 것이란 생각에 김 씨는 며칠을 더 머무르기로 했다. 신선의 그림자를 안고 지내노라면 속세의 찌든 인연이 연기처럼 사그라들 것이란 생각에서였다. 표충사와 대흥사에 들러 가족의 고혼을 위로하고 청신암, 진불암, 상원암을 본 뒤 백운대 구름다리를 지나 헬기장에서 두륜산 노승봉으로 가련봉 능어대에서 산신각터를 거쳐 다시 표충사로 나왔다. 이틀 산행이 버거웠다. 조선 개국을 정당화 시킨 금척의 산, 진안의 마이산에 들었다. 낙타봉을 닮은 부부봉으로도 유명하다. 80여 개의 돌탑들이 음양오행의 팔진도법에 의해 축조되었다는 설이 있다. 섬진강의 분수령이기도 하다. 은수사, 금당사, 탑사를 찾아 마음의 돌탑 하나를 더 쌓아놓고 내려왔다. 김제 완주의 모악산은 미륵신앙의 도량이요 견훤의 충심이 가득한 곳이기도 하다. 금산사, 수왕사, 천황사, 금선사, 심원사, 용화사, 귀신사까지 명찰이 산재한 곳이다. 근래에 세워진 전북도립미술관도 있었다.

호남 명산 무등산은 광주시민들의 고향이며 신앙의 산이고 제천의 산이다. 게다가 송강 정철의 가사문학의 고장답게 군자의 풍모와 빼어난 암석군의 서석대, 입석대, 광석대의 3대 석대가 있다. 지왕봉, 천왕봉, 인왕봉을 거쳐 서석대, 입석대를 지나 석불암을 찾았다. 또한 중심사, 약사암, 천문사, 운빈정사에 들렀다. 광양의 백운산은 전남 승병의 거점으로 도선국사의 옥룡사가 있는 곳이다. 백운암, 상백운암, 만경대를 보고 백운산 정상에 올랐다. 신선대에서 병암계곡으로 나와 장군바위를 보고 영암 월출산으로 달린다. 천태만상의 기암괴석들이 즐비한 산이 월출산이다. 오늘의 일본이 있게 한 왕인 박사가 이곳에서 낳고 도선국사가 수도한 곳이기도 했다. 고산 윤선도로 하여 한껏 아름다움이 더해지는 산이다.

길을 꺾어 변산반도에 이르면 산과 바다를 두루 아우르는 국립 공원이 있다. 변산은 그리 높지는 않아도 쌍봉, 시루봉, 삼예봉, 옥녀봉, 세봉, 망포대, 신선대, 삼신산, 갑남산을 잇는 고만고만한 봉우리들이 있는 곳이다. 내소사에 오르기 전에 원암, 지장암을 보고 내소사에서 가족이 서해바다의 넓은 품에 안겨 쉬었다 가도록 불공을 드렸다. 청련암, 월명암을 보고 상서면 개암사를 찾았다.

도를 깨치고 스스로 즐긴다는 도락산은 충북 단양에 있다. 내륙 깊숙한 길을 달려 상선암 휴게소에서 쉬었다가 상선암에 들렀다. 검봉, 채운봉, 형봉을 지나 도락산 정상에서 심산유곡의 진수를 맛보았다. 광덕암을 보고 화양구곡을 거느린 괴산의 도명산에 들었다. 우암 송시열의 흔적이 여기저기 많은 곳이었다. 학소대, 와룡담을 끼고 돌아 낙영사 터에 있는 마애삼존불을 보며 가족의 왕생극락을 애타게 기원했다. 이상하게도 대웅전에 근엄하게 모신 부처님보다 눈과 비와, 바람과 서리를 맞고 지낸 마애불상에 마음이 더 쏠렸다. 도명산 화양 첨성대를 보고 채운사에 들렀다.

보은 속리산은 충북의 주산이다. 8봉 8대 8석문을 지닌 큰 도량이지만 김 씨의 고향이기도 했다. 대가람 법주사엔 청동 160톤을 들여 축조한 동양 최대의 미륵불이 있다. 그러나 그보다는 국보 쌍사자석등과 보물 팔상전이 더 유명했다. 천황봉, 문장대, 관음봉 등을 우러러 보는 법주사는 김 씨 부부가 결혼하고 신혼여행으로 왔던 곳이기에 발걸음을 옮기기가 더디고 더뎠다.

학소대 상환암, 복천약수의 복천암을 지나 중사자암을 찾았다.

관음암, 상고암을 보고 금강대피소에서 일박하고 성불사 오송폭포로 나와 공원관리소 앞에서 버스로 법주사에 다시 들러 자동차를 찾았다. 그래도 용하게 김 씨를 끌고 다니며 고장 한 번 내지 않은 고물차가 고맙고 감사했다. 딸과 사위 내외가 지성으로 돕기 때문일 것이라는 생각이 들었다. 제천의 월악산은 마의태자의 망국의 한이 서린 산이다. 마의태자가 산을 떠나며 국사봉이 물에 비치고 뱃재에 배가 오갈 때 나라를 구하는 시기가 된다고 했는데, 충주댐이 들어서며 국사봉 그림자가 물에 비쳤으며 신라가 아닌 경상도 대통령들이 줄줄이 나온 것은 아닌가 하는 생각이 들기는 했다. 신륵사 보덕암을 찾았을 때 복성거사와 이틀 밤이나 대화를 하며 지냈다. 범상치 않은 스님이라 생각하며 틀림없이 훗날 성불할 재목이라 생각했다.

대전 충청도 사람들의 고향은 단연 계룡산국립공원이다. 천하제일의 대길지라는 풍수지리에 걸맞게 세종특별자치시가 들어섰고 신도안에는 3군사령부가 옮겨왔을 정도였다. 연천봉, 관음봉 쌀개능선을 타고 천황봉에 올랐다. 왕암, 중악단을 거쳐 신원사에 들러 일박하고 버스로 갑사를 찾았다. 용문폭포를 거쳐 신흥암, 금잔디고개를 넘어 남매탑, 계명정사, 심우정사를 보고 동학사에 들러 한국 여승의 산실에서 다시 딸과 아내의 영혼을 달랬다. 남매탑을 보며 딸과 사위의 왕생극락을 빌지 않을 수 없었다. 아마도 쌍 나란히 서있는 품새 때문이었을 것이다. 저녁에 유성으로 나와 유성온천에서 심신을 달랬다.

마지막으로 수도 서울의 진산인 북한산을 찾았다. 북한산은 삼각산이라 불리던 바위산이다. 택리지에 무릇 명산의 형태는 반드시 수려한 바위로 봉우리를 이루어야만 하고 산이 수려하고 계곡물이 맑고 많아야 한다고 했다. 이와 같은 곳으로 개성의 오관산, 대전 공주의 계룡산, 한양 서울의 삼각산, 황해도 은율 문화의 구월산을 꼽았다. 삼각산의 노적봉, 보현봉, 비봉, 형제봉과 효자동 계곡, 북한산성 계곡, 구천계곡, 우이동 계곡, 정능계곡, 평창동 계곡이 유명하다. 국보 진흥왕순수비가 있고, 보물 승가사 마애석가여래좌상, 삼천사 마애여래입상, 태고사 원중탑비, 보우국사 사리탑 등이 있다. 구기터널을 나와 연화사, 승가사, 문수사, 일선사, 문수봉을 지나면 대성사, 진성사, 삼천사를 보고 서대문으로 나갔다. 미아리에서 칼바위능선을 타기 전에 화계사에 들렀다가 태고사, 북악산장을 지나 노적봉, 만경대, 백운대에 이르면 인수봉이 보이고 백운산장 깔닥고개를 넘어 우이산상에서 쉬었다. 4.19공원 묘지에서 오르면 백련사가 있다. 백련사에서 내려와 우이동 그린파크호텔에서 그간의 피로를 풀었다.

전국의 명산대찰을 두루 찾아 가족의 명복을 빌어가며 찾은 곳이 이름 없는 암자까지 지장보살의 인도였는지 꼭 108곳에 이르고 있었다. 마음이 통하면 인연도 따르는 것인가 보다. 김 씨가 무려 칠 개월 210여 일에 걸친 고행과도 같은 여정을 통해 얻은 것은 무위자연의 마음이었다. 살아있는 동안 곱게, 다른 사람들에게 피해를 주지 않는, 무던한 삶이어야 한다가 고작이었다. 무엇보다 가족의 명복을 빌며 다시 만날 때까지 겸허하게 살아지기를 함께 기원한 탓일 것이다.

감사한 여정을 정리한 후 지인의 소개로 지금 근무하는 아파트 경비 자리를 얻었다. 성실하게 일한 보람으로 경비반장까지 맡아보게 되었고, 나이 들어 경비 자리를 내놓게 되었을 때도 다행스럽게 야간경비 자리도 얻을 수 있었다.

그러던 어느 날 101동에서 황 반장이라는 사람이 김 씨가 맡아 관리하던 108동에 옮겨왔다. 김 씨가 황 반장을 처음 본 것은 야간경비를 위해 출근한 오후 5시쯤 경비사무실에서였다. 그에게 앞으로 잘 부탁한다며 손을 내밀자 거만하게 마지못해 손을 내미는 것처럼 느껴졌다. 그런데 그자를 보는 순간 어디선가 본 것 같은, 낯설지 않은 얼굴인데 좀처럼 기억이 나질 않았다. 기억을 살리려 애를 쓰며 야간 순찰을 돌던 그는 하마터면 '악' 하고 외마디 소리를 지를 뻔했다. 그랬다, 분명 왼쪽 눈 가장자리의 검은 점까지. 그놈이 틀림없었다. 그렇다면 그 놈은 파월장병의 황 상사가 아니라 남한산성으로 불리는 육군교도소에서 출감한 황 중사 아니 이등병 황 아무개가 분명했다. 하늘이 내게 원수를 갚도록 도우시는구나. 그 놈이 제 발로 찾아오다니…. 온몸의 피가 거꾸로 치솟는 것만 같았다. 김 씨의 외동딸을 성폭행하고 갓난 외손자를 이불로 덮어 죽인, 그래서 딸애가 목을 매고 죽게 만든. 그 뿐이랴, 죽은 외손자를 끌어안고 아내가 뇌진탕을 일으켜 그 자리에서 죽게 한 철천지원수가 아닌가.

그날 밤 야간 순찰도 순찰이지만 아파트 단지를 몇 바퀴를 돌았는지를 모르게 돌고 또 돌며 길고 긴 밤을 보냈다.

김 씨가 근무를 마치고 기거하는 아파트 옆에 있는 작은 원룸에 들어왔을 때는 얼굴이 창백하다 못해 넋이 나간 사람 같았다. 떨리는 손으로 딸의 유품 상자를 열어 사위가 군 생활을 할 때 동료들과 함께 찍은 사진을 찾아 돋보기로 확인했다. 그놈이 분명했다. 그놈이 어떻게 해서 황 반장이 되고, 황 상사인지는 조사해 보면 알 일이지만 추잡하고 파렴치한 살인범이 아파트 경비반장이라는 것은 있을 수 없는 일이었다.

김 씨는 고민을 거듭했다. 결국 '이에는 이, 눈에는 눈'이라는 결론에 도달했다. 복수밖엔 아무런 생각이 떠오르질 않았다. 그렇지 않고는 저승에서 가족들과 대면할 면목이 없었다. 그것도 제 발로 걸어왔는데도 죽이지 못한다면 남자도, 애비도, 남편도, 장인도 아니라는 생각이 들었다. 자신은 이미 살만큼 산 사람이었다. 무엇이 무서워 원수를, 그것도 일가족을 몰살시킨 악마와 같은 놈을 도저히 살려 둘 수는 없다고 결심을 굳혔다. 또 죽일 때 죽이더라도 왜, 무엇 때문에, 그놈을 죽여야만 했는가를 만천하에 명명백백하게 알려야 했다. 이 두 가지 일을 조속히 처리하되 그 때까지는 무슨 수를 쓰든지 이를 악물고 참아야 했다. 그러나 가장 참을 수 없는 것이 근무교대 시간에 그놈을 만나야 하고, 또 그놈에게 근무 보고를 해야만 한다는 것이었다.

우선 급한 것은 건강을 위해 매일처럼 해오던 운동량을 조금씩 늘리는 것이었다. 손힘을 키우는 팔굽혀펴기는 집에서도 하고 나머지는 근무시간 전후로 아파트단지 내에 마련된 운동기구를 유효적절하게 이용하기로 했다. 그도 젊어 한 때는 운동으로 단련된 몸이었고 월남전 당시에는 특수부대요원으로 혼바 전투에 참가하여 인헌훈장을 수여받은 국가유공자이기도 했다. 그러나 김 씨는 그런 것을 내세워가며 잘난 체를 하는 사람과는 다른 성격의 소유자였기에 누구 하나 아는 사람이 없을 뿐이었다.

김 씨는 며칠을 두고 황 반장이 어떤 사람이며 그가 자격 없음을 육하원칙에 맞도록 누가, 언제, 어디서, 무엇을, 어떻게, 왜의 여섯 가지를 조리 있게 작성하기 위해 대학 노트에 쓰고 또 고쳐 써가며 노력했다. 개인 감정이 개입되지 않도록 신경을 써야 했다. 절규하는 딸애의 얼굴과, 이불 속에서 질식한 채 숨을 거둔 외손자와, 뇌진탕으로 죽은 아내를 바라보며, 원망하듯 죽었을 사위의 얼굴들이 눈에 서려 손이 떨리고 가슴이 저려왔다. 이와 같은 장면들이 꿈으로 연결되며 어떻게 지나가고 있는지 하루가 불분명했다.

낮에 잠을 자두어야 야간근무를 무리 없이 하는 것인데 요즘 김 씨의 하루는 극과 극의 간극에 사는 것이었다. 이와 같은 내용들을 대자보로 써서 아파트 게시판의 정문과 후문에 하나씩 붙여야 했다. 또 A4 용지로 출력하여 파출소에 고발용으로 제출도 해야 했다. 대자보는 모조지를 구해다 김 씨 자신이 쓰면 될 일이지만 컴퓨터와 프린터를 가지고 있지 않기 때문에 부득불 경비실 컴퓨터를 이용해야만 했다. 경비실에 상주하는 직원은 없었다. 다만 낮 근무와 야간 근무 교대 시간엔 김 씨와 황 반장 등 서너 사람들이 있을 뿐이었다. 빈 시간을 이용해야만 했다. 근무보고서를 작성하여야 하는 시간을 감안하면 새벽 5시부터 아침 8시 근무교대 시간까지의 3시간이 가장 적당했다. 그러나 황 반장이 아침 7시경에 잠시 경비실에 들렀다가 아침을 먹으러가는 것을 생각하면 7시 전까지 2시간밖엔 여유가 없었다. 문제는 김 씨의 워드 솜씨가 따라주지 않는다는 사실이었다. 때문에 얼마나 시간이 걸릴지 모르지만 필사적인 노력이 강구해야만 했다.

대자보에 옮겨 쓸 고발장의 내용은 대학 노트로 12페이지 정도니까 A4용지로는 5장 분량이나 됐다. 때문에 이와 같은 분량의 대체 내용이 있어야만 경비실에서 워드를 치며 연습을 할 수가 있었다. 그래야 연습하는 동안 경비로서의 당위성이 있는 것이고 또 누가 보아도 오해가 발생하지 않겠기에 대체 내용을 무엇으로 해야 하느냐가 문제가 아닐 수 없었다.

궁하면 통한다는 말처럼 김 씨의 머리에 동절기 화재예방에 대한 안전대책을 홍보하는 내용의 분량이라면 안성맞춤일 것이라는 묘안이 떠올랐다. 두 내용의 분량이 맞아 떨어지기까지 또 며칠을 허비하고야 겨우 컴퓨터 자판을 두드릴 수 있었지만 2시간 반이나 걸렸다. 그것은 나이 먹은 김 씨의 좌우 두 손가락 독수리타법 때문이었다. 그러나 그것은 처음이었던 탓도 있었다. 김 씨가 오후 시간부터 경비실에 상근하면서 연습하자 속도가 나기 시작했고 열흘이 지나자 1시간여를 줄일 수 있었다. 그렇다면 1시간 30분이 소요되는 것이나 대자보와 고발장의 내용과는 다른 것이어서 시간은 더 요구될 것이 뻔했다.

아파트 후문 순찰함에 순찰표를 찍는 시간은 새벽 4시 30분이었다. 경비실에 들어오면 5시가 됐다. 아침 7시에 황 반장이 경비실에 들렀다 가기 때문에 혹시라도 컴퓨터를 본다면 큰일이었다. 모든 출력을 마치고도 남아있는 자료를 삭제시킬 시간까지 계산하지 않으면 곤란했다. 그 일까지 완료하는데 허용되는 시간을 6시 50분으로 앞당겨야 했다. 지금 노력하는 열정으로는 1주일 아니 10여 일 뒤에나 가능할 것만 같아 가슴이 졸여왔지만 기다려야 했다.

준비할 또 하나의 계획은 황 반장에 대한 신체적 복수였다. 정확하게 사타구니를 요절내야만 했다. 그놈은 인생의 목표가 그 짓거리밖에는 생각이 없는 놈이기에 아예 그 짓을 못하도록 요절내버리는 방법 외에는 도리가 없었다. 그 물건을 잘라내어 하수구에 사는 시궁쥐에게 던져주어 화장실에 갈 때마다 뭉그러진 물건을 보며 소변하나 제대로 빼내지 못하고 괴로워하도록 만들어야 했다. 때문에 팔 힘을 길러야했고 단번에 해치울 수 있도록 칼 쓰는 법도 연습해야만 했다.

복수할 마땅한 장소 물색 또한 성공의 중요한 요인일 것이란 점에서 숙고할 필요가 있었다. 무엇보다 칼을 어떻게 소지해야만 그놈뿐 아니라 다른 사람들도 눈치를 채지 못할 것인지를 연구해야만 했다. 하루하루가 콩 튀듯 바삐 지나갔지만 김 씨의 마음은 일각이 여삼추였다.

다음날부터 김 씨는 평소 습관대로 입주자들이 내놓은 신문을 경비실 앞에서 추려내어 보던 것을 반을 접고 다시 길게 또 접어 바지 뒷주머니에 꽂고 다니며 아무 곳에서나 읽었다. 그리고 입주자들이 재활용품으로 내어놓은 묵직한 스테인리스 과도 칼을 쓰기 좋게 다듬어 신문지 속에 끼워 넣었다. 걸어 다닐 때는 별반 상관이 없는데 의자에 앉을 때가 좀 거북스러웠다. 또 칼을 소지한 것이 문제가 될 경우 나이가 들어서 야간근무 할 때 호신용으로 가지고 다니는 것이라면 대충 통할 것 같기도 했다. 낮에 혼자 방에 있을 땐 찌르는 연습을 자주 해 보았다. 팔굽혀펴기도 처음엔 20회도 어렵던 것이 한 달이 넘어서자 50회도 거뜬했다. 지금의 계획대로만 진행된다면 앞으로 한 달 안에 실행에 옮겨도 별 무리는 없을 성 싶었다.

　아침 7시에 황 반장이 경비실에 들어올 땐 근무 보고서를 만드는 김 씨 말고는 아무도 없을 때가 다반사였다. 그 때를 이용한다면 별 무리가 없어 보였지만 여러 날을 눈여겨 가며 감을 따지고 있었다. 의자에 잠시 앉아 음료수라도 마시게 하고, 앉아 있는 그놈의 상반신을 등 뒤에서 감싸 안은 채로 바로 사타구니를 찌른다면 악 소리도 지르지 못하고 꺼꾸러질 것이 분명했다. 그 이후는 계획해 둔대로 양쪽 문에 대자보를 붙이고 파출소에 고발장을 제출하며 자수하면 되는 것이었다. 그러나 그놈은 김 씨 자신보다 20여 년 정도 젊은 사람이었다. 실수라도 하는 날이면 그간의 준비는 고사하고 만사가 도루아비타불이 될 판이었다.

　좀 더 그럴듯한 방법을 찾아내야만 했다. 고민 끝에 김 씨는 에테르, 에틸에테르란 유기물질의 용매로 사용되는 마취제를 기억해 냈다. 일반적으로 토양의 살충제로도 사용하기 때문에 화공 약품을 파는 곳에서는 구입이 가능한 것이었다. 특하나 김 씨와 같이 나이 먹은 사람이 시골에서 해충을 없애려 한다면 아마 거의 의심하지 않을 것이었다.

어느덧 황 상사, 황 반장은 108동으로 부임해 온 지 3개월여가 지났다. 눈에 익었다 싶었는지 황 반장은 101동에서처럼 경비들을 갈구기 시작했다. 어르고 뺨쳐가며 술을 사고 밥을 사게 만드는 것이 버릇이었다. 비록 야비한 수작이기는 하지만 경비 자리가 밥줄인 사람들에게는 그나마 직장을 잃을까 두려워 돌아가며 서로서로 눈치껏 따라 다녀주었다. 그러나 김 씨는 오히려 잘됐다는 듯이 자신의 계획을 위하여 먼저 대접하러 들었다. 때문에 황 반장은 대놓고 김 씨를 하인 부리듯 쩍하면 불러 뭘 먹고 싶다거나 뭘 사라거나 넉살좋게 부려댔다. 김 씨가 혼자 지내기 때문에 만만하게 보았을 수도 있었다. 가정을 가진 사람들은 마누라 때문이라거나 애들을 팔수도 있고 또 손자 손녀나 조카들까지 동원하며 핑계를 댈 수가 있기에 김 씨는 더욱 만만한 존재가 될 수밖에 없었다.

그럴 즈음 월악산 보덕암 주지가 김 씨를 찾아왔다. 아마도 아파트에선 김 씨를 찾아온 손님이라곤 지금까지 그 스님이 처음이었을 것이다. 주지는 김 씨가 전국 명찰을 순례하며 가족의 명복을 기원할 때 만나 속을 풀었던 유일한 사람이었다. 김 씨로써도 왜 그 스님에게 마음을 털어놓게 되었는지는 자기 스스로도 예측하지 못했다. 다만 잠을 못 이루고 뜰에 나와 있을 때 우연찮게 대화를 시작한 것이 발단이 된 것이었다. 보덕암 주지의 법명이 복성이라는 말에 그리된 것이었다.

"복성이시라면 실렙니다만 원효대사의 변속명이로군요?"

"아— 손님은 원효대사를 잘 아시는 군요."

"뭐, 알고 있다기보다 춘원 선생의 소설을 읽은 때문이지요. 원효대사가 요석공주와의 일로 스스로 파계승의 이름으로 낮추어 복성卜性이라 지은 것이 아니었던가요?"

"아까 낮에 K대학을 다니셨다고 하셨는데 저와는 동문인 것 같습니다. 제 나이가 어리니 선배님으로, 아니 허락하시면 형님이라 부르겠습니다. 저는 명색이 중인데도 명산대찰을 순례하지 못한 땡중 입니다. 저보다 격이 위시니, 제가 뵐 면목이 없습니다."

"말씀이 너무 과하시네요. 저는 한낱 속세의 죄인일 뿐이죠. 그동안 전국의 사찰을 누비긴 했지만 어느 누구도 아니 어떤 신도 나이 먹은 늙은이의 소원은 들어줄 생각이 없나 봅니다."

"그렇잖아요. 석가세존이나 예수도 신은 아니지요. 다만 인간으로 세상에 나와 깨달음을 통해 부처가 되고 성자가 되시기는 했지요. 인간의 업보를 털어내면 극락정토에 이를 수 있는 보살이 될 수 있지요. 그리고 형님이 죽이고 싶다던 그 사람도 형님이 죽일 권리는 없죠. 그 사람의 죄는 어떤 형태로든 자기의 죗값을 톡톡히 치르게 될 테니까요. 잊으세요. 죽인다고 모든 것이 해결되지는 않는 법이니까요. 힘들어도 생각을 바꾸어 내가 석가모니라면 어떻게 했을까를 되새기다보면 답이 나오리라 믿습니다."

그런 말을 하면서 미국 여류 시인 티즈데일의 '잊어라'라는 시 한 편을 들려주었다.

보덕암에서는 이틀이나 묵었다. 복성거사가 속세에서 무슨 연유로 속리산 깊은 골자기까지 들어왔는지에 대해서는 묻지 않았다. 언뜻 지나는 말 속에서 기구한 운명에 광야로 몰려 지냈고 고마운 사람을 만나 승려가 됐음을 짐작할 뿐이었다. 복성거사가 졸지에 김 씨를 찾게 된 것도 모두 오랜 인연의 한 가닥임을 알아야 한다는 말도 했다. 보덕암을 물려준 분의 기일이라서 그 가족도 볼 겸 내려왔다가 문득 형님을 보고가야만 할 것 같았기에 찾았다는 것이었다.

"형님, 아파트 경비를 볼 것이 아니라 보덕암 경비를 보세요. 그렇게 저와 함께 수도생활이나 하시며 지내도 괜찮겠지요. 사실은 이 말을 꼭 드리고 싶어서 일부러 형님을 찾은 것입니다. 아무 때나 괜찮으니 맨 몸으로 오셔도 좋아요."

김 씨는 복성거사의 권유를 들으며 마치 자신의 계획을 꿰뚫어 보기라도 한 것 같은 생각에 한동안 아무 말도 할 수가 없었다. 급기야는 한시도 잊을 수 없던 그놈이 아파트 경비반장으로 자신 앞에 와 있다는 말을 하고야 말았다. 사위의 동료들과 찍은 사진으로 확인하고 그놈이 아파트에 제출한 서류의 생년월일까지 살핀 결과 틀림이 없다는 말과 자신의 결심도 토하고 말았다. 복성거사는 자기가 오기를 참 잘했다면서 삶은 고해의 바다라는 말이 맞는 모양이라며 아무 생각 말고 자기와 함께 산으로 들어가자고 했다. 김 씨가 아무런 반응을 보이지 않자 김 씨의 두 손을 꼭 잡아 쥐며 자기가 일전에 말한 '내가 부처라면 어쩔 것인가?'를 곰곰이 생각해 보라며 떠났다. 김 씨는 복성거사와 헤어지며 마지막 악수를 나눌 때 사람의 체온 같지 않은 뜨거운 기운을 느꼈다.

복성거사가 보덕암으로 돌아가고 며칠이 지났다. 야간근무를 마친 김 씨는 잠을 자야 하는데 잠도 오질 않고 어제 저녁부터 먹은 게 없던 터라 아점 겸 무어라도 채우려 원룸을 나왔다. 오래전에 막아 놓은 아파트 북문 앞의 떠벌이네 집에 들러 라면이나 한 그릇 먹어보자는 생각으로 실내 포장마차 문을 밀고 들어섰다. 김 씨야 술을 마시지 않으니 잘 모르지만 라면 하나는 잘 끓여냈다. 나이가 들면 젊은 사람들과는 식성이 다르게 마련이고 계란 노른자를 풀어 넣으면 국물이 탁해서 맛이 없었다. 떠벌이 아주머니는 출가한 딸 집에 있다가 불편하게 사느니 혼자 편히 살고 싶어 나왔다고 했다. 아마도 눈칫밥을 먹었었나보다. 그것도 몸이 성할 때 얘기였다. 하지만 세월 돌아가는 풍신이 양로원에라도 들어갈 팔자라면 모를까 날이 갈수록 고령자의 처지가 문제일 것은 뻔했다.

"김 씨, 마침 잘 왔어요. 가게 좀 봐줘요. 잠시 은행엘 다녀와야 하는데, 괜찮죠? 라면은 얼른 끓여드릴 테니까. 우리집은 점심엔 손님이 별로 없어서 괜찮을 거예요. 소주는 손님이 오거든 여기 김치볶음을 내놓고요. 딸래미가 출산을 하러 병원엘 간다기에 병원비래도 좀 붙여줘야 될 것 같아요. 미안해요."

떠벌이 아주머니가 수다스럽게 말을 해대며 한편으로는 라면 물을 끓이며 한편으론 라면봉지를 가위로 자르고 있었다. 앞치마를 벗어 주방 입구 벽에 걸어놓으며 머리를 두 손으로 빗질하듯 쓱쓱 긁어 올렸다.

"한 시간이면 되니까 얼른 다녀올게요. 말을 안 해서 그렇지 걔가 돈이 없어 전화를 걸은 게 틀림없거든요? 꼴에 자존심은 있어가지구. 라면 끓는 거 봐서 갖다 들어요."

라며 문 밖으로 나갔다. 아무도 없는 실내포차 가게에 앉아 있던 김 씨는 떠벌이 아주머니가 딸애 병원비를 보낸다고 했던 말이 귓전에 남아 마음이 뒤숭숭했다. 외손자가 지금쯤이면 초등학교 2학년은 됐을 법했다. 그 재롱이 얼마나 예쁠 것인가.

야간근무를 마치고 숙소로 돌아가면서 학교 가는 고만고만한 애들을 볼 때마다 가슴이 뭉클거렸다. 그 사이 라면이 끓어 넘치는지 소리가 요란했다. 급히 달려가 가스렌지의 불을 껐다. 다행히 국물은 많이 넘치지는 않았다. 냄비에 냉수 한 컵을 부었다. 뜨거운 것보다 먹기가 수월할 것 같기도 했고 또 짠 것을 싫어했기 때문이었다. 라면을 꺼내 놓은 대접에 옮겨 담아 막 식탁에 놓으려는데 가게 문이 열리며 황 반장이 들어섰다.

"좋아요, 좋아. 아주 잘 됐어. 소주 한 잔에 라면 안주로 좋지. 그렇지? 김 씨는 라면 하나 더 끓여. 그리고 거기 냉장고에서 소주도 한 병 가져오구. 올 때 잔도 하나 가져오구."

김 씨는 안중에도 없다는 듯이 저만 생각하는 오만불손한 행동에 김 씨는 그만 화가 치밀어 올랐지만 '그래, 네놈도 오늘이 끝인

줄만 알아라.' 미운 놈 떡 하나 더 주랬다고 김 씨는 술잔에 술까지 따라 주었다. 야비하기 짝이 없는 놈이 김 씨가 술까지 따라 주자 기고만장 우쭐해 가지고 '역시 김 씨는 뭘 안다니까'라며 술을 입에 털어 넣었다. 끓는 냄비에 라면을 넣고는 빈 잔에 또 술 한 잔을 따라 주었다.

황 반장은 무엇이 좋은지 김 씨가 따라 주는 잔을 두꺼비 파리 잡아먹듯이 받아 마신 것이 벌써 소주 두 병째나 되었다. '그래 마셔라, 이놈아' 김 씨는 속으로 이를 갈며 뒷주머니에 꽂아 넣고 다니는 신문지 속의 칼을 오른손을 더듬어 확인했다. 칼의 느낌이 김 씨를 긴장시키고 있었다. '걱정 없어, 긴장하지 마. 잠깐이면 돼.' 그렇게 마음을 다독이며 벽에 걸린 시계를 보았다. 12시 27분이었다. 아직 시간은 충분했다. 그때 황 반장이 말문을 열었다.

"김 씨, 내가 오래전부터 물어보고 싶었었는데 우리 어디선가 만났었지 초면은 아닌 것 같은데 기억이 없단 말이야."

김 씨는 그 말에 자신이 너무 늦었다는 것을 직감했고 그만 마음이 조급해졌다. 막 냄비를 들어 라면을 대접에 부으려던 참이었다.

"그-래? 기억나게 해줄까? 철원 군인아파트 사건을 그새 잊지는 않았겠지. 내가 그 최 하사 장인이다. 이 새끼야!"

김 씨는 큰 소리와 함께 뒷주머니에 꽂았던 칼을 신문지째 꺼내 앉아 있는 황 반장의 어깨를 왼 손으로 등 뒤에서 움켜 안고 있는 힘을 다해 놈의 사타구니에 쑤셔 넣었다. 얼마나 힘껏 찔렀는지 나무 의자에까지 박힌 느낌이 어깨에 전달됐다.

"그럼, 김 씨가 바로 그….."

목구멍으로 기어드는 것 같은 공포에 질린 목소리가 잠시 김 씨를 자극했고 황 반장의 어깨가 힘없이 축 늘어졌다.

"그래, 제 발로 걸어와 줘서 고맙구나."

10년 원한의 칼을 생각하기도 싫은 놈의 사타구니에 쑤셔 넣고서야 김 씨는 자신의 행위에 스스로 놀라 떠벌이네 집을 나와 정문 오 씨를 만난 것이었다. 그러나 파출소에 가기 전에 할 일이 있었다. 뛰다시피 집에 와서 준비해놓은 대자보와 고발장 서류봉투를 챙겨들고 나왔다. 후문에 대자보를 붙이고 다시 재빠르게 정문 벽보판에도 붙였다. 그리고 북문처럼 자동차가 못 들어오게 막아놓은 남문을 통해 동네 파출소에 뛰어 들어갔다.

파출소에는 젊은 순경 한 사람뿐이었다. 뛰어 들어오는 김 씨를 보자 아는 체를 하고 자리에서 일어서며 말을 건넸다.

"왜. 아파트에 무슨 일이 있어요?"

"아뇨, 내가 사람을 죽였어요. 그리고 이거, 고발장입니다."

김 씨가 숨을 헐떡이며 말을 마치자 젊은 순경은 물 한 컵을 따라주면서 우선 물부터 드시고 자리에 앉아 차근차근 말씀하시라며 김 씨의 어깨를 부축해 의자에 앉혀주었다. 그리고 김 씨가 물을 한 모금씩 마시는 사이에 제출한 고발장을 읽으며 고개를 끄덕였다. 젊은 순경이 고발장을 대충 훑어보고 난후에 김 씨를 바라보자 김 씨가 기다렸다는 듯이 말을 이었다.

"제가 칼로 찔렀거든요. 죽으라고."

젊은 순경은 고발장은 접수시킬 테니 걱정 마시고 저와 함께 현장엘 가보자며 김 씨를 앞장세웠다. 김 씨는 파출소를 나와 그간의 사정을 대충대충 설명하며 아파트를 가로질러 북문으로 나왔다. 벌써 입주민들이 대자보를 보았는지 김 씨와 젊은 순경을 힐끔 거리며 쳐다봤다. 지금쯤 앰블런스는 아니어도 경찰차쯤은 와 있어야 하고 동네가 시끌벅적 해야 하는데 이상하게도 조용했다. 떠벌이네 가게에 들어와 보니 아주머니만 혼자 있고 정작 피를 흘리고 고꾸라져 있어야할 황 반장은 자리에 없었다.

"아니, 가겔 좀 봐 달랬더니 어딜 다녀오시는 거유. 소주는 두 병씩이나 팔고. 라면은 불어 터져있고 그리고 의자에 칼은 왜 꽂아놨어요? 흉측하게. 은행에 다녀와 보니깐 냄비에 라면을 또 끓여가지고. 가스 불이나 끄시지 다 졸아 붙어서 불나는 줄 알았다니까요. 봐요!! 가게에 이 탄 냄새를. 내가 가게를 잠시 비우면 꼭 탈이 난다니깐."

끝도 없이 떠버리고 있는 그녀를 놓아두고 김 씨는 의자를 보았다. 빈 의자위에 신문지 접어놓은 것과 스테인리스 과도 칼이 가지런하게 놓여 있었다. 젊은 순경은 핸드폰을 꺼내 의자와 과도 칼을 사진으로 찍으며 '아주머니 혹시 의자에 피 같은 흔적은 없었나요?'라 물었다. 젊은 순경의 그 말에 떠벌이 아주머니는 몸을 부르르 떠는 듯 하며 '에그, 흉측하게 그런 얘긴 뭐하러 하슈? 있었으면 내가 벌써 애길 했지 여태껏 그냥 있었것슈.'라며 쓸데없는 소릴랑 하덜 마시란다. 그사이에 젊은 순경은 과도 칼과 신문지를 챙겼다. 그리고 김 씨를 대동하고 아파트 경비사무실로 왔다. 사무실엔 벌써 경비들이 서너 사람 모여 있었고 입주민들이 경비 사무실 앞에 모여 수군거리고 있었다. 아마도 김 씨가 붙여놓은 대자보를 통해 황 반장에 대한 히든 스토리를 읽은 것이 분명했다.

정문 오 씨가 들어오며 황 반장 집에 다녀오는 길인데 집엔 들르지도 않았다는 말을 했다. 핸드폰도 받질 않고 도통 행적이 오리무중이라는 말만 했다. 젊은 순경도 막연한 이 사건을 김 씨의 말만 듣고는 아무 것도 할 수 없으니 황 반장을 빨리 찾을 수 있도록 협조를 부탁한다며 파출소로 돌아갔다. 돌아가면서 김 씨에게 파출소보다는 경비실에 있는 것이 편할 것이라며 오 씨에게 같이 있어 달라고 일렀다. 도주 우려가 없다는 뜻이었다.

그날 저녁 입주자 대표가 경비실로 찾아와 사정을 늦게야 알았다며 김 씨를 위로하고 자신은 황 반장의 과거는 전혀 알지 못하고 이력서 내용만 보고 채용한 것이라며 자기변명을 하면서도 도의적인 책임을 통감한다며 대표직을 사임한다고 했다. 황 반장의 과거가 백일하에 드러나자 아파트가 발칵 뒤집혔다. 입주자들이 저마다 그런 무서운 사람인 줄을 까맣게 모르고 안방을 맡긴 꼴이었다며 몸서리들을 쳤다. 오 씨는 아무것도 먹은 게 없는 김 씨를 위해 국밥 한 그릇을 배달해 주었다.

다음날 점심때까지도 황 반장의 소식은 알 수 없었다. 파출소의 젊은 순경이 와서 김 씨를 파출소로 다시 데려갈 때 오 씨가 동행해 주었다. 파출소에 오니 파출소장이 황 반장의 신원 조회가 나왔는데 김 씨의 말이 모두 사실이라는 것이었다. 또한 그간의 여죄가 있을지 몰라 전국에 수배령을 내렸다고도 했다.

김 씨가 파출소장에게 어떻게 그렇게 빨리 교도소에서 나올 수가 있느냐는 질문에 성추행 말고는 살인에 관한 건은 미필적 고의에 속하기는 해도 범죄사실의 증거로는 불충분했기 때문일 것이란 다소 애매한 소견을 들었을 뿐이었다. 그리고 김 씨가 황 반장을 찔렀다는 말도 같은 맥락에서 볼 때 범죄가 성립되지 않는다는 것이었다. 다만 김 씨가 고발한 내용으로 보아 황 반장이 아파트 경비는 할 수 없을 것이라고 하며 향후 동향을 보고 정리할 것이라는 말을 남겼다. 김 씨에게는 추후 연락할 때까지 거주지를 옮겨서는 안 된다는 말만 했다.

젊은 순경은 김 씨를 배웅하면서 아마도 황 반장이 순간적으로 엉덩이를 뒤로 뺐기 때문에 칼에 찔리지 않았을 수도 있었겠지만 이만한 것이 천만다행한 일이었다며 김 씨를 위로했다. 앞으로는 그런 위험한 물건을 가지고 다니지 말라는 당부도 잊지 않았다. 그러면서 파출소에서는 평소 김 씨의 품행으로 보아 황 반장을 향해 겁을 준 것으로 의견을 모았으니 아무 걱정 마시고 조금만 기다려 보자고 했다. 파출소까지 따라왔던 오 씨는 진작 자기와 의논했으면 그놈을 콱 잡아넣는 건데 아깝다며 아쉬워했다. 경비실에 돌아오자 여러 사람들이 박수를 치며 김 씨를 환호하고 맞았다. 403호 아주머니는 놀랬을 것이라며 우황청심환 병을 따서 마시라고 건네주기도 했다. 또 다른 사람은 그런 무시무시한 사람을 우리 아파트

경비반장으로 취직시킨 대표에게 따져 봐야 한다며 언성을 높이기
도 했다.

행방불명이 된 황 반장은 그 일로부터 한 달이나 지났는데도 아
무런 소식이 없었다. 그 사이 황 반장의 집 식구들은 야반도주를 놓
았다. 또 입주자 대표와 황 반장과의 관계가 확실하게 드러나지는
않았지만 입주자 대표 역시 아파트를 팔고 떠났다. 김 씨가 파출소
에 들러 자신도 아파트 경비를 그만두고 어디 산에라도 들어가 쉬
고 싶다는 말을 했을 때 거처만 확실하게 하시면 문제 될 게 없다는
말을 들었다.

그렇게 또 한 달여가 지나자 월악산 보덕암의 복성거사가 그리
워졌다. 사랑하는 사람들을 못 잊어하는 죽절향부竹節向夫같은 천애
몸 붙일 곳 없는 자신에게 어느 때건 오라는 사람은 그밖에 없기 때
문이었다. 사랑은 신에게 가는 첩경의 길이다. 자기 자존심대로 짝
을 찾으면 실패한다던 말은 맞았다.

지성인의 삶은 순수가 몸에 배어 있어야 한다던 말도 맞는 말일
것 같았다. 순리를 따르는 김 씨의 성격으로는 순리나 순수는 같은
것이었다. 영혼을 밝게 빛나게 하는 것이 순수라고 믿으며 살아가
야 했다. 이왕이면 더 추워지기 전에 들어가자. 그저 맨몸을 툭툭
털고 일어서면 끝인 몸이 아니더냐. 지금쯤 산사에는 단풍이 참 좋
을 것 같았다. 제 몸에서 이파리를 떼어놓는 순리가 내생을 위한 것
이듯 김 씨는 순수가 조금은 더 아름다울 수 있는 곳으로 가야 한다
고 생각했다. 부모는 자식의 존재를 위해 유령과도 같은 존재여야

한다.

인생의 황혼에서 붉은 저녁노을을 진하게 물들이고 싶었다. 산도 하늘도 붉게 타는 곳에 들어갈 수 있다는 것으로도 감사하단 생각이 들자 눈시울이 뜨거워졌다. 내년 봄엔 평생 남편 하나만 믿고 살아온 아내를 닮은 꿩의 바람꽃을 찾아 아내를 생각하며 죽는 날까지 볼 수 있도록 준비해 놓고 싶었다. 인생은 허무한 무한하게 허무한 한편의 드라마와도 같은 것이었다. 불행을 회피한다고 해서 행복해지는 것은 아닐 것이기 때문이다.

*소설의 내용 중 전국 명찰순례는 김홍주의 '한국 51명산록(도서출판 산악문학 1996)'을 인용했음.

# 행복한 죽음

"선생님, 선생님은 한국전통공예의 등불 같은 분이에요. 그런데도 늘 남에게 공을 돌리기만 하시니 제가 보기에도 딱하셔요. 이제부턴 그러지 마시고 당당하게 받으셔도 괜찮을 나이시거든요. 그런 뜻에서 오늘은 제가 약주 한잔 대접하고 싶어요. 아버지 같은 나이시잖아요?"

그 말이 맞기는 맞았다. 팔십이 넘은 상늙은이다. 집에서 선보랄 때 선보고 장가들었으면 그녀는 둘째쯤일 테니 그럴 수 있었다. 그러나 날 두고 등불이라는 말은 쑥스럽기 짝이 없는 과찬이었다. 선생이란 말도 부담스러울 판인데. 하긴 사람 욕심이 한이 없나보다. 선생님 소리를 여러 번 듣다 보니 이젠 별 부담이 없이 들리질 않는가. 말 타면 종 둔다는 옛 말이 틀리지 않았다. 몇 번 옹기를 만들다 등잔을 만든 적이 있었다. 등잔을 만들며 방안을 환히 밝히는 등잔처럼 살다 죽었으면 좋겠다는 생각을 해보지 않은 것은 아니었다. 누구에게나 불 밝힐 그런 등잔이었으면 좀 좋으랴 싶었다. 그러나 독이나 만들며 사는 주제에 남을 생각하고 자시고가 없었기에 그저 하루하루를 살아온 삶이 어언 팔십 줄을 넘어섰다.

"사람들은 저마다 작은 등불이라도 되려는 마음으로 한 세상을 살지. 그러나 자신의 몸을 불태워 이웃을 밝힌다는 것이 말처럼 쉽지도 않겠지만, 세상이 그렇게 하라고 놔두지도 않기 때문에 그런 일은 보기가 어려운 법이거든. 대개는 빛을 내는 듯하다가 꺼지기 일쑤고 또 그렇게 겉 넘어가는 것도 모르고 제발에 걸려 넘어지는 꼴을 좀 봐 왔어? 하룻저녁을 밝히는 반딧불이보다 못한 인생을 놓고 만리장성을 쌓은들 무슨 소용이 있겠느냐고. 등불이 밝으면 사방이 명랑해지고 춘삼월 봄바람처럼 따뜻해져서 사람들이 스스로 모여들기 마련이거든. 물론 모여드는 것이 어디 사람뿐이겠어? 하루살이 날파리 떼부터 온갖 짐승들까지 모여들겠지. 아니지 움직일 것 같지 않은 풀 이파리나 나뭇잎들도 신경을 곤두세우며 불기운에 다가서려 스물거리겠지. 여러 사람들이 그런 말을 하잖아. 화분을 키울 때도 늘 대화를 나누며 키운 화분이 싱그럽게 자란다는, 들어봤지? 사랑을 기울여 주면 확실히 다르다는 얘길?"

"그래요. 옳은 말씀이죠, 선생님 얘길 들으면 진리가 따로 없어 보여요. 선생님은 옹기를 만들 때에도 화분 키우듯 그렇게 대화를 하면서 만드세요?"

"뭐, 꼭 그렇달 수야 없을 테지만 혼자 하루 종일 작업을 하다보면 심심하고 힘들어 괜히 혼자 주거니 받거니를 하게 된다고 봐야겠지. 그렇게 일하다보면 점심때가 되고 날이 어두우면 하루 일과가 끝이 나고. 뭐 그런 거지."

오늘 한국전통공예가협회에서 감사패를 준다기에 나서기는 했지만 딱히 좋아서 나선 걸음은 아니었다. 그 같은 일이야 여러 번 있었지만, 태토 반죽이 질었는지 그릇이 늘어지는 것 같아 하루쯤 두었다 쓰면 싶기에 뒤숭숭한 마음이나 달랠까 하고 겸사겸사 나선 것이었다. 그러다 옛날 내게 그릇 만드는 걸 배우고 싶다며 찾아왔던 그녀를 만나 술 한 잔을 나누게 된 것이다. 그녀의 성의가 고맙기도 하고 또 오랜만에 아낙네와 마주하는 기분이 싫지만은 않았다. 보통 때 같으면 술이 적당하게 되면 슬그머니 화장실 가듯 빠져나오는 자랑스럽지 않은 버릇이 아직도 남아있었다. 특히 술값 하듯 제 자랑만 늘어놓는 사람들을 만났을 때는 더욱 그랬었다.

그날도 우연찮게 만난 그녀와 대흥동 블루스에서 굴전을 시켜놓고 그녀의 등불에 관한 얘기에 끌려 대화를 나누고 있었다. 많이 변한 것인지 아니면 그런 깊은 얘기를 나눠보지 않았기 때문인지는 몰라도 한 시간이나 넘게 시간을 죽이고 있다는 것은 요즈막엔 없었던 사건이었다. 그녀는 술잔을 받아 여러 차례 나누어가며 마셨다. 어찌 보면 조심스럽게 예의를 갖추는 듯 보였고 또 술을 즐기는 애주가의 틀에 절은 듯도 보였다. 아무튼 술을 맛있게 마신다기보다는 예쁘게 먹는다는 편이라고 해야 옳았다. 굴전을 입에 넣는가 싶다가도 삼분의 일 쯤 베어 물고 앞 접시에 내려놓는 모습이 그랬다. 그리고는 이내 말을 이어갔다. 때문에 그녀와 대충 어울려가며 자리를 뜰 수 있는 방법이란 원샷을 강요하듯 밀어붙여 좀 비겁하기는 해도 취하게 하는 방법이 좋을 것 같아 속도를 내기로 했다. 그러나 그녀의 재치가 나 보다는 한수 위여서 쉽사리 통할 것 같지가 않았다.

"선생님, 자크 아타리라고 들어보셨어요? 현존하는 프랑스 최고의 석학자로 '등대'라는 책을 냈었죠."

"들어 본 거 같구만. 얼마 전에 우리나라에도 왔었던 것으로 신문에서 본 것 같아."

"그러실 거예요. 그 만큼 재기와 상상력이 출중한 사람도 없다네요. 원래 등대라는 책은 아타리가 존경하는 24명의 인생 멘토요 등불 같은 사람들을 소개한 책인데 우리나라에선 23명만 번역해서 출판한 거라네요. 불가분하게 빼놓은 사람이 누군지 아세요? 일본의 메이지 천황이라는 거예요. 우리는 정작 명치유신의 주인공에 대해서는 생각조차 못하고 있었는데, 아니 배운 적도 없었거든요. 그래도 그렇지 어째서 번역조차도 하려들지 않았을까요? 국민정서가 책을 팔리지 않게 할 것 같은 조짐이 있다고 봤나 보죠. 아타리가 존경할 만큼 똑똑했으니 명치유신이 이루어졌겠죠. 그렇죠? 그것도 모르고 우리는 깃털인 이등박문만 만고의 역적이라고 했으니 부끄러운 일이죠. 허긴 그래도 일본 사람들에겐 멋진 등불이었을 테죠."

"그렇지. 옳은 얘기야, 그러나 전신은 필히 형상이 있어야 한다傳神者必以形라고 말한 중국 명대의 화가 동기창董基昌의 주장처럼 우리 눈에 보이는 증거가 역사의 기로에서 국민의 정서를 어쩌지 못하고 엉킨 응어리의 벽을 뚫지 못하는 것이겠지. 상징하고 은유할 수 있는 정도의 존재는 인정되지만 전신을 표현하기 위해서는 유위와 형상만으로는 불가능하다는 것이지. 그 시대 왕필이라는 학자가 견지했던 것처럼. 하긴 그땐 경학의 무질서에 대한 경종을 울리는 것이기는 했지. 난, 등불하면 우리 고유의 초롱불을 더 좋아해.

또 많은 사람들에게 따뜻함을 더해주는 석등의 존재를 더 깊이 있게 생각하고 싶어. 내가 등불이 되고 싶다는 생각보다 지그시 주변을 비추면서도 티내지 않고 묵묵히 서있는 석등의 존재가 좋거든. 그럴 수 있다면 말이지만. 그렇잖아? 괜히 희망소비자 가격에 들떠서 은근히 갑질하는 것은 내 스타일하고는 거리가 멀다는 얘기지."

나는 뜬구름 잡는 것 같은 선각자연하는 정치꾼의 민낯보다는 차라리 우리 생활에 밀착해 있었으면서 어느 순간 자취를 감추어버린 석등에 대해 이야기하는 것이 술맛도 잃지 않으며 대화할 수 있겠다 싶었다. 그렇게 분위기를 바꿈으로 그녀를 내버려 뒷날 원망을 듣기 보다는 훨 낫지 싶었는지도 모를 일이다. 어쩌면 그녀가 지루해 할 얘기를 꺼냄으로써 그만 자리를 털고 일어서기를 은근히 바란 것이기도 했다. 여자와 마시는 술로 실수해본 경험도 더러 있거니와 또 젊은 여인네와 한 잔하는 모습이 벼랑 마음이 편하지 않기 때문이었다. 옆 테이블에 있는 젊은 사람들은 퍽이나 조용하게 자신들의 세계에 심취해 술을 마시고 있었다. 보기에 좋았다.

"내가 빛을 담는 그릇에 대해 관심을 갖는다는 것은, 빛을 발하는 사람에게서는 범접할 수 없는 힘으로 그 빛에 눌려 고개를 들고 감히 맞바라보는 일대 일의 대화가 쉽지 않음을 알기 때문이지. 불 밝힌 석등을 바라보고 있으면 한지 창에 스며든 달빛처럼 그윽한 불빛에 이끌려 자리를 뜨고 싶지 않은 묘한 분위기를 접해봤기 때문이지. 힘의 격차가 크지만 참 포근하고 따뜻하거든, 마치 어머니의 품 같은. 석등이란 그런 것이거든. 우리나라 석등은 대개 연꽃을 엎어놓은 모양의 하대석 위에 팔각기둥의 간주석이 있고, 그 위에 바른 연꽃 모양의 상대석이 올려지고 그 상대석 연꽃 위에 화사석의 네 면에 사천왕상이 새겨져있게 마련인데, 아마도 그것은 낮 시간엔 악귀를 막는 역할을 위함일 테지. 밤엔 등불을 밝힘으로 충분할 테고. 아무튼 등의 역할과 조형물로써의 역할에 대해서도 우리 조상들은 아름다움에 깊은 애정을 쏟았다니깐. 더욱이 오래된 석등에 그을음 자욱이 주는 감동이 얼마나 인간적인가는 석등을 직접 보지 않고는 설명과 이해가 어려워. 참으로 고혹적이거든."

"그러니까 빛과 진리의 상징물로써의 공양물이라는 말씀이군요."

관심 밖일 줄로만 알았던 그녀가 어느새 날카롭게 치고 들어왔다. 그것은 석등에 대한 얘기를 지루하게 생각하기는커녕 오히려 대화를 이끌어가려는 추세로 보였기 때문이었다.

"저는 보은 속리산 법주사에 있는 사천왕석등을 예로 들고 싶네요. 제가 사천왕석등이라고 말한 것은 보호각 안에 있는 유명한 쌍사자석등이 있어서 그것과 구별 짓자는 의미에서죠. 일반적으로 법주사 하면 쌍사자석등으로 알고 있지만 저는 석등의 역할이 전도된 미려함보다는 좀 더 심플하고 우직한 외형을 가진 사천왕석등을 꼽고 싶기 때문이죠. 그렇잖아요? 선생님처럼 순수 그 자체의 모습을 제가 더 좋아하는 것처럼, 호호호."

그녀는 나의 계획을 진작 알고 있었다는 듯이 내 수를 읽고 있었다. 내 맘에 드는 말을 골라가며 하고 있지 않은가. 게다가 우리나라는 석탑의 나라라고들 하지만 사실 눈에 크게 띄지 않아 그렇지 숫자로 따져보면 석등의 나라라고 보아도 과언은 아닐 것이란 말까지 덧붙였다. 고쳐 생각해도 생각이 그렇게 예쁠 수가 없었다. 불교가 중국을 거쳐 우리나라에 들어오기는 했지만, 불교 미술이 예술작품으로 승화되어 불교를 국민 속으로 파고들게 한 것은 중국보다 우리가 한수 위가 아니겠느냐 란 말도 했다. 특히 백제시대에 만들어진 팔각석등은 출중한 미와 아이덴티티가 물씬하다는 얘기까지 실로 전문가적 소양을 풍겨내고 있었기에 나름 당혹하기도 했다. 마치 혹을 떼려다 붙이는 격으로 돌변한 것 같은 주객이 전도된 느낌이 들 지경이지만 기분은 싫지 않았다.

"좋구, 좋아, 석등의 사유적 감흥을 생각하며 불빛의 온유함과 너그러움이 부석사 무량수전의 배흘림기둥을 찬한 돌아가신 최순우 전 국립박물관장을 기억나게 하는구만. 고마워. 나는 껍데기만 등불인척 하는 사람들이 싫어 얘기를 돌리려고 했었는데 고마운 얘기에 술맛이 나고 눈물이 나네. 좋아, 좋고말고."

나는 술잔에 고여 있는 눈물인지도 모를 소주를 입에 털어 넣고 잔을 그녀에게 내밀었다. 그녀의 얼굴에 작은 미소가 모나리자처럼 번지고 있었다. 지금껏 보아온 얼굴과는 다른 소박한 시골 아낙네 같은 우긋함이었다. 참으로 묘한 것이 여인네 얼굴이다. 그래서 제 눈에 안경이란 말이 생겨났나보다. 조금 전까지만 해도 그녀와 술자리를 끝냈으면 하고 있었는데, 지금은 백년지기를 만난 것처럼 살갑게 느껴진다는 것이 술 탓만은 아닐 것이라고 생각하고 있는데 또 그녀가 나의 약점을 건드렸다.

"부석사 무량수전은 아미타불을 모시는 건물이죠. 범어로 아미타는 '한량없는 불빛'이라네요. 그러니까 마치 석등을 세우기 위하여 무량수전이 존재한다는 말일 수도 있잖겠어요? 부석사에 다가가기 전에 안양루 계단을 오르면 무량수전을 보기 전에 먼저 석등을 보게 되는데 사람들은 석등은 건성으로 지나치고 말죠. 선생님도 그러셨죠? 무량수전 앞의 석등, 보통 석등엔 사천왕상이 새겨져 있는데 무량수전의 석등엔 특이하게도 모나리자의 미소를 머금은 보살입상이 새겨져 있다는 사실도 모르셨죠? 그 자태야말로 고혹적이며 인체균형미가 모던하고 아름다운 부조로 얼굴이 경주 석굴암의 본존좌상과 매우 흡사하죠. 우리는 석등에 새겨진 장식쯤으로 여겨왔었지만 이 석등이 한국미술을 재조명하는데 일조할 수 있겠다는 것이 제 생각이에요."

조목조목 논술하듯 열거하는 품새가 굴 안주를 집어 먹을 때보다 더 예뻐 보였다. 그동안 나의 관심 밖에 있었던 그녀가 내가 생각조차 못했던 구석까지 탐미할 줄은 미처 몰랐었다. 그녀의 말처럼 석등에 새겨진 장식에서 조각 작품으로 격상한 부석사여래입상석등듯 여러 명의 제자 혹은 후배로써 당당하게 모습을 드러낸 그녀가 예뻐 보이지 않을 수가 없었다. 생각이 예쁘고, 태도가 예쁘다는 것이다. 물론 젊으니 외모도 예쁜 것은 두말할 나위가 없었다. 진리와 빛을 담는 그릇 역할의 석등에서 인간을 계도하는 역할로써의 모습을 생각할 때 오히려 등불이려는 사람보다 더 귀한 존재가 아닐까 싶었다. 관심을 가지면 알게 되고 알게 되면 보이는 것이다. 예전의 모습과 다른 그녀의 모습이 새삼 귀하게 보였다. 그렇지만 맺고 끊음이 정확해야 했다. 특히 술자리에는.

"그만 먹자. 예전 같지 않아. 나도 늙었나봐."

"늙긴요, 선생님. 사랑하기 딱 좋은 나이죠. 그렇죠? 아직도 정정하시잖아요."

못하는 말이 없는 나이로 변한 그녀는 예전의 제자는 분명 아니었다. 짐짓 석등에 빗대어 자기를 새롭게 드러내고 있는지도 모를 일이었다. 예전엔 내게 말도 잘 붙이지 못하더니만 이젠 농밀한 농담에 웃음까지 지으며 '사랑하기 딱 좋은 나이'란다. 지금 그녀의 말은 은은한 불빛의 석등이 아니라 LED처럼 밝은 전등이라고 봐야 옳았다. 마음의 무명을 걷어내는 지혜의 불빛이려면 그만 자리에서 일어서야 했다.

"선생님, 2차 가는 대신 딱 한 병만 더 하지요. 괜찮지요?"

엎어진 김에 쉬어간다는 말은 들어봤어도 2차를 생략하고 한 병 더 먹자는 얘긴 남자들 끼리나 하는 얘기였다. 그런 얘기를 그녀가 하고 있는 것이지만 야박하게 굴지 못하기는 매한가지였다. '딱 한 병이야'로 못을 쳤지만 미처 몰랐던 그녀의 해박함에 끌려도 좋겠다는 생각에서였다. 어쩌면 오랜만에 제대로 된 술친구를 만난 기분이었다. 옆자리 남자들은 우리 자리의 빈 의자에 올려놓았던 가방과 옷가지들을 주섬주섬 챙겨들으며 우리를 향해 '미안합니다'를 연발했다. 그 사이에 핸드폰의 시계를 보니 11시 반이 넘고 있었다.

"선생님은 옹기 짓는 것 말고 여가 시간엔 보통 뭘 하시며 지내세요? 전부터 여쭤보고 싶었었는데 기회가 없었네요."

"나야 뭐 딱히 취미랄 게 없지. 이렇게 좋은 사람들과 술 한 잔 마시는 걸 빼놓으면 심심한 사람이야. 젊었을 때는 거문고를 좀 했었지만 흙에 절은 손가락이 내 맘을 몰라주네. 그 땐 소리하는 기생들이 따르기도 했었지만 모두 옛날 얘기가 되고 말았지. 책 보는 것도 눈이 피곤해서 요즘엔 그저 텔레비전에 기대 살아."

"어쩜, 거문고를 타셨군요. 거문고야말로 국악기 중에서 으뜸가는 악기잖아요. 거문고가 합주를 이끌어가는 것으로 늘 상좌에 앉고요. 둥둥 당둥 동 청, 얼씨구. 호호호."

"늙은일 놀리면 못써! 하하하."

오랜만에 웃었다. 거문고를 알기는 아는 모양이었다. 잠시 웃음을 멈추자 그녀가 다시 말문을 열었다. 한 가지 한 가지가 예쁘지 않은 것이 없었다.

"한국문화재재단과 국립무형유산원이 재작년부터 국가무형문화재 보유자와 전수교육조교와 이수자들과 현대공예가와 디자이너들의 협업을 통해 추진해온 전통공예 현대화 사업의 현주소를 위해 노력하고 있잖아요. 선생님도 국가무형문화재 옹기장 보유자이시니 아시겠지만 금년 사업주제인 식문화食文化를 다양한 형태로 형상화한 협력 프로젝트 상품이 곳곳에 전시되어 관람객들의 눈길을 사로잡고 있었고요. 대대적으로 선도 보이고 또 이탈리아 밀라노 엑스포에 한국전통음식을 내놓아 좋은 인식을 얻긴 했지만 보완할 문제점도 많았죠."

한국전통 석등에 관해 나를 놀라게 했던 그녀가 이번엔 전통 공예니, 음식으로 다시 한 번 나를 놀래게 했다. 10여 년 전 불쑥 찾아와 옹기를 배우겠다고 했을 때 여자가 할 일이 못된다고 말렸을 때도 꽤나 극성스럽게 달려들더니 그 성격에 무엇인가 붙잡아도 단단히 쥐어 잡은 것이 틀림없어 보였다. 그녀의 괄목할만한 발전에 축하를 보내려다 말고 한껏 늙어버린 나의 처지가 눈에 보이는 듯해서 허리를 펴고 두 팔을 뒤로 올려 기지개를 켜며, 늦었지만 새삼 그녀의 근황을 물어 보지 않을 수 없었다.

"그래, 요즘엔 무얼 하시나?"

그저 해라를 해도 되련만 나도 모르게 하게를 했다. 그만큼 그녀의 비중이 커 보였기 때문이리라. 그녀가 나를 보며 해맑게 미소 지으며 입을 열었다.

"네, 저는 지금 한국전통문화대학교 부속 수행기관인 한국전통 섬유복원 연구소에서 복원사로 근무하고 있어요. 금년으로 2년차고요. 선생님께 옹기를 배운 것이 계기가 되어 전통공예에 관한 공부로 이어져, 대학에서 전공한 섬유공예 재료학과 연관되어서 복원사가 됐지요. 특히 요즘엔 한국 전통미술 작품들이 비단에 그려진 것들이 많아서 미술관과의 협업이 저의 전문 분야가 됐죠."

"잘 됐구먼, 축하해요. 좋은 일이지. 복원하는 사람이 더 필요한 분야가 될 거야. 한국전통 공예미술의 복원사업이라… 참 중요한 일이고말고. 내게도 가끔 발굴된 유물들을 들고 와서 복원할 수 있겠느냐는 부탁이 들어오는데 옹기나 토기류들은 불 맛을 본 것들이어서 조각을 맞추고 석고로 때우는 외에는 별 도리가 없지. 간혹 청자나 백자 같은 값이 나가는 보물급은 금이나 은으로 때우기도 하지만 박물관에선 예산상 힘들지. 그러나 미개척 분야는 시간이 문제지 결국 해결되게 되어 있지. 그렇잖아? 미래는 미지의 시간이지만 예견 가능한 분야라는 말이야. 그렇기 때문에 과거와 현재를 차곡차곡 쌓아 만들어가는 시간이기에 지금 한국문화재재단과 국립무형유산원과 한국전통문화대학교 등에서 행하고 있는 전통공예 활성화와 현대화를 위한 노력이야말로 내일의 가치와 성과로 이어질 것이 자명한 것이지."

"그래도 지난여름의 밀라노엑스포가 대통령을 기만하고 국정을 농단한 최순실과 그 추종자였던 차은택의 입김으로 해서 전통을 모르는 자들의 갑질 때문에 한국문화에 흠집이 난 것은 많이 안타깝죠. 특히 한국전통 음식의 퓨전화가 해외에 소개됐는데 그것도 문제죠. 그 때 그 사건에 연루된 문체부 장관도 현장에 있었다는데, 뒤늦은 경질이라는 게 소 잃고 외양간 고친 격이죠."

"그래, 나도 언뜻 듣기는 했어. 내 친구 아들이 그 밀라노엑스포 기념 초대전으로 한국현대미술전에 출품을 했었는데 아주 망신스러웠었다고 들었지. 급조한 냄새도 그렇고 작가 선정에도 문제가 있었다고 했었지. 문화라는 것이 인간이 뿜어내는 모든 것이 서로 어울려서 만들어지는 것으로 공존의 세상으로 가는 징검다리란 말이거든. 우리 삶 자체가 모두 문화 아닌 것이 없으니까. 우리 같은 바닥 삶에서부터 나라를 이끌어가는 높은 양반들과 학자 예술가들까지 그 모든 삶 자체가 비빔밥처럼 고루 잘 비벼져야 비로소 문화가 되는 것인데 요즘 세력 좀 쓴다 싶으면 뚝딱하고 문화를 만들어 내려고 안달을 부린단 말이지. 건방 떨어서 만들어지는 게 문화라고 생각하니까 국민들이 '이게 나라냐'며 촛불을 켜들고 거리로 나선단 말이거든. 뿌리에서 양분을 끌어올려 꽃이 피고 열매를 맺는 것이 하늘의 이치지. 하늘이 도와야 천재지변을 피하고 수확을 한단 말이야. 여러 사람이 차별 없이 고루 먹을 수 있어야 비로소 문화가 형성된다는 뜻이야. 그릇도 그렇잖아, 깜박 졸아서 가마 불에 나무 넣기를 놓치면 그릇은 죄다 깨지고 터진단 말이지. 나라도 하나 다를 것이 없는 것인데 정치하는 사람들은 제 밥그릇만 챙기려들고, 뒤로 데모꾼들이나 부추겨가며 국민을 농단하는 꼴이잖아. 정신을 차려도 될 동 말 동인데 그러다가 나라가 망하면 문화는 무슨 문화? 왜놈들한테 그래서 당했고, 빨갱이들한테 그래서 당했으면서도. 관두자, 내가 또 너무 나갔어."

"그러게요. 가장 창의적인 사람은 예술가와 건축가, 엔지니어와 여성들이란 말도 있잖아요. 창의성이란 새로운 현실을 만들어 내는 것이고, 양립 될 수 없는 것들을 초월해내는 것이라고 요한 갈퉁 오슬로 국제평화연구소장이 말한 것으로 알고 있는데 참으로 옳은 말이란 생각이 들어요."

"우리 같은 무지렁이도 새겨들어야할 말이네. 고마워. 여러 계층의 색깔들이 어울려야 무지개가 되는 것이거든. 그래야 꿈을 이룰 수 있는 것이고. 그것이 참 문화지. 우리가 있기에 내가 있다는 사실을 가슴에 새겨야 모두가 보고 받을 감동이 된다는 말이야. 그래야 가슴을 씻어내는 힐링의 무지개가 되잖겠어? 일곱 가지 색깔들이 칠십 가지, 칠백만으로 퍼져, 칠천만 백성의 가슴에 떠오르는 무지개가 되어야 비로소 통일로 이어지는 것이지. 내 말이 맞지?"

"선생님 말씀이 백 번 천 번 옳은 말씀이죠. '우분투(Ubuntu)'란 남아프리카 반투어 계열의 말이 있어요. 줄루족과 코사족 등의 인사말인데 '우리이기에 내가 있다'란 뜻이래요. 서로 상대를 인정하고 존중한다는 것이겠죠. 그것은 서로 싸움을 하지 말고 사이좋게 지내려는 공존의 의미가 내포된 깊은 뜻이 아니겠어요?"

"맞아, 그 '우분투'란 인사말이 참으로 매력적인 말이야. '우리 모두 분쟁과 투쟁을 털어 내자'란 말로 널리 쓰여졌으면 좀 좋을까."

"선생님도 참 잘 끌어다 붙이시네요. '우분투' '우리 분쟁과 투쟁을 자제합시다' 호호호."

"하하하. 그래, 우리 문화에서 미래를 계획하고 준비하려면 전통 공예의 효용성과 현대적 가치를 재발견해야 돼. 정부의 적극적인 지원과 국민적 관심을 불러일으키도록 우리들이 합심하여 노력해야 하거든. 결국 나 같은 옹기장이는 한 눈 팔지 말고 좋은 그릇을 열심히 만드는 일이 무엇보다 중요하다 그 말이지. 그런데 막상 산다는 것과 전통을 이어간다는 것이 서로 아귀가 맞지 않는다는 게 문제야. 꼭 술과 안주의 상관관계 같아. 술이 남으면 안주가 모자라고 안주가 남으면 술이 모자라는…."

"선생님, 그렇지만 선생님 같은 분들이 계셨기 때문에 오늘날 김치 냉장고가 만들어졌다는 거 아시죠? 김치, 깍두기, 된장, 간장, 고추장 하며 많은 젓갈류가 옹기 그릇, 질그릇이 아니고는 숙성시킬 수 없었다는 사실에 자부심을 가지셔도 된다는 말이에요. 그래도 아직까지 전통의 비밀을 간파하지는 못 했잖아요. 우리 그릇에서만 숙성의 최상급이 나온다는 사실을 깊이 되새겨봐야 하는 대목이죠. 그래야 전통공예의 효율성이 돋보이는 것이고요. 저는 그런 면에서 선생님의 옹이진 투박한 이 손에 매력을 느낀답니다."

그렇게 말하면서 내 손을 덥석 가슴에 안 듯 두 손으로 잡아주었다. 아무런 느낌도 전달되지 않을 것 같던 두꺼비 등짝 같던 손바닥으로 매끄럽고 부드러운 여인의 체온이 전해지고 있는 것에 새삼 놀랄 수밖에 없었다. 나이와는 다르게 몸이 더 정확한 것이었음인가. 나는 당황스러워 하면서도 말을 채듯 받았다.

"옛날 영화에 독짓는 늙은이란 영화가 있었지. 황해가 주연으로 나오는 그 영화에서 클라이맥스가 자신을 바쳐 불이 활활 타오르는 불가마 속으로 기어들어가는 장면이 나오지. 아주 감동적이었지. 나는 그 반에 반도 흉내를 내지 못한 삶이지만."

"선생님 손을 만지고 있자니까 옛날 고향에서 모시 길쌈으로 늙으신 어머니 생각이 나네요. 모시 한필을 짜려면 보통 서너 달씩 매달려야 하거든요. 모시 껍질을 벗겨 태모시를 만들고, 하루쯤 물에 담가 말린 것을 다시 물에 적셔 올을 하나하나 쪼개고 이어서 실을 만들잖아요. 어머니가 무릎에 비벼가며 실을 잇기 때문에 무릎이

맨질맨질하게 달았죠. 그 실을 풀 메겨 나르고 베틀에 걸어 옷감을 짜면 그 길이가 무려 21미터가 넘지요. 모시하면 한산모시를 최고로 알아줬지만 요즘엔 귀찮아서인지 별반 찾는 사람들이 없어요."

"한산이 고향이시구만. 맑은 동네지. 참, 결혼은 하셨든가?"

나는 아차, 쓸데없는 것을 물었구나 싶었지만 시위를 떠난 화살이었다. 혹시라도 아픈 상처를 건드린 것이 아니었으면 좋겠다는 생각을 했지만 그녀는 배시시 웃으며 내 보기에는 어떨 것 같으냐는 질문으로 공을 넘겨 버렸다. 그렇다면 다행이었다. 아직 미혼이거나 혼자 지내고 있는 것으로 짐작할 수밖에 없는지라 나도 그냥 웃었다.

그날 나는 그녀로 말미암아 고생만하다 먼저 간 아내를 느낄 수 있었다. 하나님은 소금쟁이 한 마리를 물에 띄우려고 다리에 촘촘히 털을 붙여주고 기름칠까지 해주었다. 그래도 마음이 놓이지 않아 연못이 마르면 다른 곳을 찾아갈 수 있도록 날개까지 달아 주셨다는데, 아내는 내가 젊어서 여기저기 돌아다니다가 객지 밥 먹기 지겨우면 집으로 돌아오라고 꼬깃꼬깃 접은 돈 10만원을 내게 쥐어준 적이 있었다. 나는 그날로 역마살을 끊고 마음을 잡았었다. 거칠어진 옹기장이 늙은이의 거칠고 투박한 손을 잡아준 그녀의 손길에서 잊었던 그리움을 찾은 것이었다. '그래 이번 주말엔 찾아가리다' 나도 모르게 그 말이 입에서 새어나오고 말았다. 그녀가 또 한 번 배시시 웃으며 말을 걸어왔다.

"선생님 이번 주말에 고향에 가시게요? 사모님 만나고 싶으세요?

제가 모시고 갈게요. 아직도 그 공방에서 생활하고 계시죠? 주일예배 끝나고 제가 모시러 갈게요. 선생님 모시고 점심 먹고 고속도를 타면 금방이죠, 뭐. 부담스럽게 생각하지 마셔요. 선생님 성격은 제가 잘 알잖아요. 그리고 이젠 대접받으셔도 괜찮은 연세예요.  오늘은 약속대로 2차는 안 가기로 했으니 그만 일어나시죠. ”

그녀가 택시로 가는 길에 모셔다 드리고 가겠다며 먼저 일어나 내 손을 잡고 등 뒤로 한 손을 뻗어 오른편 겨드랑이에 손을 밀어 넣었다. 술 취한 그 와중에도 싫지 않은 포근함이 따라와 금세 어린 애처럼 순해지고 있었다. 어린아이 같은 마음이 아니고는 천국에 들어갈 수 없다던 성경 말씀이 떠올랐지만 나는 죄 많은 늙은이었다. 택시가 흔들거리는 대로 취기는 가중되어 나를 노곤하게 만들고 있었다. 오랜만에 아내 곁에 기댄 것 같은 포근함에 이대로 천국에 이를 수 있었으면 좋겠다는 기분이 들었다. 누구의 시였던가. 저렇게 많은 별 중에서 별 하나가 나를 내려다보고 이렇게 많은 사람 중에서 그 별 하나를 쳐다본다. 별은 밝음 속에 사라지고 나는 어둠 속에 사라진다. 이렇게 정다운 너와 나는 어디서 무엇이 되어 다시 만나랴.

택시가 흔들릴 때마다 나는 천국의 계단을 하나하나 오르고 있었다. 나이는 속일 수가 없는 모양이었다. 몇 계단을 올랐을 뿐인데도 벌써 숨이 가슴에 차왔다. 쉬엄쉬엄 가도 되는 길이다. 지금까지도 기다려 주었는데 가고 있는 걸 뻔히 알고 있을 텐데 잠시를 못 기다리랴 싶었다. 행복한 생이 마감되는 꿈길인 듯 아스라하게 잠겨든다. 지금 이 냄새, 무명 저고리에 밴 것 같은 이 그리움이 어머니의 것인지 아내의 것인지 구별되진 않지만 익숙한 냄새에 휘감기며, 이른 봄 공방 벽 틈으로 찾아드는 햇살 같은 따사로운 기운에 온 몸을 맡기고 있었다.

"여보 이제야 당신 곁으로 가나보네. 당신이 있어서 내가 있었는데 당신 없는 세상에서 너무 오래 지냈었나봐. 지금 내가 당신 곁으로 가고 있으니, 여보, 사랑—해."

자정을 훌쩍 넘긴 깊은 밤, 시 외곽도로를 달리고 있는 택시의 불빛만 흔들리고 있었다.

# 꿩의 바람꽃

정명희 단편소설

# 콜라두 레이디

# 그녀는 생각보다 자신의 일이 잘 풀리는 것에 고무되

어 있었다. 어제까지만 해도 작은 시골도시의 명칭만 그럴듯해 보이는 사교단체인 국제부인회의 총무로 지내왔었다. 그러나 그녀가 살던 도시가 세종특별자치시라는 대한민국의 행정도시로 개편되어 중앙청이 통째로 내려온다는 것이 아닌가. 그로 인해 자신의 역할이 국제부인회 세종특별자치시지회의 사무총장으로 격상된 것이었다. 평소 자신을 아껴주던 선배언니가 총재가 되면서 그녀에게 중책을 맡겼기 때문이었다. 그동안 동문회의 총무 일을 맡아 왔었지만 이젠 격이 사뭇 달라진 느낌이 들었다. 동문회와 국제부인회의 사무실이 있고 선배언니가 경영하는 커피숍 모던에 들어오며 전 같잖게 호들갑을 떨며 인사를 했다.

"언니, 축하해요. 국제부인회 초대총재에 추대 된 걸. 세종시도 이젠 대전, 충남과 겨뤄 손색이 없게 된 거잖아요. 동창회에서도 크게 환영식을 해야 된다고 난리들이에요. 참 교장선생님 전화 왔었죠? 총동문회에서도 화분을 보낸다고 했는데 아직 도착하지 않았네요."

"으~응, 고마워. 주변에서 모두 도와줬기 때문이지 뭐. 그리고 김용희 너도 옛날보다 더 신경써줘야겠다. 알았지?"

"알아 모시겠습니다. 총재님. 참, 형부도 좋아하시죠?"

"좋아하긴, 아직 얼굴도 못 봤어. 건설현장이 동남아에 있어서 이달 말께나 올 거야."

"그래도 총재님. 형부만한 신랑이 어디 흔한가요. 늘 명품 선물만 사온다면서요."

"그런 소리 마. 명품은 무슨 명품? 빨래거리를 한 가방씩 싸오기는 하지."

세종특별자치시의 국제부인회 초대총재로 추대된 변지숙은 대전에서 음대를 나와 건설업을 하는 남편과 결혼하여 지내는 지역 사교계에서 행세깨나 하는 사람이었다. 두 사람이 마주앉은 커피숍 모던은 이 지역에서 클래식 음악을 감상 할 수 있는 유일한 곳이었다. 세종특별자치시가 출범하고 허허벌판인 이곳에 처음으로 들어선 오피스빌딩이었다. 그녀의 남편이 회사 사옥을 겸할 수 있도록 지었기 때문에 맨 꼭대기 층인 5층에 스카이라운지처럼 커피숍을 차려준 것이었다. 바로 앞에 정부청사가 들어서면서 부동산 가치도 덩달아 오르는 횡재를 누렸다. 처음엔 공사장 인부들이 주로 휴식장소로 이용했지만 세종정부청사가 개청되자 공무원들이 찾으면서부터 고급스러워졌다. 그래도 점심시간과 퇴근 이후 몇 시간을 제외하면 한가하기 짝이 없기에 변지숙의 친구들이나 동문들의 집합장소처럼 이용되는 곳이기도 했다. 주위에 아파트가 들어서면 꽤 인기가 있을 것이었다.

국제부인회 세종특별자치시지회는 애초 천안시지회 소속으로 조치원 지역의 사교계 여성들로 만들어진 구역회였다. 그러나 신도시가 탄생하면서 자연스럽게 시도지회로 승격되고 구역장에서 총재로 격상되었다. 때문에 충남북과 대전, 세종을 포함하여 충청 지역의 총재가 세 명에서 네 명으로 늘어나게 된 것이었다.

"언니, 이러다가 형부가 정계로 나서게 되는 거 아냐?"

"애는, 큰일 날 소리 하지 마. 누가 들으면 어쩌려고."

무료해 보이는 커피숍 모던에 여자들의 웃음소리가 넘쳐도 편할 만큼 홀 안엔 아무도 없었다. 퇴근시간 전은 늘 한가하기에 평소에는 음악 감상과 독서를 하며 시간을 메워왔다. 그러나 오늘은 특별한 손님이 오기로 되어 있기에 아침부터 신경을 써가며 분위기를 잡고 있었다. 천안에 사는 국제부인회 충남지회 총재가 국제부인회 이사장의 위촉장을 대신 전달하기로 한 날이기 때문이었다. '천안총재가 오실 때가 됐는데 이 사람들이 올 생각을 않네.'라며 김용희는 핸드폰을 꺼냈다. 국제부인회의 충남 총잰데 천안에 살기에 모두 천안총재라 부르고 있는 것이었다. 총재란 말을 들어 그런지 변지숙의 말투가 공식적으로 바뀌었다.

"김용희 사무총장님, 부총재한테만 해요. 많이 모여 좋을 것도 없으니까."

"네, 언니. 아니 총재님. 호호. 처음이라 그런지 입에 자연스럽게 붙질 않네요. 미안해요. 앞으로 제가 조심할게요."

"괜찮아. 우리끼리 있을 때는 그냥 나도 언니가 더 편하고 좋아."

"아니에요. 얼마나 영광스런 직책인데. 이제부터 꼭 총재님이라 부를게요. 또 그래야 빨리 촌티를 벗을 수 있지요. 호호호."

그녀는 작은 디지털 인쇄업을 하는데 주로 H여고 총동문회의 총무를 내세워 명함이나 학교 행정실의 서류철을 제본하는 영세자영업자였다. 아무도 선뜻 맡으려하지 않는 총무를 떠안다시피 맡았다. 그러다가 상호에까지 'H디지털 인쇄'라는 학교명을 동문회의 묵계 하에 내걸게 되었다. 일이 조금씩 늘어나 이웃학교 행정실 직원들과도 가깝게 지내다 보니 사회생활에서 자신의 처지를 격상시킬 필요를 절감하고 있었다. 그러던 차에 알맞게도 조치원 국제부인회의 총무에서 세종특별자치시의 초대 사무총장으로 신분이 상승하게 된 것이었다. 그것을 계기로 그녀는 변 총재와 임원진의 명함을 만들면서 자신의 명함 상단에 있는 H여고 총동문회 총무란 직책을 떼어낼까 생각하다가 그 위에 국제부인회 세종특별자치시 초대 사무총장을 올려놓았다. 국제부인회 로고와 사무총장이란 문구가 들어가자 명함의 품위가 한결 그럴 듯하게 보였다. 그녀는 명함이 변한 만큼 자신의 존재도 달라질 것이라고 굳게 믿었다.

커피숍 모던 옥상의 창고로 쓰던 가건물을 H여고 총동문회 사무실로 쓰기 시작한 것은 변지숙이 총동문회장을 맡아 보면서부터였다. 그런 사무실이 국제부인회 사무실로 바뀌자 총동문회 간판은 상대적으로 한 급 낮은 간판이 되었다. 책상 위의 명패도 두 개가 나란히 놓였지만 국제부인회 명패가 훨씬 컸다. 책상은 그대로 두고 의자만 새로 바꾸었다. 먼저 쓰던 의자는 사무총장의 작은 책상에 맞춰 놓았다. 나머지는 추후 상황을 보아가며 정하기로 했다. 부총재를 맡은 변지숙의 2년 후배가 당도하자 그녀는 마치 교육이라도 시키는 것처럼 말투부터 달라졌다.

"강성애 부총장님, 이렇게 늦으시면 어떻게 해요. 다행히 천안 총재가 안 와서 그렇지 총재님은 아까부터 나와 기다리고 계신데."

부총재라 불리운 강성애는 갑작스런 그녀의 말에 감을 잡을 수가 없었다. 자신에게 부총재라니…. '언제 내게 상의라도 하고 하는 말이냐가 목젖까지 올라왔지만 참아가며 자리에 앉자 변지숙이 말을 이었다.

"그래, 어려운 걸음 하느라 애썼어. 내가 연락을 제대로 하지 않아서 그래. 성애 네가 이해해줘."

"그건 그렇고 부총잰 또 뭐예요? 총재는 또 무슨 총재고."

"지난번 총동문회 모임에 부총재님이 나오지 않아서 그래요. 지숙 언니가 국제부인회 구역장에서 총재로 추대되면서 우리가 국제부인회를 적극 지원하기로 하고 성애 언니를 부총재로 모시기로 했었거든요. 그래도 우리들이 언니를 생각한 건데."

"그래, 마음 풀고 성애 네가 잘 봐 줘."

자초지종을 대충 듣고서야 강성애는 이해가 되었는지 종업원이 내온 물컵을 들어 벌컥벌컥 마셨다. 체구가 체구여서인지 물 한 컵을 단숨에 마셔버렸다. '전화라도 미리 해 주잖고, 고마워요.'라 겸연쩍어 하며 변지숙에게 고맙다는 인사를 했다.

"조금 있으면 국제부인회 천안총재가 변지숙 총재의 위촉장을 가지고 올 거예요. 그때 실수할까 봐 미리 신경을 쓴 거니까 오해하지 마세요, 강성애 부총재님. 그녀는 다시 유쾌해졌다. 저는 사무총장 김용희라고 합니다. 호호호. 이렇게 이름 앞에 직함을 붙여 부르니까 얼굴이 훨씬 달라 보이는 것 같죠? 앞으로 가급적이면 공식석상에서는 서로 존칭을 썼으면 좋겠어요. 변 총재님! 그렇죠?"

그 말이 틀린 말은 아닌데 익숙하지 않은 터라 딱딱해진 분위기를 털어내려 그녀가 입을 열었다.

"그렇게 하지. 그리고 우리끼리 부를 때는 사무총장이란 명칭을 다 부르는 것 보다 그냥 김 총장이라 줄여 부르기로 해. 그리고 여긴 공석이 아니니까 그냥 언니라고 하고. 이따 천안총재가 오시면 그때나 잘 하자."

"언니는! 아니, 총재님이 그러시면 도로아미타불이죠. 지금 이 시간부터 일부러라도 입에 달고 살아야 실수가 없죠."

"그래, 용희 네 말이 맞다. 아니 김 총장님!"

아무 말 없이 앉아 있던 강성애도 김 총장의 편을 들어주었다. 서로가 '총재님' '부총재님' 사무총장님' 해가며 깔깔대고 웃고 있는데 커피숍 모던의 문이 열리며 젊은 정장차림의 여자가 들어와, 세 사람에게 깍듯하게 인사를 하며 국제부인회 총재님께서 들어오실 때 예우로 맞아 달라는 부탁을 했다.

"국제부인회 충남지회 이연우 총재님이 들어오십니다. 자리에서 일어나 맞아 주십시오."

천안에서 온 국제부인회 이연우 총재는 캐리어 우먼처럼 검은색 투피스에 하얀 블라우스가 첫눈에 보아도 세련미가 넘쳤다. 짧은 쇼트커트 머리에 듬성듬성 보이는 흰 머리칼이 그녀를 더욱 격조 있게 만들고 있었다. 세 사람은 부동자세가 되어 깍듯하게 인사를 하며 '어서 오세요' 란 말밖에 할 말이 없었다. 그녀가 천안총재에게 자리를 권하자 천안총재가 동행한 사람들을 소개했다. 사무총장과 재무총장이라 소개받은 사람이 자기 소개를 하고 한 발자국 뒤로 물러섰다. 그러자 조금 전에 먼저 들어왔던 젊은 여자가 앞에 나서며 자신은 사무부총장이라며 자신을 소개했다. 천안총재가 자리에 앉자 모두 따라서 자리에 앉았다. 변 총재가 다소 긴장한 목소리로 자신이 국제부인회 세종특별자치시 초대 총재 변지숙이라 소개한 후, 부총재와 사무총장을 소개했다. 각각 인사를 마치고 자리에 앉으려는데 사무부총장이 나서며 국제부인회 회장님의 위촉장 전달식을 먼저 거행하시고 나서 자리에 앉으시라며 모두 일어서 줄 것을 권했다.

변 총재가 자리에서 일어서며 조심스럽게 입을 열었다. 공식행사라면 국제부인회 사무실이 위층에 있으니 장소를 그쪽으로 옮기는 것이 좋을 것 같다며 천안총재를 안내했다. 그것은 며칠 전부터 준비해온 사무실을 보여줌으로 자신이 얼마나 국제부인회 일에 성의를 가지고 있는가를 보여주고 싶었던 것이었다. 비록 크지는 않아도 격식 있게 꾸며진 사무실에 들어오자 천안총재를 비롯한 임원들이 이구동성으로 수고하셨다며 변 총재의 빈틈없는 성격을 칭찬했다.

국제부인회 회장의 붉은 천으로 곱게 싼 위촉장을 천안총재가 그녀에게 전달하자 모두가 일제히 박수를 쳐 축하했다. 그리고 금으로 만든 국제부인회의 로고가 달린 작은 핀을 변 총재의 왼편 옷깃에 꼽아주며 총재로써 품위를 잊지 말 것을 당부했다. 옆에 서 있는 그녀는 마치 귀부인이 된 것과 같은 감동에 취해 있었다. 구멍가게 같은 인쇄소를 하는 자기에겐 어울리지도 않는 자리임을 알고 있기 때문이었다. 부총재와 사무총장에게도 위촉장을 전달했는데 핀을 달아주지는 않았다. 위촉장 전달식이 끝나자 사무부총장이 작은 상자를 열어 국제부인회의 배지를 꺼내 두 총재에게 주며 신임 부총재와 사무총장에게 패용해 주도록 권했다. 그녀는 자신의 신분이 상승한 것이 사실이라는 확신이 들었다. 그리고 이와 같은 현상을 오래오래 지속 시키리라 마음을 다져먹었다. 천안총재는 자리에 앉아서도 시종 품위를 지켰으며 사무부총장이란 사람의 깍듯한 의전으로 하여 보는 사람으로 하여금 존경심을 불러일으키기에 충분케 했다. 그녀는 모임다운 단체에 소속된 충만감을 주체할 수 있기에 맞잡은 손에 힘을 주었다. 그동안 동문회에서 잡담이나 해댄 처사들이 애들 장난처럼 우습게 느껴졌다. 그녀는 오늘을 기점으로 자신의 성공신화는 시작됐다는 것을 주위에 확신시켜야 한다고 굳게 마음먹었다.

"참 변지숙 총재님, 변재숙 총재님과는 6촌간이라면서요? 요즘 젊은 사람들이 잘 몰라 그렇지 따져보면 가까운 형제죠. 국제부인회에서 형제 총재는 우리 충청도 밖에 없어요. 그러잖아도 회장님께서 절 보고 위촉장을 전달하면서 변 지숙 총재님께 거는 기대가 크다고 하셨어요. 변재숙 총재와 저는 대학 동기랍니다. 얘기가 나온 김에 우리가 지켜야 할 한 가지만 말씀드릴게요. 우리가 일회용 컵이나 물비누만 사용하지 않아도 환경오염의 5분의 1을 지킬 수 있어요. 우선 이것만이라도 지켜봅시다."

천안총재의 말이 끝나자 변 총재도 한 마디쯤은 거들어야 될 것 같아서 시종 듣기만 했던 자세를 풀고 입을 열었다.

"네, 옳은 말씀이죠. 그러잖아도 우리 회원들에겐 목욕탕에 갈 때 우유 마사지를 금해달란 말을 했습니다."

"잘하셨네요. 작은 일부터 차근차근 바꿔나가는 습관이 중요하지요. 남자들이 살림을 해봐야 되는데 아무것도 모르면서 말로만 아는 체를 하잖아요."

앞으로 국제부인회가 감내해야 할 막중한 프로그램에 적극 동참해 줄 것을 당부하고 위촉장 전달행사를 마쳤다. 식사대접을 하겠다는 변 총재의 말에 다음 행사가 기다리고 있어서 바로 떠나야 한다며, 한 달에 한 번밖에 안 하는 회의를 품위 있게 해줄 것을 신신당부했다.

김용희 사무총장은 하루하루가 다르게 변해갔다. 그중 가장 눈에 띄는 변화가 용모와 차림새였다. 짧은 쇼트커트 머리와 검은 투피스 정장에 굽이 높지 않은 하이힐로 바뀌었기 때문에 못 알아봤다는 사람들이 많았다. 캐리어 우먼으로 보이는 그녀의 변신은 국제부인회와 동문 사이를 넘어 거래처 사람들을 긴장시키기에 충분했다. 자리가 사람을 만든다는 말이 빈말이 아니었다. 또 하나의 변화는 비록 중고차이긴 해도 그녀에게 중형승용차가 생겼다는 사실이었다.

어차피 거래처를 돌아다녀야 일감도 생기고 인맥도 유지되는 법이기는 하지만 그전 보다는 위상이 많이 달라 보였다. 다음은 인사할 때마다 내놓는 명함을 다시 만들었다. 국제부인회 총재, 부총재와 똑 같은 명함 형식 위에 H디지털 인쇄란 상호보다 국제부인회 로고와 사무총장임을 더 내세웠다. 영어와 우리말을 혼용하여 기재한 것은 모두 천안총재의 명함을 본뜬 것이었다. 물론 일본에서 거행되는 행사를 대비하여 만들었다고는 하지만 그것은 변명에 불과했다. 그리고 항상 하는 일이지만 결제를 국제부인회의 장부에 다는 것도 잊지 않았다.

더 큰 변화는 국제부인회에서는 누구도 다니지 않은 대학원에 등록했다는 사실이었다. 주로 중소기업의 오너들이나 들어가는 대전에 있는 국립대학의 경영대학원을 국제부인회 사무총장임을 내세워 들어간 것이다. 일주일에 한 번씩 하는 야간수업에 적극성을 보였을 뿐만 아니라 총무를 자청해 맡아가며 명함을 장식해 나갔다. 이런 열성에 힘입어 세종시 일원의 학교 행정실 일감을 도맡다시피 했고, 시청과 시 산하기관의 감사용 서류의 복사와 제본, 시의회용 일감이 더 크고 많다는 사실에 눈을 떠가며 사업을 키워나갔다. 직원도 두 명을 더 두었고 남편의 사업을 접게 하고 아예 사장으로 내세웠는데도 그녀 자신은 대표라는 직책을 그대로 썼다. 그녀의 변화는 말 그대로 상전벽해라고 해야 할 판이었다.

변지숙 총재가 2년의 임기를 마치자 부총재였던 강성애가 총재를 이어받으며, 그녀에게 마땅한 사람이 없으니 사무총장직을 다시 맡아 달라 부탁하자 인쇄소일이 바쁘다는 핑계로 거절했다. 그러나 신임 강 총재가 사정에 어쩔 수 없다는 듯 응했다. 대충 임원진이 구성되자 국제부인회 세종특별자치시지회의 총재 이 취임식이 시민회관에서 성대하게 거행되었다. 국제부인회대전지회와 충남북지회의 총재까지 참석하고 시장을 포함한 정관계 인사들이 대거 참석하는 바람에 교통체증까지 일어날 정도였다. 식전 행사에는 이임하는 변 총재가 마련한 남녀 성악가가 출연하였지만 취임하는 강성애 총재의 식후 행사에는 국악인들을 대거 초청하여 국악한마당을 방불케 하였다. 또한 차기총재로 지명된 조혜자 부총재는 M여고 총동문회장임을 내세워 참석한 많은 동문들이 한복을 차려입음으로써 H여고와의 라이벌 의식을 보였기에, 세인들의 눈총을 받기도 했지만 행사는 세종특별자치시 발족 이래 가장 성대한 잔치가 되었다. 또한 국제부인회 이 취임식의 여파는 정계로까지 확대되는 양상을 보였다. 바로 새로 취임한 강 총재의 남편이 집권당의 당협의원장이기 때문이었다. 비록 지난 총선에서 낙선을 했었지만 재선을 노리는 그에겐 아내의 사회활동이 천군만마처럼 반가웠다. 여러 개의 대형화환은 물론 젊은 당원들을 대거 동원하여 세를 과시하기도 했다.

이취임식을 마치자 그녀는 변총재는 안중에도 없었다. 외견상으로는 깍듯이 모시는 것 같아도 새로 취임한 강 총재에 비하면 대하는 태도가 눈에 띄게 달라졌다. 그럴 수밖에 없는 것이 강 총재가 국제부인회 일을 거의 떠맡기다시피 했기 때문이었다. 강 총재의 의전을 내세워 사무부총장을 기용한 것은 지난날 천안총재가 방문했을 때의 대단했던 의전을 그대로 모방한 것이다. 그러나 총재와 사무총장은 서열상으로만 다를 뿐 실속은 모두 그녀에게 쏠릴 수밖에 없었다. 또한 각종 행사에 참석할 때 강 총재보다 자신의 차가 좀 크다는 이유를 들어 그녀는 승용차 운전을 사무부총장에게 맡겼다. 사무부총장이 강 총재를 모시고 주유소에 들러 기름을 넣고 그녀의 인쇄소에 들르기 때문에 그녀의 위상이 더 높게 보일 수도 있었다. 강 총재도 시간이 지나면서 그 같은 느낌을 받았지만 별 도리가 없었다. 또한 남편의 정치활동에 이용되는 것도 왠지 모르게 찝찝하던 판이었기에 몸이 좋지 않다는 핑계로 국제부인회 행사를 제외하고는 모든 행사에는 그녀를 대신 보냈었다. 누구에게 내색은 못하지만 행사장마다 남편이 여러 여자들과 필요 이상으로 벌리는 스킨십도 보기 싫었고 야한 농담도 듣기 민망했었다. 게다가 두어 달을 각종행사에 따라다니다 보니 집안 꼴도 말이 아니고 가정주부가 할 일이 아니란 생각이 들었다. 특히 남편 앞에서 해야 하는 축사 같은 말을 할 때의 신경쓰임이란 말 할 수 없는 스트레스로 그 부메랑을 도저히 감당하기 어려웠다.

국제부인회를 거의 독단적으로 이끌다시피 해온 그녀에게 다급한 문제가 발생했다. 그것은 강 총재가 1년 임기를 마치며 국제부인회의 정기총회를 하는 과정에서 불거졌다. 감사 두 사람이 모두 회계감사를 보이코트했기 때문이었다. 회계장부를 사무총장이 맡아보는 것은 정관에 어긋난다는 것이다. 정관대로라면 재무총장이 맡아야 하는데 재무총장이 공석이라고 해도 사무총장이 회계장부를 관리하는 것은 월권이라는 것이었다. 더구나 회계장부의 기재 사실을 증명할 아무런 조치가 없는 것으로 보아 믿음이 가지 않는다는 것이 더 큰 문제라는 것이었다. 사무총장은 혼자 하다 보니 영수증을 일일이 챙길 수가 없었다고 해명했지만, 공금 사용의 기본도 모르면서 작성한 장부를 자기들은 도저히 납득할 수 없다는 이유에서였다.

정기총회에서 이 같은 사건이 발생하자 차기 조혜자 총재가 거들고 나서며 H여고와 M여고의 대립양상으로 번지고 있었다. 일이 이렇게까지 번질 줄은 미처 생각지도 못했던 강 총재가 조속한 수습을 위해 남편과 의논하면서 문제는 국제부인회 밖으로 드러나고 말았다. 남편이야 당연하게 여당에 관계하는 변호사와 의논했고 급기야 회계사로 하여금 회계 장부와 은행 통장 등을 감사 의뢰하게 된 것이었다. 이쯤 되자 그녀는 명예훼손이라며 고발하겠다고 나섰다. 다급해진 강 총재가 변 총재에게 도움을 청하며 결국 차기 조혜자 총재는 충남 현 총재와 변재숙 전 총재 등이 어울려 사고수습위원회를 구성하게 되었다.

"김 총장, 그동안 혼자 일하느라 애썼는데 일이 이렇게 됐네. 그러나 매듭을 풀어야 할 사람도 김 총장이 아니겠어? 어떡해? 국제부인회의 명예를 생각해서 일을 더 키우지 말고 한번 큰마음을 써 봐. M여고 애들 보기가 민망해서 그래."

강 총재는 그녀에게 사정하다시피 말을 했다.

"총재님, 아니 언니. 내가 언니를 위해 내 일을 모두 제쳐놓고 오늘까지 얼마나 고생했는데 이제 와서 나만 의심하고 죽일 년을 만들면 내 체면은 뭐가 되겠어요. 언니가 그렇게 얘기하니까 제가 감사들을 한번 만나 어떻게 수습하는 방향으로 해볼게요."

결국 강 총재가 열흘의 말미를 다짐하고 수습위원회를 마칠 수밖에 없었다.

다음날 강 총재는 국제부인회의 회계장부를 본 회계사가 만나자고 해서 할 수 없이 약속 장소에 나와 보니 변 총재와 차기 조 총재까지 나와 있었다. 그 회계사는 '제가 세분 총재님들을 보자고 한 것은 다름이 아니라 장부를 안 봤으면 모를까 본 이상 그대로 묵과할 수가 없었기 때문입니다.'라고 전제하며 사무총장의 비리가 이번만이 아니라 변 총재님 때부터 조직적으로 이루어졌다는 것이었다. 동문 관계로 언니 동생하며 회계장부를 자세하게 보지 않는다는 허점을 노려 회원들의 회비는 물론 각종 기부금과 찬조금품들을 자기주머니 돈처럼 마구 써가며 살았다는 것이었다. 또한 통장 입출금을 살펴보니 그녀가 자기 회사 자금결제까지 국제부인회의 통장을 이용한 것도 한두 번이 아니라는 것이었다. 그 뿐만 아니라 H여고 동문회 총무를 보던 당시에도 그와 같은 공금 유용과 횡령들이 자행됐었다는 사실이었다. 모든 것을 얘기했으니 알아서 처리

하라며 회계사가 자리를 뜨자 세 사람은 기절초풍했다. 도둑을 끼고 놀은 것도 모자라 키우고 있었다는 사실 앞에 더 이상 대꾸조차 못하며 회계사에게서 받은 장부와 통장 사본들을 놓고 머리를 맞대었다.

"변 총재님 이 일을 어떻게 처리 하는 것이 좋겠어요? 총재님 때부터 일어난 일인데요. 하도 기가 막혀 해결할 방법을 모르겠네요."

"강 총재님, 그건 저도 그래요. 어떻게 우리를 속여 가며 일을 이렇게 만들었는지. 우리가 얼마나 잘 해줬는데."

듣고만 있던 차기 조혜자 총재가 싸늘하게 입을 열었다.

"두 분 총재님은 입이 열 개라도 할 말이 없게 생겼네요. 서류상으로는 모든 지출결의서에 결재를 하신 거잖아요. 일이 이렇게 되도록 방임한 것도 직무유기가 아니겠어요? 결국 두 분은 폼만 잡고 다니신 거잖아요. 제 생각에는 사무총장이 거기까지 내다보고 한 처사가 틀림없어 보여요. 이참에 확실하게 처리하지 않으면 저도 이 모임을 다시 생각해봐야겠어요."

"그러기에 이렇게 의논을 하자는 거잖아요."

강 총재는 직무유기란 말에 좀 날카로워진 목소리를 내뱉고 말았다. 그러자 변 총재가 말을 받으며 '우리까지 싸우면 누워 침 뱉는 격이니 진정합시다. 국제부인회의 대외적인 체면을 생각해서라도.'라며 우리 선에서 마무리를 짓고 넘어가야 한다며 숙의할 것을 제안했다.

그럴 즈음 그녀는 국제부인회 사무총장의 자격으로 다른 시민단체 사무총장 몇 명과 유기농식당으로 정평이 나 있는 한 식당에 모였다. 그것은 '함께 사는 시민연대' 발족을 위한 준비 모임이었다. 뜻을 같이 하는 시민연대가 하나로 뭉쳐 투쟁하는 것이 사회정의 구현과 세 확장에 중요하다는 것이고 투쟁을 강화시킬 수 있다는 논리에서였다. 시장을 도와 선거에 이기기는 했어도 자금 지원이 한계점에 도달했기 때문에 자금 모금이란 큰 틀에서 투쟁의 방법을 다시 도모 할 필요가 있었다. 그것은 쪼개져 있는 단체를 하나로 묶어 자금을 공동으로 사용한다면 당연히 배가 된 효과를 내보일 것이기 때문이었다. 자금 동원을 위한 온건 노선의 단체와 강화된 투쟁을 전문으로 하는 단체로 팀을 나누는 것이야말로 현시점에서 가장 해 볼만한 계획이었다.

광우병, 세월호 파동은 그들이 본받아야 하는 교과서 같은 투쟁이었다. 그와 같은 국민적 데모를 기획하기 위하여 무엇보다 필요한 것이 자금이었다. 그러기 위해 수단방법을 가리지 않고 자금을 끌어 모으는 데 온 힘을 바쳐도 부족하다는 각오와 혁명의식을 키우고 총괄기획팀은 단체의 성격을 따지지 말고 교회가 성도들을 전도해 오듯이 매달려야 하며 가능하면 중소기업의 노조와의 공조를 다져야만 한다고 했다. 물론 작전 팀도 죽음을 각오하고 밀고 나갈 준비를 공고히 해서 세종시에서 광우병이나 세월호 파동 같은 사건을 만들어 내야만 우리의 과업이 전국적으로 높이 설 수 있다. 때문에 우리의 정체성을 확립할 때까지 합숙훈련을 월 1회에서 월 2회로 늘릴 것을 결의했다. 전국 광역시도 중에서도 우리 세종시는 특별자치시란 점을 잊지 말고 우리의 과업을 새롭게 헤쳐 나가자는 결의를 다짐하며 모임을 마쳤다. 마치 비밀결사대와 같은 그날의 모임에서 그녀는 기획총괄팀의 일원으로 재정부장을 맡아보기로 의견이 모아졌다.

그것은 국제부인회의 외적 성격이 세인의 눈치를 의식하지 않아도 좋은 단체라는 것이며, 긴급자금동원의 원만한 조건도 갖추고 있기 때문이었다. 결국 그들의 전술전략에 그녀가 이용되는 것임을 모르지는 않았지만 그녀는 그녀대로 생각하는 바가 있었기에 수락한 것이었다.

산에 가면서 멧돼지가 나올까 걱정하는 강박관념처럼 무서운 적이 없다는 생각을 했지만 그녀는 이제 겨우 얻기 시작한 한 계단 높아진 삶을 놓치고 싶지 않았다. 결코 더 이상 궁상을 떨던 과거를 되풀이하며 살 수는 없었다. 그녀는 애써 오늘의 모임의 성격이 평소 금기처럼 대해왔던 종북노선의 언저리에 있는 모임이라 생각을 절하고 있었다. 다만 삶은 싸워 쟁취해야 한다는 말엔 절대적으로 동감하고 있었다. '그래, 꿩 잡는 게 매야'를 갖다 붙이며 잘 살아보려고 제비 다리를 부러트린 놀부를 굳이 욕할 필요는 없다고 생각했다. 명예를 얻으며 실속을 놓치는 속빈 강정 같은 변 총재나 강 총재의 역할엔 관심이 없었다. 그런 짓은 나이 먹고 늙기 전에 실속을 채운 후에 해도 늦지 않을 것이었다.

그런 면에서 함께 사는 시민연대는 그녀에게 가장 믿음직한 후견단체라 여기게 되었다. 꿩 먹고 알 먹는 격인 단체에서 가장 중요한 돈줄을 쥐고 있다는 사실에도 나름 희열을 느끼고 있었다. 국제 부인회 같은 작은 단체의 일쯤이야말로 그들의 말 한마디면 끝낼 수 있다고까지 생각하게 되었다. 그런 생각을 하게 된 것은 우선 그들이 출현한 자금이 모두 1억이 훨씬 넘었기 때문이었다. 여차하면 잠시의 유용도 가능했다. 비록 내 돈은 아니어도 내게도 이젠 돈도 있고 힘도 있다는 생각이 들자 한결 위안이 되고 속이 든든했다.

남편은 남편대로 인쇄소 일을 잘 꾸려가고 있었다. 밤낮 없이 중노동에 가까운 일을 하면서도 싫은 내색하나 없는 남편에 대해 처음엔 미안했지만 이젠 그것이 남편의 팔자에 걸맞는 일이라고 그녀는 믿고 있었다. '사람은 모두 자기 팔자대로 살게 마련인 계급사회다'라 갖다 붙이며 스스로 정당화시켰다. 인생에서 이미 지나가버린 구차했던 삶은 잊어버리자. 이제부터라도 남은 삶은 짧지만 굵고 멋지게 살아야한다. 자신이야말로 투쟁에 앞장서야 한다고 생각하며 집으로 가면서도 참으로 오랜만에 집에 들어가는 것 같은 느낌이 들었다. 남편과 잠자리를 가져본 것이 언제였나 싶었다. 오로지 가정을 위하여 죽을 둥 살 둥 일에 매달리는 남편에게 잘해주고 싶다는 생각이 들었다. 서울에서 대학에 다니는 아들의 밑반찬을 보낸 것이 언제였었나 기억이 나질 않았다. 좋은 엄마는 아니어도 적어도 엄마 역할은 했단 소리는 듣고 싶었다.

현관문을 열자 썰렁한 냉기가 그녀를 맞았지만 아들에게 보낼 밑반찬 몇 가지를 만들다보니 자정이 되어갔다. 그녀는 창문을 열어 반찬 냄새를 빼는 동안 실로 오랜만에 남편 마중을 나가보기로 했다. 엘리베이터에서 내리며 시계를 보니 벌써 자정이 다 됐다. 아파트 현관 계단을 막 내려서려는데 승용차 라이트 불빛이 방향을 돌리느라 포물선을 그렸다. 능숙하게 후진하는 솜씨로 보아 남편이 틀림없었다. 남편을 놀래줄 생각으로 잠시 우편함 그늘에 몸을 숨겼다. 그런데 시간이 지나도 남편이 나타나지 않았다. 잘못 짚었나 싶어 아파트 현관 밖으로 나가려던 그녀는 자신의 눈을 의심했다. 틀림없는 남편의 차인데 자동차 안에서 남녀가 끌어안고 격렬한 키스를 하는 모습이 비쳐졌다.

잠시 현기증을 주체하지 못하고 현관 벽에 기대어 있던 그녀가 어찌해야 좋을지를 몰라 망설이고 있을 때 남편의 차가 다시 아파트를 빠져나가고 있었다. 남편이 내리지 않고 함께 나간 것이다. 누굴까? 어떤 여자기에 집에까지 데려왔다가 도로 나가는 것일까? 도무지 종잡을 수가 없었다. 그녀는 핸드폰으로 단축키를 눌렀다.

"웬일이야? 무슨 일이 있어?"

남편은 걱정된다는 투로 물어왔다.

"어디야?"

그녀가 간신히 '어디냐'를 물었을 때 언뜻 자동차 엔진 소리 비슷한 소음이 들리는 것 같았다.

"어디긴, 사무실이지, 잠깐 바람 좀 쏘이려고 베란다에 나왔어. 아무래도 하청 준 것 때문에 확인 차 한 바퀴 돌아야 할 것 같아. 먼저 자요. 두어 시간 뒤에 들어갈 테니까."

그녀는 둔기로 뒤통수를 맞은 듯 멍한 느낌에 주저앉아 일어서

질 못했다. 한 번도 상상해보지 못했던 남편의 불륜 장면과 시치미까지 떼며 말하는 남편의 이중성에 놀란 것이다. 결혼 이후 잘 살아보겠다는 일념 하나로 살아오면서 이 같은 남편의 다른 모습을 보리라고는 예측조차 못 했기 때문이었다. 억장이 무너져 내려앉는다는 말이 바로 이런 것이구나를 절감하며 기다시피 집으로 들어왔다.

밤잠을 설치고 난 그녀는 서둘러 목욕탕과 미장원을 다녀와 오늘 스케줄을 챙겨보았다. 함께하는 시민연대의 투쟁은 꼭 보고 싶었다. 그리고 국제부인회의 총재들을 만나 해결할 일을 생각하며 보기 좋게 싸워 이기리라 마음먹고 아파트를 나왔다. 생태계 보호를 위한 시민연대의 연좌데모와 이를 저지하기 위한 경찰병력으로 시청 앞 광장은 인산인해를 방불케 했다. 말이 생태계 보호일 뿐 실상은 투쟁 자금을 뜯어내기 위한 시민연대의 계획적인 수단임을 그녀는 알고 있었다. 그녀가 빙그레 의미 있는 미소를 숨기며 사람들 틈을 비집고 나가려는데 시청 간부와 경찰 지휘관이 함께 있다가 그녀와 마주쳤다.

"아니, 김 총장님이 어떤 일로 이 험한 곳으로 나오십니까?"

"네, 시장님과 면담 약속이 있어서요. 국제부인회 행사로 의논할 일이 있거든요."

"오늘은 어렵겠네요, 보시다시피 난리가 났잖아요. 좀 있으면 시장님이 타협을 위해 나오실 겁니다."

그녀는 할 수 없다는 표정을 지으며 그들에게 수고하시란 말을 남기고 돌아섰다. 오늘의 투쟁을 위한 자금을 그녀가 지출했었기 때문에 시장을 만날 수 없음을 짐작하고 있었지만 투쟁 현장을 보고 싶은 마음에 나왔던 것이다.

커피숍 모던에는 국제부인회의 변 총재와 강 총재가 그녀를 기다리고 있었다. 그녀가 들어서자 강 총재가 급히 입을 열었다.

"김 총장, 거두절미하고 국제부인회에서 손을 떼 줘야겠어."

"강 총재님! 저한테 사무총장을 맡아달라고 사정할 땐 그냥 부려 먹겠단 생각은 아니었겠지요? 데려갈 땐 언제고 이제 써먹을 만큼 써먹고 보니 필요 없어졌단 말인가요? 결국 토사구팽 시키려나 본데…."

강 총재는 그녀의 말을 듣자니 부화가 끓어올랐다. 게다가 적반하장인 주제에 협박성 발언까지 해대는 꼴에 심사가 뒤틀렸다.

"얘, 용희야! 토사구팽이란 말은 그런 때 쓰라는 말이 아니야."

"그러지 말고 강 총재 말대로 해라. 사건을 크게 키우지 말고. 네가 지금 법적으로 따질 입장이 아니잖니?"

변 총재가 나서며 그녀를 달랬다. 그러자 강 총재가 통장 사본을 그녀 앞으로 밀어 놓으며 말을 이었다.

"김 총장, 그동안 국제부인회 일로 수고한 점은 백번 감사하게 생각하마. 그래서 우리가 의논 해봤는데 말이야. 이 상황에선 네가 스스로 나가는 것이 우리 모두에게 원만한 방법일 것 같다."

"그럼 그동안 내 노고에 대한 보상은 어쩔 작정이세요? 이건 착취죠."

드디어 그녀의 입에서 일반적이지 않은 용어가 튀어나왔다. 토사구팽이란 말도 역겹든 판에 변 총재와 강 총재는 돌연한 그녀의 말에 어안이 벙벙했지만, 현 총재로써의 책임감 때문에 강 총재가 입을 열지 않을 수 없었다.

"얘, 용희야. 착취라니? 너 정말 안 되겠다. 네가 지금 공금을 횡령하고 또 마음대로 유용해 놓고서. 적반하장도 유분수지. 뭐, 착취? 그걸 말이라고 하냐?"

"언니! 노동법에 의하면 최저임금을 지불하지 않고 일을 시키면 어떤 처벌을 받는지 알기는 해요? 형부가 다음 총선에 나오지 않는다면 또 몰라도 그렇지 않다면 나한테 이러면 곤란할 걸요."

두 사람의 말은 그야말로 삼천포로 빠지고 있었다.

"야! 너 지금 뭐라는 소리야? 우리 일에 내 남편은 왜 끌어들이고 허튼 수작을 부려? 얘가 큰일을 내도 보통 큰 일 낼 얘가 아니네, 언니 들었죠? 얘가 지금 우리를 협박하고 있잖아요. 너, 내가 그간의 정을 봐서 참으려 했는데 네 남편이나 단속 잘해. 어디다 대고 수작이야, 수작이."

"아니, 내 남편이 어때서? 늙은 남편하고 살다보니 뭐가 잘 안돼요?"

"얘가 그런데 뭘 몰라도 깜깜 절벽이로구나. 네 남편이 여직원하고 바람난 거 알만한 사람은 다 아는 얘기야. 이거 왜이래."

두 사람의 얘기가 본질을 벗어나고 있었기에 변 총재가 뛰어들었다. 서로 사적인 얘기는 피하고 공적인 얘기를 매듭지어야 한다며 그녀에게 절충안을 제시했다.

"그러지 말고 이렇게 하자. 사무총장을 봉사직이라 생각하지 않는 모양인데, 좋다. 그렇다면 네가 채워 놓아야 할 돈을 그동안의 급여와 보너스라고 하자. 통장은 현 총재와 내가 의논해서 정리할 테니 오늘부로 사직원을 제출하고 깨끗이 물러나라. 어떠냐?"

급여에 보너스를 합한다 해도 채워놓기 힘든 돈을 대신 변제해 준다니! 총재의 씀씀이는 역시 대단하다는 생각이 들었다. 그렇다고 당장 그만둔다고 하면 자신의 체면이 말이 아니겠기에 생각할 시간을 달라며 자신의 임기까지는 버텨볼 심신으로 어깃장을 부려보았다. 처음으로 느껴본 투쟁의 의미를 조금이나마 알 것 같았다. 시민연대 사람들과의 접촉으로 인한 세뇌가 그녀를 잠식하고 있는 것이었다.

"이번 주는 제가 좀 바쁘고…."

"네가 엉뚱한 생각을 하는 모양인데, 안되겠다. 강 총재! 연락해서 아까 준비한 고소장을 지금 바로 경찰에 접수시키라고 해요."

강 총재가 대답하며 핸드폰을 꺼내 전화를 걸자 그녀는 사태의 심각성을 직감했는지 '알았어요. 제가 지금 사퇴서를 쓰면 되잖아요.' 하며 황급하게 말을 했다. 아직 빨간 물이 덜 들었거나 아니면 삶의 경륜이 모자란 것이었다. 결국 사직서를 쓰고 도장까지 찍고서야 그 자리에서 나올 수 있었다.

그녀는 커피숍 모던을 나오면서 이 수모를 언젠가는 꼭 되갚아 주겠다는 듯이 입술을 깨물었다. 그리고 우선 해결해야 할 문제를 위해 인쇄소를 향해 차를 몰았다. 자신과 가정을 배신하고 바람을 피운 남편을 요절내야 했다. 그녀가 함께 사는 시민연대와 같은 위험한 단체와 손을 잡아가며 목숨을 걸고 키워온 인쇄소였다. 이곳으로 회사를 옮겨오기까지 참으로 엄청난 투쟁을 벌였었기에 그녀는 회사에 올 때마다 사실 감개가 무량했었다.

늘 하던 대로 현관 벽에 손바닥을 대고 '너는 내꺼야'를 속으로 다부지게 부르짖었다. 엘리베이터를 타려는데 여러 명의 남자들이 푸른색 이사용 박스 여러 개를 들고 내리고 있었다. 어느 사무실이 이사를 나가는 모양이라고 생각하며 엘리베이터가 비기를 기다렸다가 사무실에 들어갔다. 짐작이 가는 여직원을 사장실로 불러들이려는데 나이어린 다른 여직원들이 자리에 앉지도 못하고 울고 있었다.

"무슨 일 났어?"

그녀는 윽박지르듯 사무실 분위기를 휘어잡으며 여수 같은 여직원을 향해 소릴 질렀다.

"너 이리 들어와 봐."

오늘의 사건이 자신들의 부주의로 인해 벌어지기라도 한 것처럼 생각하고 있는 직원들이었다. 된서리 같은 매서운 말에 기가 질렸는지 개 끌려 들어오듯 사장실로 들어선 경리직원이 급한 말을 전했다. 조금 전 국세청에서 나와 장부란 장부와 통장이며 컴퓨터와 디스켓까지 모조리 쓸어갔다는 것이었다. 뿐만 아니라 사장님은 국세청 사람들 오기 한 시간쯤 전에 경찰에서 연행해 갔다는 것이었다. 마음 같아선 머리채를 휘어잡고 요절을 내려는 판이었는데 아닌 밤중에 홍두깨 같은 말에 다리가 풀려 소파에 쓰러질 듯 주저 앉고 말았다. 짐작할 수조차 없는 태풍과 같은 사건이 터진 것이기 때문이었다.

다음날 새벽에서야 남편은 초죽음이 된 상태로 현관에 들어섰다. 얄밉고 억울한 생각을 하면 집에 들여놓고 싶은 생각이 손톱만큼도 없었지만 일이 일인 만큼 물 한 컵을 떠다 테이블에 놓았다. 남편은 소파에 쓰러져 앉으며 '국세청 세무사찰이야'라며 눈을 감았다.

"물이라도 마셔요. 누가 찔러 박았대?"

"A학교에서 일이 터져서 검찰에서 조사받고 나와 보니 사무실은 이미 국세청에서 싹 쓸어 갔더라고. 이제 우리는 망했어. 아마 당신 도 내일 쯤 부를 거야."

"부를 테면 불러보라지. 편파수사라고 떠들어대면 지네들이 어쩔 거야?"

"꿈도 꾸지 마. 이미 다 알고 있어. 여기가 시민단체 사무실이야? 당신이 간이 부어도 너무 부었어. 그러기에 그렇게 나대지 말랬잖아! 암탉이 울면 집안이 망하는 거야, 이 바보야!"

"그래서 너는 그렇게 잘 나서 그년을 끼고 놀았냐? 이 날강도 같은 놈아!"

"뭔 얘기야, 여편네가 집안을 내 팽개치고 나도는 주제에. 내가 무슨 집지키는 개새끼냐! 집구석에 들어오고 싶어야 사는 맛이 나는 거지. 시거든 떫지나 말아야지. 개구리가 올챙이 적 생각을 못하면 미꾸라지처럼 냇물에 흙탕물이라도 만들지 말아야지. 피카소가 찢어 붙여야 작품이고 돈이지 당신 같은 사람이 찢어 붙이면 넝마밖엔 되는 게 없는 거야, 이 등신아. 찢어 붙일 걸 붙이고 다녀야지."

남편은 밤샘 조사에 지친 몸을 위로 받기는커녕 별거 아닌 스트레스를 해소한 걸 가지고 트집을 잡는 그녀의 태도에 정나미가 떨어진다는 듯이 자리를 박차고 나갔다. 그녀는 현관문을 밀고 나가는 남편을 향해 물컵을 집어던지며 외쳤다. 물컵은 닫치는 현관문에 부딪쳐 산산조각으로 박살이 났다.

"야 너도 남자냐! 의식이 있어야지, 의식이. 재수가 없는 년은 뒤로 넘어져도 코가 깨진다는데."

그녀는 자신을 옭아매고 있는 일련의 현상들이 기득권의 못된 갑질이라 여겨져 도저히 참을 수가 없었다. 벌겋게 충혈된 눈을 부릅떠가며 이해할 수 없는 말들을 악쓰듯 쏟아냈다.

"니네가 있으면 얼마나 있는데, 한자리 한다는 놈들은 수십 억씩 해먹고도 떳떳한 세상에서 쥐꼬리만 한 걸 가지고 치사하게. 한 번만 뒤집어지면 나도 니네들 작살 낼 수 있어."

*콜라주 collage는 원래 풀칠하다라는 프랑스 말인데, 화면에 잡지, 신문지, 나무조각 등을 붙여 작품을 돋보이게 하는 미술기법으로, 피카소, 부라크 등이 많이 사용하였기에 현재는 국제적인 용어이다.

# 꿈의 바람꽃

정명희 단편소설

사금파리

1

인생은 경우에 따라 아무렇게나 굴러다니는 사금파리
와 같은 존재일 수도 있다.

내가 그를 처음 만난 것은 한 20~21년쯤, 아무튼 꽤 오래되었다.
계룡산 동학사 쪽의 학봉리 근처였던 것 같다. 내가 분청에 관심을
갖게 되면서 계룡분청鷄龍粉靑의 흔적이라도 보고 싶었던 시절이었
다. 그렇다고 내가 도자기와 인연 있는 사람은 아니다. 다만 우리
얼이 깃든 도편陶片인 사금파리가 많이 나오는 곳을 알음알음으로
찾아 만져볼 수 있었으면 하는 가벼운 마음이 등산을 시작하게 했
고 그 때문에 그와 만나게 된 것이었다.

분청은 대략 15~16세기로 추측되며 요지로는 공주의 계룡산요鷄
龍山窯가 가장 대표적이다. 이 분청사기粉靑沙器를 우리는 흔히 분청
이라 말하는데 분청 중에도 철화분청鐵畵粉靑을 으뜸으로 치며 이런
것들을 대충 싸잡아 계룡분청이라 부른다. 이 철화분청은 그릇에
백토를 분칠하고 마른 후에 철사로 초화문草畵紋이나 조어문鳥魚紋
등을 장식한 것을 말한다. 특히 물고기류는 쏘가리를 상감하거나
철화로 그린 것들이 거의 대부분인데 현대적으로 보아도 전혀 손색
이 없을 정도다. 이렇게 생활 속에서 관찰하고 찾아낸 문양들이야

말로 서민적 풍취가 가슴에 와 닿는 것만 같다. 이것을 놓고 어떤 학자는 당시 유학 중심의 사회 상황에서 볼 때 억불정책의 일환으로 묶으려는 것은 좀 과해 보인다. 물론 학자들마다 소견이 다르긴 해도 일반 서민들은 그저 생활 속에서 경험하고 인지한 습성이 그대로 작업에 스며들기 때문일 것이다. 이는 청대淸代 제백석齊白石이 작품에서 새우를 그린 것이 많은 편이었는데 이를 두고 종교적이라거나 반상과 신분에 대한 저항으로 보는 학자는 별로 없는 것만 보아도 그렇다. 제백석도 빈민계층 출신으로 어려서는 목공이었다. 현재 예술의전당 서예관에서 특별전을 하고 있기 때문에 짬을 내어 가보려던 참이다. 또한 도공이건 화가건 일반적으로 저항의식보다는 승화의식이 앞서는 것은 본능에 가깝다.

그는 유모어를 아는 도예가다. 그것도 마구잡이가 아닌 대학에서 도자교육을 제대로 받은 엘리트급의 작가다. 국전초대작가나 전승공예가는 아니었지만 한때 대학교수로 후학을 지도했었으며 독자적으로 가마를 개설하고 운영하며 유망 작가로 주목받던 사람이었다.

그런 그가 공주 학봉리에 작은 가마였지만 조촐한 가마를 열고 분청의 현대적 해석을 통한 새로운 작업을 하며 우리의 얼을 되살리려는 피나는 노력이 남다르던 때였다. 나는 그런 그에게 끌려 자주 학봉리의 대로요待露窯를 찾았고, 그와 대화하며 술 한 잔을 놓고 마주앉아 전통과 현대의 괴리를 풀어내고자 하는 그의 고뇌에 공감했었다. 이슬과 술과 허무가 흐르고 청화분청의 맛이 올곧게 나타나기를 갈구하는 염원이 녹아 있는 곳이 대로요일 것이라는 자신감이었다. 그의 말을 들었을 때 내가 입에서 나오는 대로 '나대로 하겠다는 말이 군요'하자 그는 웃으며 머리를 끄덕였다. 그의 성씨가 '나'씨임을 감안하면 '나대로' 자신의 염원을 발원하고 승화 시키는 가마라는 뜻인 것이다. 그의 우직하면서도 절실한 욕망이 고스란히 배어있음을 알 수 있는 이름이었다. 그런 천생 예술가일 수밖에 없는 사람에게 반하지 않았다면 내가 이상한 사람인 것이다. 누구든지 사람들의 입을 통해 염원이 만 번만 회자되면 그 꿈이 이루어진다는 말이 사실이면 좋겠다는 생각을 했다.

그 나상규 선생이 소재동 구 철도관사촌의 골목에서 '도편재陶片齋'란 합죽선 닮은 간판을 걸어놓고 깨진 도자기의 사금파리 조각에 은장식을 가미한 액세서리 가게를 하고 있었다. 이곳은 시가 전주 한옥마을을 벤치마킹하여 구 시가지를 활성화할 목적으로 지목한 사업지구였다. 일제강점기의 뼈아픈 과거를 고스란히 간직하고 있는 소위 적산가옥 촌이었기 때문일 것이다. 그러나 오랜 세월 방치해왔었기에 보존도가 빈약했고 훼손 될 대로 훼손 된 곳이 많았다. 여기에 시가 전주 한옥마을처럼 예산을 투입했었어야 했음에도 불구하고 민간사업을 유도한다는 허울 좋은 구호로 인해, 일제강점기의 생활상을 체험하는 사업지구란 명분만 존재할 뿐 실패한 것이나 다름없는 곳이다. 말만 앞세웠지 쥐꼬리만도 못한 지원으로는 민간사업자들의 관심을 끌 수 없었기 때문이고, 그나마 몇몇 그 시절의 향수를 찾을 만한 가옥들을 제외하고는 상가가 서로 이어지지를 못했다. 처음부터 왜색풍이 짙게 풍겨서 오히려 일본 관광객들이 몰려들도록 입소문이 나게 꾸몄어야 했던 것이다. 이렇게 이 빠진 것처럼 조성된 거리는 오히려 더 을씨년스럽다는 편이 옳다.

　최소한 골목 하나만이라도 본보기로 지원하고 꾸몄어야 했다. 그 백여 미터를 복원하지 못한 골목 끝에 '도편재'가 있었다. 내가 여기까진가 보다 하고 돌아서려는데 발길을 잡은 것은 어색하게 꾸려놓은 판자울타리 때문이었다. 제대로 된 그 시대의 판자울타리라면 판자와 판자를 댄 이음자리를 쫄대라는 좁은 판재로 덧대어 놓아야 한다. 그런데 이 판자울타리는 판자와 판자를 겹쳐가며 만들었기에 적산가옥의 맛을 살려내지 못한 것이었다. 물론 경비절약이라는 차원에서 부지불식간에 국적 없는 울타리가 되고만 것일 게다. 그래도 혹시나 싶어 판자울타리의 모퉁이를 돌아서자 전봇대 하나쯤 앞에 오래되어 퇴색한 '리발소'라는 간판에 '도편재'란 간판이 대롱대롱 매달려 있었다. 다가가 보니 이발소자리에 차린 가게에 시골 송방 비슷하게 상품들을 진열해놓은 것이 보였다. 간판으로 쓴 목판은 개다리소반류의 상판에 흰 페인트로 직접 쓴 것이었고, 아마도 리발소란 옛 간판을 그대로 둔 것은 홍보상 더 유리했기 때문일 수도 있겠다 싶어보였다.

　미닫이 가게 유리문은 초등학교 시절의 교실 문을 연상시켰고 슬며시 열어보니 문이 열렸다. 문이 잠겨있지 않은 것으로 보아 주인은 근처에 있을 터였다. '계십니까?'를 두어 차례나 하고 들어가 가게 안을 살피니 딱 시골 장마당과 다르지 않아 보였다. 이발소로 쓰였던 곳에 베니어판 한 장으로 들마루를 만들고 그 위에 울타리를 하고 남은 판자를 반으로 켜서 구분을 지어놓은 다음 흰 페인트를 덧칠한 좌판이었다. 덧칠한 위에 창호지를 깔고 청자와 분청과 백자편을 이용해 만든 여러 가지 액세서리들을 늘어놓은 것이 전부였다. 자세히 살펴보니 꽤 신경써가며 만든 솜씨가 여간이 아니다. 길바닥에 굴러다닐 사금파리였을 도편에 생명을 불어넣은 솜씨는 전문적인 안목을 가진 사람에게서나 가능한 것이었기 때문이었다. 도편에 은장식을 붙여 만든 솜씨도 금속공예를 해본 솜씨가 역력했고, 도편을 고르지 않고는 찾기 어려울 만큼의 맛스런 색감을 골라 만든 것이 분명했다. 굴러다니던 사금파리를 마구잡이로 만든 게 아닌 공들인 마음의 흔적이 여실하게 느껴졌다. 브로치, 목걸이, 넥타이 핀, 와이셔츠의 카우스보턴과 넥타이 대용 목걸이 등 자질구레한 용품들이 눈길을 끌고 있었다. 그리고 좌우 벽면으로는 도자기요의 사진을 벽면 크기로 실사하여 가득 채웠기에 적산가옥 냄새를 읽을 수는 없었지만 이발소 현관문과 천정에서 풍기는 분위기로도 고풍스러웠다.

안채로 통하는 열린 문 사이로 마당이 보였다. 그러니까 판자울타리의 뒤편이 마당과 채소를 심은 텃밭이었던 것이다. 텃밭에는 상추와 고추 시금치, 근대, 아욱 그리고 토마토와 가지 등이 잘 자라고 있었고 판자울타리로 오이와 호박넝쿨이 소담스럽게 자라 올라타고 있었다. 마당 끝 쪽으로 등나무가 집 후원으로 이어지며 두어 평 넓이로 운치를 자아낸다.

적산가옥의 안채 규모는 잘 파악되지 않았지만 우리의 초가삼간처럼 방 두 개에 부엌과 화장실이 구비되어 있을 것이다. 마당 쪽으로 네 쪽의 마루창문이 있는 것으로 보아 적산가옥에 흔한 긴 마루가 있을 것이다. 그러나 우리 풍습으로 보아 화장실은 집 뒤편 그러니까 등나무가 마주보이는 골목 쪽 울타리에 붙여 옮겨졌을 게 뻔했다.

그렇게 내심 안채의 구조를 상상하고 있는데 그가 안채에서 나왔다.

"안녕하세요? 문이 열려있어서 그냥 들어와서 구경을 합니다."

"괜찮아요. 제가 잠시 볼일이 좀 있어서 집안에 있었습니다. 뭐 맘에 드시는 거라도 찾으셨나요?"

"여기 이 액세서리들을 직접 만드셨나요? 모두 도편인가요?"

내가 멋쩍은 분위기를 털어내려고 브로치 하나를 집어 들고 물었을 때 그가 조심스레 말을 꺼냈다.

"저 혹시 심 원장님이 아니신가요? 외과병원하시는."

나를 아는 사람일 것이라는 생각을 전혀 하지 않았었기 때문에 당황하지 않을 수 없었다. 잠시 좌판을 향해 구부렸던 허리를 펴면서 숨을 달랜 후 그를 살펴 볼 수 있었다.

"누구신지? 나 선생? 아니, 형님이 아니십니까. 오래 못 뵙는 동안 형님 얼굴도 몰라보다니 미안합니다. 그나저나 그사이 나이가 들어 그런지 많이 늙어 보이네요. 어떻게… 여기서 사시나요?"

나는 말을 아꼈다. 그의 모습에서 고생한 흔적을 읽었기에 가능하면 상처를 건드리지 말아야겠다는 생각에서다. 그러나 그를 본 첫인상에서 느낀 바로는 범상찮은 사건들이 있었음을 짐작할 수 있었다.

"놀래셨죠?"

"네 제가 형님도 진작 알아보지 못하고 미안해요. 그래 그동안 어떻게 지내셨기에 소식 한번 없으시고 저도 연락을 드리진 못했습니다만. 아무튼 이렇게 다시 뵐 줄은 생각도 못 했네요."

나는 솔직히 그에게 죄 진 일은 없었지만 당황하고 있었다. 지난 날 학봉리에서 그의 가마가 남의 손에 넘어가는 것을 알았을 때 그를 찾으려는 노력을 하지 않은 것은 사실이었기 때문이었다.

"아닙니다. 내가 연락을 드렸어야 했는데 얘기가 길어지네요. 괜찮으시면 잠시 안채로 들어가실까요?"

"아뇨, 폐가 될 것 같고 또 빈손으로 왔는데."

"무슨 그런 말씀을 일이 너무 꼬이는 바람에 정신이 너무 없었거든요. 결국 제가 못나서 사기를 당한 것이죠, 누구를 탓할 수도 없어요."

나는 그제서야 어렴풋이 정황을 짐작할 수 있을 것만 같았다. '사기를 당하고 만 것이죠'란 그의 자조에서 모든 것이 풀렸기 때문이었다.

## 2

그가 학봉리 분청사기 가마터를 발견하고 내게 찾아와 도움을 청하며 투자할 것을 권했을 때만 해도 그는 젊어 보였었다. 서울의 큰 대학은 아니었지만 그래도 대학교수로 제법 이름이 알려진 작가였다. 그러던 그가 어차피 도자기에, 그것도 분청에 평생을 바칠 각오가 되어있는 사람이었기 때문에, 학교를 일찍 그만두고 분청에 목숨을 건 이상 시간을 허비할 필요가 있겠느냐며 계룡산 일대를 수소문했었다. 결국 학봉리의 가마터를 발견하게 되었고 마땅한 땅까지 찾은 다음부터는 다급해진 것이 분명해 보였었다.

그가 새 터에 정착하면서 2년이 좀 지났을 무렵 나와의 첫 만남이 있는 것으로 기억한다. 나도 가끔 도편을 찾는 즐거움으로 그곳에 갔었는데 거기서 그를 만난 것이 인연이 되어 오늘에 이른 것이다. 서로 마음이 통해 나는 다섯 살이나 위인 그를 형님으로 부르며 한 달에 두어 번씩 찾게 되었고, 이따금씩 가마에서 잠을 자기에 이르렀을 때쯤 가마 옆의 임야가 매물로 나왔다. 대전이나 유성, 공주와도 매우 가까운 거리였기에 전원생활의 작은 꿈을 키우던 내게는 솔깃한 정보가 아닐 수 없었다. 게다가 매물로 나온 임야의 땅값도 생각보다 싸게 나왔었다. 하긴 그 때만 해도 그곳을 전원주택지로 여기는 사람은 별로 없었기 때문일 것이다.

그는 내게 집을 짓고 들어오지 않더라도 땅은 거짓말을 하지 않으니 사두면 그 값을 할 것이라며 은근히 구매를 부추기는 눈치였고, 마침 여유자금이 있었던 터라 그의 말대로 매입했다. 아파트 전세 값의 절반도 채 되지 않는 돈이었기에 그대로 놔뒀다가 10년 쯤 뒤에나 집을 짓든지 아니면 재활용을 해도 늦지 않겠다 싶었던 것이다.

그 일이 있은 후 몇 개월이 흘렀다. 나는 친구와 병원을 병합하여 규모를 키우기로 했기 때문에 여러모로 바쁜 일정을 소화하느라 한동안 그를 잊고 지냈었다. 어느 날인가 부동산 사무실에서 사람이 찾아왔다는 전갈을 사무장에게 들었다. 나는 그제서야 사무장에게 땅을 구매한 자초지종을 설명 했었다. 부동산 사무실 직원은 그 땅을 자신들에게 전매할 의향을 물어왔다. 이유는 그곳 일대를 도에서 도자기체험마을로 지정하게 됐는데 자기들이 그 일대를 일괄하여 정비하려고 한다는 것이었다. 때문에 관심이 있으면 개발에 함께 참여할 수도 있다고도 했다.

나는 일이 잘 되려니 복이 넝쿨째 굴러오는 수도 있 구나를 생각하는데 사무장이 잠시 병원일로 5분 쯤 전화를 하고 오겠다며 조금만 기다려 달라며 자리를 비웠다. 10여 분이 지났을까? 사무장이 들어와 앉으며 '원장님 병원일도 있고 하니 그냥 파시죠.'라며 뜬금없는 말을 했다. 나는 사무장의 표정에서 무언가 감을 잡은 것이 있는 것이로구나를 직감했기에 그날로 땅을 처분하기로 하고 일체 사무적인 것은 사무장에게 맡겼었다.

사무장의 얘기로는 도청에 있는 친구 편에 알아보니까 도자기체험마을 계획은 있지만 아직 결정된 바 아니며, 진행한다 해도 민간

업자에게 맡기는 일은 없을 것이라는 것이다. 만약 계획 이행이 발생할 시엔 최소한 5만 평 이상이어야 단지가 형성되고 또 토지수용령을 내려 투기를 전면적으로 차단한다는 것이었다. 때문에 괜히 투기업자의 꼬임에 현혹되지 말라고 했다는 것이다. 마침 그 부동산에서 자신들에게 팔면 손해는 없게 해주겠다는 바람에 선뜻 계약을 했었다. 비록 큰 차익은 아니어도 괜찮겠다는 사무장의 의견도 있었기에 매각한 것이다.

그 후 두어 달쯤 지나 겨울의 문턱일 때 나는 그의 가마를 찾았었다. 그와 의논 없이 그 땅을 판 것이 미안했었기에 차라도 나누고 싶었던 것이다. 그러나 그곳은 이미 전원주택 마을처럼 경지정리가 되고 있었다. 시공 책임자를 만나 물어보니 그에 대해선 모른다고 하고 자신도 정지작업만 맡았을 뿐 아는 바가 없다는 것이었다. 때문에 그 후 서로 연락이 두절된 채 오늘에 이른 것이었다.


3

"그래 형님은 어디서 무얼 하며 사셨나요?"

안채 그의 방에서 차를 마시며 미안한 감정도 없지 않았었지만 궁금한 것이 한두 가지가 아니었다.

"심 원장님, 미안한 건 나지요. 같이 지내자고 말을 해놓고 책임을 지지 못했으니까요. 그러나 그때 잘 파신 거죠. 그렇지 않았으면 지금 나처럼 얽혀들어 몽땅 떼었을 테니까요. 원장님이야 큰돈이 아니었겠지만 저는 전 재산을 처박은 터였으니까요."

"그랬었군요. 제가 미리 연락을 취했더라면 좋았을 것인데 미안해요."

"아니에요, 저도 도청에 다 알아보고 했었는데 그랬었음에도 불구하고, 빨리 자리 잡고 싶은 마음에 그만 사실은 원장님 땅도 내가 샀었죠. 원장님께 애길 했었으면 사신 가격에 주셨을 텐데. 내가 돈에 눈이 어두운 사람으로 보이는 것도 싫고 또 원장님께 부담 드리기도 뭣하고 해서. 사실은 아내와 상의를 해서 서울 집까지 팔아 쏟아 부었었죠. 사건 이후 아내와 애들을 처갓집에 보내놓고 나는 20여 년이 넘게 도둑질 빼놓고는 안 해본 일이 없을 정도로 거칠게 지냈지요. 마치 이방인처럼 이제, 그 애긴 그만 둡시다. 나도 버겁고 또 원장님도 들어봐야 속만 쓰릴 테고."

그의 거칠어진 얼굴이 더 이글어지고 있었다. 나는 겨우 그의 손을 더듬어 잡았을 뿐이다. 손마디가 병든 나뭇가지처럼 울퉁불퉁 거칠었다. 그렇게 잡은 난처한 손을 놓을 수조차 없게 된 나를 도와준 것은 밖의 가게에서 들려오는 전화 벨소리였다. 그는 내 손을 떼어놓으며 '잠간만 전화 좀 받고 올께요' 하며 일어나 나갔기 때문이었다.

그가 사는 적산가옥의 안방은 어림짐작으로 보아 8조 다다미방 구조였다. 다락문이 있는 벽 옆으로 낮은 앉은뱅이 책상이 낡은 캐비넷과 어울리지 않게 놓여있었다. 그 옆으로 부엌으로 통하는 좁작은 문이 있었고 책상 맞은편으로 두 쪽짜리 미닫이문이 있었다.

아마도 미닫이문 뒤는 안방보다 좀 작은 건넌방일 것이다. 전형적인 적산가옥 구조라면 틀림없어 보였다. 담을 낀 공간과 집 현관을 달아내어 가게를 낸 집인 것이다. 마루 유리창을 통해 들어오는 밝은 빛은 두 쪽짜리 미닫이 창호문 덕이다. 나는 자리에서 몸을 돌려 창호 문을 열었다. 그러자 더 밝은 빛과 함께 앞마당의 텃밭이 정원처럼 성큼 다가왔다.

나는 텃밭을 물끄러미 쳐다보았다. 그가 학봉리에 가마를 열었을 때도 가마 앞에 텃밭을 가꾸고 있었다. 천생 농부처럼 익숙하게 그는 가는 곳마다 텃밭을 일구고 있는 것이다. 처음 만났던 날도 그는 텃밭에서 오이와 풋고추를 따서 된장을 찍어 술안주를 대신하게 했었다. 작업을 하다가 몸에 분토가 묻은 것에는 신경도 쓰지 않았다.

"심 원장님 분청에 관심이 있으시다고 했죠? 이 도편이 계룡분청의 대표적이라는 철화분청편입니다. 철화가 무엇인지는 아시죠? 산화철을 긁어 모은 거죠. 쇠 녹이 그릇 표면에 붙어서 불에 녹으면 진한 적갈색을 넘어 붉은빛을 머금은 묘한 색깔로 변하게 되는데 그 단풍색깔 맛에 취해 일본 애들이 뿅 간단 말이죠. 지금도 가끔 막사발 다완을 찾아오는데, 우리보다 더 전문가들이예요 안목만큼은? 무섭죠, 소름이 돋을 정도라니까요."

그가 내게 처음 분청에 대해 말을 걸었을 때 그의 눈이 불을 뿜고 있었다. 도자기와 같은 삶을 살아가는 사람임을 단번에 알 수 있었다. 그가 왜 대학을 떠나 이 산골에 정착했는지를 절감케 하는 인상을 확실히 각인시켰다. 나는 그의 얘기에 취한 착한 학생과도 같았다. 게다가 두말없이 형님으로 모시겠다고 했기에 말을 놓으시라 해도 그는 내게 하대를 하지 않았다. 그것이 편하다는 그의 말을 따라 오늘처럼 서로 존칭을 쓰게 된 것이다.

"그렇다면 이 분청이 만들어지기 전에는 어떤 도자기가 있었나요? 그것이 바로 고려청잔가요?"

"잘 아시네요. 그렇습니다. 말씀하신대로 고려청자죠. 청자의 시작은 대게 10세기쯤, 정확하게 970년경인데 그 때가 고려 광종光宗 연간이죠. 고려 왕실과 귀족들이 중국의 청자를 들여와 썼지만 많은 수요를 충당하기에는 부족했을 겁니다. 그래서 고려가 스스로 청자를 만들 계획을 가지고 중국에서 청자를 제일 잘 만드는 오월국과 교류하며 장인들을 스카웃 한 거죠. 그때 오월국은 북송의 견제를 받으며 나라가 어지러웠을 시기였고, 때문에 경덕진요景德鎭窯에서 신분 보장과 부를 약속하며 기술자들을 빼내올 수 있었던 겁니다. 상도의로 따지면 엄연한 불법이죠. 그러나 임진란 때 일본 놈들이 우리 도공들을 강제로 끌고 간 것과는 질이 달라도 한참 다르죠. 아무튼 이때부터 우리나라에서 청자가 생산됐다고 보면 틀림없을 겁니다."

그의 얘기는 진지했다. 우리가 중국 장인들의 도움으로 만든 청자는 경기도 시흥의 방산동 가마에서 발견된 청자 '갑술'명 접시 편으로 고려청자의 제작이 974년경으로 보여진다. 개경이 가까운 바닷가 시흥, 배천, 용인 등에서 만들어졌을 것으로 보인다. 처음에는 영암 구림리 식의 도기를 제작하던 가마 위에 중국 월주요식의 벽돌가마로 개축시켜 만든 청자는 녹갈색으로 중국 것과 비교하여 구별이 혼동될 정도였었다고 힘주어 말하는 그를 보면 우리의 집념과 기술이 짐작되고도 남았다.

"그러나 세상에 쉬운 일이란 없는 법이고 또 궁하면 통한다는 말처럼 죽으라는 법도 없는 법이죠. 993년부터 1019년까지 27년 동안 요潦나라가 침입해 개경이 파괴되자 나주로 피신한 현종에 의해, 질 좋은 흙과 땔감과 물이 넉넉하고 교통이 편한 강진 용운리와 고창 용계리 등에서 청자를 다시 제작하기 시작했죠. 그 때는 배를 이용하여 도자기들을 운송했었거든요. 때문에 태안, 신안 등 서해 앞바다의 침몰한 선박에서 청자류가 발견되는 일이 종종 있었잖아요. 국립광주박물관은 그 신안 앞바다에서 발굴된 청자들로 채워졌으니까요. 아무튼 11세기로 접어들면서부터 1020년경의 고려청자는 녹갈색에서 드디어 우리가 자랑하는 녹청색 유약의 청자로 바뀌게 되었고, 중국식 벽돌가마에서 고려식 진흙 가마로 가마의 축조형식도 완전히 달라졌다 그 말입니다. 소위 도자기 아랫부분의 굽이 '햇무리 굽완' 같은 양질의 청자가 탄생한 것이죠. 이때 만들어진 비색청자, 상감청자 등이야말로 고려청자의 황금기를 맞게 했다는 거 아닙니까. 상감청자에 대해선 잘 아시겠지만 도자기에 상감기법을 응용한 것은 우리나라가 세계 최초죠. 그릇에 문양을 새기고 다른 흙을 채워 넣고 굽는 방법을 개발해 냄으로써 중국으로부터 배운 청자기법에 날개를 달았다고나 할까요. 중국으로부터 도자기의 독립선언을 한 셈이죠. 우리나라는 역시 보통 나라가 아니란 말입니다. 12세기로 접어들면서 전국적으로 가마수를 늘려나갔고 왕실과 귀족 중심에서 일반 서민들에게까지 혜택을 주었다는 것은 실로 놀라운 일인 것이죠. 상생하는 나라란 이런 것인데 요즘 정치하는 사람들이 가당찮게 협치 운운 하는 건 꼴불견이죠. 역사에서 보고 좀 배웠으면 좋겠어요."

그의 말대로 경천동지할 대변혁이 12세기 중반인 1120—1146년 사이에 일어나고 있었던 것이다. 12세기 후반에 들어서면서 청자의 활용도가 서민적인 취향에 어울릴 정도로 흔한 그릇이 되었기 때문이다. 그것은 완도 해저에서 인양된 3만여 점의 청자가 그것을 여실히 증명하고 있음이다.

13세기에 접어들면서 남송南宋과의 국교 단절로 인해 중국의 자극이 없어지고 고려 무신들의 주체성 진작에 따라 고려청자의 특성이 잘 나타나는 화려한 상감청자 등이 주류를 이루는 시대가 되었다. 한국미의 상징은 선이라고 말한 야나기 무네요시柳宗悅의 말이 아니어도 곡선의 신비성을 유감없이 발휘하는 국보급 고려청자들을 통해 충분히 알 수 있는 것이다.

얘기가 전문적으로 들어가자 그가 잠시 기다리라며 몇 권의 화집을 꺼내놓았다. 청자와, 분청, 그리고 백자를 각각 엮어낸 책이었다. 그 책의 청자 편을 펼쳐 보이며 시청각교재로 활용하고 있는 것이다. 특히 보물 903호인 '매화 대나무 학무늬 매병'은 나의 눈을 끌었다. 대개 고려청자의 주전자가 표주박 모양인데 비해 이 주전자는 청자 외면에 별다른 무늬가 없는 것이 우아하면서도 매우 현대적이었다. 다만 주전자 뚜껑 꼭지로 장식해놓은 술 취한 신선 모양의 작은 인물상의 표정이 유난히 시선을 끌었다. 호쾌한 웃음을 웃고 있는 모양은 세상만사를 모두 잊어버린 듯 장쾌한 웃음이었기 때문이었다. 누구라도 보기만하면 그 웃음에 자신을 접목시켜 카타르시스를 풀어내게 하는 장치처럼 보였기 때문이었다.

또 하나 매화와 대나무와 학을 상감시킨 매병은 내 팔꿈치를 상위에 올려놓고 손을 폈을 때의 높이쯤 되 보이는 크기였다. 몸의 가슴 부위에 해당되는 곳에 대나무를 검게 상감했는데 그림이 붓으로 금방 친 것처럼 기운 생동하는 필력이 예사롭지 않았다. 그것은 판교板橋 정섭鄭燮의 묵죽을 능가하는 솜씨도 솜씨려니와 현대적인 드로잉으로도 손색이 없을 정도였다. 상감된 그림은 바람에 댓이파리가 흔들려 서로 몸을 부벼가며 서걱거리는 듯 보였다. 그 사이사이로 매화꽃이 피고 학이 나른다. 이 또한 이상향의 세계를 표현해놓은 걸작이었다. 현실을 뛰어 넘어 이상향의 세계를 보면서 삶의 설움을 털어내게 하는 묘한 신비감으로 사람을 매료시키고 있었다.

내가 화집의 작품에 빠져들어 비몽사몽간을 헤매고 있을 때 그가 나를 현실로 끌어내었다. 그가 성냥갑 크기의 청자 편을 내게 내밀고 있었던 것이다.

"원장님, 이게 지금 보고 있는 작품과 비슷한 년대의 청자 편입니다. 한번 직접 만져보시죠."

그가 조심스럽게 내민 사금파리 같은 청자 편을 받아들고 앞뒤를 살피는데 '햇빛에 비춰 보세요'라며 권한다. 나는 그가 시키는 대로 청자 편을 들어 눈에 가까이 대며 밖을 내다보았다. 놀랍게도 말간 밝은 빛이 눈을 보호하기라도 할 것처럼 보였다. 빛이 통과하지 않는 일반 사금파리와는 질이 달랐다. 청자, 즉 도자기란 빛이 통과하는 그릇인 것이다. '그렇구나' 청자나 백자의 값을 이제야 제대로 알게 된 것이 부끄러웠다. 그렇게 도편을 들고 햇빛을 본 연후에 다시 화집을 대하자 마치 개안수술을 한 사람처럼 느낌이 확연히 다른 것을 알겠다. 비로소 도자기의 세계에 올바른 한 걸음을 살포시 들여놓은 초보자의 감동을 체험한 것이다.

나는 그를 선지자나 선구자처럼 바라보았다. 장인을 향한 진정한 존경심이 우러난 때문이다.

"형님, 정말 대단합니다. 흙을 빚어 보석을 만든다더니 형님은 여기가 아니라 파라다이스에서 사실 분입니다. 존경 받아 마땅합니다."

그런 말을 하며 매화문을 바라보자 이번엔 백토로 상감된 매화가 댓잎을 흔들던 바람에 파르르 꽃잎이 떨고 있었다. 자스민 같은 매화향이 내 콧등을 스치듯 황홀하다. '아하, 이래서 골동품에 빠지는 것이 로구나' 하는 생각이 뇌리를 스친다.

"이제 원장님은 도자기에 매료되셨습니다. 완전히 간 것이죠. 하하하?"

웃음소리에 고개를 돌리니 작은 소반을 들고 그가 부엌문을 통해 들어오고 있었다. 오랜만에 오셨는데 대접도 제대로 못하고 기다리게 해서 미안하다며 소반을 내려놓았다. 막걸리가 들었을법한

양은 주전자와 술잔 그리고 막사발엔 오이장아찌를 썰어 물에 띄웠다. 막걸리를 따르는데 보통 시중의 것이 아니다. 아마도 집에서 담가 먹는 모양이었다.

"제가 일하면서 먹는 것이라 이렇습니다. 이건 제가 직접 담근 술인데 보기보다 맛은 제법 괜찮습니다. 안주가 마땅치 않지만 따로 시켰으니 곧 올 겁니다."

"나는 맨 날 형님 폐만 끼칩니다. 아무려면 어떤가요."

막걸리는 그의 말대로 상품이었다. 잘 익은 누룩 맛이 상큼하여 혀에 녹고 목구멍에 찰싹 붙어 넘어가는 맛이 그냥 죽여주었다.

나는 엄지손가락을 추켜세우며 끝내주는 맛임을 보여주었다.

"사 먹는 것은 마음에 차지도 않고 또 돈도 돈이고 절약한다는 게 잘못하면 까탈스럽게 보일까봐 늘 조심하죠. 오늘같이 귀한 손님이 오면 나누는 정도지만."

오랜만에 보는 소박한 그의 미소 띤 얼굴을 보며 두어 잔을 마시는데 이번엔 그의 핸드폰이 울렸다. 그가 '귀한 손님 온 줄을 아나 보지요'라 말해가며 전화를 받는다. '네, 네 곧 가겠습니다'라 답하며 전화를 끊었다. 나는 바쁜 그를 붙잡는 것만 같아 미안해하자 내게 손을 저으며 말을 이었다.

"아니예요, 아까 강진에서 오래전에 내가 찾아 맡긴 도편 몇 상자를 보냈는데 대전역 옆에 있는 화물터미널에 도착했다는 전화였네요. 내가 얼른 가서 찾아오면 됩니다. 내일 서울에서 손님이 오면 보여준다고 약속했었거든요. 미안하지만 한 30여 분만 혼자 드시면서 음악이나 감상하고 계십시오."

그가 한편으로는 내게 양해를 구하며 다른 한편으로는 앉은뱅이 책상 위에 있던 구형 오디오기기에 CD를 넣자 거문고 산조가 뜸벙거리며 다가왔다. 귀에 와 닿는 것부터가 역시 우리가락은 군더더기 없는 깔끔한 맛이다. 백낙준류의 남도소리의 시나위 가락의 장단인 진양조가 뜸벙거리는 것처럼 들린 것이었다. 그때 약속이나 한 듯 뜸벙거리는 거문고 가락에 맞춰 제육볶음도 배달되었다. 그가 안주를 상에 놓고 조금만 혼자 있으라며 서둘러 나가는 그의 등에다 대고 걱정 말고 다녀오시란 말을 붙여줄 수밖에 없었다.

진양조 15장단 12박으로부터 자진모리119장단까지 연주되는 산조를 들으며 빈 집에 덜렁 혼자되어 있자니 분위기가 썰렁하고 을씨년스럽다. 그래서 주전자를 들어 막걸리 한 잔을 따라 놓고 제육볶음 한 점을 먹으려다 말고, 거문고 산조에 현혹되어 판자울타리로 기어오르는 오이넝쿨과 호박넝쿨을 쳐다보며 한적한 호사스러움에 빠져들었다. 나는 지금까지 살아오는 동안 이런 유의 음악을 느긋하게 감상할 기회가 없었다. 매일 일에 파묻혀 살았기 때문이다. 열어놓은 방문과 좁다란 마루 유리창 너머로 삶의 소박한 정경이 새삼 한가로웠다. 이렇게 우연히 찾아온 이런 기회에 연주되는 거문고 산조를 될 수 있는 한 제대로 들어보기로 마음먹었다. 넝쿨식물을 위해 끈으로 원고지처럼 엮어놓은 그의 심성이 애잔하게 전해온다.

방안 가득 울려 퍼지는 거문고 소리가 묘하게 적산가옥에도 잘 어울린다는 생각이 들었다. 예술엔 국경이 없다는 말이 오늘처럼 이해되기도 쉽지 않을 것이다. 술 한 잔을 자작하는 방안의 정경과 정원 같은 텃밭과 내가 함께 어우러져 미상불 주학의 경지는 족히 넘어서지 않았을까 스스로 점수를 매겨본다.

4

"분청사기는 원료와 장식에서 고려청자를 그대로 계승한 그릇이죠. 시기적으로는 고려 말에서 조선 초기에 해당하구요. 청자 태토에 투명한 재로 만든 유약을 시유하고 다양한 장식을 한 청자에 가까운 것이었죠. 그러다가 15세기 중반에 왕실용에서 제외되면서 소멸되었죠. 결국 분청은 백자에 밀린 것이죠. 그러나 분청의 해학과 여유로움은 대를 이어 오늘날까지 명맥을 유지하고 있다고 봐야죠. 청자와 백자를 능가하면서 말입니다. 또 그래서 내가 좋아하는 것이지만."

그가 한때는 청자 편을 쥐어주기도 했었지만 분청을 설명할 때와는 그의 어투부터 달라졌다. 그는 확실히 분청에 미친 사람이다. 하기는 '미쳐야 미친다'는 말을 되새기게 해준 이도 그였었다.

"우리나라에서 분청에 관한 연구는 결국 분청에 눈을 뜨게 한 그들, 일인들이죠. 일제강점기부터니까 그걸 되새길 때마다 부끄럽고 분하지만 참아야지 어쩌겠어요. 그렇게 수치스런 역사지만 우리 건 우리 꺼니까요. 그들에겐 있을 수도 없는 보물이고, 난 분청을 볼 때마다 느끼는 것이지만 꼭 무궁화 꽃과 닮았다는 생각이 들어요. 둘 다 민족 혼 같은 거칠면서도 다듬어지지 않은 애잔한 매력이 흐르고 있잖아요?"

그랬다. 일제의 손에 의해 발굴되고 그들의 손에 의해 연구되기 시작한 것은 1910년대의 일이었다. 이런 연구로 하여 해방되기 10여 년 전인 1935년에 '조선고적도보'가 출간되었다. 1930년대에 주로 일본 사람들이 분청사기를 발굴해가려는 목적의 백서로 이루어진 연구서지만 그 연구의 대부분이 충남 공주의 학봉리 요지란 사실이다. 이로써 철화분청의 가장 주목받는 곳임이 증명된 것이다. 분청사기는 조선시대 사료에는 사기 혹은 자기로만 기록되어 있었다. 특히 도장을 찍듯 찍어낸 들국화 문양의 인화문 기법이 가장 많이 사용되었는데, 이것을 일본 사람들은 일찍부터 '미시마데三島手'라 부르기도 했다.

오주연문장전산고五洲衍文長箋散稿(이규경李圭景)의 부록 오주서종五洲書種에서 일본에 전해진 분청사기다완에 대해 '다완은 고려 가마의 것이 상품인데 삼도수三島手라고 불리는 것은 견고하고 세밀한 회문繪紋이 삼도문장을 닮았다하여 붙여진 것이다.'라고 한 것을 보아 '미시마데'는 바로 인화문 분청사기인 것이다. 그들이 '미시마三島手'로 부른 것은 들국화 문양이 미시마 신사의 문장과 유사했기 때문일 것이다. 이는 한국미술의 선각자 고유섭高裕燮 선생이 1941년에 조광朝光지에 발표한 논고 '고려청자와 이조백자'에서 일인들이 부르는 '미시마'를 배제하고 '분장회청사기粉粧灰靑沙器'라 부를 것을 제안했기에 오늘날 그 약칭인 분청사기로 부르게 된 것이다.

분청사기는 태토, 즉 그릇의 기본이 되는 점토의 종류에 따라 청자점토, 와목점토, 목절점토 등으로 나뉘며, 어떤 흙을 어떻게 조합하여 쓰느냐에 따라 질과 표면의 색깔이 다르게 나타나는 것이다. 태토로 만든 그릇을 그늘에서 충분히 건조 시킨 후에 백토를 표면에 고르게 칠하거나 때론 거칠게 칠해 분장하기도 한다. 이는 그릇의 쓰임새에 따라 어울림이 다르기 때문일 것이다. 들국화문양을 빼곡하게 도장 찍듯 찍은 것은 고려 상감청자의 기법이 그대로 전수된 것이다. 그러나 '철화어문병'이나 '철화박지자라병' 같은 것들은 현대적 형태와 문양으로 훌륭한 작품 가치를 갖는다. 일본 도쿄국립박물관 소장의 '철화어문병'은 쏘가리로 보이는 민물고기를 철화로 스케치한 기법이 탁월했다. 물속에서 고요를 즐기는 듯 한 눈빛이라든가 몸에 새겨진 비늘과 지느러미를 그려낸 필선이 매우 유려하고 날렵하게 표현되어 있는 것이 전문가의 솜씨가 분명했다. 또한 국립중앙박물관 소장의 '철화박지자라병'도 이에 못지않은 걸작으로 납작하게 내려앉은 자태가 안정성과 장식성을 두루 갖춘 매력이 물씬 풍겨졌다. 비스듬하게 삐죽 튀어나온 주둥이가 천연스럽다.

이런 분청사기들은 청자보다 100도에서 150도 정도 낮은 불에서 굽는다. 그러니까 1100도에서 1150도 정도에서 소성되는 것이다. 유약은 감나무, 소나무, 볏짚 등의 재와 장석 외에 석회석 점토와

혼합하여 사용한다. 장식은 대체적으로 상감, 인화, 박지, 음각, 철화, 귀얄, 덤벙 등 일곱 가지 기법인데 그릇 표면에 백토를 씌우는 백토분장과 밀접한 관계를 갖는다. 그러나 지역마다 특유한 색깔을 가지고 있기 때문에 계룡산, 무등산, 속리산 등 충청, 전라, 경상 전역으로 각각 다르게 퍼져있다. 이는 창궐하는 일본 해적들에 의해 조운하던 해안선을 버리고 육로로 운반되는 영향이 점차 확산되면서 분청의 모양이나 색깔의 변화가 형성된 것일 것이다.

세종 때에 접어들면서 매병은 점차 사라지고 납작한 편병류가 많아진 것은 패용의 용이함일 것이다. 또한 이 때부터 제기로 도자기를 사용하는 수효가 증가하면서 제기용 자기도 늘어났다. 분청의 대표적 편병 중에 '음각어문편병'은 국립중앙박물관 소장으로 마치 초등학교 소풍갈 때 어깨에 메던 수통과 별반 다르지 않은 모양과 크기였다. 한 뼘 정도의 크기니까 20 센티미터를 조금 넘고 납작하고 좀 길죽하다. 표면에는 두 마리의 물고기가 가볍고 단조로운 필선으로 묘사되어 있다. 위를 향해 헤엄쳐 오르는 역동적인 모습이다. 내겐 피카소의 스케치에 비해 조금도 손색이 없어 보였다.

조선은 삼강오륜의 바탕 위에 세워진 성리학의 국가이자 선비의 나라였다. 조선의 선비들은 백성들의 모범이 되기 위해 고려시대보다 더욱 겸손하며 사치를 절제했었다. 때문에 조선백자에는 선비들의 분수가 배어있는 지혜가 깔려있다고 보아야 한다. 분청의 색깔이 점차적으로 밝아지면서 백자는 왕실 전용으로 일상 용기에서부터 왕실의 연회, 제례용으로 폭넓게 제작되어 양반계층으로 확산되었다. 그릇의 바탕이 하얗고 매끄러워지자 표면에 여러 가지 모양들의 그림이 화려하게 장식되었다. 이후 17세기 임진왜란과 병자호란을 겪으면서 화려한 그림의 백자에서 점차 소박한 형태의 달항아리류의 출현과 함께 생활자기로 자리 잡게 된다. 때문에 백자는 소박한 장식의 역사라 말 할 수 있다.

청자는 장식성이 강한 반면 백자는 회화적이라는 것이 다르다. 국립중앙박물관 소장의 '청화산수매죽문 항아리'는 한 폭의 산수화가 그려져 있다. 푸른빛으로 그려졌기에 청화다. 언뜻 보아 강화도의 성곽으로 보이는 성루에 깃발이 펄럭이고 멀리 어선 한 척이 한가롭다. 다른 한 쪽엔 매화와 대나무가 얽혀 선비의 충절을 상징하듯 고고하게 그려졌다.

내가 한가한 오후 한 때 박주를 자작하며 소일한다는 것은 실로 오랜만이다. 병원에서 집으로가 짜여진 일과다. 어쩌다 학회와 모임이 있어 나가는 때도 있지만 주일에 성당에서 미사를 마치고 전시회장을 찾는 것이 고작이었기 때문이다. 비록 타에 의한 소일이긴 해도 거문고 산조를 벗 삼아 마시는 술맛은 조선백자에나 나올 법 한 선경 속을 누비기에 안성맞춤이다. 박주 한 잔을 마시고 물에 띄운 오이장아찌 한 조각을 씹는 맛이 여간 사람으론 어림없는 일일 것이다. 제육볶음 한 젓가락을 집어들 때는 정승판서가 되었다가, 오이장아찌를 먹으며 귀양살이 신세가 되었던 우리고장의 대표적 선비인 서포 김만중 선생도 만났다. 그렇게 '구운몽'을 집필할 당시로 돌아가 호사를 즐기고 있는데 그가 돌아온 것이다. 아깝다, 순간일망정 새로운 소설 형식으로 한국문학사에 길이 빛날 불후의 명작을 남긴 선생도 선천宣川 유배지에서 막걸리 한 잔에 시름을 달래며 오이장아찌를 드시고 계셨을 줄이야.

그는 여러 곳을 다니며 직접 채집한 도편들로 액세서리를 만들어 관광지에 넘겼었다. 그러다 요즘엔 미술관이나 박물관의 이트샵을 중심으로 격을 격상시켰다고 했다. 그러나 현대적일 수 없는 액세서리를 찾는 사람들이 갈수록 줄어든다고 했다. 그럴 것이다. 예쁘고 값싼 액세서리가 널려있는 게 현실이다. 예술작품을 패용하는 사람은 이미 정해져 있는 것이고 그들은 사금파리 따위로 만든 것에는 관심도 없을 것이었다. 그래선지 그가 만드는 장신구도 모두 은으로 수제작을 해서인지 아주 고급스럽게 다듬고 있었다. 하긴 도자기는 귀한 것이다. 최근엔 장신구박물관을 통해 인기도 있어서 판로가 매우 좋아지고 있다는 말을 덧붙이긴 했다.

그가 내친김에 저녁을 같이 하자며 밥을 안치고 고등어를 프라이팬에 올려 구이를 하며 김치찌개를 끓이는 동안 나는 마치 고향집에 온 듯 마음이 한가로웠다.

"고마워요, 괜히 바쁜 양반을 붙잡고 직접 담근 약주와 저녁 식사까지 대접받게 될 줄은 정말 상상도 못 했네요."

내가 진심으로 고마운 마음을 어쩌지 못해 하자 그는 행복한 사람은 오히려 자신이라며 지금 기분으로는 자고 가라고 하고 싶은데 그럴 수 없으니 저녁 먹고 천천히 일어날 것을 권했다.

"주전자도 채웠고 안주도 바뀌었으니 2차가 된 셈입니다. 나도 이젠 일이 끝났으니 마음 편히 먹겠습니다."

그가 남은 제육볶음에 김치를 썰어 넣고 다시 끓인 찌개 냄비를 목장갑으로 거머쥐고 들어와 앉았다. 밖은 어느새 땅거미가 내려와 앉았다. 그가 창호문 옆 벽에 달린 스위치를 넣자 울타리 끝 쪽 구석에 있는 외등이 켜지고 텃밭이 불빛에 격을 더하기 시작했다.

"요즘은 달이 늦게 떠요. 그때까지만 참으세요. 자, 술 한 잔 받으시고 나도 한 잔 줘 봐요. 오늘은 좀 취해도 좋을성싶군요."

"형님 참, 오랜만입니다. 10여년은 됐지요? 학봉리가 그래도 그 가마터는 법적으론 형님 땅이잖아요."

"그게 복잡해요. 어떤 필지는 내 소유고, 또 어떤 필지는 서류작성도 아직까지 애매하고 나는 부동산 업자를 믿었고, 땅 주인들은 내가 현장에서 살고 있었고 또 거기다 도자기학교를 짓는다고 하니 나를 믿은 것이지요. 땅값을 싸들고 부동산 업자가 뺑소니를 친 다음에서야 뒤늦게 사기당한 사실을 알았으니까요. 때문에 땅 주인들과 도의적인 타협이 되서 형사문제는 면했지만 땅을 팔아 반반씩 나누자니 억울하고 민망해서 거기를 떠날 수밖에 없었던 게죠."

"그래서 여기로 오신 거군요."

"아무튼 반이라도 건지는 줄 알았었는데 땅이 팔리질 않아서 아직도 일부가 그냥 묶여있는 것도 있죠. 아내와 아이들은 아직도 처갓집에 있고요. 식구들에게 가장으로써 할 노릇이 아니고 미안한 마음을 달랠 길이 없죠."

그가 대충 얘기한 사연만으로도 충분히 그간의 고초가 어떠했나를 짐작 할만 했다. 그렇게 말하는 그에게 무슨 말이 필요할까 싶었다.

"참, 그 사기꾼은 잡혔나요?"

"잡혔죠. 그 놈이 잡혔으니까 내가 제일 큰 사기를 당한 것이 증명된 셈이고 처음엔 나도 그놈과 같은 공범이라고 했을 정도였으니까요. 내가 양보한 탓에 해결이 된 것이지만 그놈은 그 돈으로 카지노에 가서 홀랑 분탕질을 쳤으니 아마 감방에 있어도 억울하지는 않겠죠."

그가 자리에서 일어나 외등 스위치를 내렸다. 달빛이 방안으로 스미며 지금까지 속세에 찌든 얘기들이 정화되어 소멸되는 것만 같았다. 역광을 받은 그의 얼굴이 마치 분청 편병에 새겨진 문양처럼 철화문으로 각인되어 보였다. 지금쯤 정년퇴직을 한 노교수로 제자들의 존경을 받고 있을 사람이었다. 솜씨와 학식과 인품을 고루 갖춘 양심 있는 예술가다. 그는 좀 더 좋은 환경에서 보다 전문적으로 후학을 양성하고 싶었을 뿐이었던 사람이다. 그런 그가 천재지변과 진배없는 태풍을 맞은 격이다. 나는 잠시 빈 술잔을 내려다보았다. 마치 막걸리가 가득 담겨져 있던 시절을 그리워하는 것처럼. 내일이면 어제가 될 오늘이더라도 후회 없는 하루를 위해 최선을 다하자는 마음가짐으로.

그러나 21세기 글로벌한 시대를 맞아 다양한 세계적 도자기들이 우리 생활 속으로 분별없이 밀려들고 있다. 악화가 양화를 구축하듯이 밀려온 돌이 박힌 돌을 밀어내는 것처럼 우리 도자기들은 하나 둘씩 자리를 빼앗겼고, 유럽과 일본 자기들에게 식탁과 생활공간을 빼앗기고 있는 것이다. 도자기 하면 시공을 초월하는 우리만의 멋을 가지고 있음에도 불구하고 점차 국민들의 기억에서 사라지게 된 중차대한 기로에 서있다고 해도 과언이 아니다. 지구가 점차 온난화의 열기 속으로 변하듯, 우리나라는 아열대지역으로 변하고 있는 것처럼.

나상규, 그를 다시 소제동 적산가옥 골목 끝에서 우연찮게 만나면서 우리나라 도자기의 변천사를 대하는 것만 같았다. 꺼질 듯 꺼지지 않고 오늘까지 견디고 버텨온 우리들의 그릇이 아직 소멸되지 않고 있음을 보았기 때문이었다. 척박한 역사를 뛰어넘어 해방을 맞았고 6.25와 4.19, 군부독재를 이겨내고 민주주의를 회복했음에도, 금시초문과 같은 IMF의 질곡도 온 국민이 합심하여 견디었었다. 결국 태풍은 끝이 있고 파도는 누그러질 수밖에 없는 것이다. 과거 없는 오늘이 있을 수 없듯 오늘의 질곡이 위대한 내일로 이어져 미래를 맞게 할 것이기 때문이다.

달빛은 밤이 기울면서 형광등 같은 푸른빛 청자를 닮은 숭고한 분위기로 바뀌고 있었다. 달빛이 그 아래 텃밭을 아름다운 정원으로 만들었다. 그런 달빛을 비스듬하게 등에 받고 있는 작품 같은 그의 모습을 보고 있으려니, 이명처럼 뜬금없이 성가대의 찬송가 소리가 귓가에 들려왔다. '거친 세상에서 실패하거든 그 손 못 자국 만져라 고된 일 하다가 힘을 얻으리 그 손 못 자국 만져라 그 손 못

자국 만져라, 그 손 못 자국 만져라 주가 널 지키며 인도 하시리 그 손 못 자국 만져라.' 그 찬송가 소리는 평소 내가 좋아하는 곡인데, 좀 전에 그를 만났을 때 잡았었던 그의 투박하다 못해 울퉁불퉁했던 손을 떠올리게 하기에 충분했다. 어느덧 찬송가는 괴이하기는 해도 계속 반복해서 '마음 문 열고서 그를 도우면 주가 널 지키리 그 손 못 자국 만져라'처럼 개사되어 머리에 맴돌고 있었다. '그래, 나를 위하여, 또 그를 위하여 그 땅은 이미 오래전에 사기로 날렸을 땅이 아니더냐!' 라며 없는 돈이나 매한가지인 그 돈으로 값진 봉사를 하라는 듯 등을 떠밀고 있었다. 나는 침을 꿀꺽 삼키며 결심했다. 초심을 버리지 말자! 한번 죽으면 끝나는 버려진 사금파리와 같은 인생인 것이다. 암시를 선언으로 바꿀 차례다.

"형님, 이건 내가 괜히 하는 얘기가 아닌데요, 저기 저 텃밭이 한 50~60평 쯤 되 보이니 거기에 작은 가마를 하나 세웁시다. 꼭 장작가마를 고집할 필요가 없다면 말이죠. 요즘엔 가스 가마로도 요변을 조절한다면서요? 창고처럼 조립식으로 짓는다면 넉넉하진 않아도 우리가 죽기 전까지는 버틸 수 있을 겁니다. 여기 이 집은 리모델링해서 연구실과 주거용으로 쓰고요, 밖에 있는 저 가게는 사무실로 개조하여 쓰면 제격일 테고, 어때요? 그런대로 괜찮지 않겠어요. 형님 그렇죠?"

아무 말 없이 듣고만 있는 그에게 부담일랑 거두시고, 형님 말대로 이제부터 내가 전에 하지 못했던 진짜 투자를 해볼 생각입니다. 정 부담스러우면 꼭 재기한다는 약속만 해주세요. 그래야 저도 죽기 전에 사람다운 일을 한번 해보지 않겠느냐며 채근하며 졸랐다.

"그리고 이건 아까부터 생각한 건데요. 제가 서두르는 것은 아닌지 몰라도, 밖에 거신 '도편재' 현판일랑 판각으로 다시 새겨서 여기 연구실 이름으로 걸어야 어울릴 것 같아요. 그리고, 텃밭에 가마를 세우거든 거길랑 형님이 따로 좋은 이름을 하나 붙여줘요."

묵묵히 달빛을 등에 지고 있던 그가 나를 보면서 입을 열었다.

"원장님 의중이 정 그렇다면, 둘이서 합자회사로 만들죠. 동업자로 서로 당당하게. 내게 평생 따라붙어 다니던 분청을 뛰어넘으려면 지금보다 더 낮은 자세로 임해야 할 테니까, 전통을 이어갈 우리 그릇이어야 하기 때문에 우리 둘의 공식 가마명칭을 '계룡분청 사금파리'라고 하지요. 그릇의 근원을 계룡분청에 둔 것이니까요. 그리고 나처럼 전국 방방곡곡을 헤매는 사금파리 같은 사람들을 위해서라도. 사실 처음엔 여기, 이 액세서리를 만든 목적이 아무렇게나 깨어진 채 굴러다니던 사금파리 조각에 생명줄을 엮어 목에 걸어주자는 생각이었거든요. 그렇게라도 해서 새 생명을 여러 사람들 목에 걸어주다 보면 우리 도자기에 대한 인식도 달라질 테고, 그것에 힘입어 나도 언젠가는 재기하리라 믿었었거든요"

그런 말을 하는 그의 눈가에 어느새 이슬이 맺히고 있었다. 창밖의 달을 보며 눈시울을 닦았지만 마음에 이는 동요를 감추려는 것은 아닌 듯 보였다.

"그리고 또 하나 이게 진짜 중요한 건데요, 원장님이 여기서 연구실을 지키며 나와 함께 분청을 연구해야 한다는 조건입니다."

"좋아요, 어차피 저도 병원을 아들에게 물려주기로 했으니까요. 가마가 만들어지면 제가 조수 노릇을 하지요. 그리고 아까 말씀하신 '사금파리'란 이름이 마음에 와 닿는데요. 도자기가 깨지면 사금파리가 되는 건데, 우리는 그런 맨 밑바닥에서부터 시작하니까 더 내려 갈래야 내려갈 곳이 없으니 올라갈 수밖에 없겠죠?. 자, 버려졌었던 사금파리를 승화시키자는 의견에 건배합시다."

'지금 생각해보면 인생은 참 불가사의해요'라고 건배를 위해 잔을 들며 그는 혼자 소린지 아니면 내게 들으라는 소린지 모를 말을 읊조렸다. 그건 나도 매한가지였다. 내 마음의 어느 구석에 이런 결단력이 있었던 것일까? 필시 생각해본 바 없었으련만 지극히 당연한 것처럼, 이미 오래전부터 계획한 일이듯 막힘이 없이 추진하고 있었기 때문이었다. 그러나 확실한 것은 그와 함께 전개할 일들을 토해내면서 지금까지 한 번도 느껴보지 못한 삶의 희열을 체감하고 있다는 사실이다. 평생이다 싶을 병원 일에서는 느껴본 바 없는 쾌감 같은 전율이었다.

우리는 달빛 아래 서로의 약속이 삼국지의 도원결의에 지지 않는다며 술잔을 높이 들었다.

"그리고 형님, 생각을 미처 못 했었는데요, 조립식으로 지을망정 여기 적산가옥과 잘 어울리도록 지읍시다. 작년에 학회가 있어서 구마모토엘 갔었는데 조립식으로 지은 집들과 기존 집들이 별반 다르지 않더라고요. 저와 같이 군산엘 가면 거기 왜정시대의 미곡창고가 많이 있으니 그중에서 맘에 드는 것으로 모델을 삼으면 좋겠네요. 길에 바짝 붙여 짓고 저 판자울타릴랑 걷어 내고요. 사무실 쪽으로는 쇼윈도를 멋지게 꾸며 보자고요. 형님 말대로 우리 민족의 정체성을 지키자는 것이니까 '우리그릇 계룡분청'이란 말을 '사금파리' 앞에 예쁜 활자체로 좀 작게 쓰자고요 그리고 '사금파리'는 서둘러 상호 등록을 해야겠지요. '사금파리'라는 글씨는 지난번 서예대전에서 대통령상을 수상한 서예가 석천선생에게 부탁해야겠죠? 우리가 최소한 이 바닥에선 최고여야 하잖아요. 그릇도 중요하지만 고객을 잡아야죠. 우리가 이젠 혼자 몸이 아니잖아요, 하하하."

"원장님은 사업을 했어도 성공했을 겁니다. 생각이 깊어요 '우리그릇 계룡분청 사금파리'의 대표는 원장님이 하세요. 나는 그릇이나 책임질테니 하하하."

어떤 일이건 반드시 나쁜 측면과 좋은 측면이 존재하게 마련이다. 그가 실패의 원점으로 돌아가 실패의 원인을 분석할 수 있는 충분한 시간이 있었기 때문이었다. 그것은 분청의 철저한 생활화가 무엇보다 중요했다, 처음엔 생각지도 못했지만 수입코너를 여러 차례 방문하면서 느낀 결과는 디자인의 고급화에 있었던 것이었다, 무엇보다 현대화된 디자인의 분청이어야 한다는 결론이다. 그러니 재래식 가마보다는 가스 가마가 더 유리한 조건이란 생각을 했다. 재료는 우리분청이어도 모양새는 세계적 흐름을 도외시해선 곤란하다는 것이다.

"전원주택이 따로 있나요." 나는 그런 그를 바라보며 무슨 생각을 그리 하느냐 톤을 높였다.

"마음이 전원에 가 있으면 거기가 전원이지요. 그리고 사금파리만 생각할 게 아니라 형님처럼 재기하려는 사람들을 직원으로 채용하는 구상도 해보자구요, 재활센터 같이."

그런 말을 하면서 나는 속으로 한 가지 약속을 했다. '눈에 보이지 않는 것과 같을 정도로 눈에 보이는 것이 좋겠다.' 그 이상도 그 이하도 아니어야만 그가 편할 것 같기 때문이기도 하지만, 더 들어날 경우 내가 평소 생각한 우리그릇에 접근하지 못 할 것 같은 관여가 될 성 싶었기 때문이다. 가마의 불길이 그릇의 사활을 결정하듯 내 간섭 또한 그럴 것이 분명했다. 사람들은 무언가를 절실히 원하면 이루어진다고 믿으려한다. 영적인 세계의 도움을 받을 것처럼.

두 사람은 행복한 순간을 놓치지 않으려는 마음을 서로 아끼고 있었다. 한쪽 날개밖에 가지고 있지 않은 비익조比翼鳥처럼 나이 먹어 서로를 의지해가며 보람 있는 일에 삶을 투자하는 생활을 즐길 계획을 하고 있는 것이다.

*내용 중 도자기에 대한 견해는 한국문화재재단의 '월간문화재(Vol 382)를 참고 했음.

그들

1

# 사람이 산다는 게 참 묘하다.

모두 한 방향으로 줄기차게 달려가고 있는 것만 같아도, 조금만 위에서 내려다보면 부챗살을 펼쳐놓은 것처럼 제각각 방향이 전혀 다르기 때문이다.

"그 당시엔 논문을 '포괄적 인용'으로 쓰는 게 관행이었다니 어떻게 그런 황당한 대답이 나올까요? 그것도 청문회장에서 장관후보자의 변명치곤 참, 빈곤하기 짝이 없잖아요 그래놓고 누구를 가르쳐요. 가르치기를 먼저 판이나 이번 판이나 도토리 키 재기지 다 똑같은 개판인데 그렇잖아요?"

"거기 정치판만 그런가? 그 관행이라는 거 참, 무서운 거야. 한땐 우리 화단畵壇에서도 포괄적 인용으로 외국작가 작품 베끼기를 일삼았던 교수들의 개인전이 있잖었어, 신문은 뭣도 모르고 그저 대서특필해대고 지금이야 뭐, 전문기자도 있지만. 그래놓고 이제 와서 소위 '내로남불' 한단 말이지 그게 다 문교부에 관계된 얘기 아냐."

"그 뿐인가요, 카수 조의 대작사건은 또 어떻구요 팝아트의 개념도 모르면서 앤디 워홀이 어쩌구 해대며 떠들어대던 꼴은 정말 가관이었죠. 걘, 창피한 줄도 모르고 줄창, 남의 노래만 불렀잖아요, 제 노랜 한 곡밖에 없는 주제에."

그는 생각만으로도 당시의 울분을 참을 수 없어 보인다는 투였다.

"그나저나 참 대단하시네요. 체력을 유지하는 남다른 비결이라도 있으신가요?"

"내가 건강한 게 아니고 반 작가가 평소 운동을 게을리 한 거야. 이제 겨우 계룡산 남매탑인데 우리가 3시에 관음봉에서 만나기로 했잖아."

"그래도 저는 소루小壘선생님을 따라가기가 솔직히 벅차네요." 반다일 작가는 힘든 모습을 감추지 못하고 숨을 몰아쉬어가며 말했다. 한국화단의 원로격인 소루 선생과 중진작가로 활동 중인 반 작가가 오랜만에 계룡산 산행을 하고 있었다. 같은 동료화가 몇 사람이 서로 다른 등산로로 올라와 만나기로 약속한 장소가 여기 계룡산 관음봉이고, 두 사람은 동학사 입구 박정자에서 장군봉을 거쳐 남매탑 쪽으로 오르는 터였다.

"그러길래 뭐랬어, 담배를 끊으랬잖어, 술이야 삶의 양념 같은 것이니까 조금씩 형편에 따라 즐기면 그만이지만. 이참에 반 작가도 끊어봐. 내가 그나마 이렇게 건강을 유지하는 게 담배를 일찍 끊었기 때문인 것 같아. 물론 지속적인 운동 덕이기도 하겠지만 무엇보다 후회 없는 삶을 살아야지 안 그래? 나야 재주 없고 물려받은 것도 없으니 당연한 것이겠지만."

"무슨 말씀이세요. 소루 선생님이야말로 타고나셨죠."

"나 같은 재주는 재주 축에도 못 껴요. 난 반 작가가 더 부러워 반 작가를 위해 부인께서 팔을 걷어 부치고 생활전선에 나선 모습이 솔직하게…."

남매탑 가는 길엔 두 사람 말고도 앞뒤로 두세 팀이 더 있었다. 요즘 추세가 그렇긴 해도 남자들은 어디서 무얼 하는지 어디라 할 것 없이 여자들 판이다. 두 사람을 앞뒤로 에워싸고 있는 등산객들도 모두 여자들이다. 넘쳐나는 건 여자뿐이다. 하다못해 소루 선생이 시간을 뛰고 있는 평생교육원 하며 몇 해 전에 정년한 학교까지가 다 그랬다. 그뿐이 아니다. 미술인들의 최고 단체인 한국미술협회는 이젠 그들의 잔치마당이 된 지 오래다. 처음엔 아마추어처럼 그림을 배우던 아주머니들이 공모전을 거쳐 어느새 동료회원이 되고 심사위원이며 운영위원으로 당당해졌다. 작가가 된 것이다. 미술공모전의 입선 작가만 해도 열에 일곱 여덟이 여자들이다. 이젠 자기들이 뽑아 스스로 지경을 넓혀가고 있다. 게다가 여류작가 모임이며 사회봉사활동까지 열심이기에 남자들의 입지는 나날이 좁아들어 간다. 그나마 위안이 됐던 것은 역사적으로 남자화가들이 많았다는 것인데 이젠 그마저도 얼마 버티지 못할 것이 분명해 보였다.

소루 선생은 이름보다 아호가 더 유명하다. 황 아무개 하면 고개를 갸우뚱하지만 소루 선생하면 '아 그림 그리는 화가양반' 할 정도다. 때문에 젊은 사람들은 가끔 그를 '소선생'이라고 부를 정도다.

소루란 글자 그대로 조그만 하게 쌓아올린 누대를 가리키는 말 이다. 그러나 그는 마음이 젊은 화가라며 스스로 '소루란 젊은 요새다' 라고 풀어내는 것으로 보아 젊은 그림을 그리며 젊게 살려는 사람에 틀림없어 보인다. 언제나 '나는 젊은 그림을 그리고 싶어'란 말을 입에 달고 지내는 것도 그의 비구상적 작업과 잘 어울려 보였다. 그만큼 베일에 싸인 사람처럼 지내왔지만 일부러 그의 사생활을 들추려는 사람도 없지 싶다. 누구는 어려서 일본에서 공부하다 해방을 맞아 왔다하고도 하고, 4.19 때 투옥됐다가 서울대학을 중퇴했다고도 했다. 그러나 그의 나이로나 전직으로 보아 대학의 특임교수로 근무했을 가능성이 가장 어울려 보인다. 그때만 해도 국전초대작가급이면 박사학위 소지자로 대접받기에 충분했었기 때문이었다. 팔십대 이상의 작가 중 많은 화가들이 그렇게 대학에 몸담고 있었다. 게다가 그의 훤칠한 키와 잘 생긴 외모와 카리스마 넘치는 언변 또한 큰 몫을 해주고 있었다. 어느 시인은 그를 두고 마치 신라 고승 원효를 닮은 멋쟁이라고 할 정도였다. 그림 잘 그리고, 글 잘 쓰고, 등산전문가에, 술 잘 먹고, 노래방에선 가수였으니 그럴 만도 했을 것이다.

반 작가는 소루 선생과는 근 이십 년의 나이 차이가 있었지만 오래된 동료사이다. 제자뻘의 격차임에도 불구하고 세월이 흐르면서 우정으로 엉켜 나이 차가 큰 형제처럼 보였다. 그는 지방의 미술대학을 나왔지만 매우 열정적인 사람으로 시대정신을 작품에 반영하는 깨어있는 설치작가다. 요즘은 한국화니, 서양화니 조각이라 하지 않고 평면작업이요, 입체작업이고, 작품을 설치하는 설치작업이라 구분한다. 그러니 그림, 글씨, 사진, 그래픽 디자인 등은 평면작업이 되고, 조각, 공예, 건축 등은 입체작업이 된다. 반 작가는 작가의 생명은 작품으로 말하는 것이라는 열성파이기도 하다. 한마디로 말해 근성 있는 작가관을 가진 작가다.

연휴를 뜻있게 보내자며 계룡산을 찾아 우리그림의 정체성을 숙고해보자는 계획에 동참한 여덟 명의 화가가 세 팀으로 나뉘는 1박 2일의 산행을 주도한 것은 소루 선생이었다. 계룡산은 경관이 아름답기도 했지만 풍수지리가 뛰어난 천하제일의 명산이며 풍수지리로 따져 대길지다. 이런 곳을 우리그림을 그리는 작가들일수록 찾아야 한다고도 했다. 계룡산은 산과 물이 음양의 조화를 이루는 산태극 수태극의 중심지이기에 나라의 도읍지로도 으뜸이라는 속설이 있던 산이다. 백두산에서 뻗은 산줄기가 소백산을 거쳐 속리산. 민주지산. 덕유산으로 이어지고, 대둔산. 향적산을 거쳐 계룡산으로 이어져 신도안으로 공주 부여를 잇는다. 때문에 세종자치시는 행정수도로 충청권의 중심도시인 대전을 기반으로 부각하게 된 도시다. 대전은 한국의 테크노벨리로 불리는 명실상부한 과학문화의 도시며 삼군사령부가 있는 곳이기도 하다.

갑사에서 대자암 연천봉 등운암을 거쳐 관음봉으로 오르는 김 교수 팀 3명과, 신원사에서 중악단을 거쳐 고왕암에서 관음봉으로 오르는 정 관장 팀 3명과 함께 여덟 명의 화가가 관음봉에서 상봉하려는 것이다. 각 팀이 산행 중에 우리그림의 정체성을 논의한 것을 발표하면 관음봉에서 하산 길에 취합하고, 너덜지대의 은선산장에서 1박하며 논의하다보면 무슨 결론이 나지 않겠느냐. 그리고 동학사로 내려와 아침 먹고 유성온천에서 피로를 풀고 헤어지자는 소박한 생각이었다. 애초엔 계룡산의 정상인 천황봉에서 만나자고 했었는데 무리하지 말자와 은선산장에서의 토론에 중론이 실렸기 때문이었다. 그러나 동학사에서 남매탑을 거쳐 삼불봉과 자연성능을 지나 관음봉까지 오를 나이 많은 소루 선생을 염려하여 천황봉을 포기하기로 한 것이었다.

소루 선생과 반 작가가 남매탑을 벗어났을 무렵 어디선가 모차르트의 피아노곡이 숲속 가득히 울려 퍼지고 있었다. 아마도 등산객 중에 음악을 좋아하는 사람이 볼륨을 높인 것이리라. 산에서는 산새 소리나 바람소리가 좋은 법인데 산행 예절을 모르는 사람이다. 그래도 숲에 어울리는 모차르트의 피아노 소리가 싫지는 않았다. 일본 에니메이션 '피아노 숲'에 삽입되었던 곡이었다. 주인공 카이가 틀을 벗어나는 연주에 눈을 뜨는 장면이 떠올랐다. 관념을 깨고 자신만의 소리를 찾아야 한다는 생각은 음악의 세계 말고도 예술 전반에 필요한 것이다.

"소루 선생님, 만화영화 좋아하세요?" 반 작가도 피아노 소리에 언뜻 "피아노 숲"을 떠올렸는지 조심스럽게 말을 꺼냈다. 그도 그럴 것이 나이 차이도 그렇지만 사회적 경륜을 어쩔 수가 없었을 것이다.

"내용이 무어냐가 문제지, 왜? 괜찮게 본 에니메이션이라도 있으신가."

"네, 뭐랄까, 애들 영화 같은데 수준도 높고 영상이 참 신선하더라고요 철학적인 대화가 있는."

"반 작가 일본 애들 꺼 보셨구만. 걔들 죽여주지. 디테일까지 세심한 신경 씀씀이가 일반영화보다 한 수 위라니까. 걔들은 작품성과 상업성을 얄미울 정도로 비벼 넣는 재주가 탁월하거든 그렇지?"

산길 주변으로 막 철쭉이 봉오리를 잡고 있었다. 아랫동네는 초여름인데 산속은 나름 딴 세상을 이루고 있는 것이다.

"폭넓게 아시는군요." 반 작가는 자신의 물음에 진지하게 다가서는 소루 선생의 대답에 한껏 마음이 고무되었다.

"저는 소루 선생님은 그런 소인배들의 값싼 상업성에 관심 없으실 줄 알았거든요. 역시 사람은 함께 산행을 해봐야 되나 봐요. 일전에 우연찮게 텔레비전에서 '피아노 숲'이라는 일본 만화영화를 봤는데 참 좋드라구요. 그냥 혼을 쏙 빼는 재주에 홀려 꼼짝 못하게 하더라구요."

"이시키 마코토의 동명 애니메이션을 보셨구만."

"아 네, 모르시는 게 없군요. 선생님은"

"아냐, 나도 케이블티브이에서 봤어. 어른보다 더 어른 같은 애들 때문에 소름끼치게 하는 절박감으로 봤었지. 그러구보니 우리는 뭐냐, 코드가 맞는 커플이로구만 연출이 고지마 마사유키小鳥正㐀 감독이지 아마"

"주인공 카이와 슈헤이의 우정이 영화보다 더 영화 같은 또 그래서 천부적인 재능을 지닌 카이가 더 큰 음악성을 보였음에도 기초 실력이 탄탄한 슈에이를 넘지 못하는 구성이 가슴에 와 닿더라고요. 예술가가 열정만 가지고는 성공하기 어렵다는 마치 저를 두고 하는 말 같아서 눈을 뗄 수가 없었다니까요."

"그랬군요. 피아니스트나 화가나 다를 게 없겠지."

"맞아요. 뜬금없이 돌아가신 아버지 생각이 나더라고요. 아마미아 슈헤이를 보면서 왜 이치노세 카이와 비교되는지 아버지는 저를 슈헤이처럼 키웠었나 봐요. 제가 재능이 부족함을 아시고 기초나마 충실하게 배우도록 다그치셨던 게 아니었나 싶은 것이."

"아, 참 반 작가의 아버지도 미술 선생님이라고 들었었는데."

"아시는군요 제 아버님을."

"이 바닥에서 모른다면 간첩이지. 몇 분 안 계신 선밴데요. 일제 강점기를 거쳤고, 또 6.25 동란을 겪어오신 분들의 애환을 모른다면 벌 받지요."

"아뇨, 그보단 아버지의 그늘이 너무 크죠. 이 나이가 되도록 벗어나질 못하는 것을 보면."

"왜 그런 생각을 하셔. 아프지 않고 성숙한 사람이 있나요. 또 반 작가가 부러워서 하는 말일 수도 있는 것을 놓고 너무 자책하면 진짜 그렇게 된다니까. 아버지의 배려가 감사했단 생각을 해봐요. 그 시절 반 작가의 아버지처럼 자식 교육에 그만큼 신경을 써준 사람이 어디 흔한가요. 모두가 먹고 살기에 급급하던 시절인데 그래도 선생님이셨기에 자식의 앞날을 위하느라 애쓴 보람을 곡해하는 것이지요. 바꾸어 생각하면 예지를 가지신 멋진 분이잖아요?"

"그렇게 생각하니 그렇군요. 감사합니다."

"아니야. 아버지께 감사하셔야지."

"그래요. 그래서 아버지 때문에 원망도 많았었지만, 흠 잡히지 않으려고 날밤을 새워가며 노력했기에 오늘의 제가 있는 것이라는 사실을 인정하죠."

"그렇죠, 누구나 자신만큼 불행한 과거를 가진 사람이 또 있을까를 입에 담고들 사는 것이거든."

"결국 관념에 쌓인 도식적 교육으로는 개성적인 작가가 배출되긴 어려운 것인가 봐요. 나만의 소리를 내지 않으면 좋은 피아노 연주자가 될 수 없다는 주인공 아마미아 슈헤이의 독백이 나만의 색깔을 얻지 않고서는 화가로 성공할 수 없다는 것을 깨닫게 했죠. 애들 만화 영화를 보면서 가슴이 찡해서 울 뻔 했다니까요."

"그 이시키 마코토라는 여류 만화가는 드물게 소년을 주인공으로 하는 만화를 많이 그렸지. 밝고 건강한 소년이 성장기를 거치면서 겪는 얘기를 참 맛깔스럽게 표출시키는 재주꾼이지."

"아, 여류작가였었군요."

반 작가는 만화를 그린 작가가 여자였단 사실에 놀라는 눈치가 역력했다. 때문에 소루 선생은 내친김에 설명을 이었다.

"그럼, '피아노 숲'은 원작의 1권부터 5권까지의 내용이고, 주인공 카이와 슈헤이가 성인이 되어 진정한 피아니스트가 될 때까지의 과정을 담고 있지. 따라서 그들의 갈등구조가 애니메이션보다 더 현실적으로 드러나고, 갈등과 반목을 거듭하면서 서로를 이해하고 받아들이는 과정이 밀도 있게 그려진 멋진 장편만화지."

"저도 그 얘기를 읽은 기억이 나네요. 일본 사회구조의 모순을 파헤친 만화로 무슨 상인가를 받았었다는…."

"아시는구만, 빈민계층에 대한 문제와 소위 학교 이지매 요즘 얘기로 왕따보다 격한 폭력성을 꼬집었었지. 영화에선 삭제됐지만. 원작에선 사회 고발 정신이 돋보였었지. 현재 일본이 처해있는 속수 무책한 사회 단면을 여실히 보여주는 좋은 작품이지. 물론 우리 현실도 별반 다르지 않지만."

이야기가 다소 무거운 쪽으로 기울자 소루 선생은 말끝을 흐렸다. 그리고 둘은 한동안 아무 말 없이 걷기만 했다. 반 작가는 자신이 꺼낸 만화영화 때문에 분위기가 깨진 것 같아 미안했고, 소루 선생은 소루 선생대로 괜스레 얘기를 깊숙하게 전개시킨 것을 후회했다. 그러나 두 사람 모두 마음을 다잡는 시간이 필요했을 것이다. 작가로서의 갈 길과 마무리 지어야 할 작업의 방향을 다시 점검해야 했을 것이기 때문이었다. 다만 얘기의 중심이었던 애니메이션의 구조가 영화 '아마데우스'의 모차르트와 살리에르를 연상 시키게 하는 것은 영화 전편에 흐르는 모차르트의 곡이 그렇게 유도되기도 했었겠지만 대결구도의 전개가 닮은 것은 사실이었다.

## 2

"아니, 왜 하필이면 관음봉이래요?"

"누가 아니래."

이 학장이 같은 학교 명예교수로 있는 김 교수를 향해 불평어린 말을 꺼내자 김 교수가 말을 받았다. 애초에 동학사에서 모이자고 의견을 내놓은 소루 선생의 의견을 갑사로 우기다가 여의치 않자, 차라리 각각 오르기 좋은 곳에서 출발하여 관음봉에서 만나자고 어깃장을 부린 것은 김 교수다. 그는 소루 선생보다 두어 살 어렸었지만 대통령이 임명하는 국립대학 교수라는 자부심으로 명예를 삼고 있는 사람이었다. 산수화도 그렸지만 주로 문인화풍의 소품 정물화를 고집했다. 선비는 문자 향을 잃지 말아야 한다며 그림 한켠에 한시를 즐겨 적었다. 그리고 그림보다 그 한시의 뜻을 풀어 보이며 자신의 학문을 자랑했었다. 그러나 소루 선생이 국전초대작가로 자신보다 먼저 대접받는 것에 늘 못마땅한 표정을 지우지 못했었다. 미술인들이 모이는 행사에서는 당연한 것처럼 국립대학교를 내세워 스스로 상석에 앉기를 주저하지 않았다.

이 학장은 이런 선임자의 의중을 누구보다 잘 알기에 그의 심기를 헤아리며 직장생활에 몸이 굳어진 사람이다. 또 김 교수가 아니었으면 오늘의 이 학장은 있을 수 없는 인물이기에 좋은 게 좋다는 처신이 습관화 되어 있었다. 김 교수는 명문대학 출신으로 지방대학에 내려온 이론만 내세우는 전형적인 교수지만 그렇다고 틀리는 말은 하지 않았기 때문에 재삼 대꾸할 식견도 내세우지 못해왔다. 물론 김 교수의 수제자였기에 오늘이 있는 것이고 보면 스승에 대한 예의 차원에서라도 잘 모셔야했다. 그렇기에 이 학장은 산꼭대기에서 만나야만 우리그림의 정체성을 찾는 것이냐를 씹으며 김 교수의 비위를 맞추려는 것이었는데, 언듯 관음봉에서 만나자고 먼저 말한 사람은 김 교수란 생각이 들자 자신의 입을 장갑 낀 손으로 틀어 막아가며 스승인 김 교수의 안색을 살폈던 것이다. 그가 잊었는지 아니면 그렇게 거드는 제자 말에 위안이 됐었는지는 몰라도 별 반응이 없는 것에 감사할 따름이다.

이 학장은 이마의 땀을 장갑 낀 손으로 연신 닦아가며 다른 손에 쥔 물병을 입에 대고 벌컥거리며 마셔댔다. 그만큼 입이 바삭 마를 수밖에 없었던 상황이었다. 그래서 그런지는 몰라도 그의 작품은 김 교수의 영향을 깊이 받을 수밖에 없었고, 체면 유지를 위해 현대적 표현을 끌어들이다 보니 꽃을 극대화 시켜 초현실적 형상을 보이는 작업 스타일이 된 것이다. 그래도 주변에선 스승보다 그림이 좋다며 수근거렸지만 그 역시 작품이 변할 줄을 모르기는 스승과 매일반이었다.

김 교수는 요즘 화갑네 하는 작가들이 책을 읽질 않아 아는 것이 없다며 자신의 게으른 작품 활동에 대해 입막음을 해오고 있었다. 툭하면 나오는 말이 동양철학을 모르고 한국화를 그린다는 것을 부끄럽게 생각해야 한다는 말을 입에 달았다. 때문에 김 교수와 대화를 하려면 노장자에 대해 작은 상식쯤은 알아야 창피를 면한다는 말이 있을 정도지만, 정작 그가 노장자에 얼마나 깊이 알고 있는지는 누구도 확인해본 바 없었다.

갑사에서 용문폭포를 뒤로하고 신흥암을 향하는 길목에서 잠시 쉴 때 아무 말 없이 따라오던 이상선 작가가 김 교수에게 말을 건넸다. 이 작가는 이 학장의 후배며 동시에 김 교수의 제자다. 그러니 김 교수야 말로 상왕인 셈이다. 이렇게 같은 학교 출신으로 또 같은 교수의 제자로 이어지다보면 손해 보는 쪽은 학교요 학생들이다. 물론 제도상으로는 같은 학교 출신의 채용을 일정 비율 이상 되지 못하도록 규정하고 있지만 실상은 그렇질 않은 형편이다. 아마도 전국적인 추세일 수밖에 없는 것은 지역 안배 차원이라거나 모교 발전을 도모한다는 명분을 내세웠기 때문일 것이다. 이와 같은 현상은 지방대학의 발전을 막는 엄연한 불법이건만 자기들끼리 북치고 장구쳐가며 지속되고 있는 병폐다.

"조선시대의 단원 김홍도가 일본 '가부끼' 그림의 천재화가 '샤라쿠'라면서요?"

이 또한 이론과 야사에 누구보다 빠삭한 김 교수의 구미를 맞추려는 이 작가의 의도적인 추임새다. 다음 학기에 뽑을 교수자리를 놓고 이미 벌써 물밑작업이 분주하게 전개되고 있었다. 때문에 이 학장이 이번 산행에 후배인 이 작가를 일부러 대동한 것이었다. 그리고 적당하다고 생각한 시간에 눈치를 준 것이었고 이 작가의 조심스런 질문을 김 교수는 오히려 고마워했을 것이다. 왜냐하면 자신의 풍부한 지식을 드러내는 것을 즐겼음으로 잽싸게 그들의 미끼를 물것임을 계산한 질문인 것이다.

"이젠 나도 많이 늙었어, 작년 같질 않다니까."

라며 오른 손을 들어 자신의 무릎을 툭툭 쳐가며 점잖게 말을 꺼냈다. 두 사람은 좌우에서 눈을 껌벅이며 귀를 쫑긋이 하고 착한 제자로써 경청할 자세를 취했다. 김 교수가 이런 제스처를 칠 때는 하고 싶은 말을 어떻게 시작할 것이냐를 궁리 중이거나 애써가며 희미한 기억을 쥐어짜고 있다는 뜻이다.

"일본 '가부끼' 그림이 유럽 인상파에 큰 영향을 주었다고 보아야 하는데 가부끼라는 게 일본 창극 같은 것이잖아. 당시 일본에서는 가부끼 공연의 포스터를 목판화로 찍어서 사람들에게 홍보용으로 배포했단 말이지. 그런데 일본이 도자기를 프랑스의 만국박람회에 내보낼 때 도자기가 깨지지 않도록 포장한 것이 바로 이 가부끼 포스터였었단 말이지. 이것은 가부끼를 매일처럼 볼 수가 없었기에 그림으로라도 볼 수 있게 만들만큼 인기가 좋았었다는 말도 되지…. 요즘의 아이돌과 같은 것이었을 테니까. 그런 그림을 찍어놓은 판화가 우리가 쓰는 한지와 비슷한 종이였기 때문에 버리기보다 오히려 도자기 포장재로써 안성맞춤인 것이지. 비록 잘못 찍힌 판화들이었지만 당시의 프랑스 작가들의 눈엔 아주 흥미로운 그림이 아닐 수 없었을 것이고 재료와 조형형식 면에서 전혀 새로울 수밖에 없는 그림이었을 테니까 게다가 이국적인 인물의 그로데스크한 디테일까지 한눈에 반하고 만 것이지. 모네, 고흐, 고갱, 마티스, 피카소에 이르기까지… 그만하면 대단한 영향이잖어."

"그렇겠군요."

이 작가가 다시 한 번 추임새를 넣었다.

"그 '도슈사이 샤라쿠東洲齋寫樂' 으로 불리는 사람이 무려 20여명이나 된다는 가히 신화적인 인물이란 말이지. 그도 우리처럼 국내에서는 뒤늦게 알려진 작가야. 유럽에서 먼저 알려져 역린된 사람이니까."

마치 자신이 샤라쿠처럼 뒤늦게라도 알려질 화가임에 틀림없다는 사실을 입증하기라도 할 것처럼 두 제자들을 번갈아 쳐다보면서 싸잡아 안은 것이다. 그러나 두 제자들은 그저 꿀먹은 벙어리일 수밖에 다른 도리가 없었다.

"이 에도시대의 우키요에 화가 도슈사이 샤라쿠를 단원 김홍도라고 믿는 사람들은 한국 사람들이지만, 그 당시 조선에서 단원이 어떤 연유에선지는 몰라도 잠시 잠적했던 시기와 맞물려 있다는 게 연상의 큰 이유지. 그리고 그의 이름을 보면 도슈사이 즉 동주재東洲齋란 동쪽 땅에 사는 사람이란 뜻이거든. 그리고 샤라쿠寫樂도 단원의 아명과 당호에서 따왔다는 주장이 있고. 그때가 정조 때인데 어진을 그린 조선 최고의 화가를 일본의 신문물을 직접보고 그려오도록 밀사로 보냈다고도 하고 대마도를 거쳐 일본 다까마스에 잠입했다는 기록도 있다더만 한 1년쯤 일본에서 활동 했었다는 설이지. 그런데 왜 그 애기가 먹히느냐 하면 샤라쿠라는 화가가 일본에서도 갑자기 나타났다가 홀연히 사라진 화가라는 사실이거든. 1년여에 150여 점의 작품만 남기고 사라진 전설의 화가이기 때문이란 말이지 현재 일본에서는 일본의 고흐라고 추켜세우고 있지만."

"가부끼 배우를 야쿠샤役者라고 했다면서요?"

이번엔 이 학장이 거들었다.

"이 학장도 꽤 아는 모양일세."

라며 김 교수가 이 학장을 쳐다보자 이 학장은 도둑질하다 들킨 고양이처럼 금세 꼬리내렸다.

"그냥 주워들은 얘기지요 뭐."

"아냐, 맞는 얘기야. 힘 좀 쓰는 사람이니 좀 삐딱했겠어. 깡패들이 모두 그렇지만. 그러니까 가부끼 배우들도 인기에 편승하여 좀 비딱하게 보였을 테니까 야쿠샤라고 한 것이고 그런 판화를 야쿠샤에役者繪라고 하지. 보통 우키요에는 가부끼 공연을 한눈에 볼 수 있도록 대관화법大觀畵法으로 그린 것에 반해 샤라쿠의 우키요에는 배우의 얼굴을 크로즈업하여 개성을 살린 것이 다르지 그래서 유럽인들의 인기를 얻은 것이고."

얘기를 하다말고 김 교수가 껄껄대며 웃었다. 두 사람은 영문을 몰라 어리둥절 하고 있는데 그는 자신의 생각에 흡족한 나머지 저도 모르게 나온 행동이었던 것이었다. 김 교수가 웃음을 멈추며 말을 이었다.

"내가 왜 웃었느냐하면 단원의 그림이나 샤라쿠의 그림이나 모두 손의 형태가 똑같이 서툴다는 사실이 생각났기 때문이야. 이 작가가 핸드폰 좀 꺼내서 찾아봐 젊으니까 잘 찾을테지 빨리. 틀림없어 단원이 샤라쿠야."

이 작가는 결국 단원의 풍속화첩을 찾아냈다. 김 교수의 말 대로 단원의 손 데생은 좀 서툴렀다. 그리고 우키요에의 그림에서 찾은 샤라쿠의 그림도 손의 모양이 왜소하게 그려져 있는 것을 발견할 수 있었다. 김 교수는 득의 만만하여 다시 한 번 소리 내어 웃었다.

"그것 봐, 내 말이 맞지?"

그리고는 가부끼에 대한 마무리를 지었다.

"일본 막부 시절에 가부끼가 매춘을 일삼았기 때문에 미풍양속을 저해한다 해서 금지되자 요즘의 가부끼 같은 남성들만 출연하는 야로가부끼野郞歌舞(人支)가 된 것이지."

"그래서 인상파 작가들의 작품 배경에 우키요에가 등장하게 된 것이군요."

이제야 확실하게 알았다는 듯이 두 사람은 똑같이 고개를 끄덕였고 이 학장이 잽싸게 말을 받았다.

"때문에 샤라쿠의 명성이 유럽으로부터 역린된 것이란 말이군요 우리가 좀더 연구를 해서 단원이란 사실을 입증한다면 독도를 자기네 땅이라고 우기는 낯짝을 뭉개줄 수 있을텐데요."

"그건 어려운 얘기고 이 학장! '샤미센三味線'이라는 악기를 아시나?"

이 학장이 머뭇거리자 이 작가가 그를 돕는다.

"왜 학장님, 몇 해 전에 김 교수님 모시고 오사까에서 일본 전통 음악을 봤었잖아요."

"그랬었지, 구마도리로 가부끼 분장을 한 배우들이 샤미센에 맞추어 독특한 억양으로 노래를 불렀었잖아. 우리나라 판소리 비슷하게 부르던."

그제서야 생각이 나는 듯 이 학장은 머리를 극적거리면서 우리가 너무 오래 쉰 것 같다며 출발을 재촉하는 것으로 분위기를 바꾸었다.


3


꽤 오랫동안 갤러리를 운영하며 작품 활동을 지속 중인 정 관장은 작년에 개관 20주년 기념으로 소루 선생을 초대하는 다소 파격적이랄 수 있는 전시를 개최했었다. 그동안 누구 한 번도 개인전을 초대한 적이 없었기도 했지만 두 사람의 사이가 그다지 원만하지 않았었기 때문이었다. 서로 간의 성격 탓도 탓이겠지만 정 관장 스스로 타협하는 성격이 아니었기 때문이었을 것이다. 전시 개막식에서 그는 소루 선생만 한 작가가 우리 지역에 없기 때문이라고 초대의 변을 밝혔었고, 아울러 10년 뒤 개관 30주년 땐 자기 작품전을 끝으로 갤러리를 폐관할 생각이라고 해서 또 한 번 초대된 작가들을 놀라게 했었다.

갤러리를 운영하면서 작품을 원만하게 판매하는 성격도 아니고, 그렇다고 주변에서 도와주는 사람도 없어 보였다. 그러니까 갤러리를 운영하는 사업자가 아니라 순수한 작가 쪽이래야 옳다. 갤러리 뒤편에 있는 조그만 창고가 말하자면 작품보관실이다. 그것을 그는 작업실로 쓰고 있다는 것을 가까운 사람만 알고 있었다. 물려받은 재산도 탐탁하지 않음에도 불구하고 그가 지금까지 버티고 있다는 것만으로도 미스터리가 아닐 수 없다. 그러나 사실은 부인이 아파트 단지 지하상가에서 옷을 수선하는 일로 집안을 꾸려나가고 있었기 때문이었다.

그런 정 관장을 보고 신구상 작업으로 화단에 널리 이름이 알려진 안 교수가 말을 걸었다.

"정 관장님은 본업이 어느 쪽이요?"

신원사 중악단의 고즈넉한 한옥에 마음이 끌려있던 정 관장은 안 교수의 새삼스럽지도 않은 질문엔 답도 하지 않고 혼잣말처럼 중얼거렸다.

"여길 올 때마다 묘한 생각이 든단 말이야. 거대한 문명의 끝자락이 이렇게 소박하기만 하대서야."

"뭐요, 내 얘기엔 대답도 하지 않고 수수께끼 같은 사람은 말을 그렇게 빙빙 돌려도 되나?"

속이 좀 상한 듯한 안 교수의 말에 정 관장은 정신을 차렸는지 안 교수의 얼굴에 자신의 얼굴을 바싹 들이대면서 작은 목소리로 말을 받았다.

"그렇잖아요, 우리 민족의 미래를 조금이라도 생각했던 분이라면, 또 조국의 새로운 희망을 민족혼을 통해 치유하려 한 동학의 개벽은 무엇이었을까를 생각하게 된단 말입니다. 이 축축한 이끼 긴 담벼락의 무늬벽돌에서 날 보고 수수께끼를 풀어 보라는 것 같기도 하고."

안 교수는 정 관장의 최면술에 홀린 듯 심각한 늪으로 빠져들 수밖에 없었다. 동학은 장차 올 개벽을 통해 천지자연의 질서가 변하고, 문명의 불의가 청산되며 인류가 한 가족으로 살아가는 세상이 열린다는 주장을 하고 있다. 그렇다, 동학과는 아무런 연관도 없는 곳이다. 원래 중악단은 계룡산 신원사 뒤편에 자리 잡은 계룡산 산신을 모시던 제단이다. 조선 태조는 북쪽의 묘향산에 상악단과 신원사의 중악단, 그리고 남쪽의 지리산에 하악단을 세웠었다. 이것은 영험한 산의 기운을 통해 조선의 안녕을 기원했던 것인데 상악단과 하악단은 멸실되고 여기 중악단만 남아있는 것이다.

정 관장이 의미심장하게 본 담장의 기와편으로 꾸며놓은 문양은 수壽, 복福, 강康, 녕寧, 길吉, 희喜 등의 문자 무늬다. 중악단의 현판 글씨는 조선 후기의 이중하李重夏가 쓴 것이다. 동학에서 개벽사상을 내세울 때 남사고南師古의 비결인 '격암유록格菴遺錄'을 내세웠기로 주역의 천문지리를 통해 계룡의 중악을 축으로 신도안의 도읍설까지 서로 엉킨 신앙혁명이 개입된 것이라 여겨지긴 한다. 그래도 그의 동문서답은 자신을 여간 비꼬는 것이 아니었다.

"내 갤러리와 내 작업과도 같은 맥락으로 볼 수 있다는 얘기지요. 인간의 생명이 단순히 어떤 하나의 작용으로 생성 된 것은 아니란 말이지 안 그래요? 정신과 육체가 그렇고, 여기서 보는 음양이 그렇고, 동양과 서양이 그렇고 그렇잖아? 누가 안 교수의 작품을 두고 구상이냐, 추상이냐 따지면 싫잖아 그렇지?"

"얘기가 이상하게 돌아갔어, 그만들 해. 편하게 살으라고."

옆에 있던 진 선생이 두 사람의 말을 끊으며 끼어들었다. 그는 판화를 하지만 이전에는 서예를 했었다. 정확하게 전각을 주로 했었는데 어느새 판화로 옮겨 온 것이다. 하긴 전각도 찍기로 따지면 판화의 영역이긴 하다.

"나도 글씨가 각이 되고 찍어 놓고 보니 그 현상이 맘에 들어 이렇게 살잖어. 표현의 자유를 즐기면 그것으로 족한 것이란 말이지"

"난 그런 뜻이 아니지."

안 교수가 얼떨결에 구차하게 된 자신을 변호라도 하려는 듯이 목소리를 키웠다.

힘든 갤러리 운영이 걱정이 되서 하는 소리였음을 서로 모르는 바 아니었기에 중재 차 나선 진 선생이 말을 바꾸었다.

"잠깐, 수수께끼는 그런 것이 아니라 불가사의적인 것이어야 하는 거야. 세기적 여론이 모두 증명하는 그런 것들이 수수께끼란 말이지. 일테면 고대 암벽화의 미스테리 같은 것이 예일 수 있단 말이지. 프랑스와 노르웨이 등에 남아 있는 빙하시대의 작품들이지…. 프랑스의 라스코 동굴의 벽화에서 보이는 야생마의 질주하는 모습이라든지 페슈메르 동굴벽화가 그렇고, 특히 1994년에 발굴된 아르데슈 동굴의 사자무리 벽화는 현대 드로잉 작품을 보는 듯 하잖어. 이것들은 모두 3만 년 전의 그림들인데 색채감과 동감까지 뚜렷하게 남아 있단 말이지. 감동받아 마땅한 이런 것들이 수수께끼란 말이지."

"옳은 얘기야."

정 관장도 지나쳤던 자신의 행동을 내려놓으며 말을 거들었다. 그 말에 고무된 진 선생이 말을 이었다.

"구석기시대 원시인들은 동굴을 지하세계로 이어지는 통로로 여겼을 것이라고 하잖아. 영혼과 환상을 찾으려는 현대미술과 다를

게 하나도 없어 보인다는 얘기지 안 그래? 우리가 잘 아는 라스코 동굴의 화려한 천정화를 생각해 봐도 그렇고 들소들의 다양한 모습과 나뭇가지 기호들이 보는 사람을 감싸는 듯 하거든. 고미술의 대가 키츠는 '침묵한 그대는 우리를 사색에서 깨어나게 하는구려'라고 감탄했었거든."

그의 박학다식한 벽화론에 힘입어 세 사람은 새로운 등반의 의미를 되찾을 수 있었다. 화가들은 누구보다 적응 능력이 출중한 사람들이다. 그만큼 현실 파악이 빠른 것도 작업 중에 수시로 대처해야 하는 작업의 특성상 적응능력이 배양된 탓일 것이다. 산길을 오르면서 정 관장은 안 교수를 향해 말을 걸었다.

"미안해 나도 힘든 세상에 도태되지 않으려 버티다 보니 신경이 날카로워져서 그랬지. 다른 뜻은 없어 그 일을 누가 시켰으면 벌써 때려치웠을 텐데 쓸데없는 자존심이 원수지. 우리 모두 그렇겠지만."

잠시 뜸을 들이는 것 같아 안 교수도 아무 말 없이 걷고 있었다. 얼마 후 정 관장이 입을 열었다.

"내가 작업을 해 오면서 궁금했던 것은 고대의 미해독 문자들이야 난 그 조형미에 반해서 그것들을 작업에 많이 인용했었지, 잘 알겠지만."

"이해해, 어렴풋이 느끼기는 했었지."

안 교수도 어색함을 씻고 대화에 응했다. 문자는 인류의 가장 위대한 발명 가운데 하나다. 오늘날 사람들은 컴퓨터 키보드를 두드리며 문자의 고마움에 감사를 잊고 살겠지만. 기원전 1200년경의 중국의 갑골문자와, 300년경의 슈메르의 쐐기문자며, 인도 아리아 어족의 문자, 메소포타미아의 설형문자, 모헨조다로의 시바문자, 이집트의 신성문자 등등을 생각하면 실로 대단한 것들이 아닐 수 없다. 인간의 말을 기록하려는 시각적 기호들이 체계적으로 발달한 것이 문자가 아닌가를 생각하면 소름이 돋을 지경이다.

정 관장의 말을 들으며 진 선생은 자신은 서예를 했었기에 더욱 깊은 관심을 보였다.

"정 관장이 그렇게 문자 이전의 기호에 대해 관심을 갖고 있을 줄은 진짜 몰랐었네. 나야 한문을 전공 했으니 기호에 대해 연구를 했다면 좀 한 사람이지만 얘기를 들어보니 새삼 반갑구만 그래."

"현대 회화에서 기호의 조형화는 오래전부터 사용된 것이지만 아직도 수수께끼가 많죠."

안 교수가 결국 직업병이 도진 듯 말을 이었다. 대화가 진지해지면서 발걸음도 빨라진 것일까, 어느새 그들은 관음봉에 당도하고 있었다. 바위 모서리 옆으로 철쭉 몽우리들이 여인네들의 빨간 손톱 메니큐어처럼 매력을 발산하고 있었다.

관음봉에 도착해서 세 사람은 자리를 잡고 앉았다. 진 선생이 배낭에서 먹음직스런 딸기를 꺼내자 정 관장도 초콜릿을 꺼내 한 개씩 나누어 주었다. 안 교수는 주머니에서 포켓용 술병을 꺼내 병뚜껑에 술을 따라 정 관장에게 먼저 권했다. 목젖을 넘어가는 쾌감을 즐기며 서로 웃음을 나누면서도 정 관장은 괜한 시비에 속을 보인 것 같아서 맘이 편치 않았다. 안 교수같이 편안한 월급쟁이가 영세 자영업을 하는 사람들의 애환을 알 수 있을까. 그래도 그의 작업이 봐줄만 하기에 참는 것이지. 잘난 체하는 김 교수 같았으면 주먹이 나갔을 수도 있을 판이었다. 입만 나불대는 교수들을 격멸하는 그였기 때문이다.

안 교수가 그런 정 관장의 마음을 알기라도 한 것처럼 다정하게 굴었다.

"미안해, 아까한 말은 그런 뜻이 아니란 걸 내 맘을 잘 알지?"

"알지? 알 쥐는 털 없는 쥐야. 그런 사람이 애들 전시는 무엇 땜에 취소 시켰어?"

결국 이유가 있었다. 안 교수가 정 관장의 갤러리에서 열기로 한 제자들의 전시 계획을 듣고, 학교 다닐 때는 열심히 공부나 하고 전시는 졸업한 후에 해도 늦지 않다는 얘기를 해서 전시가 무산된 것이었다. 그러나 마침 집세를 낼 수 있었던 기회가 그 일로 말미암아 난감하게 된 것은 정 관장이다. 학생들은 아무 생각 없이 우리 교수가 전시를 못하게 해서 미안하단 말을 전했을 뿐이었다. 그렇다고 학생들을 붙잡고 계약 이행을 하랄 정 관장은 아니었기에 월세를 변통하느라 몸이 달았을 뿐이었다.

"그랬었군. 나는 애들 생각을 한다는 것이 그만 정말 미안하구만 미안해."

"됐어, 그럼 애들한테 바람은 넣지 말았어야지 책임도 못질 재학 시절에 전시했단 자랑은 말았어야지. 무심코 발로 찬 돌멩이에 논에 있는 개구리에겐 치명적일 수도 있는 것이거든. 날 보고 갤러리 관장이냐, 작가냐 하지 말고 안 교수야말로 교수야 작가야 양수겹장이 좋은 것만은 아닌 걸 잘 아는 사람이 '내로남불'을 떠들어? 안 교수 눈엔 내가 그렇게 보였어? 미안하지만 나는 작업을 기만하지는 않고 살았거든. 난 제자는 없지만 안 교수는 제자 무서운 줄을 알아야 할 걸. 안 교수가 또 다른 오해를 할까봐 상황을 솔직히 털어 놓는 거야."

안 교수는 혹을 떼려다 다른 혹까지 붙인 꼴이 되었다. 그가 좋아 가까이 지내려던 것이 되레 척을 지게 생긴 것이다. 그러나 이판에 더 무슨 말이 필요할까. 그의 말대로 학교일을 핑계로 작업도 대인관계도 제대로 하지 못했던 일상에 싫증을 느끼던 판이었기 때문이었다. 누구라도 삶을 위하여 온전히 자신을 소진시킬 의무가 있다던 소루 선생의 말이 떠올랐다.


4


계룡산 관음봉에 올라서면 동쪽으로 속리산, 남쪽으로 덕유산과 운장산이 보인다. 서쪽으로는 칠갑산이 보이고 서대산 진악산이 보인다. 금산군 진산면과 복수면, 추부면 등이 권중화權仲和에 의해 산태극 수태극의 길지로 도읍지에 적당하다고 조선조 태조에게 주청된 바 있었다. 물론 동국여지승람 17권을 빼놓을 수는 없다. 지금도 42개의 큼직한 주춧돌이 지방유형문화재로 남아있는 신도안이 존재하고 있는 것만 보아도 계룡산은 참 멋진 산이다.

두 번째로 김 교수 팀이 관음봉에 도착했다. 김 교수는 일흔을 넘긴 나이임에도 불구하고 자신의 후임으로 있는 이 학장과 이상선 작가를 거느리고 오후 3시 약속을 지켰다. 날씨는 쾌청했고 시야는 넓었다. 사방으로 탁트인 관음봉은 천황봉, 삼불봉, 연천봉을 아우르는 매력적인 곳이다. 쌀개봉, 수정봉, 장군봉, 신선봉 등과 함께 충청남도 사람들을 닮아 있는 산인 것이다.

이 작가는 서울에서의 첫 전시를 앞두고 여러 가지 갈등을 겪고 있다. 무엇보다 다음 학기 교수채용에 가장 중요한 자료가 될 팜프렛이 문제다. 솔직히 팸플릿이 문제가 아니라 돈이 문제다. 서울 화단은 곧 한국 화단이다. 디자인부터 멋지게 나와야 한다는 것은 기초다. 그러나 인사동 화랑의 대관료가 하루에 70만원이면 일주일에 5백여 만원이다. 팸플릿을 얇게 5백부만 만든다 해도 4—5백만원은 족히 들 것이기 때문이다. 게다가 시간을 뛰고 있는 대학의 교수들과 평론가와 지인들에게 3백부는 우송해야 한다. 서울의 일간 신문사는 물론 몸담고 있는 지방의 신문사까지 일일이 문화부 미술 전문 기자를 찾아가야 한다는 이 학장의 조언이 있었다. 그러면 작가 보관용이 겨우 남을 텐데 전시기간 동안은 어떻게 해결하나도 문제다. 엽서를 5백장 정도 찍어서 이리 저리 대체 시킨다면 좀 여유가 있을 법했지만 그 또한 돈이 문제다. 빚을 낸 1천만원으로는 전시 오픈행사 뒤풀이는 엄두도 못 낼 판이었기 때문이었다.

아내는 아내대로 죽을 맛일 것이다. 대학교수가 된다는 보장도 없는 전시다. 지금 살고 있는 아파트 전세비도 올려달라는 말을 들었지만 남편의 전시를 앞두고 말도 꺼낼 수가 없었다. 큰애가 고3이니 대학등록금도 준비해야 하는 판에 실성한 가장이 아니고서는 도저히 납득할 수 없는 처사다. 그간에도 여러 차례의 지방 전시를 했었지만 작품이 팔렸다며 내놓은 것은 첫 전시 때 친정 오빠가 울며 겨자 먹기로 가져간 작품으로 끝이다. 그러나 너무도 절박해 하는 남편의 모습이 하도 절박했기에 친정 엄마를 협박하다시피 하여 돈 1천만원을 빌리기는 했어도 갚을 방도는 없는 형편이다. '나도 빌려왔으니 알아서 해라'는 말에 어머니 얼굴을 제대로 쳐다보지도 못하며 '꼭 갚을게'라고 기어들어가는 목소리로 대꾸했을 뿐이었다.

김 교수가 있던 학교에서 교수 중에 서울에서 개인전을 치룬 사람은 이 학장 뿐이었다. 김 교수는 말만 앞섰지. 대전에서조차 개인전을 하지 못했다. 그래서 그런지 서울에서 개최되는 동문전을 꽤나 자랑스러워했다. 그렇다고 이 작가가 한 번의 서울전으로 팔자를 고칠 짬은 아니다. 다만 중앙 무대에서 개인전을 했다는 소리만이라도 듣고 싶은 것이다. 그와 비슷한 나이의 화가들은 벌써 해외전을 하고 있는데 대한민국에서 활동하는 화가로서의 의무감과도 같은 목마름이 그를 아직 미치지 않고 여기까지 오도록 만든 것이다.

이 학장의 고민은 전임 교수들이 수업시간을 늘여 강사수를 줄이라는 대학의 지침을 어떻게 오해 없이 해결하느냐다. 신입생은 해마다 눈에 보이게 감소하고 있다. 작년에도 두 과가 폐과 되었다. 이대로 가면 융복합이라는 미명아래 다른 학과와 통폐합이 불가피

한 상태다. 게다가 대학평가가 취업에만 방점을 두고 있기 때문에
예체능계열은 그야말로 절체절명의 위기에 처해 있다. 미술대학
졸업과 동시에 영세자영업자로 전락할 학생들은 무슨 수로 4대보
험을 들게 할 것인가? 일자리는 말로 해결되는 것이 아님에도 대통
령은 그 말을 입에 달고 있는 것 같다.

5월의 계룡산은 특별한 사명감으로 자기최면에 걸린 여덟 명의
화가들을 위해 찬란하게 빛나고 있었다. 연둣빛 새싹과 산벚꽃의
화사함이 노란 생강나무 꽃과 진달래 철쭉들로 터어키산 고급 실크
카페트를 깔아 놓은 듯 눈이 부시게 아름다웠다. 마침 소루 선생 팀
도 관음봉에 도착했다. 김 교수가 소루 선생을 맞으며 반가워했다.

"어서와요, 고생했네."

라며 자신이 마시던 포켓용 술잔을 권했다. 안 교수가 따라와 얼
마 남지 않은 술을 따랐고 소루 선생은 감사하다며 마셨다.

"고마워, 작년 다르고 올 다르다더니 내가 꼭 그 짝이군."

여덟 명의 화가들은 서로 서로 돌아가며 악수를 나누고 반가워
했다. 정 관장 팀과 김 교수 팀은 덩달아 다시 일어나 처음처럼 인
사를 나누며 즐거워했다. 아마도 먼저 와 잠시 쉰 탓일 것이다. 안
교수는 정 관장의 손을 힘 있게 잡았고 정 관장은 웃음으로 화답했
다. 수인사가 끝나고 서로 간식을 나누며 우정을 다지느라 분주하
다. 이때 5월의 산은 일몰이 빠르다며 이 학장이 하산을 권했기 때
문에 모두 자리를 털고 일어나 옳은 얘기라며 서둘러 은선산장 쪽
으로 발길을 재촉한다.

"아침신문을 보니까 그라피스트로 유명한 세퍼드 페어리가 서울 전시를 위해 내한 했다는군."

김 교수가 옆에서 걷는 소루 선생에게 말을 붙였다. 그는 언제나 신문 문화면에 실린 기사를 가지고 자신과 특별한 인연이나 있는 것처럼 말하기를 좋아했다.

"위대한 낙서전에 맞춰 한가람미술관에서 대형 벽화 작업을 펼친다누만 세상이 변해도 너무너무 변했단 생각이 들어."

소루 선생이 말을 받지 않을 수 없게 되자 입을 열었다.

"국민을 일깨운 거리예술가가 세계적인 스타로 탈바꿈됐잖아. 그가 다음엔 기후변화를 주제로 작업을 하겠다고 인터뷰한 기사를 봤지."

'나도 신문을 읽었어'하는 투가 역력했지만 말은 다정한 목소리로 잇고 있었다.

"저도 봤어요, '무엇이 삶을 예술로 탄생하게 하는가?'란 부제가 더 맘에 들던데요."

정 관장은 예리한 통찰력으로 원로들의 대화에 끼어든 것이다. 소루 선생이 뒤돌아 그를 보며 밝은 미소로 말을 이었다.

"갤러리를 운영하려면 최신 정보에 관심이 게으르면 바로 도태되겠지. 조형의식과 시대정신의 만남에서."

김 교수가 발걸음을 늦추며 말을 받았다.

"그래도 뉴욕현대미술관과 스미소니언박물관에도 작품이 영구 소장되어 있드구만. 꽤나 진지한 철학을 피력하는 작가로 소개되었고."

역시 이론적으로 무장된 그의 적응력은 출중했다. 산행을 교수 회의장으로 역전 시키려 든 것이다.

"요즘엔 대중적인 것은 모두 유명세로 연결되고 그것이 죄다 돈으로 직결되는 시대잖아요. 언론이 언뜻 공정해 보여도 알릴 의무와 알 자유의 교접점을 연결해 돈으로 환원 시키거든요."

정 관장 또한 집요한 데가 있는 사람이다.

"하긴 세월호니, 촛불행진이니, 태극기 물결이니 하는 다분히 계획적인 집요함보다 보도각도의 레벨업에 의해 파생되는 주식동향처럼 우리 경제에 엄청난 영향을 끼치는 것인데, 우리 언론은 늘 표피적인 현상에만 존재하거든 오늘 산행을 하면서 느낀 것인데 보잘 것 없는 작은 꽃들도 무리지어 있으면 장관을 이루더라고 군락의 크기에 정비례하면서."

소루 선생도 정 관장의 의견에 동조하고 나섰다. 그러자 김 교수가 나서며 뒷정리를 한다.

"화엄세계의 이 대자연 앞에서 먼지 같은 인간들의 놀이야 장난인 것이지, 그렇지 않나 소루!"

어느새 곁에 왔는지 이 학장이 말을 받았다.

"요즘엔 스마트폰 앱만 누르면 주르르 쏟아져요 공부는 안 하고 정보만 찾으려든다니까요 하긴 그것이 학생 탓만도 아니죠."

"정 관장! 반 작가가 안 보이잖아? 핸드폰 좀 해봐. 서두르지 않으면 산장에 내려가기 전에 어두워지거든."

이 학장이 전화기 얘기를 하는 순간 소루 선생은 반 작가가 보이지 않는다는 것을 눈치채고 걱정하는 것이다. 산행에서는 하산시간을 잘 잡아야 한다. 어둔 산길에서 실족하여 부상당할 경우 혼자만의 고생으로 끝나는 것이 아님을 소루 선생은 오랜 등반으로 누구보다도 잘 알고 있는 터였다. 그때 정 관장이 뒤에서 소리쳤다.

"다 왔대요! 따라갈 테니 앞서 가세요."


## 5

은선산장은 숙소가 비좁다. 때문에 밖에서 어정거리다가는 앉은 채 벽에 등을 붙이기도 힘이 든다. 5월이긴 해도 산에서 노숙은 추위 때문에 위험을 동반하는 것이다. 그래서 산장이 붐빌 때는 더듬어가며 동학사로 내려가는 사람들이 종종 있다. 여덟 명의 화가들은 해가 지고 주위가 어두워서야 산장에 도착했다. 그리고 일진이 좋았는지 천만다행으로 산장엔 그들 이외엔 다른 사람들은 없었다.

산장 주인은 소루 선생과는 오래전부터 친분이 있었다. 두 사람이 사담을 나누는 사이 김 교수는 어느새 개울가에서 등산화를 벗고 피곤에 지친 발을 닦으며 가곡을 웅얼거리고 있었다. 옆에서 이 학장과 이 작가는 손과 얼굴만 대충 닦은 눈치다. 동학사 계곡물은 여름에도 손발이 시릴 만큼 찬 물이다. 이들이 막 일어서려는데 반 작가와 진 선생과 정 관장이 하산하여 산장으로 오고 있었다. 도중에 아는 사람을 만나 얘기가 길어졌다고 했다. 그 때문인지 진 선생이 취기어린 발걸음이 위태로워 보였다. 그는 평소에도 한 잔 술에 얼굴이 빨개지는 체질이긴 했다. 그래서 하산이 더 늦어진 것일 게다.

"우리도 대충 닦고 들어갑시다. 땀이 식으면 추워지니까."

진 선생이 취기를 털어내기라도 하려는 듯 성큼성큼 발을 벗고 여울로 들어섰다.

"아차차차 차거워라."

그가 들어가기가 무섭게 되돌아 나왔다. 그리고 옆에 있는 바위에 걸터앉으며 시원하다는 말을 연거푸 날렸다. 시원하다기 보다 춥다는 말이 옳을 텐데 아무래도 술 탓일 것이다.

"적당히 해, 그러다 감기 들겠어."

정 관장이 염려하며 자신은 손만 씻었다. 얼음물처럼 차가웠기 때문이었다. 그러나 물을 손에 적시는 순간 온몸의 피로가 풀리는 것 같은 전율이 느껴졌다. 물이 인간을 정화한 것이다.

"사월 초파일이 지나면 분명 겨울은 아닌데 여기 동학사 물은 여름철에도 그래, 붓다의 정신을 정결하게 느끼라는 뜻인가 봐."

"카필라왕국의 왕자 싯달타는 왜 옆구리로 태어났을까요?"

진 선생이 등산화를 신고 일어서며 화두를 던지듯 알 수 없는 말을 했다.

"마야왕비의 태몽은 흰 코끼리가 옆구리로 들어오는 꿈이었지요. 붓다의 출생부터가 기존의 패러다임을 깨트리는 파격을 가지고 있는 것이다 그 말입니다. 없는 것, 즉 공空에서 색色을 창출 시킨다는 것이죠. 색즉시공 공즉시색이 중도를 관통하는 본래적 의

미죠. 붓다가 없음 '0'에서 태어난 '1'인 것은 시각을 의미하는 말입니다. 그러나 모든 인간은 모두 '0'에서 태어난 '1'인이거든요. 안 그래요? 그렇다면 '0' 이전은 무엇인가? 인간이 왜 태어났느냐를 생각하게 하는 것이란 말입니다. 나는 무엇이며 너는 누구인가?"

진 선생의 우문현답 같은 말에 대답한 사람은 소루 선생이었다. 그도 개울가에서 손발을 닦을 겸 또 반 작가의 소식도 궁금하여 밖으로 나오며 진 선생의 말을 들었다. 이미 그들은 어둠에 익숙해지고 있었다.

"왜 혜초가 인도로 갔을까? 동아시아의 많은 수행자들이 붓다를 찾아 목숨을 걸고 인도에 무엇 때문에 갔을까와 동방박사들이 이스라엘의 베들레헴을 찾은 것과는 어떤 관계가 있는 것일까? 를 생각해 볼 필요가 있지요. 세계적으로 개신교 국가들이 부패청산에 성공했죠. 이것은 특정종교를 두둔하는 게 아니라 역사의 흐름이 그렇다는 겝니다. 자 이런 얘기는 들어가서 하기로 하고 어서 들어가 저녁을 먹읍시다. 산장 주인이 라면 끓이는 솜씨가 탁월하거든요. 게다가 5년이나 된 비장의 산삼주도 준비해 놨습니다. 내가 손을 좀 썼죠"

소루 선생을 필두로 앞서거니 뒤서거니 해가며 여덟 명의 화가들은 산장으로 자리를 옮겼다. 벌써 산장 안에는 입맛을 돋우는 그럴듯한 냄새가 포근하게 쌓이고 있었다. 둥근상 위엔 커다란 냄비에 김이 서려 여덟 화가들의 모습이 렘브란트의 그림처럼 어울려 감미로웠다. 비록 종이컵에 덜어먹는 라면이지만 특별히 내놓은 산삼주의 풍요로움으로 하여 당대의 금릉팔인을 연상시켰다. 분위기가 무르익고 시장끼가 회복됐을 때쯤 소루 선생은 말문을 열었다.

"제가 우리그림의 명칭에 대해 생각해 봤는데 미술이라는 단어 자체가 문제라는 사실을 알았어요. 이건 일본과 우리나라에서만 쓰는 말이란 것이지요."

소루 선생의 말이 떨어지기가 무섭게 김 교수가 소리를 높였다.

"그 말엔 나도 동감합니다. 그림을 미술이라 하고, 우리 가락과 소리를 음악이라 하고, 춤을 무용이라 부르는 것은 전적으로 일제 강점기에 저지른 걔네들의 농간이었단 말이죠. 이것은 우리의 민족정기를 말살 시키려는 저들의 철저한 계획임은 역사가 말하고 있잖아요. 한반도로부터 전수받은 역사의 흐름을 뒤집으려는 열등의식이었단 말이죠."

"그렇지만 그동안 써왔던 미술이란 말을 하루아침에 고칠 수가 있나요?"

이 학장이 이의를 건 것도 일견 맞는 말이다. 온 국민이 보편적으로 쓰는 말을 표준어라고 한다.

"때문에 국민적 여론이 필요한 것이겠지만 우선 우리부터라도 일제가 만든 조어를 버리고 우리그림의 바른 이름을 찾으려는 노력이 있어야한다는 것입니다. 작은 물이 모여 큰물이 되는 것처럼 우리그림을 위한 포럼 같은 모임을 만들면 어떤가를 생각했습니다. 소통과 통합을 이루려면 이 방법이 가장 원만할 것 같은데."

"나는 오래전에 우리은행이 생길 때부터 그런 생각이 들었었는데, 평양에서 남북한 여자축구 경기가 있었잖아요. 그때 방송에서 잠시 봤는데 남북이 모두 우리나라가 이긴다느니, 우리나라가 동점 골을 넣었다느니 해가며 남북한의 경계가 사라졌었거든요. 그걸 보면서 우리나라가 통일이 되면 아예 나라이름을 '우리나라'라고 하면 좋겠다는 생각이 들더라고요. 내가 아닌 우리라는 말을 가장 폭넓고, 멋지고, 아름답게 쓰는 나라도 없을 걸요 '우리어머니' '우리아버지' '우리아들' '우리동생' '우리누나' '우리마누라' '우리남편' 만병통치가 따로 없잖아요 모두 우리로 하나 되게 하는 ."

좌중은 고개를 끄덕이며 반 작가의 기상천외한 말에 박수를 치며 화기애애하게 술잔을 들어 건배까지 했다. 마냥 불가능해 보이지만도 않는 말이었기 때문이었다.

"내가 백두산에 갔을 때 우리그림의 정체성에 대해 생각해 본 적이 있어요. 우리나라 화가라면 모두 한 번쯤은 고민해 본 것이겠지만."

정 관장이 좌중을 보며 말을 이었다.

"중국 음식이 모두 기름에 볶는 거잖아요 때문에 사람들이 싸가지고 온 고추장이다 김치, 장아찌들을 꺼내 먹으며 우리 맛에 대해 많은 얘기들을 했었죠. 그때 알았어요. 우리그림의 정체성은 우리 맛이란 사실을, 그렇다면 우리 맛이란 무엇인가? 우리 멋일 수도 있겠다 생각했죠. 좀 전에 반 작가가 우리나라라는 말을 하니까 그 생각이 새삼 떠오르더라고요. 우리 멋과 맛이 배어있는 작품이 우리그림의 정체성인 것이죠."

밤이 깊어지자 저마다 자세가 벽에 기대어 늘어지기 시작했다. 안 교수와 이 작가 두 사람이 남아있는 산삼주에 소주를 섞었다. 시간은 자정을 넘어가고 있었다. 산속에서의 시간은 일상의 시간과는 다르게 더디 가고 있었다. 우리그림이 우리나라를 벗어나려면 미술이 아니라 그림인 것처럼 그 관념의 틀을 깨고 다시 일어서야 할 것이다. 소루 선생이 안교수가 따르는 술잔을 받아들고 의미심장한 말을 했다.

"그림은 그림 이외의 방법으로 간섭할 수는 없다고 생각해요. 즉 어떤 방법이 좋을지는 그림이 선택한다는 말이죠. 내가 그림을 그리는 것이 아니라 그림이 작가를 만든다는 사실을 최근에서야 알게 되었거든요. 함부로 남발해온 작품들로 하여 작가적 생명을 잃은 화가들이 많다 그 말이지요. 그러니까 작가는 그림에 고용된 도구일 뿐이란 것이지요. 바꾸어 말하면 열과 성의를 기우려 만든 작품이어야 그 작품이 작가를 지킬 수 있다는 뜻이지요. 때문에 그림 이외의 그 무엇도 그림의 미래를 어쩌지 못한다고 할 수 있는 것이고. 누구에게나 감동을 줄 수 있는 작품이라면 당연히 명작의 반열에 오르게 되겠죠. 그래서 명작은 시대 구분이 없는 것이라고 하나봅니다."

다소 엉뚱 해보이기는 해도 소루 선생의 이 말은 깨어있는 사람들에겐 충격적이었다. 사물과 물아일체가 되지 않고는 이해될 수 없는 무위자연에서 얻은 교훈이었기 때문일 것이다.

"지금 와서 생각해보면 추사 선생 같은 선각자가 우리나라에 왜 출현했던 것인지 깊이 성찰하고 사유할 필요가 있단 말이죠 그래서 말인데 여기 이 은선산장을 지금 이 순간부터 나는 은선회루銀線繪壘라고 부르고 싶어요. 원래 회루繪壘란 조선시대 전기田琦의 이초당二艸堂에서 추사의 제자 14명이 한자리에 모여 회루를 이루었다는 유래에서 생긴 말이고, 추사선생의 품평을 유재소에게 부탁하여 기록한 것이 이초당독본이거든요. 후에 우리그림의 또 다른 선각자 고유섭 선생이 조선화론집성본에 소개해서 오늘에 알려지게 된 것이란 말이지요."

스스로 감격해진 소루 선생은 손에 든 술 한 잔을 단숨에 마시고 잔을 돌렸다. 안 교수와 반 작가가 번갈아가며 잔을 받았을 때 정 관장도 어느새 가까이 다가와 세 번째 잔을 받아 마셨다. 그런 다음 소루 선생은 결언하는 마음으로 말을 이었다.

"은처럼 맑고 환한 한줄기 빛을 찾으려고 여기 은선폭포의 산장에 모여보고 싶었거든."

그도 취기와 자기최면의 사명감 때문인지는 몰라도 상당히 격앙되어 있었다.

"옛날부터 이 은선회루에서 우리그림에 대해 솔직히 터놓고 얘기하고 싶었거든 어떤 그림을 그려야 할지는 작가가 아니라 그림이 스스로 결정하는 것이거든 어느 누구라도 감히 그림에 참견할 수는 없는 것이거든 어떤 화가가 될지는…."

한밤중에 계곡으로 내리꽂히던 한줄기 소리가 계룡산 골짝을 타고 올라 하늘을 가르고 있었다.

친구

## 1

**삼겹살이 오징어** 굽는 냄새처럼 좀 역겨워져서 네팔
간디스강 상류의 화장터 같다고 느껴졌을 때쯤 불쑥 김 교장의 한마
디가 침묵을 깼다. '우린 제대로 살고 있는 것일까?' '대흥동시대'는
밤 10시를 넘기고 있었다. 매달 한 번씩 만나는 고교동창 친구들 간
의 모임이다. 시인이기도 한 중등교장 출신의 김 교장과 원로작가인
이 화백과 건축업을 하는 표 사장 등 '한상' 팀이 가끔씩 들르는 곳이
다.

그는 화두처럼 불쑥 말을 던져놓으며 둥근 스텐레이스 테이블
가운데에 있는 화덕의 바람구멍을 돌려막았다. 석판 위에는 삼겹
살이 본성을 잃어가며 최후의 형체를 지글거리는 리듬에 내맡긴 지
오래다.

"왜 또오?"

표 사장이 더 이상 심각해지지 말자는 투의 억양으로 김 교장의
말을 받으며 술잔을 털어 넣고 검게 끄을러 토스트같이 된 삼겹살
을 입에 넣었다. 바삭거리며 씹는 소리가 야무져서 대충 하라는 소
리처럼 들렸다. 이 화백이 아무 말 없이 그의 술잔을 채웠다. 술병
엔 술이 반도 채 남아있지 않았다. 벌써 각 일 병을 넘긴 것으로 보

아 적당히 마신 셈이다. 김 교장이 정년퇴임을 하면서 더 늙기 전에 자주 만나자는 제의에 시작된 것이 벌써 몇 해 되었다. 그러니까 60대 중반의 중늙은이들의 반창회 같은 모임이다. 시의원 하는 문박이 약속을 어겨 그렇지 꼭 한 테이블 멤버이기에 '한상'이다. 가끔 시외로 자리를 만들어 나갈 때에도 딱 택시 한 대면 충분했다. 어쩌다 기차를 타고 더 멀리 나갈 때는 좌석을 돌려놓고 앉으면 넷이서 마주보며 수다 떨기에 적당했다. 작년 4월엔 일본 벳부別府의 핫토 온천축제 체험 이벤트에 가서 소위 88탕을 옮겨 다니며 객기를 부리기도 했었다.

"우리가 제대로 살아왔느냐, 그 말이야. 우리가 그래도 지성인입네 하고 평생을 살아 왔는데 제 몸 하나 제대로 간수하지 못했고 또 교육자로 자식과 진배없는 제자들이 있다고 자랑처럼 말해왔으면서도, 그 제자들을 위해 올바른 교육제도 하나 개선해 놓지 못하고 월급이나 타먹고 지내다가 정년하고 나와선 연금입네 하고 국고를 축내는 것 같아 하는 말이다, 그 말이야."

"취했군."

표 사장이 김 교장을 보며 그만 마시라는 어조로 단언한다.

"자네 말 한번 솔직하군, 칠십을 바라보니 철이 들 나이도 되셨지 페스탈로치로 산다는 게 쉽지만은 않을 걸세."

표 사장의 빈 잔에 술을 채우고 난 이 화백이 말을 받았다. 그리고 자신이 마신 잔을 김 교장에게 권하며 술을 따랐다. 아무 말 없이 잔을 받아 마신 그가 다시 그 잔을 이 화백에게 돌려주었다. 이미 술병엔 채 한 잔도 남지 않았다. 술을 따르려던 그가 멈칫거리며 주인에게 병을 들어 보이며 확인시켰다. 주인이 새 술을 가져오자 표 사장은 꼬막접시를 내밀었다. 안주를 더 시켜야 판이 끝나리란 계산에서다.

"내 말은 우리 전공분야에서만이라도 우리 몫을 했었어야 했단 그 말이지."

"그 말은 문박한테나 해, 걔가 그런 걸 하라고 뽑아준 시의원이 잖아. 그리고 난 니네 같은 지성인도, 또 예술가도, 교육자도 아니 고!"

표 사장이 다시 가져온 꼬막접시를 받아놓으며 내뱉듯이 빈정댔 다.

벽에 걸려 건성 돌아가던 TV에서 긴급뉴스라는 붉은 자막이 떴 다. 북한에서 또 미사일을 쏜 것이다. 이젠 식상한 얘기인데도 긴급 한 뉴스임에는 틀림이 없는 것이다. 그러나 이번은 ICBM 이란다. 대륙간 탄도미사일 화성 14호로 39분간을 비행했다는 뉴스다. 동 해의 공해 상에 떨어졌지만 그들의 말대로라면 세계 어느 곳에라도 보낼 수 있다는 위협이었다. 미국의 시애틀까지가 사정권에 든다 는 것이다. 그런 뉴스를 지나가듯 보면서 이 화백은 짐짓 '일본 놈 들이나 작살낼 것이지'를 생각했다.

"심심하면 쏘아대는 쟤들 얘긴 접어두고 나도 답답해서 그래."

김 교장이 필요 없는 얘기를 하는 것은 아니다. 실은 손녀딸애의 고민이 애처로웠기 때문이었다. 지난번에도 이 화백의 화실에 찾

아와 미술대학에 진학하고 싶어 하는 손녀딸의 습작을 보이며 의논
했었다. 그때 이 화백은 학교 공부나 시키고 어지간하면 그림 그리
는 것을 말리는 게 상책이란 말을 했었다. 고생길로 접어들기 전에
막으려는 것이었다. '왜 사서 고생을 시키려하나. 제 길을 가지 못
한 자신을 생각해서라도 예술인의 길에 발을 들여놓지 않는 것이
좋지 않겠어?' 라고 힐책했었다.

　"생각해 보게 우리가 학교에 다닐 땐 그래도 학교에서 예체능계
진학하는 학생들을 선생님들이 붙잡고 가르쳤었잖아, 그랬던 것이
점점 야박스럽게 변했단 말이지 하긴 우리 죄지. 처음엔 과외수업
이었지. 결국 제 꼬리 잘라 먹는 갈치처럼 선생이나 학교나 자기 죽
는지도 모르고 나대다가 이 지경이 된 것이지만 학교에선 과외수업
을 폐지하게 되고 학교 밖에선 학원들이 극성을 부리니까 사교육비
절감이란 차원의 교육정책으로 변했단 말이지. 사교육비가 년 간 7
조원이라는데 난 상상을 못 하겠어. 아무튼 애꿎은 게 뭐라고 예체
능 수업 시간만 깎아 먹었단 말이거든. 고등학교 미술시간이 1학년
1학기로 끝이란 거 이건 진짜 웃기는 얘기야. 게다가 학교에서 하
는 미술반 활동을 과외활동으로 여기기 때문에 미술선생이 대학 가
려면 학원을 다니라고 했다는 거야. 그러니 손녀딸의 학원비는 또
어떡하느냔 말이지."

　김 교장은 입이 마른지 술 한 잔을 훌쩍 마셨다. 자신이 교장일
때는 아마도 선생들에게 과외수업 엄벌을 입에 달았었을 것이다.
그리고 이 화백을 쳐다보며 '당신도 애들을 가르치려면 교습소 허

가를 받아야겠지?' 라며 한숨을 쉬었다.

"이 사람 김 교장 잘 아는 사람이 왜 이래 예체능 시간에 학생들이 다른 공부를 하도록 가능하면 자습 시키라는 말을 당신은 안 했을지 모르지만 자책하지 마. 김 교장만큼 성실한 선생도 드물다는 걸 우리가 다 아니깐."

이 화백은 김 교장을 위로했고 표 사장은 꼬막 하나를 까서 그의 입에 넣어주었다. 이제 '대홍동시대'엔 이들 세 사람밖엔 아무도 없었다. 벽에 붙어 있는 작은 메모들이 모자이크화처럼 보였다. 술기운이 오르고 있다는 증거다.

"내가 젊어서 미술 선생을 할 때는 학교 미술실에서 방과 후에 고3 애들을 모아놓고 대입준비로 석고데생과 구성이니 수채화 등을 가르쳤었지 물론 돈 같은 건 받을 생각도 없었고 또 학생들도 그런 생각을 당연하게 여겼으니까 일요일이나 공휴일이면 늘 야외 스케치를 다녔었는데 오히려 점심으로 자장면은 으레 내가 사는 것으로 알고 지냈었거든. 지금 그 애들이 거의 대학교수거나 작가로, 또 시간강사로 활동하고 있지만."

이 화백이 감회어린 표정을 지었다.

"그랬었지, 지금 그랬다가는 어느 놈 손에 죽을지 몰라. 부당과외 교사라며 고발하거든 그러니 저 죽을 짓을 누가 하겠어."

"학교는 있는데 교육의 부재요, 선생은 많아도 스승은 없으며, 학생만 있고 제자는 없다 이 말씀이구만."

표 사장의 따가운 비판에 두 사람은 고개를 끄덕일 수밖에 없었다.

자신이 너무 했었나 싶었던지 표 사장은 옛날 얘기를 꺼냈다.

"우리 어릴 때에는 명절에 달걀꾸러미를 들고 선생님 댁에 찾아갔었잖아? 볏짚으로 예쁘게 엮어 만든, 달걀 열 개를 어떻게 그렇게 꼭 묶었었는지 지금은 눈 씻고 찾아봐도 없드라고. 일본에 갔을 때 보니 거긴 아직 그런 게 있더군, 관광 상품으로."

"맞아, 선생님은 밥 먹고 가라고 붙잡는데 난 다른 애들한테 들킬까봐 애를 먹었다니까."

"그래, 그 때 나하고 만났었잖아. 그래서 같이 밥을 먹었었지 사모님이 물 말아서 다 먹으라고 밥사발에 물을 붙는 바람에 죽을 뻔했었지."

"그래 맞다. 그래서 내가 니네들 신용장이라고 놀려댔었지."

그래서 추억은 늘 아름답다고들 하는가 보다. 서로 다투다가도 추억이 서리면 모든 것이 복날 얼음 녹듯 녹아버린다.

김 교장이 향수를 씹으며 한마디 꼬인 소리를 덧붙인다.

"그런 좋은 세월도 이젠 다 끝이구만. 요즘엔 무슨 웃기는 김영란 법인가가 생겨서 담임선생님한테 카네이션 한 송이도 줄 수 없다니 사제지간의 정이란 것도 옛 얘기고 잘못 했다간 성 추문으로 얼굴도 못 들어요. 하도 세상이 어수선하니까 시를 쓸 수가 없어."

"그럼 그런 걸 쓰면 되지 맞아죽을 각오로 써야 작품인 거야. 그리고 이 얘긴 내가 잘 몰라서 하는 얘긴데."

표 사장이 두 사람의 눈치를 살피며 어렵게 말을 꺼냈다.

"예술이란 것이 스스로 탐구하는 자유로운 분야잖아. 개성을 중요시 하는 그래서 하는 얘긴데, 경쟁력이 필요 없으면 학교에서 애들한테 꼭 성적을 줄 필요가 없는 거 아냐? 학원까지 다니며 공부하지 않아도 되고 어떤 대학은 실기시험도 안 본다고 하던데 그렇잖아?"

라며 이 화백을 쳐다보는데 말이 끝나기가 무섭게 김 교장이 소리를 질렀다.

"그래서 이 화백 보고 너는 상도 못 탔었냐고 했냐? 또 엊그제 청소년 축구 한일전 때는 동점골을 먹고 비기는 걸 보고 화를 냈었잖아? 경기는 이겨야 맛이라면서."

"그거야 운동 경기잖아 그리고 한일전이야 무조건 이겨야 하는 거구. 온 국민이 다 아는 얘기를 놓고 교장 출신이라고 또 날 훈계냐?"

결국 술이 문제를 일으키는가. 술이 각 이 병째가 되가니까 성격들이 드러나나 보다. 칠순을 바라보는 나이를 잊고 고등학교 시절의 그리움에 빠져 아직도 혈기 왕성하다. 그리고 교장출신이란 말에 정신을 차렸는지 김 교장이 먼저 마음을 다잡아 갈무리를 한다.

"이봐요, 표 사장! 세상에 경쟁 없는 분야가 어디 있어. 수학. 과학 경시대회만 있고 영어, 국어 경시대회는 없는 줄 아나? 예체능은 어려서부터 경시대회 속에서 길들여지게 마련인 거 잘 아시 잖아."

"맞아 우리 김 교장이 속 태우는 시만 해도 책방에 가면 소위 베스트셀러들이 앞줄에 떡 버티고 있잖은가?"

이 화백도 나선다.

"내 말은 학교 얘기지. 그리고 우리 동네는 하나부터 열까지가 다 돈이야."

라며 한발 물러났다. 그러나 예체능계의 입시체계를 잘 몰라 그렇지. 내신 성적과 실기와는 전혀 차원이 다른 것이다. 또 그 실기도 딱 한 번의 실수로 인생이 달라질 수 있는 것이기에 더더욱 예체능을 하는 학생들에게는 이러저런 스펙을 쌓을 수밖에 없는 것이고 보면 난감지사란 것이다. 게다가 예술은 국력이라며 21세기를 문화예술의 시대라고 하면서, 학교 수업의 시간 배정이 학생 위주라기보다 정치적 논리로 해석될 수 있어 보이면서 더 큰 문제가 야기되는 것이다.

우리 교육의 문제가 어제 오늘의 사안이 아니지만 언제나 암기력이 곧 똑똑한 기준이다. 대학진학에서부터 공무원 시험이니 고등고시까지 모두가 외워서 해결되는 나라가 우리나라다. 물론 예체능이라 해도 인문학이 철저하게 바탕에 깔리지 않고는 성공이 불가능한 것이고 보면 이 외우기는 끝이 없다. 그런 판에 예체능을 학문으로 보지 않고 실기능력을 재주로만 여기려드는 관념이 더 큰 문제다. 예술이 시대를 이끄는 선구자적 사유를 지표로 하는 철학임을 인지하려 들지 않기 때문인 것이다.

중국의 차이웬페이蔡元培는 '미적인 교육은 종교를 대신할 수 있다.'는 말을 했다. 그만큼 문화교육은 정신적인 지표를 설정하고 정서적인 안정을 꾀하는 데 도움이 된다는 말로 이해될 만하다. 또 프랑스에서는 국가의 어떤 분야보다도 문화예술이 중요하다는 인식하에 유럽 통합에 있어서도 끝까지 예술예외주의를 주장했었다. 당시 카트린 트롯트만 문화장관은 문화정책개방에 대해 '창작활동 지원에 대한 국가정책의 파괴로 치달을 수도 있으며, 유럽문화정책의 수립을 좌절시킬 수도 있다.'는 발언과 함께 프랑스의 문화적 예외원칙이 도전 받아서는 유럽통합에 동의할 수 없다는 말은 유명하다. 우리보다 생활수준이 훨씬 낮은 동구권 국가들의 많은 나라가 가계비에서 20~30% 정도를 문화비에 지출한다는 보고는 더욱 우리를 당혹스럽게 한다고 최병식 교수는 그의 저서 '문화전략과 순수예술'에서 주장한 바 있다.

2

시의회 문재수 의원의 사무실은 신시가지 중심의 시청사가 내려다보이는 시티빌딩 맨 꼭대기 층에 있었다. 시의 랜드마크인 빌딩 꼭대기였지만 그는 나쁜 뜻과 좋은 뜻이 함께 하는 47이라는 숫자를 선호했기에 서슴없이 47층을 사무실로 택한 것이다. '교육환경과 발달장애 현상'으로 얻은 박사학위를 들어 우리는 그를 문박이라 부르고 있었다. 그는 늘 원만한 삶을 입에 달고 살았지만 빌딩 꼭대기에서 자신이 근무하는 시의회와 시청사를 발아래 내려다보는 삶이 누구에게 원만한 것인지는 묻지 않았다. 어쩌면 발 아래로 작게 내려다보이는 시민들과 정체된 자동차 물결에서 그가 어떤 느낌을 받는지 알 수 없는 노릇이다.

재직 중에 힘들게 얻은 박사학위와 학교장 경험을 내세워 시의원을 거머쥔 뒤로 재선의원이 되었기에 후반기 의장설이 강력하다. 그는 한 번도 출세가도에서 제외된 적이 없는 사람이었다. 선생이 되고 몇 년 되지 않았을 때 시험보고 장학사가 되었다. 이후 교감과 교장으로 승진하더니 갑자기 시의원을 하겠다며 친구들을 찾았던 때가 엊그제였다. 아무튼 그는 요즘 생애의 최고 바쁜 나날을 보내고 있는 중이다. 게다가 대통령을 배출시킨 집권 여당의 광역시당 중진의원이고 보니 그 위세가 자못 당당해졌다.

"중식은 H호텔에서 교육문화진흥원 주 원장님과 12시 30분에 있습니다. 백 회장님이 초대하시는 것입니다. 세 분이 식사하시고 나면 오후 5시에 중등교장 연석회의에 잠깐 다녀오시면 오늘 일과는 끝입니다."

아침에 비서 겸 운전기사가 일정을 얘기했다. 그는 버릇처럼 조찬이니 중식이고 만찬이라 불렀다. 처음엔 듣기 거북스러웠지만 몇 해 듣다보니 이젠 자신도 친구들과 만날 때 그렇게 말투가 바뀌고 말았다. 점심시간이 가까워 오자 '차를 현관에 대기시켰다' 고 말하는 운전기사에게 문박은 좀 짜증스런 목소리로 나무랬다.

"이 사람아, 내가 말했잖아. 주차장에 그냥 두라고 이제부터라도 겸손해지자고 특권의식을 버려야한다고 말했잖아. 보는 눈이 한둘이 아니라는 말을 어디로 들었어? 말 많은 세상에 조심하자고 그랬잖아."

그랬다. 지난달 6년 된 승용차를 바꾸면서 대형차를 중형차 급으로 한 계단 내린 터였다. 꼭 후반기 의장 자리 때문만은 아니었지만, 나름 겸손을 내세우며 은인자중하는 모양새를 통해 시민 곁으로 더 가까이 간다는 것을 보일 짬이었다. 그러나 운전기사는 새로 나온 동급의 대형차로 바꾸어야 한다고 우겼었다. 초선 의원들도 대형차를 선호하는데 군이 내릴 필요까지야 없지 않겠냐는 것이었다. 같은 기사들끼리의 체면도 생각해 달란 이유 있는 항변이었지만 참으라고만 했었다. 대신 승용차는 현관 아래 쪽으로 대는 것으로 조율하여 기사들 간에 존재하는 체면을 고려하기는 한 셈이다.

H호텔 7층 한정식은 격식을 갖춘 식당으로 예약하지 않으면 식사하기가 어려운 곳이다. 그곳에 약속을 잡은 것은 문박을 따르는 백 회장의 성의다. 그녀는 문박과 같은 소속 초선의원이다. 그러나 문박은 그녀가 한국시낭송연합회장이라는 명분을 내세워 백 회장이라 불렀다. 일견 높이는 것 같아도 같은 시의원이 아니라는 거리 두기가 깔려있는 것이다. 레벨이 다르다는 것을 은근히 다짐하는 말이 분명했다. 오늘 같이 식사를 할 주 원장도 문재수 의원을 문박이라 부르는 것과 같은 맥락이다. 어느 단체건 존재하는 위계질서지만 특히 정계의 상하관계란 참으로 무서운 암투와 복선이 깔린 곳이다. 그래서 아예 처음부터 문박은 스스로 주 원장을 대면했을 때 '문박'이라 불러 주십시오 라며 수하임을 자인했었다.

주 원장은 지역구 국회의원 수성에 실패한 재선의원이다. 현 정권이 들어서면서 대선의 논공행상으로 낙하산처럼 위촉된 곳이 한국문화진흥원장이다. 아마도 문교부차관을 역임한 재선의원에다

당 중진 반열임을 증명한 셈인 것이다. 백 회장은 이 계보의 막내로 오늘의 만남이 소위 신고식과도 같은 자리였기에 신경을 써가며 점심자리를 만든 것이다. 물론 문박과 사전 협의를 통해 결정된 것이기는 하지만 물주는 백 회장이기에 그녀의 의견을 수용한 것이었다.

"오늘 보니 백 의원이 참 예쁘십니다. 몸매도 좋으시고."

주 원장이 인사말처럼 하는 말이었지만 자칫 구설에 오를 수도 있는 여성성을 내세운 발언이다. 아무리 사석에서 하는 말이지만 공인을 향해서 한 말로는 문제성이 없다고 보기 어렵기 때문이었다. 그러나 그만큼 무탈한 자리이기도 했다.

"원장님 감사합니다. 예쁘게 보아주셔서 저도 좀 있으면 할머니예요" 하면서 수줍은 듯 몸을 꼬며 주 원장의 옆자리에 앉아 물수건을 펴 그에게 주었다. 보통 세 사람이 앉는 자리는 상석 앞에 두 사람이 마주앉는 것이 예의다. 그러나 백 회장이 주 원장 옆에 앉으며 종업원에게 눈치를 보낸 것은 따로 시중들기를 저지한 것이다. 하긴 밥값을 내는 사람이 주인인 것이다. 문박은 그런 그녀를 보며 일을 맡겨도 좋을 것 같단 생각을 다시 한 번 더했다.

"문박, 요즘 좋은 소식이 들립디다. 차를 바꾸며 한 단계 급을 내렸다면서요. 겸손을 실천하기가 쉽지 않았을 텐데 위에서 좋은 현상이라고 칭찬들을 합디다."

"저야 뭐 시민의 눈높이에 맞추자는 것이죠. 대통령께서도 늘 국민의 눈높이를 강조하시잖아요."

두 사람의 식사가 원만하도록 백 회장은 분주하게 신경을 썼다. 그러다보니 자신은 밥을 먹을 새도 없었지만 시종 웃는 얼굴로 얘기를 듣고만 있었다.

"우리 백 의원은 언제 보아도 겸손하시고 여성스러워요. 열심히 해서 다음 내후년인가요? 지역구를 지킨다는 건 아주 중요해요. 나처럼 밀려나지 마시고. 하하하."

"감사합니다. 잘 모시겠습니다. 다음에도 꼭 부탁드리겠습니다."

다음에도 공천을 부탁한다는 말을 해야 할지 말아야 할지 고민했었지만 솔직하게 털어놓고 보니 잘했단 생각이 들었다.

"백 회장, 주 원장님께 반주 한잔 더 따라드려요. 그리고 그런 말씀 하지 않으셔도 돼요. 우리 보스잖아요 원장님은 이번엔 내각으로 들어가실 텐데요."

주 원장은 정색을 하며 손사래를 쳤지만 '문박은 정보가 빠르셔'라며 웃음 띤 얼굴은 사실을 인정하는 눈치가 분명해 보였다. 그러나 문박은 경계심을 늦추지 않았다. 눈치라면 누구에게도 뒤지고 싶지 않은 그였기 때문이다.

"그야 다 아는 사실이잖아요. 총리와 고교 선후배사이라는 걸."

"그렇구만 내가 복이 많아서 내 부친이 생전에 거기 도지사를 하셨잖아. 그래서 본의 아니게 그쪽 학교를 다닌 것이고. 하하하. 아무튼 문박의 눈썰미가 대단해요."

세상은 참 묘하다. 필요하면 지푸라기라도 붙들어가며 따라다니고, 아니다 싶으면 손목을 자를 듯 냉정한 곳이 정치판이다. 살벌하고 냉정하기가 한겨울 빙판이 따로 없는 곳이다.

"문박도 이번에 후반기 의장 하시고 담엔 국회로 가셔야지요."

주 원장이 대화를 바꾸었다. 백 회장은 누른 밥을 퍼서 그에게 권하고 문박에게도 권했다. 문박은 연신 두 손을 민망하게 비벼대면서 말을 받았다. 그러나 마음속으로는 국회 청문회에서 쟁점으로 부각했던 것처럼 자신도 박사학위 논문을 놓고 펼쳐질 논쟁이 발목을 잡는 것은 아닌지 벌써부터 걱정이 아닐 수 없었다. 그것은 자신이 쓴 논문이 걱정되었기 때문이었다. 그때의 관행은 대필로 넘어가도 괜찮던 시절이었기 때문이었다. 교정은 직접 보았지만 인용과 표절 따위를 찾는다는 것은 감도 못 잡을 일이었다. 게다가 중등교장 시절에 다녔던 대학원 과정이란 것이 대학에서 등록만 하면 나머지는 알아서 처리해 주었고 출석은 방학 동안에만 국한했던 짜고 치는 고스톱과 별반 다르지 않은 것이었다. 그렇게 두 마리 토끼를 잡게 된 것도 석사과정과 박사과정을 이수하면 진급도 빠르고 거기다 월급 호봉까지 오르는 판인데 마다할 이유가 없었던 것이었다. 그런 걸 잘 아는 문박은 한술 더 떠 박사학위를 취득했으니 날개를 단 형국이 된 것이었다.

"모두 원장님께서 후원해주시는 덕이지요. 제가 무슨 힘이 있나요. 이번에 꼭 입각하셔야 저 같은 사람이 살죠. 저는 큰 욕심은 없습니다. 평생 교육계에 몸담아 왔으니 교육감은 한번 해보고 싶습니다만 원장님을 모시면서 지역사회에 작은 힘이나마 봉사해보려는 것이죠."

그가 교육감을 원한다는 말을 했을 때 주 원장의 얼굴에 스치는 미묘한 변화를 눈치 챈 것은 백 회장뿐이었다. 그러나 주원장은 자기를 모신다는 말에 기분이 좋았는지, 아니면 신경을 쓸 필요를 접은 것일지도 모를 일이었다. 식사를 마치고 나올 때는 필요 이상으로 문박의 어깨를 끌어안기도 했다. 그리고 백 회장의 어깨도 끌어 안으며 인사를 나누었는데 백 회장의 얼굴이 빨갛게 달아올랐던 것으로 보아 신체 접촉이 꽤 깊었다는 걸 의미했다. 둘은 다음 일정 때문에 바쁘다는 주 원장을 배웅하고 호텔 커피숍으로 다시 들어왔다. 그리고 후반기 시 의장 선출에 대해 깊고 은밀한 밀약을 나누었다. 백 회장이 고개를 많이 끄덕인 것으로 보아 무언가 명령을 하달받은 것이 분명해 보였다. 30여 분이 지나고 두 사람이 커피숍을 나오며 문박이 백 회장에게 월말에 친구들과 약속이 있는데 소주라도 괜찮다면 자리를 같이 하자는 말을 했었다.

3

늦은 밤, '대흥동시대'에서 김 교장과 이 화백이 앞서 밖으로 나왔다. 표 사장은 늘 그렇듯이 계산이 그의 몫이었기에 좀 늦게 뒤따라 나왔다. 돈 버는 사람이 할 일은 계산이 투자라며 술값을 도맡은 때문이다.

"여기가 젤 좋아, 셋이서 5만원이면 족하다니까. 주인아주머니 음식 솜씨에 반한다니까."

라며 나오는데 문박이 웬 중년 여자와 함께 경찰서 골목 쪽에서 오고 있었다.

"아니, 문박 어디서 재미 보다 다 끝난 다음에 나타나면 어떻게 해. 저기 김 교장하고 이 화백이⋯."

하며 두리번거린다. 앞서나온 친구들을 찾는 것이다. 그러면서 문박을 향해 말을 이었다.

"가만있어 봐, 두 사람이 여기 큰 길 쪽으로 나간 모양이구만. 그냥 갈 사람들이 아니잖아 이쪽으로 와 봐 늦게라도 얼굴을 보였으니 오늘은 용서하지⋯ 됐어."

표 사장이 말을 잇는 사이 큰 길 쪽으로 나갔던 두 사람이 다시 '대홍동시대' 쪽으로 오고 있었다. 그들을 본 표 사장이 소리를 높였다.

"이봐, 여기 누가 왔나 봐 문박이야. 그래도 약속을 지키려 예까지 왔으니 노력은 가상하잖아? 데이트를 하면서까지 역시 문박 이라니깐."

그러자 문박이 말을 받으며 두 사람을 향해 성큼성큼 발을 옮겼다. 역광으로 비치는 골목 어구로 두 사람의 그림자가 문박의 실루엣에 가려 보였다 안 보였다 했다.

"나야 문박이야. 벌써 가면 어떻게 해, 날 보고 가야지. 내가 언제 약속을 지키지 않은 적이 있었나?"

이 화백이 좀 앞서와 그와 악수를 나누는 사이에 '한상' 멤버가 다 모여 서로 악수를 하며 화기애애하다. 일차 수인사가 끝나기가 무섭게 중년의 여자가 먼저 인사를 청한다.

"안녕 하세요? 저 시의원 백성희입니다."

"아— 백 의원이시군요 저는 누구신가 했습니다. 이 야밤에 왠 일이세요? 저 문박 따라다니다 큰일나요 바람쟁인데."

라며 김 교장이 농담 섞인 인사를 하며 이 화백을 소개 시켰다. 표 사장이 뒤따라 와서 또 궁시렁거린다.

"이 사람들 언제나 자기들끼리만 논다니까, 맨날 술 사줘도 그 공을 몰라요. 나 표한창입니다."

라며 백 회장의 손을 덥석 잡고 흔들면서 '내 표야말로 일당 백, 백이라니까요 하하하' 말하며 소리 내어 웃었다.

"여기 길에서 이러지 말고 간단하게 맥주 한 잔 입가심이라도 하지 내가 늦었으니 벌주를 살게 저번에 갔었던 의자 몇 개? 다섯 개 라던가 하는 집이 소박한 게 좋드만."

일행은 자정이지나 한적한 밤거리를 천천히 걸어 맥주 집에 도 착했다. 작고 둥글게 매달린 노란 간판엔 '다섯 개의 테이블' 이라 고 검은 글씨로 쓰고 그 밑에 붉고 작은 영문으로 카페라고 쓰여 있 었다.


4


문박이 잠에서 깨었을 때 놀란 것은 잠자리가 바뀌었다는 사실 이었다. 최근 들어 출장도 없었을 뿐만 아니라 어지간하면 외박을 하지 않는 성격 탓이다. 여긴 호텔이거나 아니면 러브텔 같은 곳이 틀림없었다. 시계를 보니 아침 7시가 다 되었다. 평소 그의 습관대로라면 사우나에서 나와 우유 한 잔을 마시며 조간신문들을 읽고 있을 시간이었다. 지역구 유지들과 저녁 모임을 끝내고 백 회장의 사무실에서 가까운 의원 몇 명과 후반기 의회를 위한 전략적 회의를 마치고 간단하게 다과를 나누었다. 그리고 백 회장과 늦었지만 기다려 줄 것이라며 친구들과의 술자리에 와서 입가심으로 맥주를 마셨던 카페 '다섯 개의 테이블'까지는 생각이 났다. 후래자 3배라며 표 사장이 거듭 권하는 바람에 연거푸 잔을 비운 것은 어렴풋하게나마 기억을 하겠다. 그 후로 필름이 끊긴 것이다.

　백 회장은 문박이 고등학교 동창 친구들과 어울려 추억을 들추어가며 어린 시절로 돌아가 즐거움을 나누는 것을 보며, 슬며시 나와 택시를 타고 사무실 주차장에 와서 자신의 승용차를 끌고 나왔었다. 아무래도 귀가를 챙겨야 할 사람은 자신밖에 없다고 생각한 때문이다. 특히 자신의 멘토와도 같은 문박을 택시에 실려 보낼 순 없었다. 그것은 혹 누구에게라도 그의 술 취한 모습을 보여 득 될 게 없다는 생각도 했었지만, 이참에 자기 사람으로 만들어야 한다는 절박감이 있었음이다.

　그녀의 지역구는 구 시가지였기에 다섯 개 동을 싸잡아 돌아다녀야 하는 결코 작지 않은 구역이었다. 때문에 토박이들의 눈치를 보아야 하는데, 워킹맘의 입장에서는 나이 먹은 유권자들을 다룬다는 것이 여간 힘든 게 아니었다. 게다가 여당이 되긴 했어도 자신의 위치가 사상누각임을 잘 알기 때문이었다. 그보다 더 큰 문제는 지난번에 자신에게 패한 사람이 야당의 실세를 등에 업고 절치부심 자존심을 회복하려 뛰고 있다는 사실이다.

문박이 숙취로 힘든 몸을 이끌고 자리에서 일어나려고 시트자락을 들추는 순간 다시 한 번 더 놀래고 말았다. 자신의 아랫도리가 휑 하니 노출된 때문이다. 어젯밤이 비몽사몽이듯 스치고 지나갔다. 아차, 기어이 일을 저지르다니. 세상에는 공허한 일이 많지만 러브호텔 방에서 아침에 혼자 눈뜨는 것만큼 공허한 일은 별로 없으리라. 그렇다고 마냥 누워있을 수많은 없는 노릇이다. 거울 아래에 있는 작은 냉장고에서 물병을 꺼내 벌컥거리며 마셨다. 정신이 좀 드는 것 같아 스마트 폰을 드는데 작은 쪽지가 보였다.

'먼저 갑니다. 아침은 혼자 드세요' 란 손 글씨가 분명 백 회장의 필체였다.

아! 어쩔 것인가? 난생 처음의 실수였다. 이 난감한 사건을 어떻게 수습할 것인가? 그 보다 백 회장의 얼굴을 무슨 낯으로 볼 것인가도 문제였다. 내가 그녀를 범한 것인지 아니면 그녀가 자신을 유혹한 것인지도 불분명했다. 두 번 다시 있을 수 없는 일이었음에도 불구하고, 놀라운 것은 몇 십 년 만에 느낀 여인과의 향취를 놓치고 싶지 않다는 강한 본능이 차고 올라온다는 사실이다. 실로 오랜만에 회춘한 듯 야릇한 기분이 캄보디아의 타프롬 사원을 얽어매고 있는 나무뿌리처럼 온몸을 옥죄어 오고 있지 않은가.

앙코르와트를 5년 전 저 세상으로 떠난 아내와 결혼 30년 기념으로 관광했었다. 그러니까 아내와 사별하고 처음으로 다른 여인과 동침을 한 것이다. 그것은 침대 시트를 걷어 올렸을 때 분명 잊을 수 없는 밤꽃향내를 확연하게 느꼈기 때문이었다. 오래간만에 아내 이외의 여인과 지낸 어처구니없는 하룻밤이지만 문박은 백 회장의 체취가 싫지만은 않았다.

출가한 딸애가 가끔 찾아오기는 해도 그는 혼자 지내는 것이 외롭다거나 불편하다는 생각 없이 지내고 있었다. 물론 자신의 모든 것을 의정에 쏟고 있었기 때문이며, 꼭 한번 이루어 보려는 열망을 위해 매진하는 욕망이 그를 외로울 틈에 끌어들이지 않은 것이다. 그런 와중에 죽은 아내 보다 더 찬찬하게, 그것도 물심양면으로 도와주는 통 큰 그녀의 배려가 새삼스러웠다. 둘만의 비밀이었지만 자신의 선거자금을 거의 도맡아 주었었다. 그리고 꼭 그런 이유만은 아니었지만 가끔씩 그녀를 꿈꿔오지 않은 바 아니었기 때문일 것이다.

백 회장은 평생 해온 한 주류도매사업을 하나밖에 없는 아들에게 물려주고 정계에 뛰어든 여장부 같은 워킹맘이다. 지난 학기로 힘들었던 박사과정을 모두 마치고 바야흐로 논문만 남아있었다. 모두 문박의 권유를 받아들인 것을 잘했다고 믿는 그녀였다. 그녀 또한 그 같은 억척과 끼가 자기 안에 있으리라고는 미처 생각도 못했었다.

시의원으로 성공적인 첫발을 내디딘 것도 따지고 보면 문박의 덕이 아닐 수 없었다. 물론 문박의 선거자금을 그녀가 감당했다고는 하지만 그 정도는 아무것도 아니었다. 그녀는 정계에 뛰어들어 3년 만에 시의원이 되었다. 그러니까 대학원과 박사과정을 밟는 사이에 어쩌다보니 시의원이 되어버렸다는 생각이 들 정도였다.

문박은 자신을 친동생처럼 아껴주었다. 다른 사람들에게 자신을 소개할 때도 동생 같은 사람으로 소개했다. 그리고 못 다한 공부를 이끌어 인생의 후반기를 위해 새로운 불씨를 붙여준 사람이다. 또 지난주엔 논문의 초안을 잡아줄 제자 같은 후배라며 한 사람을 소개시켜주었다. 문박은 어느새 그녀가 가장 힘들어 할 때면 늘 옆에 있어 주는 사람이 되어 있었다. 때문에 아파트 한 채를 그에게 쏟아 부었지만 그녀의 재산은 시의원을 하면서 두 배는 족히 늘어난 것도 따지고 보면 모두 그의 덕이다, '꿩 먹고 알 먹고'가 자신을 두고 하는 말이란 생각이 들 정도였다.

문박이 시의회 의장에 오르면 자신의 울타리로 충분조건을 충족시킬 것이다. 혼자 지내는 그와 어울리지 못할 것도 없다고 생각하는 그녀다. 그가 의장직을 끝으로 노후를 멋지게 보내려면 자신이 아니고는 누구도 그 역할을 대신할 사람이 없다는 자신감이 그녀를 뒷받침하고 있었다. 자신을 위해 외조하며 보낼 멋진 그림을 위해서라도 그 만큼 적격인 사람도 없어보였다. 마치 한 마리 사마귀와도 같이 자신의 삶을 위해 죽어줄 '여왕의 남자'가 필요하다고 여겼던 것이다. 이쯤 되면 문박은 남미 에콰도르의 밀림에 자생하는 세이브 나무통이라도 두드려 남자의 자존심을 구명해야 할 판이다. 밀림에서 길을 잃으면 이 나무통을 치면 마림바 같은 소리가 나는데 그 소리로 사람들에게 자신의 위치를 알렸다고 한다. 그래서일까 마림바는 에콰도르의 민속악기 중 대표적인 악기다. 노예제도에 반대하고 자유를 갈구하는 사람들이 즐겨 연주하던 악기로 마림바를 빼놓을 수가 없다.

아무튼 백 회장의 뇌리엔 문박의 교육감은 그려있지도 않았다. 그의 나이도 나이였지만 자신의 정보망에는 주원장이 차기 교육감에 출마한다는 것을 알고 있었기 때문이었다. 문박에게는 시간을 봐가며 설득하면 될 테고 그렇지 않으면 어차피 할 결혼을 서두를 계획이었던 것이다. 그녀의 의중에는 이미 차 차기 교육감이 자리 잡고 있었으며, 성공한 여성 지도자로 남는 것이 곧 외아들을 위하는 길이라고 믿고 있었다. 국정농단의 최순실이 아니어도 여인의 욕심은 무서운 것이며, 자신의 진정한 울타리는 남편이 아닌 자식이었던 것이다.


## 5

백 회장의 본심을 알 턱이 없는 문박은 오늘도 김 교장과 표 사장과 셋이서 '대흥동시대'에 먼저 와 자리를 잡고 있었다. 오늘 따라 젊은 주객들로 자리가 붐비고 있었다.

그들은 막 전시회의 오픈 행사를 마치고 뒤풀이를 위해 찾은 미술인들이었다. 그들은 행색만으로도 일반인들과 구별이 될 만했다. 언뜻 막노동판에 종사하는 사람들처럼 보이는 작업복 스타일들이지만 어딘지 모르게 지적인 인상이 풍겼기 때문이다. 그들은 대화도 눈치 따윈 보지 않는 듯 거침없었지만 말소리는 조용한 편이어서 보통 보는 일반 주객들 하고는 구별될만했다.

그들 중에는 일본, 몽골, 러시아, 중국, 태국, 프랑스 사람들이 섞여있었다. 언뜻 우리나라에 귀화해서 사는 다문화가족으로 보였었는데 그게 아니었다. 국제적인 미술행사 '도큐멘타 대전' 전시회에 참가한 외국 작가들이었던 것이다. 그야말로 '대홍동시대'는 유럽의 한 모퉁이 술집과 진배없는 분위기였기에 술맛을 돋우는 편이래야 옳았다.

이들은 자발적으로 사비를 털어가며 모인 미술인들로 지방정부인 시가 다른 나라 도시들과 자매결연을 하면서 시민들의 관심을 끌어낼 때만 요란했던 것보다, 훨씬 더 긴밀하고 지속적인 유대관계를 유지하고 있는 것이다. 그 잘난 문화재단의 지원도 받지 못했음에도 불구하고 적극적으로 국제행사를 여러 해째 개최하고 있었다. 자신들의 궁핍한 주머니를 털면서도 즐겁게 참여하는 것은 그들만이 가진 독특한 사명감이 작용하고 있었기 때문이다. 일반적인 취미생활인들의 발표란 간헐적인 반면 전문가들은 창조적인 예술관과 사명감을 가졌기 때문에 지속적으로 투쟁하는 것이 다른 것이다.

시의원이나 공무원들은 시민의 혈세로 자매도시에 주기적인 출장도 다닌다. 그러나 시민들이나 전문인들이 직접적으로 혜택을 보는 일은 별로 없다. 그들은 늘 자기들만의 행사를 자화자찬하기 바쁜 반면 '도큐멘타 대전' 같은 순수예술인들의 국제교류행사는 시민들이 피부로 느껴 아는 행사인 것이다. 시나 정부가 나서서 개최하는 행사보다 더 바람직한 행사로 보였다. 도시와 도시가 자율적으로 만나 서로 소통하는 인도주의적 문화행사는 많을수록 좋은 것이다. 그러나 취미생활에도 복지지원이 필요한 것은 시민의 문화 향유가 국민의 행복지수를 높이는 역할을 하기 때문일 것이다. 그렇다하더라도 전문예술인의 양성과 국익을 생각한다면 지원의 비율을 다르게 적용함이 좋을 것이다. 취미생활의 관객은 이미 정해진 것이기 때문이다. 새로울 것이 없는 행사는 창조적이거나 미래지향적 발전을 기대하기 어렵다.

"이럴 때 이 화백이 있어야 하는데"

표 사장이 안타깝다는 듯이 말을 토했다. 이때 이 화백이 국제무대를 뚫고 등장하고 있었다. 좌중에 있던 여러 작가들이 그를 알아보고 일어나 인사를 했고, 이 화백은 그들과 일일이 악수를 하느라 잠시 대화가 끊기며 어수선 해졌지만 곧 자리를 잡았다.

"에끼, 이 사람! 양반은 아닐세."

문박이 일어서며 반갑게 그를 맞았다. 김 교장도 비좁은 자리에서 몸을 반쯤 일으키며 손을 내밀었고, 표 사장은 구석자리에서 간신히 손을 내밀어 이 화백의 손을 잡았다.

"미안해 버스를 잘못 타서 한 바퀴를 더 돌았어, 노선이 바뀐 줄을 몰랐지 뭔가."

서로 인사를 나누는데 '도큐멘타 대전'에 참여한 작가들이 자리에서 일어나 모두 함께 건배를 한다. 저마다의 말이 아닌 우리말로 '위하여'를 복창할 때는 '한상' 팀도 덩달아 건배를 했다. 술잔이 부딪치고, 함께 마시며 박수를 치고, 모두가 한 마음이 되어 환호하며 화기애애하다.

김 교장이 집단대화의 정글을 피해 말을 이었다. 주위가 소란했지만 싫지만은 않은 어쩌면 동화되기라도 한 것처럼 보였다.

"여기 모인 사람들이 거의가 아시아 사람들인 것 같은데 아시아를 어떻게 구분해야 된다고 생각해?"

불쑥 내던진 그의 말을 문박이 먼저 받았다.

"글쎄, 김 교장 생각이 쉽게 낸 얘기는 아닐 테고 그렇지만 평소 자네가 주장하던 대로 관념의 틀을 깨자는 것 같아서 쉽게 대답하기가 어렵겠는데"

라면서 말 꼬리를 흐렸다.

"그래, 우리가 생각하던 아시아는 아닌 것 같군."

"어렵게 생각하지 마"라며 이 화백이 표 사장의 말을 받아 테이블 위의 휴지 한 장을 꺼내 펴면서 말을 이었다. 그리고 그가 늘 가지고 다니는 붓펜을 꺼내 아시아를 중심으로 한 세계 지도를 대충 그렸다.

"여기가 우리나라고 이 위가 중국이고, 여기 왼쪽으로 몽골이 있고 그 위가 러시아야, 우리나라 밑이 일본이고. 그리고 여기 표 사장이 군대 시절에 갔던 베트남이고, 그 옆이 필리핀, 라오스 캄보디아 인도네시아, 말레이시아 일대를 동남아시아라고 하면 중국과 우리와 일본은 극동아시아의 한자문화권이겠지? 인도 쪽은 남아시아고 사우디아라비아, 이락, 이란 등은 서남아시아야. 그러면 자연히 몽골과 러시아는 북아시아인 셈이지. 그렇지 않은가? 저 아래로 아프리카야, 그런데 아프리카도 이집트를 중심으로는 서남아시아의 아랍권이거든, 그러니 아시아가 지금 세계에서 가장 큰 땅 덩어리인데다, 중국의 패권주의가 커지고 있기 때문에 아시아가 만만찮다 이런 말이지."

테이블 위에 그림을 그려가며 설명하는 이 화백의 진지함에 끌렸는지 문박이 무슨 새로운 발견이라도 한 것처럼 말을 받았다. 과연 정치인의 재치는 무엇이 달라도 다르다.

"그래, 이제부터라도 관념을 깨야 돼. 그동안 아시아를 너무 과소평가해가며 살아온 것이 사실이야. 극동아시아의 변두리에 살고 있으면서 아시아의 네 마리 용이 어쩌니 했었단 말이지."

"맞아 변두리나 매한가지였던 우리가 서구화된 삶을 살면서 아시아를 생각할 때 두 가지 과제가 있을 수 있어"

김 교장이 술 한 잔을 비우며 말을 이었다.

"첫째는 유라시아 대륙의 문화를 유럽과 아시아로 나누어 생각하지 않았다는 것이지 아니, 그보다 더 막연했었다고나 할까 유럽과 아시아는 지질학적으로도 판이 같은 양날의 칼같이 나뉠 수 없는 존재였기에 그냥 묶어 왔었단 말이지. 세계인구의 60%가 공유하는 문화권이면서 지금까지 거의 무관심하게 살아온 것이지. 그리고 둘째로 우리와 역사적으로 빈번한 교류를 지속하고 있는 주변

국가들에 대해서 좀 더 면밀히 살펴봐야 했는데. 예컨대 동양역사를 중국 중심으로만 배웠을 뿐 뗄 수 없는 일본 역사까지도 제대로 배우지 못한 현실이거든. 그러니 인도, 파키스탄, 베트남, 라오스 캄보디아 등 동남아시아와 이란, 이라크, 사우디아라비아의 서남아시아권과 러시아, 몽골 등의 북아시아권은 캄캄 절벽이었단 말이야. 최근의 사드만 보더라도 그렇잖아? 우리는 중국을 잘 아는 것 같아도 솔직히 백지상태나 다름이 없거든. 역사를 통해 미래를 유추하고 기획해야함에도 우리는 놀러 다니기에 바쁘기만 했었으니 반성해야해. 또 하나 우리가 베트남 전쟁에 참여했으면서도 '라이 따이한' 문제는 애써 외면하려 들었지, 일본의 위안부 문제완 전혀 다르게. 몽골이나 러시아에 대해서도 그렇고 요즘 중국 대신 인도가 떠오르고 있는데도 인도에 대해 전혀 캄캄하거든 너나없이 우리 모두가."

김 교장의 열변을 들을 수밖에 없었던 옆자리의 작가들이 박수를 쳤기 때문에 김 교장이 멋쩍어했지만 맞는 말이었다. 그만큼 우리의 안목이 넓은 듯해도 그동안 얼마나 관념에 젖어 있었던가를 여실히 증명하게 된 것이다. 대화가 무르익으면서 자리 구분이 없어졌고 토론의 열기는 술기운에 정비례하여 넘치고 있었다. 노소동락이요 국경을 초월하는 '도큐멘타 대전'의 2차 토론장으로 손색이 없었기 때문이다. 그때 문박이 약속이 있다며 자리에서 일어섰다. 눈치 빠른 표 사장이 그의 심중을 찌르는 말을 쏟았다.

"이봐, 문박 국수는 언제 먹을 건데? 그 백 회장인가 백 의원을

만나러 가는 거지?"란 말에 이 화백과 김 교장은 눈이 휘둥그레져
서 자리에서 일어서는 그를 쳐다보았다.

"홀애비가 갈 데가 어디겠어 조사하면 다 나와."

표 사장이 오금을 박자 그가 당황하며 말을 받았다.

"에끼 이 사람, 천벌을 받아 모두 자네 같은 줄 아나?"

라며 짓궂은 친구들과 후일을 약속하며 자리를 빠져나갔다.


## 6

김 교장은 몇몇 손님들이 박수로 응답해 주었기 때문에 오히려
정신을 차렸는지도 모른다. 특히 '내가 죽고서 네가 살고, 네가 죽
고서 내가 산다면?'이란 가사의 가곡을 부를 때는 가슴에 쩡한 감동
을 주는 고음이 곱던 절정의 대목에선 숨이 멈추는 듯 저려왔다. 김
교장이 문박과 헤어지면서 자신은 시골로 돌아가고 싶다는 말을 했
다. 표 사장이 이 화백과 자신을 위해 비어있는 그의 고향집을 내놓
았기 때문이라고 부연 설명을 했다.

문박은 순간 쇼크를 받은 듯 눈을 휘둥글 해가며 놀라워했다. 평
소 친구들에게 주머니를 열어 편하게 하기는 했어도 늘 그 정도 일
것이라 가볍게 여겼었다. 그런 표 사장의 통 큰 결정을 듣는 순간
자신의 삶이 송두리째 흔들리는 느낌을 받았다. 마치 장마 통에 산
사태를 얻어맞은 꼴과 무엇이 다르랴 싶었기 때문이었다. 그가 자
신을 보던 미소 띤 얼굴이 눈에 선했다.

표 사장은 표 사장대로 시골집을 언제까지 비워둘 수 없었던 것이다. 집에 사람이 살지 않으면 집이 삭는다. 오래 비워둔 그 동네 집 한 채가 장마 통에 그냥 주저앉고 말았다는 조카의 전화를 받고 나서 결정한 것이었다. 언젠가는 표 사장 자신도 시골집으로 돌아가고 싶었다. 그런 집을 비워두기보다는 자기들에게 창작공간으로 제공하는 것이 참다운 메세나 운동이라고 이 화백에게 듣고 난 뒤였다. 그는 세금공제까지 해주는 누이 좋고 매부 좋은 제도가 있었다는 사실을 몰랐다. 때문에 그런 조건이라면 두 친구에게 공제된 세금으로 시집과 화집을 출판해 준다는 약속과 함께, 조속히 집을 수리하여 기거하는데 불편이 없도록 해주겠다고 다짐했다.

두 친구는 마을회관으로 쓰여질 시골집을 살아있는 문화공간으로 바꾸어 시골동네를 되살려 줄 것이었다. 방학이면 고향집에서 뛰노는 아이들의 명랑한 목소리가 산제당 너머로 퍼져나갈 것이다. 아이들이 늘 북적대는 농촌체험 마을로 유명한 용인의 학일 마을처럼 만들고 싶다는 강한 욕망이 일었다. 마치 생의 마지막 과제일 것이란 생각에서다. 자신과 같은 또래의 늙은이들이 손자손녀들과 함께 와서 주말을 즐긴다거나 방학 중에 잠시 머무를 수 있는 조촐한 별장을 몇 채 만들어 운영해도 괜찮을 성 싶었기 때문이다. 반딧불이와 가재를 잡고 밤이면 마당에 밀짚방석을 깔고 누워 별자리를 찾는 경험을 어린 시절의 가슴에 묻어주고 싶었다.

표 사장은 칠순 기념을 고향집에서 친구들과 함께 하고 싶다는 생각을 굳혔다. 김 교장의 시집과 이 화백의 화집은 함께 묶어 출판

해도 무방할 것이다. 가능하면 동네가 더 황폐하기 전에 사진이라도 찍어 책에 수록해도 좋지 않을까를 생각했지만 접기로 했다. 예술가는 그에 걸 맞는 대접을 받아야 한다. 그리고 자신은 동네 어른들과 상의해서 따로 동네를 위한 화보집을 내는 것으로 칠순잔치에 가름하기로 마음을 굳히고 있었다.

표 사장은 마음 한구석에 지우고 싶었던 지난날의 기억들이 슬며시 빠져나가는 느낌을 받았다. '나야말로 부끄럽게 번 돈을 친구들을 내세워 세탁하고 있는 몹쓸 사람이구나.' 그러나 이렇게라도 털 수 있다는 걸 감사하게 생각했다. 그리고 동네에는 작은 장학재단이나마 만들어 놓아야겠다는 결심도 굳혔다. 후학을 기르는 것이야말로 기성세대의 의무일 것이란 생각에서다. 어차피 시골집을 마을회관으로 내놓으면 자연스럽게 장학사무실로도 쓰여질 것이었다. 개같이 벌어서 정승처럼 쓸 수야 없겠지만 최선을 다한다면 그나마 용서가 될 수도 있지 않을까? 선한 이웃과 불편한 이웃은 손등과 손바닥이듯 늘 서로의 존재를 외면하는 법이다. 해마다 황사다 미세먼지다 떠들긴 해도 역시 가을 문턱의 하늘은 언제나 푸르러 좋다. 하늘 높이 나는 고추잠자리 무리의 유영을 바라보고 있자니 오래전에 돌아가셔서 별 기억도 없던 아버지가 생각났다.

# 꿩의 바람꽃

정명희 단편소설

윤 대령

그가 소줏집에 들어섰을 때 실내는 이미 숯불구이 연기로 안개 속에 들어온 것 같았다. 고기 타는 냄새와 술꾼들이 쏟아내는 농밀한 대화가 융복합되어 새로운 세계를 구축하고 있었기 때문이었다. 가이드 없는 여행객처럼 맥없이 두리번거리고 있을 때 그를 부르는 구원의 소리를 따라 방향을 잡자 실루엣 속에서 낯익은 모습이 눈에 들어왔다.

그가 만나려는 사람은 건설업을 하는 고등학교 선배 김 회장이었다. 착실한 기업 경영과 지역사회에 대한 여러 가지 배려로 꽤 영향력이 있는 사람이었다. 그는 오래전부터 동문 모임을 통해 가까이 지낼 수 있는 사이가 되었다. 돼지고기 구이로 유명한 이 집은 늘 밖에 줄을 서서 기다려야 했다. 김 선배의 제의도 있고 해서 일찍 나와 자리를 잡아야겠다고 마음먹었었는데 퇴근시간에 엉켜 그만 시간을 맞추지 못했던 것이다.

"여기야, 윤 대령!"

"미안해요. 차가 밀려서…. 제가 먼저 나와 기다리려고 했는데. 별일 없으셨죠?"

"괜찮아. 아직 약속시간 전인데 뭐."

김 선배는 관급공사를 주로 하는 건설 회사를 운영하고 있었는데 큰 욕심을 내지 않아서인지 재무구조가 꽤 탄탄하다는 평이 나

있었다. 그와 가까이 지내게 된 것은 총동문회가 마련했던 해외여행에 동행하면서부터였다.

그를 '윤 대령'이라 부르는 것은 그의 이름 때문에 생긴 에피소드에서 비롯되었지만 듬직한 체구가 군인으로 걸맞아 보여 잘 모르는 사람은 정말 예비역 대령으로 알고 있었다.

그의 이름은 윤 대룡이다. 그가 예비군 훈련을 받을 때였다. 친구들이 그를 윤 대령이라 부르며 '대령 제대하고 무슨 충성이 넘쳐서 여기까지 나와?' 하며 장난삼아 눈을 찔끔거려가며 분위기를 잡자 옆에 있던 사람들이 '대령도 예비군 훈련에 나오는 것이 맞아요?' 란 질문을 교관에게 했다. 예비군 교관은 그 질문에 '대령님 이었으면 군단이나 육본에서 주관합니다. 사병들과 함께 훈련 받을 필요가 없으니 돌아가시든가 괜찮으시면 저기 그늘나무 아래서 훈련 참관은 하셔도 무방합니다.' 라고 말했다. 배포 좋은 그는 자리에서 벌떡 일어나 '감사합니다.' 라고 대답하고 손까지 흔들어가며 플라타너스 그늘로 걸어갔다. 친구들과 다른 예비군들은 모두 박수를 보냈다. 그리고 훈련 종료 후에 나누어 주는 교육 이수증을 받을 때 '병장 윤 대룡'이란 교관의 부름에 넉살좋게 '편하게 훈련을 받게 해주셔서 감사합니다.'라며 교관을 놀라게 했기에 그 이후로 그의 공개적 닉네임이 '윤 대령'이 되었다.

그는 악수를 나누고 불판 위의 고기들을 정리하면서 예년에 비해 추위가 덜하다는 얘기 끝에, '제가 이집 주인을 잘 아는데 금산에 있는 시골농장에서 직접 돼지를 기른다네요. 뭐 하루에 두 마리씩 처분한다니 대단한 것이 아니겠어요?' 하고 너스레를 떨며 미안함을 감추려고 애를 썼다.

"그래? 내가 먼저 왔기에 고기를 시켰어. 먹어보고 모자라면 더 시키자고."

"알았습니다. 먼저 한 잔 드시지요"

그는 김 선배에게 잔을 권하며 이집 고기는 언제 먹어도 맛이 있단 얘기를 덧붙여 약속 장소로 이곳을 택한 선견지명을 은근히 자랑했다.

"내가 보기엔 이 간장 소스가 조화를 이루는 것 같고 직접 기르기도 한 것이겠지만 냉동하지 않은 고기라서 역시 씹히는 맛이 다른 것 같아."

두 마리면 시골 잔치로 쳐도 온 동네 사람들이 2,3일은 두고 먹을 대단한 양인데, 도시에선 매일같이 먹어 치운다는 사실에서 격세지감을 느끼게 된다는 둥, 또 정치 돌아가는 얘기로 전주를 삼아 이야기가 무르익고 있을 때였다. 갑자기 김 선배가 화제를 돌리며 물었다.

"아, 참. 얘기 들었나? 총동문회장에 박 회장이 나온다며?"

"네. 그 얘긴 저도 들었어요. 말도 안 되죠, 지난번 박 병원 탈세 사건도 채 아물지 않았는데…. 주변에서 쓸데없이 부추기는 사람들이 더 문제지요. 45기 얘들이 일을 꾸미나 봐요. 그 기수에 병원하는 애들이 꽤 많잖아요?. 그러잖아도 아까 점심 먹는 자리에서 우리 동창들이 김 선배님 얘기를 많이 했어요. 내가 선배와 저녁 약속이 있다니까 선배가 나와야 위계질서가 바로 선다며 이구동성으로 서로 나서서 뛰겠다고 하더라고요. 제 생각이 아니라 대부분의 동문들은 선배님이 총동문회장에 나서 주기를 바라고 있어요."

그는 끝말에 힘을 주며 선배의 눈치를 살폈다. 그것은 일반 사람들의 눈에도 병원으로 돈을 벌기만 하고 사회 환원에 미진한 병원들을 비롯해서, 특히 박 병원 탈세사건 같은 눈에 가시처럼 회자되는 박 회장보다는 김 선배가 훨씬 적합하다며 은근히 출마를 부추기는 말이었다. 또한 동기들이 김 선배를 도와주고 사무총장이라도 해보란 말에 은근히 마음이 동했던 그였다.

그는 제대 후 한때 임시직 공무원으로 시청에 근무했었다. 용케도 버텨오던 그가 IMF의 칼바람에 밀려나면서, 잘 나가는 야당 국회의원 후보의 선거 사무실에서 꽤 중요한 업무를 맡기도 했고 몇 년 뒤에는 화랑을 개업하기도 했다. 그간 광주에서 고생도 많이 하고 재미도 좀 보았다. 그러나 그가 개업한 화랑이라는 것이 일반적인 화랑이 아니라, 골동품을 중매하는 수준의 소위 나까마 같은 수준으로 최후의 생계 수단일 뿐이었다.

그는 고교시절 꽤 그림을 잘 그렸었다. 가끔 전체조회 시간에 앞에 나가 교장선생께 실기대회 특선상장을 받기도 했다. 그러나 미술대학 진학을 못하자 바로 군에 자원입대를 했다. 결혼을 하고 처가 일을 도우며 광주에 머무는 동안에는 표구점을 하며 배운 도둑질이라며 그림을 부업삼아 지냈다. 그는 늘 '그림이 별거냐, 꿩 잡는 게 매야'란 말을 달고 살았다. 친구들도 같은 값이면 그림 선물을 위해 그를 찾았고 그 때문에 그의 화랑은 실질적인 동기 사무실처럼 운영되고 있었다. 그러나 바닥을 친 경기가 살아날 줄을 모르자 친구들이 해결책으로 총동문회 사무총장을 권하기에 이른 것이었다. 하긴 윤 대령으로 불리어도 어울릴만한 외모에 모두가 다 아는 마당발에다 넉살 좋은 성격도 장점이었다.

총동문회의 사무총장이란 것이 겉은 그럴듯해 보여도 옛날의 총무다. 실상 모임의 사무적인 일을 처리하는 직책으로 어느 단체건 대표의 개인 비서 일을 도맡는 해결사 같은 것이었다. 잘하면 본전이나 직책이 얼굴을 만들기에. 사람에 따라서 일취월장하는 계기가 될 수도 있었다. 그러나 삶이 버거워 경리장부에 손대기 시작하면 게도 구럭도 다 잃는 쪽박이 될 수도 있겠기에 성큼 나서는 이가 없었다.

그러나 그에게는 실추된 신용등급을 회복하는데 그 이상 적합한 자리도 없어 보였기에 내심 기대를 가지고 있는 것이었다. 이미 은행권에서 대출을 기대하기 힘든 상태였고 가정을 내버리고 홀아비처럼 지내는 처지었다. 귀엽기 그지없는 외아들의 학비 하나 해결하지 못하는 형편이지만 아들의 마지막 대학등록금이랑 고시원 경비는 꼭 한번 해결해주고 싶었다. 그마저 못한다면 애비라 얼굴을 들지 못할 것 같기 때문이기도 했기에 더더욱 이일에 매달리고 있는 것이었다.

"김 선배님께서 용단을 내리시고 나서주셔야 위계질서가 선다잖아요. 어차피 나설 일이면 저희기가 단합하여 옹립하려는 지금이 가장 좋을 것 같아요."

조심스런 그의 말에 지역 건설협회장을 맡고 있는 김 선배는 손
사래를 쳐가며 웃었다. 그러면서 혼잣말처럼 '우리 사회는 명망 있
는 사람은 있는데 노블레스 오블리주가 없는 사회가 돼서 그래. 그
런데 그 사람은 벌만큼 벌었으면 좀 나누면서 살아야 하는데 욕심
이 지나친 것이 문제란 말야.' 라며 박 병원장의 처사를 꼬집고 있
었다. 그는 이 말을 자기의 라이벌로서 박 회장은 총동문회장으로
는 무리가 아니겠느냐 라는 말로 들었다.

"그럼요, 사람이 누울 자리를 보고 발을 뻗어야죠. 하긴 자기가
하면 로맨스요 남이 하면 불륜이라잖아요. 오늘도 점심에 철강업
하는 배원기를 만났는데 그 친구가 한 번 모시고 싶다던데요. 나오
시면 적극적으로 보필할 친구고요."

"에끼, 이 사람아! 누가 들으면 오해하기 딱 좋은 얘기일세. 하
긴 할 만한 사람들은 그저 욕먹기 싫어 뒤꽁무니를 빼는 세상이긴
하지. 사회에도 3권 분립이 필요한 때야. 권력과 재산과 명예를 석
권하려들면 곤란한 거지. 도덕성은 첫째 덕목이고, 가진 사람들이
기득권을 내려놓으려는 사회가 되어야 하는데…."

김 선배가 그에게 술을 권하며 싫지 않은 표정으로 미소 지어 보
였다.

"그렇다니까요. 말씀만 하시면 제가 한번 빠른 시간에 자리를 만
들어 보겠습니다."

그는 생각보다 집요하게 김 선배를 붙잡고 늘어졌다. 마치 붉게

달군 쇠는 단숨에 다루어야 한다는 것처럼.

"최소한 제 위 아래로 7,8기는 잡을 수 있어요. 그리고 제가 JC회원이었잖아요. JC OB까지 포함하면 꽤 많아요. 기 대표들 하고 역량 있는 동문 등으로 해서 한 2~30명 정도를 모을 테니 이달 말쯤 밥 한번 사시죠, 뭐. 특히 상공회의소에 관심 있는 애들은 김 선배님을 깍듯하게 생각해요. 차기 회장으로 김 선배님을 지목하고 있다는 거 아시잖아요."

그가 하도 얘기를 구성지게 늘어놓는 바람에 얘기 듣는 재미로 술을 마시는 것 같던 김 선배가 불쑥 얘기를 바꾸었다.

"아— 참, 윤 대령! 요즘 화랑 경기는 좀 어때?"

잘 나가던 판에 대화의 화살이 자기를 겨누어 오자 그는 '우리야 바닥 중의 바닥이 아니겠느냐' 경기가 풀려야 문화향유의 본능도 살아나지 않겠느냐며 무엇보다 건설업이 살아야 일반 소비문화가 활성화 된다고 했다. 그렇게 경제해설가처럼 이 얘기 저 얘기를 늘어놓다가 술잔을 다시 김 선배에게 권하며 조심스런 말을 꺼냈다.

"제가 일전에, 김 선배님께서 말씀하셨던 올림픽 판화를 좋은 가격으로 구입했습니다. 사무실로 찾아뵙고 말씀드려야 하는데, 아까 총동문회장 건으로 기수대표들 모였을 때 요긴하게 쓰일 것 같아 지금 말씀드리네요. 운이 좋았는지 며칠 전 일본에서 친구가 들어왔었는데, 그가 최 교수의 올림픽 판화를 용케도 마련했더라고요. 아시잖아요? 한국에 배정이 적어 구입하지 못한 사람들이 꽤 많았다는 걸."

"그래? 수고 많았어. 아무튼 윤 대령은 마당발에 틀림없어. 올림픽 위원회가 이탈리아 판화공방에서 찍었다며 최 교수가 작품에 싸인하러 간다고 인터뷰 한 걸 신문에서 봤지."

"제가 최 교수와는 같은 미술반 친구였는데 그 친구는 자기가 만든 판화도 어쩌지 못했는데 이번에 일본 친구가 한국 화랑가격보다 싼 값으로 30여 장이나 빼내왔더라고요."

그는 수고했다는 김 선배의 말에 고무돼서 고등학교 때 자기한테 최 땅딸이 최 교수가 꼼짝도 못했다는 말까지 해가며 우쭐거렸다. 거기다 한술 더해 일본 애들은 문화수준이 높아 한 사람이 수십 장씩 사가지고 선물용으로 이용한다는 말까지 덧붙였다. 아마도 김 선배보고 들으라는 심사였다. 한편으로 자기 자랑하랴, 다른 한편으로 술 받아 권하랴, 쉬지 않고 마셔대는 그를 보며 김 선배는 재미있어 했다. 끝판에 취기가 더해가자 취한 그를 김 선배가 자리에서 일어나 부축하여 일으키는데도 횡설수설 해가며 누가 건드리기라도 하면 바로 시비를 붙을 태도였다. 다행히 밖에 나오자 택시 몇 대가 손님을 기다리고 있었기 망정이지 김 선배가 큰 곤욕을 당할 뻔했다. 경황 중에도 그는 택시를 타며 '내일 회사로 찾아뵙겠습니다.'를 연발했다.

다음 날 점심때가 지나서야 자리에서 일어난 그는 허리도 펴지 못하고 기다시피 하여 싱크대 수도꼭지에 입을 대고 게걸스럽게 물을 들이마셨다. 요즘엔 숙취가 쪽머리를 깨려는 듯 편두통으로 쑤셔댔다. 술을 줄여야 한다고 생각하면서도 술잔을 들으면 홀짝홀

짝 마시고 마는 버릇을 탓했다. 창문을 열자 찬바람이 들이닥쳤다. 그 바람 속을 뚫어 왼편으로 고개를 돌리자 시야가 넓어졌다. 옆집과는 불과 한 발쯤이나 될까 말까 했기에 늘 창문을 닫고 지냈었다. 그러나 술을 마신 날은 먼 시야를 봐야만 마음이 편했다. 아직 녹지 않은 설산을 보자 어느새 고향에 돌아온 것 같은 기분이 들었다. 한참을 그렇게 있었다. 찬바람에 얼굴이 시린 것이 아니라 무릎이 떨려왔다. 어쩔 수 없이 창문을 닫고 벽에 등을 기대며 길게 앉았다. 그가 집을 나와 산 지는 꽤나 오래됐다. 아마 외아들이 중학교에 입학하면서 부터일 것이다. 그 외아들의 입학금을 마련해주지 못한 죄를 어쩌지 못해 집에 들어가지 못한 것이 오늘까지 이어지고 있는 것이었다. 옛 인연을 따라 광주에 내려와 표구점 종업원부터 시작하여 간간히 직접 그린 그림도 팔아 모은 돈으로 작은 점포 하나를 구했었다. 그는 특히 장미를 썩 잘 그렸다. 손님이 주문을 넣으면 밤을 새며 직접 그렸다. 그림 그리는 재주라면 누구에게 건 이길 수 있다고 자부하는 그였다. 그렇게 혼자 살다보니 어느새 홀아비 생활이 몸에 뱄다. 그러던 여름 어느 날 밤에 그는 그만 못 볼 것을 보게 되었다. 가게에 붙은 화장실을 옆집 식당과 함께 쓰는 관계로 생긴 일이었다. 어지간히 더운 날이었다. 술을 먹은 탓이었는지 늦은 밤에 화장실에 갔는데 화장실에서 누군가 목욕을 하고 있었다. 기다려도 될 것 같지 않아 돌아서려는데 화장실 문이 열리며 옆집 식당 여자가 물기가 흐르는 머리를 수건으로 비벼가며 나왔다.

"미안해요. 식당 청소를 했더니 너무 더워서 물을 끼얹다보니….

화장실 사용 하세요."

"네, 그럴 수 있죠. 괜찮아요."

그렇게 우물쭈물하고 방으로 들어왔는데 그 여자의 물에 젖어 불빛에 보인 머릿결이 눈에 밟혀 잠이 오질 않았다. 잠이 달아나자 그는 일감으로 들어온 완성되지 않은 장미 화판을 끌어다 그릴 준비를 하고 있었다. 그런데 보통 땐 있을 수 없는 내실 문밖에서 인기척이 들리는 것이 아닌가. 야심한 밤의 인기척에 놀라 '누구요!' 목구멍만한 소리를 지르려는데 조금 전의 그 여자가 '저예요, 식당…'하며 문을 열어 보라고 했다. 문을 열자 아까는 말도 없이 화장실을 사용해서 미안하다며 쟁반에 맥주 두 병과 오이무침 한 접시를 가지고 들어왔다. 그렇게 인연이 되어 그는 창고와 다름없던 방에서 그녀가 기거하는 선풍기가 있는 시원한 방으로 저녁이면 옮겨 다니며 지냈다. 물론 늦은 밤 식당 청소를 같이 하는 재미도 쏠쏠하다면 쏠쏠했다. 그러나 반년이 채 되기도 전에 그녀는 식당에선 돈을 벌수가 없다며 짐을 꾸려 나갔다. 붙잡을 형편이 아닌 그로서는 어쩔 수 없는 일이었다.

그렇게 해가 바뀌고 봄이 됐을 때 길 건너 전봇대 서너 간 쯤 2층에 다방이 신장개업을 했다. 그 다방은 그의 유일한 카다르시스를 해소하는 공간이 되었다. 별 말없이 음악을 들으며 커피 한 잔을 마실 수 있었기 때문이었다. 다방 마담과 레지가 둘이 있었다. 하나는 배달만 전문으로 맡아 했고 하나는 홀 청소와 주방 일을 도맡았다. 때문에 홀엔 마담과 주방레지 둘이 있게 마련인데 마담은 동네 늙은이들이 꿰차고 앉아있고, 레지 하나가 주방으로 홀로 바삐 움직이기에 그는 자기 집처럼 편하게 늦은 오후를 음악과 함께 지낼 수 있었다. 어쩌다 시간이 나면 그가 앉은 자리에 마담과 주방레지가 와서 사장님 어쩌고 하며 말을 걸었지만 그의 구미를 맞추지는 못했다. 그러던 어느 날 건달 같은 남자가 찾아와 마담의 머리채를 휘어잡고 나가는데도 다방 주인까지 아무도 말을 못하고 보고만 있었다. 한 달쯤 뒤 다방이 신장개업을 다시 했을 때 그 다방의 유일한 단골 중의 한 사람인 그에게 새로 온 마담이 직접 떡 접시를 들고 그를 찾아왔다. 작은 체구에 한복이 썩 잘 어울렸는데 그녀가 그를 가리켜 '선생님'이라 부르는 것이었다. 그는 선생님 소리를 들어본 것은 난생 처음이었기에 당황스럽기도 했지만 왠지 싫지 않았다. 자기에게 어울리는 것만 같았기 때문에 그녀에게 특별한 호감이 느껴졌다. 그런 인연으로 그녀가 쉬는 날이면 둘만의 시간을 위해 이웃 도시로 나가 특별한 시간을 보내기도 했었다.

지금 그가 살고 있는 이 원룸이나 입고 있는 양복들도 모두 그녀가 마련해준 것이었다. 한 달에 한 번 쉬는 날엔 그녀가 찾아와 이것저것 보살폈다. 그런 그녀가 갑자기 몇 달째 소식이 끊어졌다. 궁금하지만 어디다대고 물어볼 처지도 아니었다. 사람의 빈자리가 크다는 것을 요즘에서야 느끼며 새삼 인생의 맛에 취해 보지만 역시 그는 천성이 혼자 살 팔자라 생각했다. 그래서 그는 늘 '고 맨 고 이즈 맨 이즈'를 입에 달고 지내왔다. 오는 사람 막지 않고 가는 사람 붙잡지 않는다는, 오랜 세월에 터득한 그만의 인생철학이었다.

생각하면 할수록 한 많은 인생이었다. 그래도 가끔씩 잊을 만하면 걸려오는 아들의 전화가 그가 삶을 되돌아보는 유일한 기회가 되곤 했다. 아들에게 먼저 전화를 걸어 잘 지내느냐 묻고도 싶지만 염치가 그것을 용납하지 않았다. 아니 그럴만한 조건이 되지 않았기에 아들의 전화를 기다리는지도 몰랐다. 아들의 전화를 받으면 할 얘기가 한없이 많다가도 목이 메어 대답조차 제대로 못하고 우물거리기 일쑤였다. 아들이 '잘 지내고 계시죠? 건강은 어때요?' 하는 물음에도 '응'인지 '엉'인지 모를 소리만 숨넘어가듯 대꾸하다 끝내는 것이 보통이었다.

오후 늦게야 구멍가게 같은 화랑으로 출근을 했다. 화랑이란 간판을 내걸었지만 골동품 몇 개를 쇼윈도에 올려놓고 화랑 내부가 보이지 않도록 베니어판 두 개를 이어 하얀 벽지를 바르고 병풍 그림에서 떼어낸 수묵산수화 두 점을 적당한 간격으로 배치해 크리스탈 압정을 박아 놓은 것이 전부였다. 내방객이라야 주로 그의 동창생들인데 그곳이 고스톱 치기에 안성맞춤이었기 때문이었다. 퇴근 후에 별반 약속이 없는 동창들이 자주 모였기로 아예 동기사무실이라는 작은 팻말까지 문밖에 써 붙인 것은 그의 명함을 장식하는 액세서리가 됐다.

그가 화랑에 나와 카톡을 퍼 나르는 동안 벌써 자동차들이 라이트를 환하게 밝히는 저녁 시간으로 바뀌었다. 카톡은 그가 인맥을 관리하는 가장 중요한 수단이었기에 하루도 빠짐없이 퍼 날랐다. 오늘같이 심신이 괴로운 날은 내용을 확인조차 하지 않고 날리는 것만으로도 충분히 임무를 수행할 수 있으니 세상 참 좋아졌다고 생각했다. 쇼윈도 옆으로 밖을 내다보니 싸락눈발이 자동차에 실려 공중으로 휘날리고 있었다. 뱃속에서 쪼르륵 거리는 소리가 났다. 그러고 보니 하루 종일 먹은 것이 없었다. 무얼 시켜다 먹을까 싶었지만 미구에 친구들이 들이닥칠 것이기에 조금만 참자 생각하고 있는데 화랑 문이 열리며 중앙시장에서 건어물 전을 하는 친구가 들어섰다.

아무도 오지 않았다며 검정 비닐봉지를 테이블 위에 올려놓고 안으로 들어가더니 일회용 접시를 꺼내오며 그를 향해 양념간장 쏟아놓을 그릇을 챙기라고 했다. 그가 종이컵을 내어 놓으며 대신 쓸 것을 권하자 비닐봉지에서 주섬주섬 어묵과 작은 봉지에 싸여 있는 양념간장을 꺼냈다. 그 친구는 가끔씩 시장에서 바로 나오는 어묵을 들고 왔다. 그가 어묵 몇 점으로 빈속을 채우고 있을 때 약속이나 한 것처럼 서너 명의 친구들이 한꺼번에 들어왔다. 좁은 화랑이 꽉 차보였다. 그는 이때가 제일 좋았다. 사람 사는 맛이 이런 것이려니 생각하며 테이블을 정리하고 테이블 밑에 접어두었던 군용 담요를 꺼내자 오색 무늬 화투가 일행을 반겼다.

이렇게 시작되는 그의 하루가 또다시 진지해졌다. 암만해도 늦게야 저녁을 먹을 것 같았다. 오늘처럼 어묵이나 다른 간식거리가 나오는 날이면 으레 끝나고 중국집에 가서 먹었다. 고스톱은 보통 저녁내기로 시작했다. 술값까지 7,8만원의 조촐한 만찬이지만 어쩌다 불이 붙으면 점 천이 삼천 오천의 큰 판으로 변하기도 했다.

그는 자리를 제공하고 담배와 잔돈을 챙기는 것이지만 때로는 판돈을 잠시 빌려주기도 했다. 그리고 막판에 자릿세쯤으로 판에 박은 듯 놓고 가는 돈이 화랑의 유일한 월세 공급원이었다. 어쩌다 눈먼 고기 잡듯 고객이 붙는 날이면 그가 여러 이름으로 그려낸 그림들이 팔리기도 했다. 그러나 요즘엔 그런 횡재는 기대하지 않는 것이 좋았다. 경기가 그런 호재를 용납하지 않기 때문이었다.

그가 이번에 일본을 통해 구입했다는 최 교수의 올림픽기념 판화는 성격이 완전히 다른 것이었다. 얼마 전 그는 친구인 최 교수 작업실에 들렀을 때 우연히 그 판화 작품을 처음으로 보게 되었다.

"이게 그 올림픽 기념으로 네가 만든 판화야? 분위기부터 다르다. 야! 우리 화랑에 며칠만 걸어 놓자."

"꿈, 깨! 내게 배당 된 것 중에 체육회에 열 장씩이나 빼앗기고, 총장에서부터 보직교수 몇 사람과 학장, 대학원장, 화랑 등에 인사하고 나니 달랑 그거 한 점 남았다니깐."

"그러니까 화랑에 며칠만 걸었다 돌려준다잖아."

그가 빼앗듯이 들고 나온 것은 주위에 대고 펼칠 데몬스트레이션용이었다. '내가 이런 사람이다 한 마디로 우습게들 보지 마라 이 놈들아! 나 안 죽었다.' 인 것이다.

이후 몇 날을 판화를 뜯어보며 궁리한 끝에 실크스크린 기법으로 제작된 15호 크기의 판화 작품을 모작해 낼 수 있었다. 그가 늘 말했던 것처럼 그리는 것이라면 무엇이든지 가능하지 않은 것이 없었다. 위조지폐도 가능하겠지만 그것만은 손대고 싶지 않았다. 모작한 판화와 빌려온 판화를 면밀히 대조해 보아도 똑같았다. 스스로 생각해도 대견하기만 했다. '내가 미술대학만 다녔어도 최 땡땔이, 야 인마. 너 교수라고 까불지 마!' 그렇게 혼자서 중얼거리다 자기 소리에 놀라 주위를 살피며 마른 침을 삼켰다. 몇 날밤을 꼬박 새우고 나서야 30장을 완성시켰다. 더 찍을 수도 있었지만 실크스크린 판에 문제가 보였기 때문에 욕심을 접었다. 거의 일주일 만에 화랑 문을 열었다. 친구들에겐 일본에 다녀왔다고 둘러댈 판이었다. 그는 대담하게도 최 교수에게 빌려온 판화와 자기가 만든 위작을 숙달된 솜씨로 교체해 화랑 벽에 내걸었다. 그리고 판화를 바라보며 회심의 미소를 지었다.

그는 포장된 판화를 친구 교수실에 찾아가 돌려주었다. 판화를 돌려받은 친구는 오히려 미안하다며 그의 손을 잡았다. 그는 포장지를 끄르며 '잘 봐. 내가 만든 가짜야.'라며 너스레를 치기도 했다. 최 교수는 언제 밥이나 한번 같이 먹자며 먼저 걸려 있던 자리에 판화를 걸면서도 '미안해 나도 이거 하나밖에 없어서…. 빨리 돌려줘서 고마워.'라며 시종 그를 달래려 들었다. 그가 밖으로 나왔을 땐 런닝셔츠가 땀에 젖어 등에 착 달라붙어 있었다. '그래, 최 땡땔이도 구별하지 못 했어.'라며 두 번째 회심의 미소를 지었다. 그 판화는 서울 인사동의 올림픽 기념품 공식 후원화랑에선 점당 5백5십 만원에 예약하며 팔았다. 점당 3백씩만 받아도 9천이다. 때문에 총동문회를 위해 30여 명을 동원하자고 미리 연막을 쳤던 것이다. 그렇지 않고 절반만 가져간다 해도 아들놈 고시원 2년치 생활비는 너끈히 쥐어 줄 수 있었다. 아들이 마지막 등록금도 장학금을 받았다는 말을 전화로 들었을 때 그는 이번만은 애비의 도리를 꼭 해볼 수 있으리라 속으로 부르짖은 것도 다 이 때문이었다.

그가 화랑 문을 막 닫으려는데 건어물을 하는 친구가 왔다. 그냥 집에 들어가자니 심심해서 소주나 같이 하려고 들렀단다. 화랑 문을 닫다말고 다시 들어가 불을 켰다. 그 친구가 집에 가지고 가려던 것이라며 비닐봉지에서 어묵을 일회용 접시에 수북하게 덜어 놓았다. 그는 핸드폰을 꺼내 옆집 나들 가게 주인을 불렀다. 가게 남자도 가끔은 고스톱 판에 끼었었기에 소주 몇 병 들고 오라고 했다. 친구가 빙긋이 웃으며 잘 했단다. 공짜 소주에 공짜 안주로 누이 좋고 매부 좋은 꼴이었다. 나들가게 남자가 빠르게 왔다. 그 또한 출출했던 모양이었다. 술이 두어 순배 돌았을 때 '저기 걸어놓은 그림이 유명한 그 올림픽 판화냐?'라며 건어물 친구가 아는 체를 했다. 나들가게 남자가 뭘 잘 모르는 듯 보이자 건어물 친구는 자랑하듯 '저 작품이 우리 동창 최 교수가 한국 대표로 참가해 만든 것인데 한국에도 몇 장 없는 귀한 것이랍니다.'라고 설명하자 그는 얼른 핸드폰을 꺼내 큰 소리로 대화를 시작했다. 두 사람 앞에서 생색내기에 매우 적절했기 때문이었다.

"네, 선배님! 부탁하신 올림픽 판화도 보여드릴 겸 찾아뵙겠습니다. 지난번엔 제가 너무 취해서 정말…. 네, 네. 그렇게 하겠습니다."

"누구? 대보건설 김 선배야?"

"응, 저 올림픽 판화를 구해놓으라고 해서 내가 일본까지 가서 여러 장을 구입했거든. 며칠 전엔 내가 술이 과했는데 김 선배가 집까지 데려다 주는 바람에 미안해서 죽을 뻔했지."

그는 자못 어깨를 으스대고 택시로 돌아왔단 말을 빼고 김 선배를 팔아가며 벽에 걸린 판화를 반듯하게 거는 제스처를 취했다. 화랑의 일이란 것이 이런 것이란 것을 보여주며 친구와 나들가게 남자에게 화랑 운영을 자랑한 것이었다. 덧붙여 별반 말하지 않았던 아들 얘기까지 늘어놓았다. 외아들이 법대 졸업반인데 또 장학금을 받았다며 지금 고시원에 있는데 틀림없이 내년이나 후년쯤엔 고등고시에 합격할 것이라며 자랑을 늘어놓았다.

"네가 김 선배와 가까이 지낸다는 것은 알았지만 이제 보니 그 말이 맞는 말 같군. 김 선배가 총동문회장이 되고 네가 사무총장이 된다는 말이. 김 선배는 총동문회장을 거쳐 다음 상공회의 회장도 맡을 것이라고들 하던데…."

"두고 봐야지."

그는 사무총장이라는 직함이 자기에게 썩 어울릴 것 같아 슬쩍 핸드폰을 들어 얼굴을 봤다. 속빈 강정일지는 몰라도 훤칠한 외모가 누구에게 빠지지 않아 보였다. 건어물 친구가 술을 권하며 사무총장이 되면 야유회 안주는 자기에게 맡겨야 한다면서 마음 변하면 죽는 수가 있다고 다짐을 놓으며 웃었다. 나들가게 남자는 별 볼일 없어 보였던 그를 다시 쳐다봤다. 장사가 별로 되는 것 같지도 않는 화랑인데도 오는 친구들마다 그를 윤 대령이라 부르는 이유가 있어 보였는지 그를 보는 눈치가 달라졌다.

나들가게 남자가 판화 옆에 가볍게 붙여놓은 시화를 가리키며 '이것도 대령님 것인가요?'라며 자리에서 일어났다. 그가 신문에서 읽은 이진옥의 '칡꽃'이란 시가 하도 좋아 심심풀이로 만든 것이었다. 주로 화조와 문인화 등을 그리던 것에 비하면 분위기가 상당히 다른 작업이긴 했다.

"아뇨, 시가 맘에 들어 시화로 옮겨 봤습니다. 왜, 맘에 드세요? 맘에 드신다면 제가 액자를 껴 드릴게요. 액자비만 내세요. 시에 관심이 있으신 모양이네요?"

건어물 친구가 말한 것은 추상적 올림픽 판화가 아니라 사실적 기법으로 칡넝쿨이 철탑을 타고 오르는 배경에 그리고 쓴 화선지 4절 크기의 시화였다.

대보건설의 회장실은 사옥 6층에 있었다. 엘리베이터에서 내리면 왼쪽 벽에 전지 크기의 커다란 독수리 그림이 걸려 있었다. 그는 올 때 마다 그 그림을 한참씩 바라보았다. 그가 그려 사옥 이전 때 선물한 것이었다. 다시 보아도 잘 그린 그림이었다. 물론 그림의 낙관은 그의 이름이 아니었다. 자기 그림이라면 받지도 걸지도 않았을 것이란 걸 잘 아는 그였기에 그림을 보며 속으로 즐기는 것만으로 흐뭇해했다.

비서실 문을 열고 들어가자 낯익은 여비서가 일어나 맞았다. 회장실은 언제 보아도 깔끔했다. 김 선배가 앉아 있는 테이블 위엔 수북하게 쌓아놓은 책들과 서류들에서 열심히 일하는 CEO의 위상이 스며났다. 김 선배가 자리에서 일어나 손을 내밀며 웃는 얼굴로 그를 맞았다.

"어서 와. 그렇게 마시고도 괜찮아?"

"그날 너무 폐를 끼쳐서 죄송했습니다."

그는 대답을 하며 가지고온 판화 꾸러미를 옆 의자에 모시듯 내려놓고 자리에 앉았다. 그리고 시종 계면쩍은 듯 뒷머리를 긁었다. '요즘엔 저도 술이 약해져서요' 라 말하며 나이가 먹어 그런가보다란 말은 하지 않았다.

"어디, 가져온 판화 구경이나 해볼까?"

"아, 네. 일본 사람들은 보통 사람들도 작품을 참 귀하게 다루더라고요."

그는 그림 제작비보다 포장지 값에 몇 배를 더 들여가며 포장해온 판화 꾸러미를 조심조심 끌렀다. 판화는 한 장씩 태지로 개별 포장을 하고 열 장씩 묶어 다시 포장하여 가지고 왔다. 특히 포장에 사용한 스카치테이프는 똑 같은 크기로 반듯하게 자르는 것을 잊지 않았다. 일본 여행 때 관심이 많았던 '모리미술관'의 인상파 작품들을 본 기억이 되살아났기 때문이었다. 그때 미술관 아트 샵에서 영인본으로 된 고흐의 '해바라기' 작품을 한 장 구입했는데 여종업원의 포장 솜씨가 매우 정성스러웠음을 흉내 내본 것이다.

그가 판화 작품 한 점을 조심스레 꺼내 다시 한 번 더 확인하고 김 선배에게 내밀었다. 틀림없었다. 다른 하나를 더 꺼내려다 말고 '같은 판화니 하나만 보셔도 되죠?'라며 김 선배의 눈치를 살폈다. 김 선배도 역시 조심하며 판화를 받아보았다.

"아무튼 윤 대령은 마당발이야. 일본까지 더듬어 이걸 구해오다 니…. 수고했어."

그는 아들을 생각하는 한편 이 일이 잘 풀리면 아파트 단지로 화 랑을 옮기리라 마음먹고 있었다. 아무래도 돈 여유가 있는 그쪽이 주부들을 상대하기에 훨씬 수월할 듯 싶었기 때문이었다.

한동안 판화를 살펴보던 김 선배가 고개를 갸웃거리며 판화를 테이블 위에 올려놓고 그를 보며 말을 꺼냈다.

"윤 대령! 여기가 좀 이상한 것 같아. 아무리 생각해도 이상하단 말이야."

그가 손으로 가리키는 곳은 맨 아래 부분의 에디션 넘버링 부분 이었다. 그곳은 그가 가장 손쉽게 해낸 곳이었지만 끝까지 신경을 쓰지 않았던가. 연필로 여러 번을 연습해 누가 보아도 최 교수의 자 필 싸인으로 보이기에 충분했다. 그러나 김 선배의 얘기는 그것이 아니었다.

"윤 대령도 진짜 마당발이려면 공부를 좀 더 해야지. 잘 봐! 여기 에디션 넘버링에 A/P라고 쓰고 35분의 17이라 쓰여 있잖아? 이게 이상하다는 거야. 왜 그러냐 하면 윤 대령도 잘 알겠지만 이 숫자는 판화를 몇 장 찍어서 몇 장째 싸인 했다는 표시란 건데. 저번 신문 에 최 교수를 비롯해서 참가 작가들의 작품을 이탈리아 판화공방에 서 500장을 찍고, 직접 싸인을 해서 올림픽 조직위원회에서 전 세 계로 공급한다고 했지. 그렇다면 에디션 넘버링이 500분의 몇으 로 표기됐어야 되는 것인데 그게 좀 이상하다 그 말이야. 아무래도 마당발 윤 대령이 일본 애들한테 속은 것 같아. 뭔가 좀 미심쩍은 구석이 보여."

그제야 그는 아차 싶었다. 자기를 의심하는 말은 아닌 것 같지만 보통 심각한 문제가 아닌 것이었다. 좀 더 신중했어야 했다. 너무 충동적이었고 자기 재주만 믿고 가볍게 대처한 것이 탈이었다. 당황하지 말자를 되뇌는데도 온몸이 떨려왔다. 공황장애 환자처럼 갑자기 현기증이 들며 숨이 가빠졌다.

"네-에. 다시 알아봐야겠네요."

"윤 대령이 봐도 그렇지? A/P가 뭔지는 몰라도 틀림없이 뭔가 이상해."

그렇다. 김 선배의 안목은 그림을 안다고 자부했던 자기보다 한 단계 위가 분명했다. 일반적으로 작가에게 제작양의 10% 정도에서 용인되는 작가 보관용(A/P)으로 받아온 판화였었는데 멍청하게도 똑같이 만드는 것에만 정신이 팔려 에디션 넘버링까지 그대로 베껴낸 것이었다. 쪼다치고는 최상급 쪼다였다. 쪼다란 말이 말로 바로 자신을 두고 한 말 같았다. 가지고온 판화를 다 끌러 놓았으면 그야말로 개망신을 넘어 사기꾼이 될 판이었다. 한 장만 보였기 천만 다행이란 생각을 하며 대충 싼 판화 꾸러미를 옆구리에 끼고 김 선배의 사무실을 도망치듯 빠져나왔다. 점심이나 먹고 가라는 말도, 아무래도 직접 일본을 다녀와야 할 것 같다고 걱정해주던 말도, 그에겐 회초리처럼 따갑기만 했다. 얼굴이 창백하다며 손에 쥐어주는 우황청심환을 움켜쥔 채 그는 엘리베이터를 타는 것도 잊고 6층 계단을 어떻게 내려왔는지 모르게 밖으로 나왔다.

　하늘이 노랗다 못해 빙그르르 돌고 있었다. 지나가는 사람들이 모두 자기만 바라보는 것만 같았다. 다리가 자꾸만 떨리고 힘이 빠져 주저앉고 싶었다. 아들에 대한 애비의 마지막 소원이 맥없이 무너져 내린 것보다 아들에게 전과자 애비를 두었단 오명을 뒤집어씌울 뻔했기 때문이었다. 한없이 처량한 자신의 처지가 찬바람에 휘날려 알 수 없는 나락으로 빠져들어 한 발자국도 움직일 수 없을 것 같았다. 지금까지 느껴서 알아온 일이지만 역시 세상일이란 바늘허리매어 살 수 없는 것이었다.

　그가 시내버스를 탄 것은 무슨 목적이 있어서가 아니었다. 지금의 처지에서 조금이라도 빨리 그곳을 벗어나고 싶었다. 버스 종점에 내리자 주먹 같은 눈발이 날렸다. 기사식당에 들러 소주 두 병을 마시자 눈앞이 부옇게 뜨이며 정신이 드는 것 같았다. 그는 식당에서 나와 무심히 냇둑을 걸으면서 가게에서 사온 소주를 병째 마시며 걸었다. 어쩌다 이지경이 됐을까…. 냇물을 향해 가파른 냇둑을 내려오다 몸이 흔들려 결국 주저앉고 말았다. 주저앉은 김에 벌러덩 하늘을 향해 누워 버렸다. 온몸으로 흩날리는 눈을 맞으며 이대로 그냥 끝냈으면 좋겠다는 생각이 들었다. 그렇게 한동안 눈을 맞으며 누워 있다가 일어나 나머지 소주를 벌컥거리며 마셨다. 취하기는커녕 정신만 말똥거렸다. 몸에 한기가 느껴지자 그는 자리에서 일어나 냇물 옆의 작은 바위를 찾아 주저앉았다. 판화 꾸러미를 옆에 놓고 포장을 펼칠 필요도 없이 한 장씩 잘게 찢어 냇물에 버리기 시작했다.

지금까지의 인생이 하나 둘씩 찢기어 나가고 있었다. 가끔 바람에 날려 멀리 날리다가 냇물에 떨어지는 판화 조각들도 있었는데 그때마다 흘러간 순간들이 꼴사납게 겹쳐지곤 했다. '그래 날려버리자.'고 멘 고요 이즈 멘 이즈다.' 올 사람은 오고 갈 사람은 가라던 말의 의미가 새롭게 정리되고 있었다. 지금까지 그가 말해왔던 삶의 순리가 자연의 순리로 정의되고 있었다. 송충이는 솔잎을 먹어야 탈이 없는 것이었다. 얼마 전 만들어 붙였던 이진옥의 '칡꽃'의 '사랑을 위한 등정이라면 / 말리고 싶다' 던 구절이 떠올랐다. '윤대령'이 아닌 '윤대룡'으로 살라는 뜻이리라. 날이 밝으면 최 교수, 최 땅딸이에게 원본을 돌려주며 '미안했다' 사과하리라 굳게 마음먹었다. 그것이 아들을 위한 못난 애비의 옳은 처사라 여겨졌다.

눈앞을 가로막듯 세차게 쏟아 붓던 눈발이 잠시 멎는 듯 했다. 술기운도 함께 멎는 듯 했다. 천변 둑길을 걸어 시내 쪽으로 발길을 돌리는데 가로등 불이 켜짐과 동시에 아들의 전화벨이 터졌다. 이번엔 예전과 다르게 당당하게 말을 건넸다.

"아들! 이번에 내려오면 애비랑 술 한 잔 하자. 애비가 한 잔 살게."

그는 처음으로 느껴보는 뿌듯하고 뜨거운 감동을 깊게 음미하며 벅찬 발걸음을 내디뎠다. 역시 '피는 물보다 진하다'던 선친의 말을 되뇌어가며.

"슈파눙 쇼크"에 이어 두 번째 소설집을 내면서 다시 한 번 부질 없는 일로 열정을 소진시킨 것은 아닌지 걱정하지 않을 수 없다.

그림으로 던진 화두를 가끔 글에서 찾을 때가 있었고, 반대로 글에서 놓친 생각이 그림으로 되살아난 적도 많았었기 때문이다. 단언하건데 내 작업의 겉과 속은 그림과 글로 자주 자리를 바꿔가며 등장하고 성장했다. 그 같은 작업이 장자의 '나비의 꿈'을 연상시키지만 왕유의 시에서처럼 그림을 연상시키는 시여야 하며 시를 연상케 하는 그림인 것이어야 한다. 나는 그것을 선비정신이라고 생각하며 오래전의 작업 사야금강史野錦江 연작을 어떻게 꺼내어 써야 할지를 다시 생각하고 있다.

그림은 그림일 뿐이듯이 삶도, 예술도 한순간의 그림자다.

2017년 인도 여행 중에 바생광 선생의 족적 찾기에 잠시도 긴장의 끈을 놓지 않았었지만 기대가 너무 컸던 탓이었는지 가슴이 로또 표 딱지처럼 구겨지고 말았다. 모든 오래된 것들의 귀환이 그렇듯이 인도여행에서 얻은 감동도 어느 날 문득 들이닥칠 것이다. 스티븐 풀의 "리씽크(Rethink)"에서 밝힌 것처럼 모든 새로운 것의 어머니는 오래된 생각들이 분명하다. '적어도 나의 인식을 바꿔놓을 놀랍고도 위험한 생각들이 편협의 극치를 달리는 한이 있을 지라도'.

나의 인도여행이 다음 작업에 어떤 변환을 부를지에 대해서는 나 또한 궁금하다. 인더스강의 저 살 태우는 냄새가 세상 그 모든 껍데기까지 태워버렸기를 소망할 뿐이다. 여행을 마치고 곧바로 그간 준비해 두었던 금강을 노래하고 요절한 시인 신동엽 선생의 미수추모 "금강, 또 다른 얼굴"전을 통해 인도 여행으로 공급받은 텅 빈 충만을 잠시 공유했었다.

삶이 우리를 어디로 데려갈지 모를 때는 길을 잃는 것도 한 방법이긴 하다. 더 많은 기쁨을 발견하더라도 우리는 어려움과 슬픔으로부터 자유로울 수는 없다. 미래는 운명에 따라 결정되는 것이 아니기 때문일 것이다.

## 저자 약력

### 기산 **정명희** (화가, 시인, 소설가)

| | |
|---|---|
| 1945 | 충남 홍성 출생 |
| 1979~2000 | 운보 김기창 선생 사사 |
| 1989 | 안견미술상 수상(1회) |
| 1994 | 대전광역시 문화상 수상(5회) |
| 2011 | 겸재미술상 수상(4회) |
| 2012 | 올해의미술가상 수상(광화문아트포함) |
| 2015 | 대전광역시미술대전 초대작가상 수상 |

| | |
|---|---|
| 화문집 | 『백두산에서 히말라야까지』(오원화랑 1993) |
| | 『하늘을 나는 물고기』(오원화랑 1993) |
| | 『대전을 걷다, 삼천에 들다』(임마누엘 2011) |
| | 『금강화가 히말라야를 걷다』(갤러리가이드 2013) |
| | 『홍주성금강홍』(임마누엘 2015) |
| 시 집 | 『하늘그림자』(호서문화사 1994) |
| | 『아침이 숲을 깨운다』(오늘의문학사 1996) |
| | 『아메리카를 포기한다』(문경출판사 1997) |
| | 『금강 사랑고백 혹은 변명』(금강사랑미술인회 1998) |
| | 『금강산 그 반쪽뿐인 풍경』(갤러리 우리 1998) |
| | 『옥상에 지은 원두막』(갤러리 가이드 2000) |
| | 『색쓰는 남자』(아티스트 2002) |
| | 『샤워』(오늘의문학사 2004) |
| | 『금강이 있어 행복한 나』(선화기독교미술관 2006) |
| | 『금강편지』(임마누엘 2007) |
| | 『일곱번째 아홉수를 곱게 보내는 두 가지』(임마누엘 2012) |
| | 『하얀늑대의 행진』(자전적서사시 임마누엘 2016) |
| 소설집 | 『슈파눙쇼크』(임마누엘 2016) |
| 단편소설집 | 『꿩의 바람꽃』(도서출판 이든북 2018) |

정명희 단편소설
## 꿩의 바람꽃

ⓒ정명희, 2018

1판 1쇄 | 2018년 9월 20일

**지은이**    정명희
**발행인**    이영옥
**편집**       김보영 | **교정**   이건영

**펴낸곳**    이든북
**출판등록** 제2001-000003호
**주소**       34625 대전광역시 동구 태전로 43-1 (의지빌딩 201호)
**전화번호** (042)222-2536 | **팩스**   (042)222-2530
**전자우편** eden-book@daum.net


ISBN 979-11-87833-59-8  03810
값 18,000원

* 이 책의 판권은 지은이와 이든북에 있습니다.
* 이 책 내용의 전부 또는 일부를 재사용하려면 반드시 양측에 서면
동의를 받아야 합니다.
* 이 도서의 국립중앙도서관 출판예정도서목록(CIP)은
서지정보유통지원시스템 홈페이지(http://seoji.nl.go.kr)와
국가자료종합목록시스템(http://www.nl.go.kr/kolisnet)에서 이용하실
수 있습니다. (CIP제어번호 : CIP2018028048)

* 이 사업은 대전광역시, (재)대전문화재단에서  사업비 일부를 지원
받았습니다.